KB260983

깐깐한 독서본능

일러두기_
• 이 책은 국립국어연구원 어문 규정을 따랐습니다. 다만, 인용문에 나오는 문장은 인용한 기출간본을 따랐습니다.
• 이 책은 2005년부터 2009년 9월까지 파란여우의 블로그에 소개된 서평을 사용하여 만들어졌습니다.

깐깐한 독서본능

**책 읽기 고수 '파란여우'의
종횡무진 독서기**

윤미화 지음

21세기북스

KI신서 2172

깐깐한 독서본능

1판 1쇄 발행 2009년 11월 23일
1판 3쇄 발행 2009년 12월 17일

지은이 윤미화 **펴낸이** 김영곤 **펴낸곳** (주)북이십일 21세기북스
기획편집 황상욱 박영미 김정규 **본부장** 이승현
디자인 박선향 **영업** 도건홍 김남연 **교정** 정정희
출판등록 2000년 5월 6일 제10-1965호
주소 (우413-756) 경기도 파주시 교하읍 문발리 파주출판단지 518-3
대표전화 031-955-2100 **팩스** 031-955-2151 **이메일** book21@book21.co.kr
홈페이지 www.book21.com

ⓒ 2009 윤미화

값 15,000원
ISBN 978-89-509-2122-4 03810

내 삶에 한 조각 주석을 달며

맑은 날 밤에 고요히 앉아 등불을 밝히고 차를 달이면

온 세상은 죽은 듯 고요하고 이따금 멀리서 종소리 들려온다.

이와 같이 아름다운 정경 속에서 책을 펴들고 피로를 잊는다.

비바람이 길을 막으면 문을 닫고 방을 깨끗이 청소한다.

사람의 출입은 끊어지고 서책은 앞에 가득히 쌓여있다.

아무 책이나 내키는 대로 뽑아든다.

시냇물 소리 졸졸 들려오고 처마 밑 고드름에 벼루를 씻는다.

이처럼 그윽한 고요가 둘째 즐거움이다.

낙엽이 진 숲에 한 해는 저물고 싸락눈이 내리거나

눈이 깊이 쌓였다.

마른 나뭇가지를 바람이 흔들며 지나가면 겨울새는

들녘에서 우짖는다.

방안에 난로를 끼고 앉아있으면 차 향기 또한 그윽하다.

이럴 때 시집을 펼쳐들면 정다운 친구를 대하는 것 같다.

이런 정경이 셋째 즐거움이다.

_허균, 《한정록閑情錄》

내가 좋아하는 글이다. 시냇물 소리가 졸졸 들리지도 않고 고드름
에 벼루도 씻지 않지만 나는 정말 저 비슷한 풍경 속에서 책을 읽는
다. 내 집 뒤로는 봉긋한 동산이 든든하고 집 앞은 너른 들판이 시원

하게 펼쳐져있다. 외딴 오두막에 사는 나에겐 가까운 곳에 막걸리 한 병 나눠 마실 친구조차 없다. 그러나 나는 친구들이나 가족들이 추측하는 것처럼 그렇게 많이 외롭지 않다. 내 곁에는 조지 오웰과 마르케스가 있고 보르헤스와 쿤데라가 있다. 장정일과 김훈, 이탁오와 박지원도 있다. 어찌하다 보니 이 사람들과 친해졌다.

사실 친해졌다기보다는 내 일방적인 짝사랑이다. 술 마시고 놀러 다니기 좋아하던 내가 책방서생처럼 들어앉아 책만 읽게 될 줄 몰랐다. 고백하건대 당랑거철螳螂拒轍의 사회생활 끝에 나는 책을 읽기 시작했다. 비로소 '책맛'에 빠진 그때가 마흔 살 때다. 불혹이 되어서야 보르헤스와 쿤데라와 김훈과 이탁오와 박지원을 만났다. 이십대와 삼십대에는 허둥지둥 사느라고 정신없던 내가 수전 손택을 읽은 것도 마흔이다. 너무나 늦었다.

게다가 뒤늦게 독서인생을 시작한 내가 책까지 쓰다니 믿기지 않는다. 책 같은 건 안 낸다고 호기 어린 장담도 했었다. 이제 실언이 되고 말았다.

자공이 묻기를 "여기 아름다운 옥이 있는데, 궤에 넣어 감추어두어야 할까요? 아니면 좋은 값에 팔아야 할까요?".

공자가 말하길, "팔아야지! 암, 그것을 팔아야지. 나는 좋은 값을 쳐줄 사람을 기다리고 있다".

옥 언저리에 얹히기는커녕 잡석에 불과한 내 글을 팔아 함께 사는 염소 사료 값을 벌어야 한다. 안전빵이었던 임금생활을 접자 자유와 함께 가난도 내게 왔다. 더구나 글을 팔아 살게 될 줄은 하늘도 몰랐을 거다. 삶이란 전복의 연속이다. 뒤집고 비틀고 옆으로 돌리고 거꾸로 들춰보고 그리고 새것이 나오는 삶이란 살만한가? 그럴 리가 있나. 삶이란 살만하기도 하고 그렇지 못하기도 하다. 행복한 시간은 인색하게 찾아오고 괴로운 날은 더 많다. 남들은 어떨지 모르겠지만 나는 그렇다. 그럴 때마다 나는 마종기 시인의 〈별, 아직 끝나지 않은 기쁨〉을 읽었다.

"……사랑하는 이여, 세상의 모든 모순 위에서 당신을 부른다. 괴로워하지도 슬퍼하지도 말아라. 순간적이 아닌 인생이 어디에 있겠는가. 내게도 지난 몇 해는 어렵게 왔다. 그 어려움과 지친 몸에 의지하여 당신을 보느니 별이여, 아직 끝나지 않은 애통한 미련이여, 도달하기 어려운 곳에 사는 기쁨을 만나라. 당신의 반응은 하느님의 선물이다. 문을 닫고 불을 끄고 나도 당신의 별을 만진다."

별이라면 너무 모호하다고 말할지도 모른다. 별은 닿을 수 없는 거리에 있다. 그래서 사람들은 별을 관념덩어리라고 부르기도 한다. 누구에게는 그럴지도 모른다. 그러나 나에게 별은 추상적이지 않다. 나는 놓쳐버린 이름과 잃어버린 꿈을 말하고 또 아직 버릴 수 없는 소망을 하늘을 향해 쏘아 올렸다. 나는 키 작은 통신병이다. 내가 별에게 보낸 신호에 별은 응답한다. 아직 그대에겐 남은 기쁨이 있노라, 그것을 잊지 마라. 그러니까 별은 내 삶이고 계획이고 설계좌표다. 그 별을 보면서 빌었던 내 꿈 중의 한 가지가 이 책이다. 세상에나! 그 첫 번째 소망이 이렇게 빨리 찾아올 줄 몰랐다. 좀더 기다려야 할 줄 알았다. 나는 얼마든지 기다리겠노라고 별밤 하늘 아래서 맹세했다. 하늘이 마법의 지팡이를 탕! 한 번 쳐주었던 것 같다. 그러나 이 기쁨이 다는 아닌 줄 안다. 이 책은 내가 계획한 수많은 설계 중의 한 가지이며 내 부족한 첫출발이기도 하다. 나는 조금 걱정된다. 나의 글이 누군가에게 별은 못될지언정 고민만 줄까 봐 확신이 안 선다.

이래서 '첫'은 불안하다. 나는 이제 막 시작한 사람이다. 그러므로 이 책에 수록한 여든 여섯 편의 서평을 온전히 내 것으로 만들었다고도 여기지 않는다. 어불성설이다. 한 번 읽거나 대략 두 번은 들춰본 책을 나름대로 이해했다고 해서 내가 그 작품을 다 이해한 것은 아니다. 어떤 책은 작가를 이해하지만 내용을 이해 못 했고, 어떤 책은 내용은 이해하지만 작가의 작품 세계를 알지 못했다. 내가 안다고 말하는 것은 다 뻥이다. 작가 외에는 그 책을 온전히 이해할 독자란 세상에 없다는 것이 나의 지론이다. 요컨대 작가를 떠난 책은 사람들에 의해 요물이 된다.

나는 지난 5년간 '무조건' 읽었다. 한국문학부터 인문사회도서와 고전과 만화까지 해치웠다. 그 기록을 내 블로그에 공개했다. 허무맹랑하고 장황하게 쓴 깐깐한 글이었다. 다듬어지지 않은 황야의 돌덩어리 같은 내 글의 표피를 다듬으면서 여러 번 좌절하고 절망했다. 독자들이 선호하는 글이란 쉽고 재미있고 편안하고 안정적인 것이다. '눈맛'이지 뭐. 나는 내가 알고 싶은 것과 독자들이 알고 싶어 하는 것의 간극이 생각보다 훨씬 크다는 것을 확인하면서 내 글에 대해 스스로 실망했다. 그렇다고 책 읽는 일을 멈추거나 블로그를 폐쇄할 수는 없었다. 그곳은 내 놀이터다. 내 글에 나를 구속시킬 수는 없었으므로 그럴 때마다 나는 휴가를 가졌다. 한 발짝 떨어져 있으면서 놀이터 구석구석에 카메라를 들이대봤다. 잘 보였다. 관찰의 원격시스템을 가동하면서 버릴 것을 버렸다. 주기적으로 청소를 했고 휴지통을 비웠다. 그런데 웬걸, 나는 내 놀이터인 블로그로부터 자유로워졌다. 흥미롭게도 내 블로그가 비워질수록 독자들이 좋아한다는 것도 발견했다. 그러니까 이게 자신의 글에 대한 '도취의 판타지'를 걸러낼수록 블로그가 진화한다는 말을 입증하는 셈이랄까.

　내 블로그의 이름은 '뻥 Magazine'이다. 세상이 팍팍하다 보니까 사람들이 너무 리얼리티만 좇는 것은 아닌가 해서 장난친 이름이다. 뻥도 구라도 없는 세상은 사건사고도 없이 평화로운 사회가 될 것 같지만 그건 공동묘지다. 모두 각자의 관 속에 누워 입을 다문, 상상도 수다도 없는 세상이 좋겠는가. 수다로 시끌시끌한 내 블로그에서 추출해서 만든 이 책은 한마디로 뻥과자다. 배부른 줄 모르고 먹다 보니 나도 모르는 사이에 3백 편 이상의 서평이 쌓였다. 알고 있는 책과 읽은 책과 서평으로 쓴 책은 일정한 운율이 없다. 그러다 보니 이거야말로 봉두난발蓬頭亂髮부스러기가 되고 말았다. 좀 창피하다. 그렇지 않아도 나는 종횡무진 독서의 '종잡을 수 없는 독서가'다. 가령, 한국문학을 줄곧 네댓 권 읽다가 환경도서를 대여섯 권 읽는다. 이런 거 저런 거 다 건드리면서 읽다 보니 어중이떠중이 독서가가 되고 말았다. 넓은 독서라고 고상한 표현을 해주시는 분들도 있지만 앞에서 언급한 것처럼 나는 이제 막 시작한 사람이다. 늦게 배운 도둑질 날 새는 줄 모른다고, 책맛에 빠지는 바람에 이것저것 가리고 자시고 할 것이 없었다. 아마 편식독서만 했다면 나는 좀더 전문적인 독서쟁이가 되었을지도 모른다. 그러니까 이게 발만 넓고 깊이는 없는 이상한 모양새가 되었는데 그래도 가끔 나에게 책 추천해달라는 부탁이 들어오는 것을 봐선 내 뻥질이 아주 실패하지는 않은 것 같다.

　변화하지 않는 독서란 차라리 그 책을 읽지 않은 것만 못하다는 것이 내 지론이다. 이 비슷한 말을 이미 송나라 때 주희가 《근사록近思錄》에서 했다. "넓게 배우되 뜻을 독실하게 하여, 절실하게 묻고 가까운 일에서 생각하면 인이 그 가운데 있다博學而篤志 切問而近思 仁在其中矣"라는 말은 문자의 '쓰임'을 가리킨다.

　책 몇 권 읽었다고 책을 우상으로 삼는 것은 말 그대로 귀신 씨나

락 까먹는 소리일 뿐, 나에게 책은 세상을 넓고 깊게 보는 데 사용하는 '도구'이지 모셔두는 황금송아지가 아니다. 모셔두는 것은 활동이 없다. 늘 제자리에 머문다. 그것은 죽은 것이다. 시체가 하는 말은 사변적이고 관념적이라 생기가 없다. 요컨대 책이 생명성을 유지하려면 질문도 하고 의문도 갖고 자료도 찾아야 한다. 말 그대로, 생각하고 고민하고 움직이는 책, 나는 그것이 책의 본분이라 여긴다.

이런 점에서 5년 동안 1천 권의 책을 읽었고 또 섣부르게 책까지 펴내면서 나야말로 허파에 바람이 들까 봐 무엇보다 큰 걱정이다. 그러므로 황야에서 몸뚱이 하나만 믿고 풍찬노숙하면서 살아온 거친 인간 한 명이 무식함을 간신히 면하려고 시작한 공부 차원의 책으로 독자들이 읽어주길 바란다. 그 이상도 이하도 아니다. 나는 다만 이렇게 읽었다고는 하지만 아홉 개의 챕터에 수록된 책들을 다시 읽는다면 내 눈과 손가락은 또 다른 언어의 변덕을 부릴 것이다. 책이란 순전히 자신의 체제하에서 자신이 지휘하므로 읽는 자의 절대권력에 의해서 서평이 나온다. 읽는 자여, 가능한 한 책에 많이 '찝적'대자. 생각하고 움직이기 위해서 책을 연장으로 사용하자. 책이 인류문명의 위대한 왕관을 거머쥔다면 바로 이 '쓰임'의 공로였을 것이다.

이 책은 내 블로그에 여러 인연이 닿아 세상으로 나왔다. 그곳에서 맺은 인연들 때문에 나는 책과 함께 성장했다. 수백 권의 책을 보내준 독자부터 물심양면으로 '어린 새싹'이 성장하는 과정을 지켜봐준 이들이 없었다면 이 책 역시 만들어지지 못했을 것이다. 주어 생략, 긴 문장, 호흡이 곤란한 만연체의 피곤함까지 다독이고 안내해준 황상욱 편집자님의 부드러운 손길이 내 뾰족하고 거친 글을 순화시켰다. 인간 한 명 잘못 만나서 고생 된통 했을 것이다.

못난 책에 기꺼이 추천사를 써주신 블로그 친구, 로쟈님과 출판평론가 변정수님께 이 자리를 통해 감사의 인사를 드린다. 아, 그리고 이 친구들 이름을 또 빼먹을 수 없다. 한은숙, 최화인, 신하규, 이재철, 김명종. 보름달이 뜰 때마다 허물을 벗는 한 마리 늑대 같았던 나를 곁에서 지켜보고 거들어준 뜨듯한 이름들이다. 늘 멋대로인 나를 노심초사하며 지켜봐 준 가족들에게도 미안한 마음을 다 표현할 수 없다. 그래도 내 삶에 한 조각 주석을 붙이는 즐거움을 앞으로도 함께 누렸으면 싶다.

2009년 11월

윤미화

책 읽는 방법

책을 어떻게 효과적으로 기억할 수 있나

올해는 일 년 동안 책 50권 이상 안 읽기를 결심했는데 얼추 지킬 수 있을 것 같다. 책을 적게 읽는 대신 몸을 놀려서 세상을 잘 읽었으면 좋겠다. 세상을 잘 읽는다는 것은 현실에 눈이 밝아진다는 의미이기도 하다. 물론 책은 이상과 상상과 관념과 참과 거짓을 포장하지만 그 모두가 세상의 모습이다. 세상에는 두 개의 텍스트가 있는데 하나는 책 속의 텍스트이고 다른 하나는 몸으로 읽는 현실의 텍스트다. 이런 이유로 나는 전자에 미쳤던 지난 5년 동안 1천 권의 책을 해치웠지만(그건 정말 후다닥 해치운 거였다!) 현실의 경이로운 이야기를 읽고 싶은 호기심을 중단할 수는 없었다. 유목의 텍스트를 지향하는 나로서는 책과 세상을 공평한 비율로 조절한 텍스트야말로 참독서라고 여긴다. 그 참독서로서의 책을 어떻게 하면 오랫동안 기억할 수 있을까? 책 좀 읽는다는 독자는 이 문제를 한 번쯤은 고민했을 것이다. 만화 같은 상상인데 은행에서 읽은 책을 기억하고 보관하도록 개인금고를 만들어주면 좋겠다는 생각도 해봤다.

서평공책에 기록하기

서평공책에 기록하는 행위는 서평을 잘 쓰기 위한 방법이자 책을 기억하는 좋은 장치다. 한 번 눈에 익었던 것을 다시 손으로 옮겨 적는 과정에서 책은 내게 더 가깝게 다가온다. 기록함으로써 책을 한

번 더 복기하는 이 방식은 독서의 능률성을 떨어뜨리긴 하지만 그만큼 책 내용이 뇌에 오랫동안 저장되는 특혜를 제공한다. 공책을 분실하는 불행만 겪지 않는다면 영구보존이 가능하다. 가문의 유산으로 남길 수도 있다. 유명작가들도 이런 자필공책을 남겼다. 어떤 사람은 손 글씨를 남기는 대신에 컴퓨터에 저장하기도 한다. 소설가 장정일은 《장정일의 독서일기》에 수록할 4백여 편의 글이 담긴 파일을 몽땅 날리는 바람에 기억을 더듬어 대충 새로 썼다고 한다. 자신의 글을 공중으로 날린 노트북을 그는 서재 방바닥에 내려놓고 발로 쾅쾅 밟아주었다니 복수는 통쾌했겠지만 속으로는 처절한 눈물을 삼켰을 것이다. 나는 장정일의 서재에서 벌어진 그 엄청난 파괴 현장을 떠올리면서 절대로 컴퓨터 한 곳에 글을 저장하지 않기로 결심했다. 기계는 믿을 것이 못 된다!

서평공책은 서평 쓰는 당시에만 사용하고 덮어버리면 의미가 없다. 나는 이 천만 원짜리 공책을 책 읽기 귀찮은 날 두 다리를 테이블 위에 올려놓고 몸을 뒤로 젖힌 채 턱을 치켜들고 다소 거만한 자세로 읽는다. 물음표와 느낌표와 별표와 형광펜과 화살표와 동그라미까지 현란한 기호학 책이지만 이 기호가 지닌 의미를 모두 기억할 수 있다. 그러니까 서평공책의 진짜 묘미는 나중에 다시 읽어보는 기쁨의 카타르시스를 만끽할 수 있다는 점이며 더 큰 기쁨은 과거에 읽은 책을 지금 당장 불러낼 수 있다는 것이다. 기록의 신은 위대하다.

음독音讀

책을 소리 내어 읽는 음독은 혼자 읽는다는 점에서 여러 사람 앞에서 글을 발표하는 낭독과는 다르다. 사극에서 사대부가의 도련님이 낭랑한 목소리로 사서삼경이나 소학을 읽는 장면을 연상하면 된다.

그러나 요즘의 음독은 혼자 나지막한 소리로 자분자분 읽는 식이다. 그나마 일반인들에게는 음독이 거의 사라졌고 발음이 정확하지 않거나 집중력이 없는 아이를 둔 부모가 교육차원에서 음독을 시키는 것 정도다. 그런데 나는 이 음독이 재미있다. 주로 고전을 읽을 때 음독을 사용하는 나는 고전의 참맛은 음독으로부터 온다고 뻥을 칠 정도다. 이 뻥이 가짜인지 진짜인지를 알려면 고전을 읽을 때 또는 소설을 읽을 때 한번 자신의 목소리를 직접 들어보면 된다. 단, 지하철이나 도서관에서 음독을 할 경우 책을 너무 많이 읽어 맛이 간 사람으로 오해받을 수 있다.

음독의 최대 장점은 자신의 목소리를 들으면서 책을 읽을 수 있다는 것이다. 중국고전이나 한국고전을 읽을 때 음독을 하면 누룩처럼 깊은 고전의 맛이 혀에 감긴다. 입으로 내뱉은 언어가 다시 입안으로 흡수되는 진기한 힘이 음독에 있다. 몸은 정밀한 과학이라서 음독을 하면 집중력과 기억력도 상승된다. 책읽기의 욕구와 음독이라는 몸의 이중나선이 만나는 경험은 시를 읽을 때도 좋다. 가능한 한 천천히 숨을 고르며 시를 읽으면 시어 한 글자 한 글자가 책상 등 위에 나비처럼 날아와 앉는다. 물론 상상이다. 내 경험에 의하면 음독은 고전읽기에서 가장 효과적이다. 특히 《춘향전》을 읽을 때 나는 춘향이와 월매와 이몽룡의 역할에다 심지어 글을 읽어주는 변사辯士까지 맡는다. 마음의 능동적인 움직임을 텍스트의 리듬을 타고 흐를 수 있도록 도와주는 것이 음독이다. 독자들도 조용한 독서 대신 가끔 입을 열고 생기충천하는 독서를 맛보기 바란다.

고구마 줄기 캐기

고구마는 뿌리 식물이다. 이 고구마를 캐려면 일단 고구마 줄기를 낫으로 획획 걷어내면서 줄기를 당겨야 한다. 첫 번째 줄기가 다 나왔다 싶으면 줄기 아래 몸을 숨겼던 고구마가 땅속에서 호미에 딸려 나온다. 고구마 줄기를 끝까지 다 걷어내고 고구마를 다 캤다 싶지만 그래도 줄기에 대롱대롱 매달린 작은 고구마가 있다. 이 고구마들은 미처 땅속에서 열매를 성숙시키지 못한 미성년 고구마다. 그러니 고구마 줄기는 끝없이 고구마를 맺는 원천이다. 고구마 줄기 캐듯 책을 읽는 일은 솔직히 좀 피곤한 독서방식이다. 특히 시간 때우기나 즉흥적인 여가로서 독서를 즐기는 독자들은 난감할 것이다. 이 방법은 장르별, 작가별, 주제별로 묶어서 연독連讀하는 것이다. 나누는 방식은 독자 자유다.

이를테면, 녹색경제를 통해 지구온난화를 해결하자는 토머스 프리드먼의 《코드 그린》을 읽고 나서, 지구온난화는 환경주의자들의 조작이라고 주장하는 비외른 롬보르의 《회의적 환경주의자》를 읽는 것이다. 이 두 책은 같은 환경장르이지만 상반된 주장을 하므로 독자는 흥미 있게 양쪽을 조명할 수 있다. 소설도 마찬가지다. 나는 한국 고전소설의 감흥을 유지하고 싶어서 《홍길동전》을 읽고 곧장 《춘향전》과 《구운몽》까지 엮어 읽었다. 이 세 책은 내용은 달라도 고전소설이라는 같은 카테고리로 묶여있으므로 고전의 독특한 문장을 무리 없이 읽을 수 있다. 동일한 장르를 연속으로 읽는 것과 마찬가지로 한 작가의 책을 서너 권씩 읽는 것도 그 작가의 특징을 이해하는 데 도움이 된다. 이해가 빨라지면 당연히 책을 기억하는 일도 쉽다. 이건 전작주의자 습관을 지닌 독자들이 특히 선호하는 책읽기 방식이다. 주제별로 서로 다른 책의 교감을 공유하면서 읽을 수도 있다. 장르와 작가가 달라도 같은 주제를 다룬다면 고구마 줄기는 좀더 수월하게 그것도 왕창 딸려온다. 그러나 책읽기를 놓고 어떤 것이 정도라는 기준은 없다. 책읽기에서 가장 중요한 것은 자기 스타일을 가능한 한 빨리 발견하는 것이다. 이런저런 방식을 시도하다 보면 자신의 취향과 적성에 맞는 방법을 터득할 수 있다. 어떤 길이 자신에게 효과적이고 유리한지를 알면 그 다음은 움직이는 것이다. 나는 텍스트 지향형 인간이라서 그런지 읽기를 대단히 중요시하는 편이다. 나의 책읽기는 단순히 'reading'으로서의 읽기가 아니라 그 너머의 정체성까지 읽는 'beyond discovery'로서의 읽기다. 고구마 줄기를 끌어올리는 훈련을 통해서 나는 간신히 일자무식을 면할 수 있었다. 이게 다 지속적인 훈련을 통과하며 기억을 강화하는 책과 나의 독특한 관계의 법칙에 기인한 것이다.

1
한국문학 편

당신과 함께
늙을 수 있어 기쁘네요

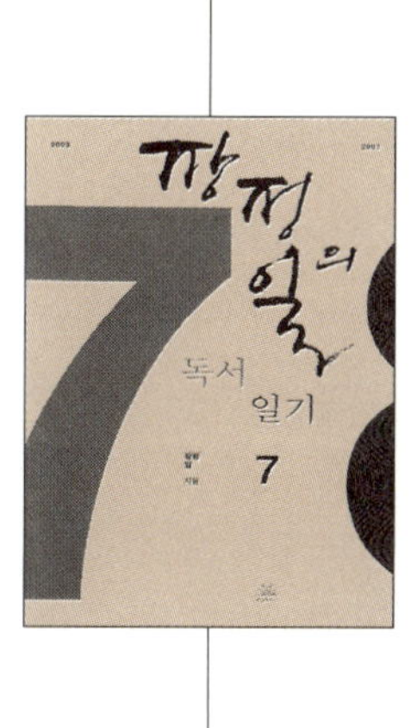

한때 "내 소설은 다 쓰레기"라고 떠들고 다녔다는 장정일이 벌써 일곱 번째 독서일기를 냈다. 그러고 보니 독서일기 외에 그의 신간 소설을 만난 지는 꽤 되었다. 근간으로 《고르비 전당포》가 나온 것이 2007년이다. 《고르비 전당포》야 희곡집이므로 소설로는 2003년도에 나온 《중국에서 온 편지》가 장정일의 최근 소설인 셈이다. 아무리 자신의 소설을 쓰레기 취급해도 그렇지, 정말 장정일은 이제 영 소설은 안 쓸 텐가? 누구보다 한국문학에 애정 어린 비판을 숨기지 않던 저자가 더 이상 소설을 안 쓴다면 소설가 장정일은 소멸되고 비평가 장정일로만 남을 것이다(원래 그는 시로 출발했다). 장정일이 '귀찮아서', 또는 '쓰레기 소설' 때문에 소설과는 연을 끊은 것인지 궁금해 하던 나는 이번 독서일기에서 그의 신간 소설에 관한 소식을 들을 수 있었다. 제목은 《서울 금병매》이고, 세태소설을 쓰지 않는 2000년대 한국문학에서 한국사회의 여러 치부들을 다뤄보고 싶다는 요지다.

어쨌든 나는 장정일의 소설 소식과 함께 등장한 "순수 작가들은 내면 탐사에 집중하느라 독자들이 살아 숨 쉬는 세태를 외면했고 (……) 내면 탐구나 가상현실은 우리 문학의 '컬트'가 되어야 하지 주류가 되어서는 안 된다"(92쪽)에 밑줄을 그었다. 연애에만 빠져서 징징대거나 자아과잉으로 독백하는 듯한 미성숙한 청춘의 문장들이 왕 유치하다는 비판이 무색하게 어쩐 일인지 장정일의 신간 소설은 여태 나오지 않고 있다. 좋아하는 작가의 집필 시기까지 참견하면서 밀린 원고를 독촉하는 듯한 내 모습이 어이없지만 그럼에도 나는 독자로서 이런 욕심을 포기할 수 없다. 그것도 그냥 독자인가.

나에게 장정일은 '독서인생의 첫사랑'이다. 왜 안 그렇겠나.《독서일기 1》이 나온 게 1994년 11월이다. 1993년 1월부터 1994년 10월까지의 독후감은 범우사 출간으로 책값이 5천 원이었다. 표지에 주둥이가 큰 아기오리 한 마리가 책이 널브러져 있는 공간을 꽥꽥 뒤뚱거리며 걷는 장면이 인상적인 책이다. 나는 이 독서일기 첫째 권을 시작으로 장정일이 대신 들려주는 책의 수다로 빨려 들어갔는데 그게 벌써 일곱 번째다. 첫 번째 독서일기로부터 14년이 흘렀고 그도 나도 마흔이 훌쩍 넘었다. 작가와 애독자가 함께 늙어간 세월이다. 이제 장정일은 대머리가 되어가고 나도 주름살이 늘기 시작했다. 영원히 남을 작품을 희망한 적이 있지만 '한 시대와 말을 섞으며 잘 놀았다'면 그것으로 족하다는 작가의 말처럼 그의 말섞기 놀이가 나의 독서인생에 불을 지폈으니 그것으로 첫사랑의 보답은 충분하다.

그렇다고 첫사랑을 무조건 옹호할 수는 없다. 전적으로 《장정일의 공부》(이하 《공부》) 때문이다. 처음에 나는 독서일기 시리즈의 연작으로 보이는 책에 뭣 하러 '공부'를 따로 만들었는지 이해할 수 없었다. 무엇보다 독서일기와 같은 서술방식으로 진행된 점 때문에 혐의를 풀기 어려웠다. 왜 굳이 '공부'와 '독서일기'를 구분했을까 하는 의문에 대한 답변으로 내놓은 그의 '집필의 변辯'은 이렇다. 이제까지의 독서일기가 장르 불문의 사적인 기록이었다면 《공부》는 각각의 주제를 정하고 주제별로 비판을 강화하겠다고(132쪽). 요컨대 독서일기는 개인적인 취향을 자유롭게 추구하고 《공부》는 독자에게 시사적인 문제의 맥락 정리와 개념을 제시하면서 깊이를 확대하겠다는 말이다. 말 그대로 '공부'로써 독자와 소통하겠다는 의지로 보인다. 독서일기와 《공부》를 차별화하려는 결심 때문인지 이번의 독서일기에서는 작가의 개인적인 모습을 많이 만날 수 있다. 5권과 6권에서 본 지겹게 긴 사설조의 독후감들이 눈에 띄게 많이 줄었다(그래도 긴 글은 역시 길다!).

이미 나는 독서일기 시리즈 여섯 권을 독파하는 동안 장정일식 문체에 적응한 덕분에 작가의 사담私談과 스포일러 성향의 '장정일표 독후감'에도 별 거부감이 없다. 이번 독서일기에서 가장 흥미로운 발견은 장정일의 축구 선호다. 과격한 전신 스포츠 분위기와 매치가 되지 않는 장정일의 도서관 샌님 이미지로 봤을 때 이는 그가 술에 취해 공중전화 부스를 부쉈다는 일화만큼이나 신선했다. 독자는 제멋대로 만든 이미지로 작가를 단정하기 쉽다. 글이 주는 환상 같은 것 때문인데 작가는 뭔가 다르다는 선입견을 강하게 갖는다. 뭐가 다를까? 이제 나도 글을 써서 밥벌이를 하기 시작했으므로 독자로서의 나와 작가인 나의 차이점을 발견해야겠지만 아무리 생각해도 다른 것이 없다. 장정일이 공중전화 부스를 부순 박력(?)은 그가 실제로 축구를 하는 문제와는 별개다. 동네 조기축구회에서 공을 찼다는 말은 없는 것으로 봐서 눈으로 보는 축구를 선호하는 것 같다. 더불어 공격형 축구선수인 차두리를 보면 기분이 좋아진다는 작가의 성향으로 보건대 그의 포지션은 공격수다. 재미있는 사실은 한국문학의 공격수인 작가 장정일이 독서일기 첫째 권에서 한 일이다.

신경숙, 공지영, 윤대녕, 박상우는 그때 장정일로부터 두들겨 맞은 대표선수다. 장정일은 '오문과 악문으로 가득 찬 그들의 책'이라고 가혹하게 팼다. 14년의 세월 동안 날을 세웠던 작가는 이제 '우리 소설은 어디쯤 와 있나?' 하는 자문으로 슬쩍 돌아선다. 그러고 보니 장정일에게 맞은 저 작가들도 그와 함께 늙고 있다. 나이 먹으면서 좋은 점 중의 하나가 입이 조용해진다는 것인데 정확히는 혀뿌리가 시든다는 말이다. 공격수 장정일도 그런 것일까? 한국문학 비판이 순화된 듯한 문장을 만날 수 있었던 89쪽을 인용하면 다음과 같다. "그런 의미에서 이 소설은 우리나라 작가들이 '문학이라는 전통 속에서만 자가발전을 해온 게 아니었나?'라는 반성을 하게 만든다. 자연과학이나 기술은 늘 바뀌어왔는데도, 그런 발전이나 발견에는 태무심했던 것이다. 문학이 자기 전통 속에서만 문제의식을 발견할 게 아니라 자연과학의 성과를 반영하고 그것의 윤리적 성격마저 함께 물을 때 두 문화는 좀더 풍요로워진다." 문장이 사뭇 착해졌다. 직선의 장정일, 단도직입적인 장정일은 여전하지만 나는 이 책을 읽으면서 1994년 한국문학을 향해 휘둘렀던 작가의 예리한 칼날 사용이 많이 자제되었음을 발견한다. 과거에는 상대방에게 인신공격 수준으로 비판을 가했다면 이제는 차분하게 자신의 의견을 제시하고 물러나는 수준에 그친다.

　책을 공격용 도구로 인식하기 시작하면 책의 본분을 잊게 된다. 책의 본분이란 읽히는 것이고 그것도 제대로 읽혀서 쓰이는 것이다. 이건 내 생각인데 그래서 책은 위험하다. 책이 제 본분대로 쓰임새를 다하면 뭐가 위험하겠느냐만 사람들은 남의 글을 온전하게 읽지 못한다. 당연한 말이지만 자신이 쓴 글이 아니기 때문이다. 여러 가지로 해석할 수 있는 말이지만 책은 공격과 단절의 도구이기도 하고 소통의 도구이기도 하다. "이제 와서는 다른 사람과 이해와 사랑을 나누는 방법으로 책에 대해 생각하게 되었다. 지식을 소유하는 게 아니라, 책을 통해 타인과 관계를 맺어가게 된 것이다."(105쪽) 이 부드러운 문장을 쓴 사람이 다름 아닌 독설가 장정일이라는 것을 잊지 말자. 나는 그의 온유한 책 소통론을 읽고 나서 "모든 책은 빛이고 다만 그 빛의 밝기는 읽는 사람이 발견하는 만큼 밝아진다"라는 말이 떠올랐다. 누가 한 말인지는 잊었는데(그것이 중요한가?) 책으로 빛을 밝혀 소통할 수 있는 세상이란 독자의 이데아가 아닐까 싶다.

나비, 날아가다

1990년대 초반이다. 《외딴방》 이후 나와 결별한 신경숙. 그후 《풍금이 있던 자리》, 《기차는 7시에 떠나네》, 《바이올렛》은 신문 지면의 반을 차지한 광고로만 봤다. 2009년에 신경숙의 《엄마를 부탁해》는 백만 부가 넘게 팔렸지만 무슨 연유인지 나는 아직 그 책에 급호감 모드가 안 생긴다. 조선일보에 대형 광고를 싣는 그녀의 사진은 늘 긴 생머리에 표정이 있는 듯 없는 듯한 옆얼굴이다. 소심하고 내성적인 인상의 신경숙은 더도 덜도 아닌 그녀의 작품 속 여주인공과 딱 일치한다. 그게 싫었다. 그 밋밋하고 더딘 움직임, 조심조심 내딛는 주인공의 심리상태가 심심하다 못해 갑갑했다. 작가의 작품에 영원히 관대한 독자는 한 명도 없다지만 왜 《외딴방》 이후 신경숙은 내 수첩에서 지워진 이름이 된 것일까? 바로 '꿈' 때문이다. 그녀의 '꿈' 은 몽환적인 풍경 속에 배치되어 작위적인 출구를 마련한다. 대개 그 배경에 교회나 성당, 자매애가 등장하고 가난하거나 외로움에 침잠하는 여자의 불면이 함께한다. 가족관계로부터 자유롭지 못한 점도 신경숙 소설의 특징이다. 이 모든 것을 종합선물세트로 구성한 것이 《리진》이다!

좀 활달하고 유쾌한 태양인의 모습으로 돌아왔나 싶었는데 십수 년 만에 재회한 소음인 신경숙은 그때로부터 별반 달라진 게 없어 보인다. 《리진》 신간 안내를 읽으면서 '역사소설가'로 변신한 것인가 싶어 의외였는데 이 책을 다 읽은 지금은 역사소설인가, 역사의 한 토막을 차용한 변주인가 하는 의문이 든다. 엄밀히 말하면 이건 김훈의 《남한산성》 같은 역사적 사실 10퍼센트에 작가의 상상력 90퍼센트가 일구어낸 '그냥 소설'일 뿐이다. 이런 소설의 매력은(또는 함정) 앞에서 말한 꿈과 환상의 중복이 사실성의 진위여부에 혼란을 일으킨다는 것이다. 요컨대 역사적 사실과 작가의 구라를 적당히 버무린 이야기를 통해 독자는 자신도 모르게 작가가 만들어놓은 이미지를 고정시킨다. 그러나 소설의 재미가 구라에 있다는 것을 상기하면 처음부터 소설은 사기를 쳐야 하는 운명이고 그것도 '잘' 칠수록 좋은 소설이다.

이 소설은 스물두 살의 궁녀가 조선 땅을 떠나는 배에 오르면서 시작한다. 궁중무희 리진은 실존 인물이다. 나는 이 책을 읽기 전에 KBS에서 방영된 〈조선의 무희, 파리의 연인이 되다〉를 먼저 봤다. 방송에서는 2대 프랑스 공사였던 이폴리트 프랑댕이 지은 책, 《한국에서》가 소개되었는데 거기서 리진은 'Li Tsin-Fleur d'Ame(영혼의 꽃, 리진)'이라고 기록되어있다. 이폴리트 프랑댕은 후임자인 3대 프랑스 공사 콜랭 드 플랑시와 조선 무희의 연애담을 책으로 펴냈는데, 콜랭 드 플랑시가 평생 미혼이었다는 기록으로 보아 두 사람은 합법적으로 결혼 절차를 밟지는 않은 것 같다. 콜랭과 애인관계였다가 조선을 떠날 때 왕이 그에게 '기증' 한 무희 리진은 파리에서 콜랭의 동거녀였을 뿐, 정식 아내는 아니었다. 어쨌든 비련의 여주인공 리진의 묘한 상황을 신경숙은 꽃과 나비로 은유한다.

프랑스 공사관 뜰로 들어가는 리진을 두고 묘사한 "능소화 곁의 나비 한 마리가 날개를 접는 듯했다"(1권, 108쪽) 같은 문장은 한 폭의 한국화다. 이후에 나비는 또 한 번 나를 경탄하게 한다. 콜랭이 준 만년필로 글씨를 쓰는 강연의 글씨체를 두고 한 말, "손이 움직이는 대로 흘러나오는 푸른 잉크로 씌어지는 글씨가 나비 같았다"(1권, 223쪽)는 배꽃 사이를 헤매는 꿈을 꾸던 다섯 살짜리 어린 리진의 초반 설정과 완벽한 이음을 보여준다. 어디 나비뿐인가. 마침내 콜랭의 사랑을 받아들이기로 한 그날 저녁 두 사람의 산책길에 풀밭에서 포르르 허공으로 날아오르는 참새의 이미지는 그야말로 규방가사다. 책 한 권이 그런 문장이다. 띠지에 쓰여있는 문구처럼 읽다가 숨이 멎을 뻔했다. '아, 신경숙은 글을 왜 이렇게 잘 쓰는 거야!' 규방의 내밀함, 규방의 정결함, 규방 속의 침잠에 빠져 1권을 읽었다. 1권에서 리진의 숙명적 사랑 이야기가 꼭 나비와 꽃이 어울린 규방 가구 같다고 나는 느꼈다. 이 느낌은 빗나가지 않고 2권에서 규방의 화각농과 붉은 모란꽃이 수놓아진 부채와 규방 소품으로 구체화된다. 아름다운 문장이 한 개의 규방 가구를 장식한 1권의 감흥과 달리, 파리의 여인이 된 리진이 다시 조선으로 돌아오면서 파국으로 치닫는 2권은 좀 지루하다. 1권에서는 리진을 향한 연정의 마음을 대신하는 강연의 풀피리 소리마저 화초장에 그려진 꽃 위에 앉을 듯 말듯한 나비의 춤이라고 내 마음대로 그림을 그렸다. 그러다가 2권의 중반부터 작위적 묘사가 증가하고 이야기 전개가 늘어지면서 속도 느린 신경숙 특기를 다시 보았다. 내용 중 모파상 강연 장면은 의미 없는 곁가지로 여겨졌다. 파리 사교계의 모임에서 모파상까지 대면할 정도로 리진이 중요한 역할을 했을까? 또 하나 볼테뉴 숲 속의 아침 산책은 꿈인지 실제상황인지 헛갈릴 정도로 환각적이다. 신경숙의 명쾌함은 도대체 뭔가? 나비를 등장시킬 때부터 알아봤어야 하는 걸까?

리진은 사랑도 잃고 자유도 잃고, 열강의 침략이 거센 폭풍 같던 시대에 한 왕조의 운명과 같은 박자로 사위어갔다. 신경숙은 1권에서 섬세한 기법으로 이룰 수 없는 사랑을 노래했다. 문장마다 아름다워 버릴 것이 없었다. 문학평론가 서영채는 2권 말미에 수록한 해설을 통해 "민족주의적인 시선이 지니고 있는 공격성을 스펀지처럼 흡수해버리는 여성의 이런 아름다움이라면 어떨까. 신경숙이 만들어낸 리진답지 않은가"(2권, 330쪽)라고 말하면서 리진의 고결함에 포인트를 둔 신경숙의 아름다운 문체를 지목한다. 그러나 리진이 자기 삶의 주체자가 된 근대 여성 선각자라도 되는 양 장설을 늘어놓은 서영채의 해설에는 동의할 수 없다. 리진이 정말 자기 삶의 능동적 주체성을 지녔다면 봉건제도로 돌아와 자신이 섬기던 왕비를 따라 죽는 행위는 어떻게 설명해야 할까?

자신의 삶을 개척하지 못한 심약한 여인 리진. 19세기 말, 열강의 진출로 일대 격변을 앓고 있던 조선 땅에서 꽃잎처럼 나비처럼 아름답게 섧게 스러져간 리진. 따지고 보면 이런 애간장 끓이는 이야기를 장정일의 직선으로 쓸 수 있겠는가, 1인칭 3인칭이 뭔지도 모른다는 (설마!) 박민규가 쓸 텐가. 한마디로 리진은 '신경숙의 여인'이다.

인생이란 2백 원짜리
모나미 볼펜이야

박재동이 《한겨레》에 연재를 하던 시절부터 나는 짧고도 풍부한 그 내용이 좋았다. 때로는 송곳처럼 뾰족하다가 어느 날은 말랑한 식빵처럼 밋밋한 부드러움으로 리듬을 타던 만화. 유연함과 날카로움의 이중주라고나 할까. 그러나 그의 만화를 좋아한 진짜 이유는 소소한 현실을 놓치지 않는 시선에 있다. 날것이 지닌 솔직함과 익숙함, 그게 박재동의 그림 색이다. 이상하게 나는 박재동의 만화를 볼 때마다(특히 이 책은) 선線 중심으로 보아야 할 만화를 색色 위주로 봤다. 박재동의 그림은 철저히 '지금 이곳'에서 쓰임을 다한다. 닿을 수 없는 저 먼 곳의 이상향을 은유적으로 제시하는 고차원적인 해석도 요구하지 않는다. 처음부터 그는 그냥 보이는 대로 보면서 함께 막걸리나 마셔요, 식인 것이다. 인생, 뭐 다른가요? 느릿느릿 말하는 박재동의 그림체는 나이를 먹으면서 트로트를 좋아하게 되는 것과 비슷하다. 나는 몇 년 전부터 사랑밖엔 모른다는 심수봉 아줌마도 좋아졌고 요새는 가수 강진의 "당신은 못 말리는 땡벌, 당신은 날 울리는 땡벌. 당신을 사랑해요" 하며 〈땡벌〉을 따라 부른다. 트로트와 박재동, 박재동의 만화는 쉽고 편안한 트로트다.

트로트 얘기가 나왔으니 말인데 뽕짝은 어떤가. 사실, 이 책 속의 인물들은 뽕짝에 더 가깝다. 돈이 없어 떠난 사랑을 그리워하던 가난한 작곡가 이춘호는 "우리 동네 불 닭발 너무나 맛있어……" 불닭 로고송을 노래하며 치킨 배달을 한다(〈불닭발 작곡가〉, 157쪽). 뽕짝처럼 아리고 구수한 이야기를 통해 박재동은 잡초 같은 질긴 삶을 말하고 싶었던 것일까? 이 책 부제는 "그림쟁이 박재동이 사랑한, 세상의 모든 것들"이다. 세상의 모든 것들에는 잡초 한 포기와 행인 한 사람이 그림이 되고 이야기가 된다는 설명이 붙어있다. 사랑하고, 미워하고, 기뻐하고, 슬퍼하며 잎 피우고 나누다가 지는 그것을 우리는 꽃이라고도 부르고 사람이라고도 부른다. 그러나 사람이 매양 꽃처럼 예뻐지는 않아서 꽃과의 비교는 억지일 수 있다. 사람이 아름다워 보일 때는 꿈을 품고 있을 때고 더 아름다워 보일 때는 꿈을 키우기 위해 땀을 흘릴 때다. 그러나 야박한 세상에서 꿈은 인정머리 없는 까칠한 낯빛으로 고개를 돌린다. 굶주린 채 밤거리를 전전하는 인도인 이주노동자 하산의 잃어버린 꿈은 어느 거리에서 만날 기약을 했던가.

"그리고 이틀 후 하산은 내게 놀러왔다. 직장 구하기는 어려웠다. 날 위해 애쓰는 것은 알아요. 그러나 걱정 마세요. 나는 괜찮아요. 헤어져 밤 속으로 들어가는(……)하산은 오늘은 어디로 가는 걸까?”
(《하산의 뒷모습》, 231쪽)

잃어버린 꿈이 저만치 둥둥 떠내려가고 있다고 상실감에 시달리면서도 꽃 피우는 일을 포기할 수 없는 버스 정거장 앞 매점 아줌마는 가슴에 하얀 박꽃을 안고 산다(《남경 아줌마》, 26쪽). 그녀의 박꽃은 박재동의 재간 부리지 않는 조촐한 그림체 안에서 환하게 봉우리를 연다. 연꽃이 진흙탕에 피는 꽃이라면, 산과 들과 시냇가와 길가와 좁은 골목길 시멘트 담벼락 아래서도 피는 건 들꽃이다. 제 존재를 남이 보듬어주지 않아도 제 할 일을 하고 제 꿈을 향해 몸을 활짝 여는 들꽃의 삶. 예술의 본질은 나누려 애쓰는 것이라고 말하는 저자의 들꽃 이야기는 내 얘기이고 당신 이야기고 자잘한 이웃들의 이야기다. 뒷골목과 앞골목의 시큼한 김치찌개 냄새가 나는 그의 이야기는 특별하거나 새로울 것도 없다.

너무 익숙해서 하품도 나고, 독특하고 기발한 캐릭터의 부재로 밍밍한 맹물 같은 이 이야기는 스스로 ‘세련된’ 도시감성의 소유자라는 강박증을 가진 독자라면 시시해 보일 것이다. 그 대신 앞산 언저리의 진달래나 시멘트 보도블록 틈 사이에 핀 들꽃과 일부러 허리 굽혀 눈인사 나눌 수 있는 감성이라면 이 책 속의 꽃과 사람을 읽을 수 있다. 늘 봐와서 스치기만 하는 풍경 앞에 잠시 정차하시라는 박재동의 만화는 동네 구멍가게에서 파는 2백 원짜리 모나미 볼펜처럼 만만하다. 행여나 이 말을 듣고 이를 박박 닦던 표지 속의 저자가 칫솔을 획 던지고 나를 한 대 패주러 달려올지도 모르겠다. 그러나 나는 안다. 들꽃을 그리고 싶어서 천년을 살아야 한다고 열망하는 그는, 십몇 년 전 딸내미가 입던 빨간 스웨터를 버리지 못하는 마음 약한 아빠 박재동은, 자신은 절대로 죽지 않는다고 우기는 귀여운 고집쟁이 저자는 내 얄미운 비평 한마디에 무너져 내리지 않을 것임을.

그림 그리는 일을 '행복한 천형'이라 여기고 좀더 나이 들면 친구들과 밴드를 만들고 싶어 하는 박재동의 '지금, 여기' 이야기는 철저히 현재진행형을 기반으로 삼으며 꿈의 이상향을 과도하게 상향조정하지 않는다. 그뿐이다. 삶이란 목구멍으로 밥숟가락 떠넘기는 일이 첫째 중한 일이고 그 다음에 예술이 있다고 그는 말한다. 그러니까 이 책은 우리들 각각의 인생사를 디테일로 연결한 박재동의 인생 열두 폭 병풍화다.

삶은 치욕을
견디는 길

  김훈은 칼을 좋아하고 개를 좋아한다. 길과 자전거도 좋아한다. 단한 큐에 정체성을 드러내는 스트레이트, 그 팽팽한 직선의 긴장감을 좋아한다. "일휘소탕혈염산하一揮掃蕩血染山河(한 번 휘둘러 쓸어버리니 피가 강산을 물들이도다)"를 새겨 넣은 이순신의 칼처럼 '존망의 찌꺼기'를 남기지 않는 문장으로 칼을 노래했다. 그의 자전거는 기역 자로 굽은 모퉁이와 꽃이 피고 지는 언덕을 쫙쫙 달린다. 김훈은 직선 위의 곡예사다. 또박또박 원고지 네모 칸을 채워나가는 언어의 설계는 철저한 계산에 의해 주저 없이 나아간다. 그는 검객인가. 낱말을 세워 벼리는 문장에 있어서만큼 김훈은 문장의 검객이다. 최근 한국

문학에서 결연한 그의 문장을 따라잡을 수 있는 작가가 눈에 띄지 않는다는 점에서 그렇다. 김훈의 문장은 사족을 허용하지 않는다. 이것저것 쪼가리들을 죄다 끌어다 붙이는 누더기의 미학을 논하지 않는 언어공학자 김훈에게 수다는 낭비다. 그의 외자 이름처럼 김훈은 독자를 향해 간명한 이해만을 요구한다. 때때로 난감하다. 생략법 속 압축의 무게를 가늠할 수 없는 독자는 그이의 가야 할 길과 가지 말아야 할 길의 경계를 어림잡을 수 없다.

1636년 치욕의 길도 애당초 김훈에게는 답안이 있었다. 대의大意와 방편方便은, 웅크리고 견딜 수는 있으나 나아가 칠 수 없는 그 해 겨울의 두 가지 화두였는데 어느 한쪽을 취하고 하나는 버려야 한다. 의意를 세운다고 이利를 버려야 하는 것일까? 고립무원의 나아감과 멈춘 자리의 갈림길에서 고독한 임금 인조는 길을 묻는다.

"세상의 길이 성에 닿아서, 안으로 들어오는 길과 밖으로 나가는 길이 다르지 않을 터이니, 길을 말하라."(194쪽)

이 책 《남한산성》은 1636년 병자호란을 배경으로 삼은 소설이지만 주제는 '길', '선택'이다. 따지고 보면 병자호란도 선택의 문제로 발발했다. 새 기운을 읽지 못하고 숨통이 끊어진 명나라의 해진 옷자락을 잡고 있었으니 약소국 조선으로선 청나라에 나랏길을 내주는 빌미를 제공한 것이다. 숲 속에 두 갈래 길이 있다는 프로스트의 〈가지 않은 길〉이 뜬금없이 떠오르는데, 병자호란의 발발 원인과 함께 남한산성 안에서 결정해야 하는 종묘사직의 선택의 길 역시 곧장 갈 것인가 돌아갈 것인가의 문제였다. 죽어도 길을 내줄 수 없다는 결사항진의 척화파와 치욕스럽지만 숨을 골라 다음 길을 모색해야 한다는 주화파의 두 갈래 길이다.

저자가 다만 소설일 뿐이라는 전제를 미리 달지 않아도 참혹한 그 길의 한 지점에서 김훈은 최명길의 입을 빌려 독백한다.

"전하. 지금 성 안에는 말[言]먼지가 자욱하고 성 밖 또한 말[馬]먼지가 자욱하니 삶의 길은 어디로 뻗어있는 것이며, 이 성이 대체 돌로 쌓은 성이옵니까, 말로 쌓은 성이옵니까. 적에게 닿는 저 하얀 들길이 비록 가까우나 한없이 멀고, 성 밖에 오직 죽음이 있다 해도 삶의 길은 성 안에서 성 밖으로 뻗어있고 그 반대는 아닐 것이며, 삶은 돌이킬 수 없고 죽음 또한 돌이킬 수 없을진대 저 먼 길을 다 건너가야 비로소 삶의 자리에 닿을 수 있을 것이옵니다. 그 길을 다 건너갈 때까지 전하, 옥체를 보전하시어 재세在世하시옵소서."(197~198쪽)

치욕 속에서도 살아야 하는 이유가 나왔다. 재세. 세상에 남아 새 길을 도모하는 일. 새 길은 말라 죽는 백성을 건져내고, 뿌리를 남겨두는 일이다. 뿌리는 겨울을 견뎌내고 봄에 새순을 피운다. 뿌리의 근원을 보존하는 일 말고 세상에서 무엇이 더 중한가. 생명의 뿌리, 삶의 뿌리. 길은 거기로 향해 나아가야 한다. 임금은 한 차례 앓고 나서 새봄에 냉잇국을 먹는다. "너희가 뜨거운 국물을 마시니 내 몸이 훈훈하다. 너희 몸이 내 몸임을 알겠으니, 너희도 그리 알라."(200쪽)

《자전거 여행》에서 김훈은 냉이 뿌리를 일컬어 '햇빛의 냄새가 나는 저항의 흔적'이라고 했다. 언 강물이 풀리고 언 땅이 녹는 새봄에 냉이는 길을 알려준다. 치욕은 살만하다. 치욕스런 삶 때문에 비참해도 삶은 죽음보다 앞선다. 아무렴 개똥밭에 굴러도 이승이 낫다. '새 길'을 기약할 수 있기 때문이다. 겨울을 견뎌낸 냉이 뿌리는 희망의 힘을 기르고, 때를 준비하는 자에게 잘 벼린 칼은 빛으로 응답을 한다.

《남한산성》 표지의 분홍색은 새봄이다. 뱃사공의 열 살짜리 딸 나루가 말한 민들레꽃 같기도 하고 냉이꽃 같기도 하다. 죽음으로 명예를 지키겠다던 척화파도 고향으로 돌아갔다. 그들이 찾아가는 길은 오직 하나 '삶의 길'이다. 하릴없이 자전거를 끌고 나가 남한산성을 배회하면서 치욕의 길과, 죽음의 길, 삶의 길의 거리를 매일 쟀던 작가 김훈의 《남한산성》은 2007년도 최고의 베스트셀러에 등극했다. 베스트셀러에다가 문학상도 탔고 돈도 벌었다. 이만하면 1636년 병자호란의 상처가 김훈 개인에게는 나쁘지 않은 기억이다. 돈은 지엄하다는 김훈에게서 나는 최명길의 '삶의 길'을 본다.

딴지총수의
졸라 쿨한 '척'

나중에는 별 책을 다 읽는다. 읽어도 그만, 안 읽어도 그만인 책이었다. 그런데 지인이 괜찮게 읽은 책이라고 덜컥 보내왔다. 딴지일보의 종신 총수 김어준은 '딴지폐인'을 양산한 장본인이지만 그거야 나 같은 늙다리에게는 그다지 감흥을 주진 않고 술집에서 한 잔 술에 섞어 마시는 그 이상도 이하도 아닌 이야기다(총수님 미안!). 제목에서 잘 싸우라는 격려를 노골적으로 붙일 만큼 세상살이는 투전판인가. 잘 싸우라. 누구하고? 당연히 세상이다. 사이좋게 지내면 좋겠지만 세상엔 음험한 놈도 많고 교활한 년도 많다. 눈 뜨고 코 베이는 세상이다. 살벌하다. 사랑은 늘 부족하고 이해와 관용도 인색하고 이기심과 거짓이 득세한다. 그중에서 가장 두려운 대상, 즉 잘 싸워줘야 하는 상대는 누구인가?

벌써 알아차렸겠지만 자신이다. 자신을 잘 알자, 우왕좌왕 갈팡질팡하는 자신과 싸워서 이기자. 김어준은 이 책 전편에서 가장 기본적인 기준은 자신이어야 한다고 말한다. 이 책은 말 그대로 독자 자신의 'Q&A'다. 2008년 12월 19일 《한겨레》에 난 기사에서 김어준은 정신과 의사 정혜신과 인터뷰를 나누며 《건투를 빈다》는 어떤 과정으로 가는 길을 대답해줬다고 고백한다. 이 기사에서 밝힌 '야매' 상담가 김어준의 '자기객관화'란 자신을 밖에서 보는 훈련을 쌓으면 도달하는 고지高地다. 이거 내가 이해한 거 맞나? 그럼 자기객관화란 무엇인가? 흔히 이성理性의 외피로 둔갑하기도 하는 이 용어는 자신을 일반화, 제삼자의 자리로 이동할 것을 요구한다. 현재 자신의 공간 틀을 벗어나 제3의 의식 공간으로 이동하라는 것 맞나? 자신을 편하게 놓아두자는 말인데 그래서일까. 김어준은 이 책에서 스스로 겪고 배우면서 자신을 타자화에 능숙한 인물로 만들라고 시시콜콜 권한다. 이 책 서평을 검색해보니까 대략 먹힌듯하다. 알다시피 이 책은 십대 후반부터 삼십대 초반까지의 쌩쌩한 청춘들을 겨냥해서 나왔다.

책은 다섯 챕터로 나뉜다. ①나 ②가족 ③친구 ④직장 ⑤연인으로 카테고리를 묶었지만 이 책의 해당 세대가 주로 이십대와 삼십대 초반까지라는 설정으로 보건대 ⑤연인 항목이 가장 큰 비중을 차지한다. 이성과의 지지고 볶는 관계 맺기가 한창일 때니까. 김어준은 발빠른 남자다. '한창때'인 세대와 대화 나누는 법을 안다. 답변마다 졸라, 씨바, 꾸벅, 어우, 짝짝짝 등의 사이버세대 용어가 문장을 잇고 있다. 인터넷 댓글에 사용하는 팔딱팔딱 뛰다 못해 발기충천한 청춘

문장은 블로그에서 눈에 익고 살에 익은 체화體化된 글자들이다. 그의 시늉을 내자면, 졸라 참을 수 '있는' 존재의 가벼움이다.

현재를 즐기자는 김어준의 가치관은 주로 이십대 때의 유럽여행 경험에서 비롯된 것으로 유럽식 자유분방한 가치관을 기저에 깔고 있다.

"'식민과 전쟁과 개발을 정신없이 겪어내느라 고유의 선과 면과 색채를 상실한' 대한민국의 콘크리트 정글에서 늑대소년으로 길러진"(76쪽) 저자가 로마의 쇼윈도에서 페라가모와 아르마니의 세련됨을 부러워하는 대목까지 유럽은 이 책 전편에 등장한다. 김어준 개인의 경험과 취향이 혼합된 유럽식 사고방식의 흡수로 설마 자기객관화를 이룬 것은 아닐 테지? 그 일례로 그는 자기객관화에 도달하기 위한 가장 좋은 방법은 여행이며, 그것도 가능하면 유럽으로 여행하라고 권한다. 56쪽의 〈자기객관화를 위하여〉라는 글에서 어린 시절부터 배낭 지고 자신을 둘러싼 주변국을 여행하며 나와 세계를 분리하지 않는 방법을 일찌감치 터득한 유럽인이 부럽다고 저자는 말한다.

요약하면 유럽인은 하나의 레일로 국가끼리 연결된 지형학적 조건으로 자기객관화에 일찍 입문하는 반면, 분단국가 한국의 국민들은 단절된 경계 안에서 복닥복닥 살기 때문에 갑갑하다는 말처럼 들릴 수 있는데 이거 위험하다. 까놓고 말해서 사통팔달의 대륙인은 호방하고 뚝 떨어진 반도인은 쪼잔하다는 말도, 공항에 나가면 세계 어느 곳으로든 갈 수 있는 세상에선 말장난일 뿐이다. 물론, 마음만 먹으면 언제든 티켓을 손에 들고 출퇴근하듯 주변국을 여행할 기회가 높은 상황과 육로가 차단된 상태에서의 외국여행은 비교 자체가 불가능하다. 그런데 유럽의 지형학적 특수성을 두고 그들이 세계인이 되는 것처럼 말할 수 없는 것이, 유럽인이 유럽대륙을 여행해봤자 유럽에서 벗어나는 것은 아니다. 프랑스 사람이 독일이나 오스트리아, 이탈리아와 벨기에 몇 나라를 여행하고 세계와 자신의 합치를 주장하는 발상은 유럽을 세계의 중심에 놓는 유럽중심주의 시각에 지나지 않는다. 그들은 여러 국가가 거의 집단처럼 모여 사는 상황에서 서로 건드리지 않고 적당히 잘 지내는 방법으로 타자화를 인정해준 것은 아닐까(그런데 왜 제1, 2차세계대전은 유럽에서 발화된 거지?).

김어준이 유럽식 개인주의, 가령 타인의 사생활이나 부화뇌동의 몰개성에 휩쓸리지 않는 자기존중과 타자에 대한 객관적 시각 등을 부러워하는 점은 이해한다. 그렇지만 유럽식 풍토에서 키워진 가치관을 자기객관화의 육성 조건처럼 제시하면 곤란하다. 그의 말대로 이거야말로 고유성을 말살하고 다양성을 버리는 행위이므로. 그러므로 108쪽의 세계 남녀 경쟁력 순위표의 객관적 지표조차 유럽에서 발표한(스위스 국제경영개발연구소) 자료를 기준 삼는 행위는 김어준의 유럽여행 경험이 그의 사고를 장악했다는 것을 증명한다고 본다.

그래도 나는 김어준의 저 말 "서로가 서로에게 과도하게 기대하고 요구하며 또 그로 인해 과도하게 상처 받고 실망한다. 서로가 서로에게 정도 이상의 감정 비용을 지불하며 서로가 서로에게 바가지를 쓰고 있다고 여긴다"(109쪽)는 마음에 든다. 속으론 곪아도 겉으론 화목을 강조하는 한국식 가족주의를 비틀고 있으니까. 어디 가족만의 이야기인가. 타인의 이목에 자신의 삶을 저당 잡히고 사는 대부분의 한국인들은 심장에 큰 종기 한 덩어리는 지니고 있지 않을까? 자기 결정권은 없고 상대의 결정권에 따르려는 예의(?)를 지키다 보니 속이 터져서 야매 상담가를 찾은 의뢰인들의 공통점은 한국인의 자화상이기도 하다. 자신의 삶을 스스로 선택하고 키우는 훈련 대신에 각종 특별활동과 입시, 취업과 출세로 한 방향만 일직선으로 유도되는 사회분위기에서 한국인은 처음부터 가족과 사회제도에 개인의 삶을 결정하도록 위임했는지도 모르겠다.

"하지만 모든 선택에는 반드시 리스크가 따른다. 모든 선택에 따른 위험부담을 제로로 만들어달라고 한다면 그건 삶에 대한 응석이다. 그러니 가장 중요한 건 선택의 이유다. 나머지는 그 이유를 붙들고 감당하는 거다. 스스로 설득될 이유가 있는지 생각해보고, 만약 그런 게 있다면, 그럼 누가 뭐라고 하든 그 결과까지 자신이 감당하는 것, 그게 어른의 선택이다."(158쪽)

위선적인 품격을 박살내는(책임감을 저버리지 않는) 양아치야말로 자기 삶의 주인공이다. 하여, 관계 균형점이 맞지 않는다고 징징대지 말자. 다 그렇게 처음부터 짝이 딱딱 들어맞진 않는다. 하지만 이 지점에서 이거 하나만 물어보자. 일상적 생활인의 한 사람으로 당신, 김어준은 삶의 전선가닥 한 개가 파열될 경우 저 위에 언급한 당신의 답안지대로 살(수)고 있는가? 그냥 한번 물어봤다. 이 책은 기성세대 김어준의 인생선배 상담서다. 현실경제학에 굴복해서 귓구멍을 닫은 기성세대라면 그땐 나도 너희처럼 똑같이 고민하고 길을 찾지 못해 방황했음을 상기하고 인정하라고 말한다. 그렇다고 쪽 팔릴 것도 없다. 반면에 상담 의뢰인들에게는 '이런 방법도 있습니다' 하며 카드를 보여주는 것이다. 그러나 결국 세상은 각자 알아서 기는 수밖에 없다고라. 아, 잔인해!

함께 달려요

  김애란, 그녀는 직설적인 단문을 즐긴다. 한마디로, 빙빙 돌려서 말하거나 찡찡 억지를 피우지 않는다. 담백한 1980년생. 그녀의 문체는 선명하고 맑고 가볍고 튄다. 이봐요, 세상은 결국 자기긍정으로 사는 거래두! 책 표지의 형광색처럼 자기긍정이 선명한 이 소설집을 읽으면서 나는 김애란의 가벼움이 무엇 때문일까 생각해봤다. 아마도 그건 자기 삶을 연민하지 않기 때문이다. 김애란 소설의 주인공들은 아비의 부재를 괴로워하지 않는다. 다만 여기 없을 뿐이라고 대수롭지 않게 넘어가려 한다. 최소한 겉으로는 그렇게 보인다. 그러나 넘어가려 할 뿐이지 속내를 뜯어보면 항상 아비를 생각하고 있다.

"내겐 아버지가 없다. 하지만 여기 없다는 것뿐이다. 아버지는 계속 뛰고 계신다. 나는 분홍색 야광 반바지 차림의 아버지가 지금 막 후꾸오까를 지나고, 보르네오 섬을 거쳐, 그리니치 천문대를 향해 달려가고 있는 모습을 본다. 나는 아버지가 지금 막 스핑크스의 왼쪽 발등을 돌아, 엠파이어스테이트 빌딩의 백십 번째 화장실에 들러, 이베리아 반도의 과다라마 산맥을 넘고 있는 모습을 본다. 나는 깜깜한 어둠 속에서도 아버지의 모습을 잘 식별할 수 있는데, 그것은 아버지의 야광 바지가 언제나 반짝이고 있기 때문이다. 아버지는 뛴다."(〈달려라 아비〉, 15쪽)

소설 속 아비들은 지금 여기 없다. 태어났을 때 이미 아버지가 없거나 몇 년 만에 불쑥 찾아와 텔레비전만 보다가 사라진 아버지도 있다. 어떤 아버지는 아이를 놀이공원에 데려다 놓고 《세계의 불가사의》 책을 곁에 놔준 채 사라졌다. 그런데 소설 속 인물들은 아버지의 부재를 심각하게 원망하거나 증오하지 않는다. 아니 오히려 "사라지는 것들은 이유가 있다"(〈사랑의 인사〉, 144쪽)라고 이해한다. 아무렇지 않은 듯 아버지의 부재를 인정하는 것은 아버지는 항상 뛰고 있기 때문이다. 후꾸오까와 보르네오 섬을 건너 그리니치와 이베리아 반도를 지나 돌아오는 아버지. 아버지는 돌아온다. 뭐, 다시 나타나지 않는다고 해도 그녀는 슬프지 않을 것이다. "어머니가 내게 물려준 가장 큰 유산은 자신을 연민하지 않는 법이었다."(〈달려라 아비〉, 16쪽)

김애란이 말하는 소통의 단절과 부재의 문제는 그녀의 정체성을 묻는 일, 즉 '나는 어떤 존재인가'로 귀결된다. 결론부터 말하면 "나는 아직 남겨진 자"다(〈영원한 화자〉, 116쪽) 남겨졌으므로 정신적 외상도 분명히 기억한다. 그러나 그뿐이다. 그것 때문에 자신의 삶을 망쳐

놓지 않는다. 일단은 그런 부재와 단절의 상황을 마주하면서 '남겨진 자'로서의 일상 속에 묻어가는 것이다. 살아가는 동안 생기는 두려움과 상처와 단절의 흔적들은 잊고 있다가 문득 한 번씩 상기되는 것 그 이상도 이하도 아니다. 김애란 소설 속의 주인공들은 그래서 무심한 것 같은 표정들이지만 의식적으로 무심한 사람은 없다. 그들은 쉼 없이 움직인다(달리기도 하고, 말들은 안 하지만 눈동자는 바쁘게 굴린다). 이런 이유로, 부재와 단절의 문제에도 불구하고 김애란의 소설은 생기발랄하다. 발랄한 이십대의 성장소설로 볼 수 있는 이 소설집에서 독자가 눈여겨볼 것은 심각한 세상을 마주하는 한 청춘의 생명성이다. "나는 말을 줍고 다니는 사람"(〈영원한 화자〉, 114쪽)은 작가 김애란의 고백으로 보인다. 말을 줍는 작가는 포스트잇으로 소통하는데 작가의 체험담처럼 보이는 〈종이 물고기〉는 그것을 묘사하는 영상미가 뛰어나다.

"그는 그 방 전체가 하나의 종이 비늘이 달린 물고기가 되어 부드럽게 세상을 헤엄쳐 다니는 상상을 했다."(〈종이 물고기〉, 216쪽)

"그는 손가락을 떼지 않은 채 포스트잇이 바람에 파르르 흔들리는 모습을 바라보았다. 그것은 마치 물고기의 아가미처럼 가쁘게, 그러나 팔딱팔딱 뛰고 있었다."(〈종이 물고기〉, 220쪽)

김애란의 소설은 아버지의 부재와 함께 사건이 전개되지만 더 이상의 과대포장된 문제제기는 하지 않는다. 부재와 동시에 소통의 문제가 굳이 어떤 틀에 갇히지 않는 것을 두고 책 말미의 해설에선 '유목'이라고 알려준다. 아버지는 아버지의 세계에 있고, 나는 나의 세계에 존재한다. 그 경계가 뚜렷하지만 서로 집아당기지 않는다. 다

자화된 내면은 각각의 개연성으로 존재하며 세계의 안과 밖 어디에
도 고정되어있지 않다. 그러므로 아버지는 오늘도 지구를 돌고, 방
안 가득한 포스트잇은 상상력의 춤을 추는 것이다. 달리는 아버지와
춤추는 포스트잇은 힘이 넘친다. 이 책의 가장 큰 매력이라면 자기
연민 내지는 자기애에서 허우적대는 모습이 없다는 점이다. 그래서
쿨하다.

이 '구라'가
내 얘긴가요

한때는 인생을 증오해 7개월 동안 만이천 개의 캔 맥주만 먹고 살았던, 지금은 국가 공무원의 신분인 서른세 살의 남자가 있다. 그는 직장에서 특별히 바쁜 일이 없다. 자리를 지키고 앉아있는 것이 그의 업무다. 신물 나게 무료한 인생을 살던 이 남자에게 어느 날 '말도 안 되는' 일거리가 떨어진다. 캐비닛 13호 관리인. 캐비닛의 주인인 권 박사나 캐비닛 안의 파일에 들어있는 '믿거나 말거나'의 사람들은 '조용한 화분'처럼 하품하던 남자의 평화를 쨍강 깨뜨린다. 이 책의 등장인물들은 죄다 사회의 한 구석에서 기이한 얼굴을 내밀고 있는 사람들이다. 평균치에서 거리가 먼 '비상식'의 존재들은 가족, 친구, 동료의 사회조직 구도로부터 벗어나 있다. 그렇다고 은둔형 외톨이로 단정 짓기는 곤란하다. 방이나 집 등의 특정 공간에 스스로 갇혀있길 원하는 '방콕족', 히키코모리는 어떤 심리적 트라우마와 왕따 의식이 작용하면서 자발적으로 사회참여를 거부한다. 육체적으로는 멀쩡한 경우에도 심리적 이유로 사회와 화해하지 못하는 히키코모리와, 이 책 속에서 변화된 종의 징후를 보여주는 사람들은 전혀 다르다. '나'는 캐비닛 13호 안의 파일을 읽으면서 '심토머'의 정체성을 처음 알았다.

마흔아홉 마리의 고양이를 기르는 여자의 사랑을 받고 싶어 한 마리의 고양이가 되고 싶은 남자, 유리와 강철조각을 먹고 사는 남자, 남자의 성기를 지닌 자웅동체의 매혹적인 여인, 새끼손가락에서 은행나무가 자라는 남자, 입안에 도마뱀을 키우고 사는 여자와 시간을 잃고 거리를 헤매는 여자, 매주 또 다른 한 명의 자신을 화장하는 다중 소속자인 여자, 홍당무 한 개로 일주일을 연명하는 남자(그는 나중에 달빛을 먹고 산다).

물론, 책 속의 인물들은 저자 김언수가 만들어낸 허구의 인물들이다. 도저히 있을 것 같지 않은 뻥과 구라로 만들어진 인물들은 현실(팩트)과 가상(판타지)을 왕복한다. 이런 일이 정말 가능한가? 독자는 의문을 품지만 신문의 사회면을 보면 불가능한 일도 아니다. 뉴스는 별의별 소식을 모두 전해준다. 그중에는 동물원의 코끼리가 관람객을 향해 코로 돌을 던졌다는 뉴스도 있다. 코끼리에게 돌팔매질은 정말 가능한가? 증거가 나오지 않으면 신고자의 정신병으로 치부하고 말 이런 단신 뉴스를 통해 세상은 잡담으로 풍요로워진다. 문학기법 중에 마술적 사실주의라는 게 있다. 주로 라틴아메리카 작가들의 작품에서 많이 보이는 경향으로, 소설의 전통적인 사실주의에 반대해서 마술 같은 허구를 적절히 이용한 것이다. 사실과 잘 혼합한 덕분에 소설 속의 인물들은 마술적 장치를 자연스러운 현상으로 받아들인다. 가령, 가브리엘 마르케스의 《백년 동안의 고독》에서는 돼지 꼬리를 가진 아이가 태어난다. 현실에서 이런 일이 생기면 곧장 수술실로 신생아를 보내겠지만 소설 속에서는 가문의 종착점에 도달했다는 신호로 여길 뿐이다.

현실에서는 도저히 있을 수 없는 상황들을 시침 뚝 떼고 눙치는 김언수의 소설은 일어날 수 없는(일어나지 않는다고 믿는) 일을 들려준다는 점에서 마술적 사실주의를 연상시킨다. 그리고 이를 통해 이탈된 사람들의 존재성을 확인시킨다. "지구로 유배되어 있는 삶. 고향을 상실한 삶. 그들은 이 지구라는 유형지에서 살아가기 위해 날마다 안간힘을 쓴다. 그들은 이 지구를 탈출하는 꿈을 매일 꾼다. 그래서 그들에게 우주 끝까지 전파를 날릴 수 있는 강력한 무전기가 필요했는지도 모른다."(210쪽)

사실, 히키코모리는 자신의 방에서 나오지 않지만 인터넷과 텔레비전에 집착한다. 그들은 인터넷으로 다운받은 영화나 게임을 통해 세상의 변화를 보고 메신저를 하면서 익명의 소통신호를 끊임없이 발송한다. 이 책에 나온 기이한 우리의 '이웃들'은 사회로부터 자발적인 도망을 시도한 히키코모리와는 다르다. 변종이라는 이유로 이해받지 못하는 사람들이지만 나름대로 사회와 화해를 시도한다는 점에서 반사회적인 인물은 아니다. 그러나 말할 때마다 입안에서 도마뱀이 튀어나오는 여자를 편하게 대하는 사람은 없다. 다수에 속해있는 사람들이 자신과는 다른 부류의 사람들을 대하는 비타협적인 자세 때문에 이 책 속의 '신인종'들은 자신의 의도와는 상관없이 고립된 삶을 산다.

　"우리는 자신이 알고 있는 삶의 방식 이외에도 아주 많은 삶의 방식이 존재할 수 있다는 것을 인정하지 않는다. 아무리 얼토당토않고 무모해 보여도 그것은 그들이 이 세계를 견디기 위해 나름대로 고안한 필연적 정서라는 것을 모른다. 모르고 인정하려 하지 않는다."(201쪽) 그러므로 "인간은 결코 타인을 이해하지 못한다"(237쪽)라는 말은 인간은 결국 자신을 모른다는 다음과 같은 말과 일맥상통한다고 본다.

　"나는 내가 누구인지를 모릅니다. 너무나 많은 타인들의 간섭으로 인해 나는 자신이 누구인지, 자기 자신으로 살아간다는 것이 어떤 일인지를 잊어버렸습니다. 내 머릿속엔 수많은 지시와 금기들이 가득 들어있습니다. 그것은 저의 모든 것을 간섭하죠. 그래서 저는 사실상 아무것도 할 수 없습니다. 바보가 되어버린 거죠."(237쪽)

　남들 하는 대로 따라 사느라 현대인은 너무 바쁘다. 시험과 취직, 더 넓은 평수의 아파트, 남들보다 빵빵한 저금통장에 행복을 전부 거는 현대인들은 상상력의 행복을 포기했다.
　"꿈의 재료가 없으면 심심해요. 저는 사후세계가 이런 것이 아닐까 하는 생각을 해요. 상상력으로 이루어진 세계 말이에요. 거기선 행복도 상상력에서 나오고 권력도 상상력에서 나오죠."(77쪽) 만화 같은 꿈의 수신호 장치를 잃은 독자들이 재미있게 읽을 책이다.

당신의 가족관계는
안녕하신지요

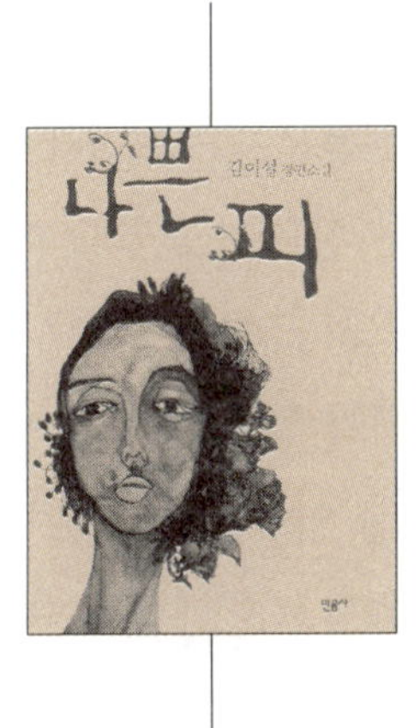

간결한 문체와 빠른 속도감으로 읽히는 이 소설은 무책임한 남자들과 불행에 방치된 여자들과 음식 냄새가 밴 이야기다. 일단 김이설의 소설은 그녀의 필명처럼 도시적 소비지향주의와 자아과잉으로 떡칠을 하는 요새 유행과는 다른 이야기다. 이설異說. 다른 이야기를 만들면서 맺는 이야기다.

그것도 (구)가족의 해체, 분리, (신)가족 결성이다. 김이설은 이 소설에서 폭력적인 남자들과 웃음을 잃은 불행한 여자들을 만드는데 그 두 접점의 공동구역에 밥상이 차려지는 것을 독자는 눈여겨볼 필요가 있다. 정신지체장애를 지닌 엄마와 이름도 성도 모르는 어떤 후

레자식의 잉여물로 태어난 주인공 화숙은 서른다섯 살의 노처녀다. 아비가 누군지도 모르는 자신의 처지를 비관할 새 없이 분노와 증오부터 키웠다. 엄마는 화숙이 세상을 향해 지닌 피해의식의 출발점이자 근원이다. 자신을 '병신 딸'로 만든 정신지체장애 엄마 때문에 팔자가 꼬였다고 여기는 화숙은 엄마를 죽이고 싶었다.

"엄마는 가끔 마당 복판에 멍하니 앉아있곤 했다. 나를 보면 배시시 웃었다. 앞섶이 풀어져 젖꼭지가 드러나 있거나, 치마가 뒤집어져 검은 터럭이 훤히 보였다. 찬물을 들입다 퍼부었다. 놀란 엄마는 벌떡 일어났지만, 내 얼굴을 보고 다시 배시시 웃었다. 그런 엄마를 목도하는 일이 힘겨웠다. 제일 불쌍한 건 엄마 자신이었다. 하지만 나는 참을 수가 없었다. 평생 이런 엄마를 감당해야 한다는 것이 억울했다. 너무 가혹한 짐이었다. 엄마가 죽어버렸으면 했다. 살아있을 필요가 없는 인간이었다. 살아서 폐만 되는 인간이라면 없는 게 낫다고 생각했다. 엄마를 죽이고 싶었다. 내 손으로 죽일 수만 있다면 기꺼이 그러고 싶었다."(48쪽)

죽어버렸으면 싶은 엄마는 화숙이 중학교 2학년 때 외삼촌에게 맞아 죽는다. 앓고 있던 간질병이 때마침 겹쳤다. 가정폭력의 방조자들은 할머니의 입을 빌려 "진작 갔어야 하는데, 이만하면 오래 살았다"(48쪽)라며 눈물 한 방울 없는 장례식을 치른다. 화숙은 이 소설에서 승자와 패자, 행복과 불행, 안주와 탈주의 두 가지 모순의 세계를 빈정댄다. 정신지체장애 엄마가 동네 남자들로부터 성폭력을 당한 대가로 사촌 수연의 잠지에 흙을 집어넣으면서(47쪽) 심리적 보상감을 채우는 그녀의 세계는 비웃음의 공간이다. 빈정대기만 하는 것이 아니라 외삼촌을 골리고 수연을 때리고 할머니에게 욕을 한다. 그녀에겐 웃음이 없다. 옷 보따리 장사부터 식당 배달원 일까지 하면서 손때 묻은 통장에 청춘을 묻고 악착같이 돈을 벌었다. "네 몸뚱이는 네가 지켜." 외삼촌의 이 말을 신조로 삼고 살았다. 화숙의 꿈은 오직 하나, '빵빵한 저금통장'을 들고 천변을 뜨는 것이다. '가족과의 고리를 쿨하게 끊고 싶고, 부자가 되고 싶고, 사랑을 받고 싶고'의 끝은 자신이 병신 딸인 줄 아무도 모르게 세상을 감쪽같이 속이는 것이다. 천변 건너 투명하고 말끔한 샹그릴라 같은 신도시는 그녀의 이데아다.

"주말마다 로또를 사지만 떼돈 벌기를 바라지도 않았다. 그저 먹고 사는 데 별 탈이 없으면 하는 바람, 그게 현실적으로 안 된다는 걸 절감할 때마다 적당히 좌절하고, 또한 적당히 세월을 한탄하며 술로 잊어버리는 사람들이었다."(109쪽) 아무리 더러운 진창이라도 이데아는 달콤하게 숨 쉰다. 그러나 이데아의 풍경 속에서 그려지는 행복(대개 돈이 그 중심에 있다)은 생명성이 짧다. 무효가 된 로또를 휴지통에 던지면서 저녁이면 신 깍두기 안주에 소주 한 잔 마시는 인생. 이데아가 거세된 현실은 남루하다. 그러니까 한 큐의 승부수에 거는 희망은 일주일어치의 행복뿐이다. 행복이 귀한 이유는 야박하기 때문인데 나도 남들처럼 살아보고 싶다고 자탄하는 화숙의 사촌 수연은 이 소설에서 행복에 관한 한 '완벽한 희생양'이다. 아버지, 사촌인 화숙, 나중에는 동거남 재현까지 가세한 '화풀이용 샌드백'으로 살아온 수연의 유일한 권리였던 자살은 이 소설에서 새판을 짜는 종소리로 가족의 재편성을 예고한다. 다수의 삶을 보장하기 위해 누군가는 사라져야 할 것을 요구하는 사회에서 약자는 거세대상 1호이며(정신지체 엄마와 수동적이고 타자의존적인 수연의 소멸을 보라. 그들은 보호대상이었지만 오히려 폭력의 제물이 된다), 가족이라고 예외일 수 없다는 저자의 이 시각은 솔직하고 날카롭다.

김이설은 희생양의 처참한 의식을 통해 핏줄로 맺은 가족의 희생양을 다시는 요구하지 않는다는 의미로 '혈연'을 떼어낸 가족을 만들었다. 가족의 가족을 위한 가족에의 폭력이야말로 윤리나 규범조차 접근할 수 없는 철옹성이다. 가정폭력은 가해자와 피해자가 함께 자멸할 수 있다는 것, 핏줄로 맺어진 가정 내의 폭력이 가장 위험한 이유다. 가족의 배려와 위로의 결핍으로 항상 허기진 화숙에게 온순한 말씨로 밥상의 낙원을 차려주는 사람은 피 한 방울도 섞이지 않은 진순이다. 옆집에 세 들어 사는 진순은 늘 화숙의 부엌을 들락거린다. 호박을 채 썰어 장국수를 말고 맑은 콩나물국을 끓여 화숙의 사납고 쓰린 속을 달래준다.

"매운 걸 먹으면 힘이 난다"(110쪽)라던 할머니의 '매운 밥상'은 진순이 차리는 '순한 밥상'으로 옮겨갔다. 세상을 향한 증오심으로 들들 끓는 옆집 식구들에게 진순의 온화한 밥상은 사랑의 가족을 재편성한다. 그녀의 부엌은 사랑의 용소龍沼다.

2백 쪽이 채 되지 않는 이 소설에서(그 때문에 잡담으로 풍성한 책은 아니다) 김이설은 가족의 베인 상처를 회피하지 않고 가혹하게 응시했다. 찌질하고 지겹고 고통스런 현실을 관통하는 힘이 우리에게 있었던가. 그러니 따뜻한 밥상을 차리는 것 아니겠나. 신 김치로도 칼칼한 찌개를 만들어 허기진 창자를 덥혀주는 그것, 사랑의 힘이라고 나는 부르겠다. 레오 카락스 감독의 영화 〈나쁜 피〉와 동명인 이 책을 읽으면서 든 생각은 인간의 본질을 묻는 문제는 역시 '나쁜 피'가 우세하다는 것이다. 나는 성악설 쪽이니까.

책은 내 운명

스티븐 킹은 《미저리》에서 책에 미친 나머지, 작가의 다리를 분지르는 위험한 여자를 등장시킨다. 그러나 《순례자의 책》에 수록된 단편 〈꿈〉의 여주인공 전수운은 작가의 다리를 부러뜨리는 일보다 장서각藏書閣에 마음을 더 둔다. 이 책에 수록된 열 편의 이야기 중 〈꿈〉은 중국 최대 개인 도서관으로 6만 권의 장서를 보유한 '천일각天一閣'에 얽힌 한 여인의 사연을 바탕으로 한 소설이다. 주인공 전수운은 실존인물로, 어렸을 때부터 책을 좋아하여 범씨네 장서각 하나를 염두에 두고 시집을 간다. 혼수품으로 〈시경詩經〉, 〈좌전左傳〉, 〈설문해자設文解字〉, 〈당시선唐詩選〉을 가져갔다. 오직 책에 마음을 두고 혼인

한 전수운은 여자의 장서각 출입을 허용하지 않는 유교전통에 따라 끝내 장서각의 책을 보지 못한 채 스물여덟 살의 나이로 죽는다.

소설에서는 실존인물의 이루지 못한 꿈을 그녀가 입었던 붉은 비단치마에 쓴 글로 대신한다.

"책 읽는 즐거움만 누렸으면 좋았을 것을 왜 다른 원願을 품었던가. 또한 그 소원이 애초 이 땅에서 이루어질 수 없음을 왜 일찍이 몰랐던가. 나는 이제 책을 소유하는 것은 책을 짓는 것보다 더 큰 욕심임을 안다. 그러나 품어선 안 되는 꿈을 꾸었다고 스스로를 원망하지는 않으련다."(192쪽) 책 읽는 여자는 불온하고 불손하고 불행하고 위험한 시대였다. 집안일보다 책을 더 좋아하는 며느리를 시댁에선 좋아하지 않았다. 여전히 유효한 현모양처의 조건으로 책 읽는 며느리보다 살림 잘하는 며느리가 우선이다. 요새는 살림 잘하는 며느리보다 돈 잘 벌어 오는 며느리가 대우받는다는 말도 있다. 책은 이래저래 동서고금의 현실에서 밀린다. 그녀가 읽은 이탁오의 《분서焚書》는 화염 속에서 살아남았지만 그녀는 책 때문에 죽었다. 사람은 죽고 책은 살았다.

문자가 인간의 삶을 예속하는 그물이라면 '사람 책'은 무엇일까? 《순례자의 책》 가운데 또 다른 단편 〈살아 있는 도서관〉에선 책은 사람이라고 정의한다. 개인의 삶을 한 권의 책으로 보는 살아있는 도서관에서는 '사람 책'의 대출도 가능하다. 예를 들면 '집시'를 빌려서 함께 이야기를 나누고 정해진 시간에 반납(귀가시키기)하기 같은 것이다. 이런 모임의 행사에서는 다양한 직업과 성향을 지닌 사람들이 모두 대출의 대상이 되는데 동성애자, 보모, 이슬람 신자 등은 물론이고 나처럼 염소 키우는 사람도 대출이 가능하다. 물론 나는 희소성의 원칙에 따라 대출 비용이 좀 비싼 편이므로 공동구매가 유리하다.

나는 이 책을 읽으면서 사람 도서관의 존재를 처음 알았는데 덴마크에서 시작된 이 운동은 현재 세계 23개국에서 운영되고 있다고 한다. 다른 사람의 삶을 들으면서 독자는 이전에 지닌 편견을 깬다는 장점이 있지만 사람 책의 안전성과 진실성에 관한 신뢰는 독자의 몫이다. '사람 책'은 사람 나고 책 났지 책 나고 사람 난 것이 아니라는 사람으로의 회항의지로 보인다. 독자는 문득 이런 질문을 던질 것이다. 책이 없는 세상은 정말 야만인가? '기록=문명/문맹=야만'의 논리에 우리가 그동안 너무 세뇌당한 것은 아닐까?

존 스타인벡의 《분노의 포도》를 읽고 작가의 꿈을 키웠다는 저자 김이경은 책 속의 책 이야기를 쓰기 위해서 서른 편의 참고자료를 이용했다. 목록 중에서 니콜라스 바스베인스의 《젠틀 매드니스》는 책에 미친 사람들의 집합체를 다룬 모음집으로, 사람 가죽으로 장정을 하거나 마지막 빵을 살 돈으로 책을 사고 굶어죽는 사람도 등장하는 재미있는 책이다. 침대 위만 빼고는 집 전체가 책으로 포위된 사람도 있다. 타인과의 관계 맺기에서 실패한 책 미치광이들이 책에 열정을 불어넣는 이야기는 탐서광에겐 언제나 흥미진진하다. 그러나 《순례자의 책》 중 두 번째 단편 〈상동야화尚洞夜話〉처럼 살인사건 속의 책을 통해 새로운 관계 맺기에 성공해서 아예 작가로 전업한 수사요원도 있다. 책이 변화시킨 사람은 조선의 검시관만이 아니다. 6년 전, 황야에서 술 마시고 노래하고 춤추며 놀던 무식한 나에게 책은 어느 날 갑자기 찾아왔다. 그것은 운명이었다. 책의 문을 열면서 나는 내 황폐한 영혼의 빵꾸를 수리하고 시력을 교체했다. 굶는 사람과 배부른 사람을 읽고, 참혹한 세상과 아름다운 세상을 읽었다. 눈물과 웃음과 망각의 책도 읽었다. 개안開眼이다. 알렉산드리아 도서관 외벽에 내 이름을 새겨 넣는 상상의 마법 역시 책이 알려줬다.

책에 관한 다양한 이야기 모음집인 이 책은 각기 다른 문체와 서술방식으로 읽는 즐거움을 선사한다. 하지만 똑똑 끊어지는 매끈한 문장에 지나치게 공을 들인 나머지 내용의 발효가 부족한 느낌을 지울 수 없다.

산목숨으로 이렇게
외로울 수는 없는 법

위안부 얘기다. 위. 안. 부. 나는 입술을 모으고 한 글자씩 떼어 소
리를 냈다. 성노예. 강간. 폭력. 제국주의. 대동아공영권. 도조 히데
키. 그리고 박정희까지 낱말 잇기 게임처럼 나열해봤다. 거기에는 청
춘을 잃고 소녀에서 곧장 할머니가 된 여성들이 있다. 김학순. 박두
리. 김순덕. 박옥선. 강덕경. 꽃님이라는 사랑스러운 이름을 가진 소
녀. 딸 부잣집의 막례. 검은 머리가 탐스럽던 열다섯 살 간난이. 전쟁
절정이던 1940년 일본은 약 10만 명의 위안부를 동원했다. 10만 명.
내가 사는 지역의 총인구가 8만 9천여 명인데 그 숫자보다 많다. 소
위 처녀공출이라고 해서 수송선에 태운 숫자가 이 정도다. 갑자기

1636년 병자호란이 떠오른다. 인조는 청에 전쟁의 책임을 지는 대가로 조선인 노예 60만 명을 청에 넘겼다. 고려 때부터 공녀貢女라는 명분으로 몽골에 상납된 처녀공출은 조선왕조가 역사의 병풍 뒤로 사라진 후에도 지속되었다.

돌아온 그들을 향해 세상은 환향녀라고 불렀다. 환향녀는 환향년이 되었다. 환향년은 1950년 한국전쟁 이후 미군부대 앞에서 양색시가 되었다. 정절을 잃은 딸년은 집안의 수치이므로 그들 대부분은 가족과 단절하고 산다. 1992년 10월 28일 동두천 기지촌에서 음부에 콜라병이 꽂힌 채 한 여자가 죽었다. 직장에는 26센티미터의 우산대도 박혀있었다. 참혹한 최후를 맞이한 그녀의 이름은 윤금이다. 죽음의 퍼포먼스를 자행한 케네스 마클 이병은 징역 15년을 선고받고 2006년 미국으로 출국했다. 그 당시 윤금이 사건을 개인의 문제로 보느냐 국가의 문제로 보느냐 하는 논쟁이 치열했던 것으로 기억한다. 현대사에서 미군 기지촌 문제는 전적으로 국가의 강제성에 기인한다고 보기는 어렵지만 총체적으로 볼 때 국가의 재난과 긴밀한 관계가 있음을 간과할 수 없다. 그러나 위안부는 좀 다른 시각으로 볼 필요가 있다. 위안부는 처음부터 끝까지 국가의 개입과 강요로 적국의 군인에게 몸을 빼앗긴 여자들이다. 철저히 국가의 기획의도로 집행된 위안부의 역사는 오래됐다. 로마제국의 전성기였던 BC 1세기~AD 3세기 때도 접대성 매춘방식으로 점령지의 여인들을 취하는 공급과 수요가 존재했다. 전쟁은 병사와 장군, 전투기와 미사일과 총과 칼, 탱크 그리고 여자도 필요로 한다. 그것들은 군인이 사용한다.

군인이 있는 곳에는 위안부가 있다. 콘돔과 여성은 전투력 향상의 보급품으로 전쟁은 위안부를 필요로 한다. 전쟁터의 섹스머신인 위안부는 보급품 이상도 이하도 아니다. 생명성이 배제된 기계는 인격이 없다. 수전 손택은 《타인의 고통》에서 "폭력은 폭력의 피해자를 사물로 뒤바꿔버리기 때문에 잘못된 것"이라고 말한다. 사물이 된 위안부는 군용침대 하나에 짙은 갈색 모포 하나 달랑 놓인 목조건물에서 하루에 열 명, 또는 스무 명이나 그 이상의 남자를 받았다. 이 책의 화자인 강덕경 할머니는 더 많은 군인들이 아랫도리를 공격하러 오는 주말은 공포로 떨었다고 술회한다. 그러나 사물에게는 인격이나 감정이 없으므로 병사들은 제국의 강건한 망상과 죽음의 두려움을 마음껏 배설하도록 용인된다.

"군인들이 그녀를 비롯한 여자들을 인근 산의 언덕으로 데리고 갔던 것이다. 캄캄한 밤이었고 숲에선 풀벌레들이 와글거리며 울고 있었다. 그녀와 여자들은 모포를 들고 있었다. 군인들은 땅이 평평하고 마른 지역을 찾아 모포를 깔았고 거기에 그녀를 눕혔다. 사위엔 무성한 어둠과 둥근 가지의 나무들뿐이었다. 군인들은 차례로 그녀의 몸을 범했고 어린 그녀는 비참하기에 앞서 몸이 너무나 아팠다. (……) 허공에 무성한 가지들 사이로 별들이 총총한 밤이 느리게 지나갔다. 일이 끝났을 때 그녀는 일어설 수 없었고 군인 두 명이 그녀를 부축해 천막 속으로 밀어 넣었다. 몸을 벌레처럼 웅크리고 새벽까지 그녀는 잠들지 못했다."(81~82쪽)

위안부는 자발적 매춘이며 개인의 성매매라는 의견이 있다. 이런 논리는 국가를 위해 개인의 삶을 담보로 잡는 제국의 논리와 맞닿아 있는 것으로 약자의 입장에선 저항해봤자 득 될 것이 없으므로 강자의 논리에 순응하자는 노예의 논리이기도 하다. 제국주의자들의 이런 모습은 강덕경 할머니를 야산에서 처음 범했던 일본군 헌병 고바야시

다테오와 닮았다. 새하얀 종이에 찹쌀떡을 담아 갖다주거나 생필품을 챙겨주는 척하지만 고바야시는 전형적인 제국의 군인이다. 자신이 한 여자의 삶에 돌이킬 수 없는 죄를 짓고도 무책임한 연정을 보여주는 고바야시의 이중적 행태는 국가를 위해 개인의 희생을 제물로 삼고 희생 후에는 유공자로 우대하는 국가주의의 두 얼굴이다. 그러나 위안부는 창피한 역사의 산증인이기 때문에 가족은 물론 국가로부터도 철저히 버림받은 존재다. 고바야시 역시 제국의 망상을 충실히 수행한 인물로, 그에게 강덕경은 조금 달래줘야 하는 정도의 섹스돌sex doll이었을 뿐, 인격체에 대한 진정한 위로는 어디에도 없다.

다시, 강덕경 할머니의 그림을 본다. 〈빼앗긴 순정〉(1995). 나무의 돌연변이 같은 일본 군인이 음험한 표정으로 벌거벗은 소녀를 내려다본다. 그것은 악령 같기도 하고 한밤중 야생의 짐승 같기도 하다. 기괴하고 불길한 그림이다. 저자 배홍진은 유령작가 출신으로 유령처럼 살아온 위안부 강덕경 할머니의 잃어버린 청춘의 궤적을 다큐멘터리 형식으로 기록했다. 이 책은 그처럼 몸으로 밀어 쓴 책이다.

그리고 사는 일이 남았구나

성석제의 문체는 단연코 '유머' 다. 유머와 수다로 허풍을 부풀리다가 막판에 뒤집는 게 그의 특기였다. 이 입담 좋은 작가는 동네 구멍가게나 변두리 호프집에서 마주칠 것처럼 독자와 근거리에 있다. 쉬워 보이는 이웃집 아저씨, 그 사람이 작가 성석제다. 인상도 편하다. 그의 음식 이야기를 듣고 있으면 정말 걸쭉한 묵밥을 한 대접은 먹고 싶어지고, 김이 펄펄 나는 순두부찌개 냄새에 침이 고인다. 그가 주로 활동하는 동네는 고학력과 고소득의 경계 밖 사람들이 아옹다옹 모여 사는 골목 안쪽이다. 돈과 직업과 명예의 권력에 포함되지 않지만 성석제의 사람들은 늘 유머를 잊지 않았다. 그 군불 같은 퀴

퀴한 따뜻함이 성석제의 문체였다.

그런데 그 주황색 문체가 이번에는 바뀌었다. 일곱 개의 단편을 비슷하게 섞어 들려준 이 책에선 유머와 허풍의 수다쟁이 성석제가 아닌 것이다. 심각한 얼굴로 바뀌었다. 이 책에서 성석제의 변신이 가장 충격적인 단편은 〈아무것도 아니었다〉와 〈저만치 떨어져 피어 있네〉다. 돈에 분해되고 절단되는 인간의 몰락을 그린 이 두 이야기는 사실 우리가 매일 만나는 '사회 뉴스' 다. 노래방에서 웃음을 파는 아내도, 야동과 고스톱을 취미로 삼은 아이도, 끊어진 수도와 휴대폰 통화료 그까이꺼(!) 문짝 하나에도 억 하는 강남의 재개발 아파트에 들어가게만 되면 모두 한 큐에 끝난다(〈아무것도 아니었다〉). 제발 그 꿈이 불나지 않기를 바라지만 인생이 어디 내 마음대로 큐 사인을 허락하던가.

포털 사이트에서 검색 1순위로 만나는 유명 연예인의 호화로운 사생활과 정치인의 기름진 얼굴을 보며 텔레비전 화면 바깥의 나는 껌을 질겅질겅 씹는다. 욘사마 배용준이 타고 다니는 7억짜리 마이바흐가 어떻게 생겨먹었는지 알 바 아니고 이영애가 들고 다니는 780만 원짜리 명품 가방도 탐나지 않지만, 건드리지 않으면 나 역시 '조용하고 온순하게 살고 싶은' 한 송이 꽃이다. 한 송이 꽃이 껌을 씹다가 '소탈한 명품'을 드는 순간 침을 퉤 뱉으면서 욕을 한다. 그러다가 종국에는 삿대질을 하고 멱살을 잡을 것이다. 한 송이 꽃이 쌍시옷 소리를 툭툭 쏟아내는 무식한 쌈닭이 되는 현실을 성석제는 눈썹 하나 까딱 안 하고 말한다.

인생이란 자기 식대로 기는 거라지만 사회 공동체가 품지 않는 경계 밖 이야기, 가까이는 2009년 1월 용산 철거민 참사가 있다. 법의 보호 밖에서 법으로부터 유린당하는 그들은 누구의 이웃인가? 법에 기대려다가 법의 폭력에 찢겨 집을 내놔야 하는 "지금 우리보고 어디로 가란 말이에요. 우리가 뭘 잘못했는데. 우리가 도대체 뭘 잘못했습니까. 왜 집을 빼앗습니까. 왜 나가라고 합니까. 우리보고 어디로 가라고 그럽니까. 식구들을 왜 찢어놓습니까. 누가 찢어놓습니까"(281쪽). 〈저만치 떨어져 피어 있네〉에서는 돈도 되지 않는 아동화가의 비현실적인 사회풍토와 법원에서 발송된 빨간 독촉장이 대립하는 현상을 "그리고 사는 일이 남았다"(233쪽)로 압축한다. 돈도 없이 집도 뺏기는 개털 같은 세상에서 성석제의 희망은 무엇일까? 희망이란 인터넷 사이버 머니처럼 허풍선이일까?

그래서 노래가 필요하다. "성문 앞 우물곁에 서있는 보리수. 나는 그 그늘아래 단꿈을 꾸었네. 가지에 희망의 말 새기어놓고서……." 노래를 따라 부르며 관성으로부터 힘을 얻는 법을 배우고 싶다는 생각이 든다. 그럴 때, 절망은 나의 힘(!)이 될 수 있을까? 밀린 외상값과, 빈 쌀통과, 무엇보다 당신은 이제 희망의 경계 밖으로 나가줘야겠다는 처절한 살풍경의 현실이 상영되면 익명의 증오가 불려 나온다. 개새끼, 개자식, 개놈아. 폐허의 순간에 제시되는 인간의 삶을 책 표지의 돌기둥 같은 군상들이 보여준다. 저금통장의 잔고가 얼마든 성석제는 말한다. "귀가 멀고, 입이 닫히고, 그리고 말이 말이 아니다." 말이 말의 본질을 잃은 세상에 "맛있다는 게 본질적인 것은 아니야. (……) 맛의 본질은 무미야"(〈고욤〉).

성석제의 비의悲意로 가득한 이 책을 읽고 나면 인생은 너저분하고 존재의 깊이 따위는 없고 다만 살아갈 뿐이라는 생각이 든다. 그는 명랑하고 순박했던 희극의 옷을 벗었다. 인간이 인간이 아닌 지금 바뀌는 것은 당연하다고 말한다. 중년이 되어 이 책을 읽게 된 일은 다행이다. 책은 읽히기만 할 뿐 아니라 이해되는 시간을 요구한다.

외국어로 번역불가인
우리말의 옴팡집

변산반도 칠산 앞바다 어디쯤 포근한 엄마의 젖가슴처럼 부드러운 둔덕이 있다. 그 너머로 작은 마을이 클로즈업된다. 가난한 촌구석 마을의 형제 많은 집 막둥이라는 저자의 프로필 한 문장에 앞으로의 전개가 너무 빤히 보인다. 그러나 기억이 추억으로 변하면 못나고 헐벗고 숭한 것도 아름답다. 저자의 회고록 같은 이 책은 주로 배고프던 시절의 옛 음식 이야기다. 솥단지 밑에 닿아서 노릇노릇 탄 고구마 냄새는 몸에 남았다(53쪽). 마당에 덕석 내다 펴고 온 동네 사람이 모여 땀을 뻘뻘 흘리며 먹던 농어 미역국의 단맛도 혀는 기억한다(93쪽). '몸의 기억'은 오래간다. 몸이 간직하고 있는 옛날 음식의 맛, 냄새, 모양새를 회고하는 동안 독자는(그것도 사십대 이후의 시골 출신 중년층) 자신을 키운 고향을 떠올린다.

농경사회에서는 먹는 일이 가장 중했다. 먹는 일은 자연과 합의하는 일이고, 자연의 일부인 사람의 존재성을 확인하는 일이기도 했다. 마침내 문명이 그것을 방해하고 다른 길을 새로 만드는 데 성공했지만 알약 하나로 끼니를 때우는 세상이 오기 전까지 몸의 기준은 여전히 먹는 것이다. 이 책에선 고급 레스토랑이나 호텔식 뷔페에서 구경할 수 없는 시골밥상이 대거 차려지는데 햄버거와 피자 맛에 길들여진 세대들은 도저히 감을 잡을 수 없는 '박물관 표' 음식, '추억의 음식디미방'이다. 계란을 풀어서 찐 부드러운 무젓, 밥물이 약간 넘어 들어가 담백해진 된장찜, 군내 나는 김장김치를 살짝 빨아서 개운하게 쪄내는 김치찜 같은 것은 밥솥에 쪄 먹는 반찬들이다. 밥물이 설설 끓어오를 즈음 뜨거운 솥뚜껑을 열고 새우젓으로 삼삼하게 간을 맞춘 계란찜이나 애호박찜을 먹고 자란 내 기억에 의하면 밥솥에 쪄 먹는 반찬은 달착지근하고 구수하다. 밥물과 뜨거운 수증기가 만들어준 맛이다. 그러나 이제는 밥솥에 음식을 쪄 먹지 않는다. 뿐만 아니라 집안에서 음식 냄새가 사라지고 있다. 돈 버느라 바쁜 탓이다.

"쌀 한 줌 이상의 것을 나는 더 알지도 못했고 알 필요도 없었다. 그러기에 그 쌀 한 줌이 최고의 것이었고 그것을 못 얻는 절실함은 먹을 수 없는 바람벽의 흙을 파먹게 만든 것이었다."(23쪽)

하물며 바람벽을 파먹어야 하는 상황인데 허기짐의 절실함이야 말해서 무엇하랴. 그런 이유인지 저자의 먹는 이야기에는 구수한 맛이 전부는 아니다. 구수한 것의 배경에는 호롱불 앞에 옹기종기 모여 앉은 온기가 녹아있다. 그것에 녹아있는 눈물과 상처와 사연들이 알록달록 추억의 등불에 흔들린다. 말하자면 이 책은 흑백 필름 '그때 그 시절을 아시나요?'의 대본인 셈이다. 책 서두 발문에서 작가 윤구병은 저자 박형진을 두고 "5년 묵은 된장 맛 같은 가난한 농사꾼 시인"이라고 부른다. 가난한 농사꾼 시인 박형준이 옴팡지고 칼칼한 전라도 사투리로 '잊혀져가는 지방 사투리 모음집' 같은 것을 엮어 내주었으면 하는 바람을 가져본다. 나이를 먹으면 사라지는 것들에 젖는 법이다. 청국장이나 비지찌개는 물론이고 심지어 머리의 '이' 잡아주는 얘기까지!

파란여우가 생각하는 책

"세상이란 도대체 무얼 말하는 걸까요. 인간들의 집단을 말하는 걸까요. 어디에 그 세상이란 것의 실체가 있는 걸까요. 그 실체가 뭐가 됐든, 강하고 엄하고 무서운 것이라고 생각하면서 살아온 나였지만, 호리키에게서 그런 소릴 듣고 나니 문득 '세상이란 건 널 두고 하는 말 아니야?'라는 말이 혀끝까지 튀어 나왔습니다."
_다자이 오사무, 《인간실격》 중

　책 좀 읽는 사람들 사이에서 즐기는 독서문답이 있다. 책에 관한 질문놀이인데 그중 첫 번째 질문은 "책은 당신에게 무엇인가?"이다. 대답은 다양하다. 책은 영혼 치료제이거나 친구이며, 세상과의 또 다른 통로인가 하면, 지식의 허영기이고, 밥 먹고 똥 싸기처럼 일상적인 일, 또는 돈이기도 하다. 최소한 책을 읽고 글을 써서 밥을 버는 직업이라면 책은 곧 돈이고 밥이다. 누군가에게는 책이 세상이다. 세상의 모든 이야기. 빌 브라이슨의 표현을 빌리자면 '거의 모든 것의 역사'가 책에 있다. 문자 이전의 세상은 '거의 모든 것'에 해당되지 않지만, 이 또한 대단히 중요해서 사람들은 종종 문자시대 이전의 것까지 말하려고 애쓴다. 책이 세상의 '거의 모든 것'의 역사서라면 이제 책을 쓴 사람을 정의해보자. 책은 나무로 만든다. 책으로 만들만한 품질 좋은 나무를 찾으려면 숲으로 간다. 숲에 가서 전기톱이든, 서슬 퍼런 도끼날이든 간에 나무를 자빠뜨려서 끌고 온다. 나무를 가공해서 종이를 만들고 글을 쓴다. 훨씬 오래전에는 점토판과 반반한 돌조각 위에 작대기로, 쇠젓가락으로 뭔가 끼적거렸다. 나중에는 죽간이나, 파피루스, 양피지를 이용했다. 하여간에 인간의 종이는 글을 쓰기 위해 숲에서 나무를 끌고 와서 비롯되었다.

종이 위에 글을 쓴다. '야자수 나무 아래서 낮잠 자는 티라노사우루스 3세', '아담은 왜 이브와 단봇짐을 쌌는가'도 쓰고, '빨강머리 앤, 노랑머리 염색하기 비법'이나 '사교모임에서 예의 바르게 방귀 뀌는 기술', '5년 안에 염소재벌이 되는 스물다섯 가지 노하우'도 쓸 수 있다. 글 쓰는 사람 마음대로다. 세상의 모든 이야기를 책으로 쓸 수 있다. 철없던 시절의 자유분방한 섹스 탐닉도 잘만 쓰면 돈이 되어 보답한다. 10년 동안 한 번도 못 해본 이야기도 돈이 되고, 비슷한 처지의 사람들에게 공감을 불러일으킨다. '이건 내 얘기야.' 독자들은 열광하거나 냉소하거나 침을 뱉거나 여하튼 흥분한다. 책은 헤로인이다. 책의 맛에 중독이 된 독자들은 다단계 판매사원이 되어 다른 사람들까지 기꺼이 포섭한다. 그렇다고 세상의 모든 책이 영업에 성공하진 않는다. 어떤 책은 너무 고상해서 읽기도 전에 명상의 물결이 수면으로 안내한다. 또 다른 책은 문법, 수사, 논리, 대수, 기하, 천문을 말하는 통에 "지겨워!" 소리와 함께 '탁!' 던져진다. 글은 작가(그가 누구든 간에) 마음대로 쓰고, 읽는 일은 독자 마음에 달렸다. 작가는 전지전능한 글쓰기 권위를 갖고, 독자는 전지전능한 읽기 권력을 쥐고 있다. 둘은 상호 우호관계이거나 뜨뜻미지근한 손님이거나 철천지원수 간이 되기도 한다.

책은 세상의 거의 모든 이야기를 담고 있거나 거의 아무것도 담지 못한다. 이 무슨 뜬금없는 소리인가? 책은 문자의 기록이다. 사람이 쓴다. 자신의 이야기도 쓰고 미워하거나 사랑하거나 못생기거나 예쓰거나 타인의 가십거리도 쓴다. 오리온과 큰 곰 별자리도 쓰고 육각수에 종교적 부호까지 곁들여 추앙하기도 한다. 책에 관한 책을 쓰는 작가도 있다. 요컨대 책에 쓰지 못할 대상은 없다. 그러니까 책은 세상이다. 세상은 지구의 역사와 함께 회전한다. 돌고 도는 하늘 아래 새로울 것 없는 이야기. 사람이 있고, 나무와 꽃과 꿀벌과 나비와 새와 포유동물과 파충류, 또 흰 줄무늬 다람쥐와 개와 고양이의 역사. 그 외 엄청나게 시끄럽고 다양한 기타 등등. 반복하자면 책은 세상이다. 세상의 거의 모든 것의 이야기를 담고 있는 작은 소행성. 그곳의 주소가 B612라고 해두자. 상상력은 뻥이고 이런 뻥은 로맨틱하지 않은가. 그대, 고딕 인간. 웬만하면 뻥 좀 칩시다.

"가련한 넋이여! 짐을 꾸려 토르네오로 떠나자. 어쩌면 더욱 멀리라도 가자. 발틱해의 맨 끝까지라도. 할 수 있다면 인생에서 더욱 더 멀리. 북극에 가서 살자. 거기 태양은 비스듬히 땅을 비추고, 낮과 밤의 느린 교대는 변화를 없애고 허무의 반쪽인 단조로움을 북돋아 준다. 거기서 우리 오래도록 어둠의 미역을 감을 수 있을 것이요, 그동안, 우리의 마음을 즐겁게 하기 위하여 극광은 때때로 우리에게 지옥 불꽃의 반사광처럼 그 장밋빛 햇살 다발을 보내주리라! 마침내 내 넋의 말문이 터지더니만 슬기롭게도 내게 이렇게 외치는 것이다. 어딘들 상관없어! 다만 그곳이 이 세상 밖이기만 하다면!"
_보들레르, 《파리의 우울》 중

자, 이제 내 얘기를 좀 하자. 테드 창의 《당신 인생의 이야기》에 빗대면 나에게도 책의 역사가 있다. 나도 이거 언젠가는 쓸 테지만(모르죠, 카프카의 유언처럼 모두 불태워 버려! 이런 변덕이 없으란 법도) 내

삶에서의 책은 곧 세상이다. 그것도 그냥 세상이 아니고 새 세상이
다. 또 우려먹는 이야긴데 내가 책을 본격적으로 읽기 시작한 시기는
마흔 살이 된 어느 날부터였다. 남들 마흔과 내 마흔은 다르다. 나는
마흔 살이 되도록 결혼하지 않은 싱글이었고 직장생활도 변변치 못
했다. 고향을 떠나 타향에서 객客 노릇을 했으니 절친도 없었다. 마흔
이 되니까 허무했다. 나는 읽지 않는 책을 사들였다. 단지 샀을 뿐이
다. 내겐 장식용이라도 뭔가가 곁에 필요했다. 하필이면 그것이 책이
었다. 사들인 책을 책상 위에 쌓아놓고 스위트콘과 양송이와 양파,
피망과 소시지, 블랙 올리브와 피자치즈 등의 토핑이 풍부한 책의 화
려한 표지를 눈요기하며 영혼의 허기를 채웠다.

　폼 잡고 싶은 허영기를 선풍기 날개처럼 윙윙 돌리는 욕망으로 맨
처음 산 것이 《완당평전》이었는데, 완당의 〈세한도歲寒圖〉가 내게 있
어 세한도歲閑渡가 될 줄 누가 알았겠는가. 보들레르가 이 세상 바깥
의 그 어디로든 떠날 수만 있다면 죽어도 여한이 없을 것 같다고 한
절규, 난 그때 그런 심각한 상태였다. 돈도 없고 빽도 없이, 속된 말
로 미모도 재산도 권력도 그리고 연인도 없이 시골 면사무소로 출근
하는 늙은 여자에게 누가 애틋한 눈길을 주겠는가. 세상 인심이란 것
이 내 주머니가 두둑하면 파리, 모기가 배고픈 상어 떼처럼 달려들지
만 빈 주머니가 되면 빈대까지 나가 버린다. 함께 술 먹을 상대로는
좋았는지 만날 술타령은 원 없이 했다. 변두리에 술집 하나 차릴만한
돈이 내 지갑을 떠났다. 허무하고 허탈하여 허허로운 때에 책이 내게
왔다. 첫 책인 《완당평전》 세 권을 읽으면서 다른 건 잊고 완당의 〈세
한도〉만 내게 남았다. 압축완당이다. 고향을 잃은 사람, 고향의 정적
들로부터 떠나온 사람, 진정성을 의심받고 마음을 다한 기도가 하늘
에 닿지 못해 부서진 사람, 세상의 바깥으로 홀로 던져진 사람. 책은

불면의 밤을 붉은 포도주처럼 흥건히 위로했다.

　그때 내가 잠시 근무했던 면사무소 앞마당에는 수령이 백 년이 넘은 고로쇠나무가 있었다. 여름이 가고 쓸쓸한 가을을 지나 무덤덤한 겨울이 끝나고 다시 봄이 올 때까지, 늙은 나무는 출퇴근을 서두르는 키 작은 나를 등 굽은 할머니처럼 마중하고 배웅했다. 경칩을 전후한 이른 봄이 되면 종이컵에 담긴 수액이 직원들의 책상으로 배달되었는데 그 맛이 무척 달콤했다. 늙은 나무가 제 몸의 혈액으로 외롭고 신산한 세상의 빈혈에 시달린 나를 다독였다. 나는 수액을 한 모금씩 천천히, 혀를 입안에서 굴려가며 아껴 마셨다. 세상은 팍팍했고 나는 춥고 허기졌다. 종종 심허증으로 앓아눕기도 했다. 완당의 〈세한도〉에 나오는 나무가 고로쇠라고 착각했다. 면사무소 앞마당 늙은 고로쇠나무는 내가 잃은 꿈, 간직하고 싶은 꿈을 알고 있었다. 고로쇠나무 아래에서 독백으로 흘린 내 꿈의 파편들을 나무는 말없이 바람에 쓸려 보냈다. 나는 종종 화가 났고 괴로웠고 외로웠다. 검은 상복 같은 정장을 즐겨 입고 기형도처럼 세상을 증오한다고 발광했다. 면사무소의 늙은 고로쇠나무는 내 삶의 어느 한 시점의 완벽한 증인이다.

　그리고 책이 내게 왔다. 뻥쟁이 가브리엘 마르케스의 풍요로운 수다를 듣고 수전 손택의 윤택한 지성도 만났다. 이탁오를 읽는 동안에는 그의 고독에 전염되어 밤마다 한 모금씩 소주를 마셨다. 책을 읽기 전 온몸으로 세상을 관통하느라 생긴 상처에 책은 빨간약을 발라줬다. 나는 한 차례 쩌릿쩌릿 아프고 나서 새 세상의 문이 쾅쾅 열리는 것을 봤다. 열려라 참깨 같은 주문은 없었지만 그것은 마법이었다. 황야에서 뒹굴던 여우는 널빤지에 글을 쓰기 시작했다. 서툴렀다. 삐뚤빼뚤.

"결국 인생의 여러 가지 경험들, 이리저리 찢겨지고 갈래갈래 조각
난 경험들을 숙고해보건대 내가 참으로 실존의 책상에 임하는 것은
차라리 백지 앞에서, 나의 램프로부터 적당한 거리를 두어 책상 위에
펼쳐진 흰 페이지 앞에서이다. 그렇다. 내가 최대한의 실존, 팽팽한
실존, 앞을 향하여, 보다 앞을 향하여, 또 그 위를 향하여 긴장되어있
는 실존을 알게 되는 것은 나의 실존의 책상에서이다."
_가스통 바슐라르, 《촛불의 미학》 중

　　바슐라르의 책상은 실존의 책상이다. 책상 앞의 나는 어둡고 습하
고 아픈 곳을 한 번 더 응시한다. 다자이 오사무는 자신이 세상이라
고 말한다. 책상 위에서 관념을 밝히는 촛불을 창밖으로 내던지고 실
존을 밝히는 새 촛불을 켜라고 책은 일러준다. 팽팽한 스트레이트 미
문 때문에 소설 말고 에세이를 쓰라고 권유받는 작가 김훈은 밥은 지
엄하다고 말한다.

　　실존을 말하지 않는 책은 사이비고, 상상력으로 위로해주지 않는
책은 관 속에 넣어야 하고, 최후의 질문조차 남기지 않는 책은 불쏘
시개로 끝나야 한다. 밥 먹고 똥 싸고 욕하고 웃고 우는 조촐하고 소
박한 꿈을 가진 사람들이 책이 열어준 새 세상에서 좀 더 많이 더 많
이 행복했으면 좋겠다.

2 — 외국문학 편

<u>**외국문학 편에 소개되는 책**</u>

내 영혼의 망명정부
내 영혼이 따뜻했던 날들 포리스트 카터 지음, 조경숙 옮김 | 아름드리미디어 | 2003년 6월

나는 나의 깃발을 흔들 뿐이다.
남쪽으로 튀어 오쿠다 히데오 지음, 양윤옥 옮김 | 은행나무 | 2006년 7월

타샤 할머니의 낙원
타샤의 정원 타샤 튜더.토바 마틴 지음, 공경희 옮김 | 윌북 | 2006년 8월

새가 된 제왕
나, 제왕의 생애 쑤퉁 지음, 문현선 옮김 | 아고라 | 2007년 6월

부르주아 철학자 보통 씨
동물원에 가기 알랭 드 보통 지음, 정영목 옮김 | 이레 | 2006년 8월

달려라 글쓰기, 뽕야!
유혹하는 글쓰기 스티븐 킹 지음, 김진준 옮김 | 김영사 | 2002년 2월

그들의 미래, 우울한 방에 머물다
카불의 책장수 오스네 사이에르스타드 지음, 권민정 옮김 | 아름드리미디어 | 2005년 11월

사라진 미국 꿈의 상징
미국의 송어낚시 리처드 브라우티건 지음, 김성곤 옮김 | 비채 | 2006년 11월

단 한권의 소설책
백년 동안의 고독 가브리엘 가르시아 마르케스 지음, 안정효 옮김, 김욱동 해설 | 문학사상사 | 2005년 7월

봄을 기다리며 읽은 여섯 편의 흰죽 이야기
부생육기 심복 지음, 권수전 옮김 | 책세상 | 2003년 1월

인간과 금수의 차이
쌀 쑤퉁 지음, 김은신 옮김 | 아고라 | 2007년 1월

작가의 버터 빵과 문학의 임무
굶주림 크누트 함순 지음, 김남석 옮김 | 범우사 | 2006년 3월

책에 미치는 것이야말로 곧 그의 인생
젠틀 매드니스 니콜라스 A. 바스베인스 지음, 표정훈.김연수.박중서 옮김 | 뜨인돌 | 2006년 1월

누가 문명의 덫을 걷어 찰 수 있는가
데르수 우잘라 블라디미르 클라우디에비치 아르세니에프 지음, 김욱 옮김 | 갈라파고스 | 2005년 11월

내 영혼의
망명정부

다섯 살짜리 주인공 '작은 나무'는 아메리칸인디언 체로키족이다. 아빠가 돌아가신 지 일 년 만에 엄마까지 잃고 할머니 할아버지와 함께 살게 되었다. 그곳은 소나무 숲 속에 달빛이 어리고 은빛 돛단배 모양의 안개가 피어나는 하늘협곡이라 불리는 골짜기다. 인디언 노부부는 어린 손자에게 산속의 체험과 세상의 체험을 동시에 가르친다. 할머니는 돌난로 앞에 앉아 어린 손자에게 셰익스피어를 읽어주고 사향노루 가죽으로 모카신을 만들어준다. 할아버지는 어린 손자를 데리고 산에 가거나 읍내에 데리고 다닌다. 할아버지는 현장교육을 통해 인간은 자연에 순응해야 하며 인디언의 적은 백인들이 만든 체제라는 것을 손자에게 학습시킨다. 백인들이 만든 법에 인디언이 당한 폭압을 상기시키는 할아버지에게 '법'이란 무조건 권력만 휘두르는 괴물이다. 할아버지는 백인을 좋아하지 않았다. "뉴욕이란 곳은 사람들이 너무 많아서 살 땅이 모자라기 때문에 뉴욕 사람들 중 반 정도는 미쳐 있고, 그래서 총으로 자살하거나 창문에서 뛰어내리는 일이 생기는 것이라고 설명해주셨다."(146쪽) 독자는 이런 문장을 읽으며 바글바글한 뉴욕으로 상징되는 물질문명의 폐단을 떠올릴 것이다.

이 책 역시 마찬가지지만 인디언 일화에서 다루는 백인들의 문명이란 속은 비고 겉만 부푼 애드벌룬 같다. 특히 문명이 만든 제도 중에서 자본권력은 착취의 온상으로 소작농의 어린 딸을 겨울에도 맨발로 다니게 만든다. 결국 인디언 소년은 자연만이 인간의 위대한 스승이고 고향이라는 것을 배운다. 자동차와 컴퓨터와 냉장고와 전기밥솥까지 모두 갖추고 심지어 공장에서 찍어낸 밥을 먹고 사는 문명인들은 왜 거친 야생을 회고하는가? 아마 이 책을 읽은 독자들 대부분은 인디언의 자연순응적 삶을 통해 잠시 지친 마음을 쉬고 싶었을지도 모른다. 그러니까 인디언의 자연예찬은 돈을 쫓는 물질적 존재로서의 인간에게 영혼의 고향을 묻고 있다.

인간은 자연을 이용후생의 대상으로 삼으면서 한편으론 자연을 숭고한 가치로 모시려 든다. 문명의 자연 수탈행위에 대한 대속의식인가. 무엇 때문에 인간은 자연을 완전히 차버리지 못하는 것일까? 늙은 사향고무나무에게 고백을 털어놓는 대신에 인간은 메신저로 친구를 정한다. 마침내 인터넷은 생명을 갖췄다! 하루라도 인터넷을 하지 않으면 정신적 공황을 겪으면서도 자연에 대한 향수병 때문에 독자들은 자연 이야기에 열광을 하는 것이다. 이때 동화적 상상력을 별첨하면 효과는 배가된다.

그렇다고 문명의 식탁에 야생민들레나 버들난 샐러드가 올라오진
않는다. 잃어버린 원시의 향수를 잊지 못해 주말이면 차를 몰고 야외
로 나가지만 그들에게 남는 것은 피로감과 다음 달 날아올 카드결제
청구서뿐이다. 그럼에도 에덴의 향수는 끊기 어렵다. 향수병을 도지
게 만드는 자연은 어떤 존재일까? 문명과 자연의 이격공간에서의 묘
한 체험은 리처드 브라우티건의 《미국의 송어낚시》에서 읽은 기억이
난다. 온천이 있는 한 마을길을 따라 올라간 주인공은 급경사 길 위
에서 '영원의 거리'라는 팻말이 붙은 묘지를 발견하고 그곳에서 환
각과도 같은 기묘한 광경을 본다.

한 노부부가 캘리포니아를 달리던 중 주유소 앞에 차를 세우고 가
솔린을 주문하자 주유소 조수는 들꽃 씨앗을 원하냐고 묻는다. 주유
소에서 웬 들꽃 씨앗? 사은품치고는 수상하다. 가솔린만 넣어달라는
남자의 주문에 조수가 하는 말이 예사롭지 않다. "그러나 우리는 오
늘 가솔린과 함께 들꽃 씨앗도 나눠주고 있거든요. 그것들은 선생님
의 정원을 환하게 해줄 겁니다."(《미국의 송어낚시》, 170쪽) 하지만 그
들꽃은 '평화로운' 잔디밭의 침입자여서 나중에 도끼로 찍혀 뽑히는
신세가 되었다는 이야기다. 《내 영혼이 따뜻했던 날들》과는 전혀 상관
없는 얘기인 것 같지만 현대문명과 자연을 쪼개놓고 해부했다는 점에
서 이 두 권의 책은 상통한다. 요컨대 '착한 자연'의 삶을 통해 '편리
하지만 착하지 않은 문명'을 돌아보는 것이다.

대개 이 책에 바친 경탄은 '문명에 때 묻지 않은', '자연의 순수함'
이라는 등식으로 일관된다. 아니나 다를까 책 뒤표지에 줄줄이 딸린
서평광고는 모두 한 목소리로 '자연의 순수함'을 말한다. 아름다운
동화의 결정체는 '순수함'이 과장될수록 성공한다. 순수함은 아멘(!)
같은 후렴구처럼 아무리 강조해도 지나치지 않는 종교적 기호가 되

었다. 그것도 아메리칸인디언의 자전적 성장소설이니 독자들의 느낌표가 만발하는 것도 놀랄 일은 아니다. 바스콘셀로스의 《나의 라임오렌지 나무》나 생텍쥐페리의 《어린 왕자》가 밀리언셀러로 각광받는 이유도 나무와 꽃과 여우, 별이라는 자연요소가 등장하기 때문이다. 여기에는 '자연＝순수한 존재'라는 인식이 저변에 깔려있다. 자연의 정체성을 순수함으로 보는 사고는 '문명＝인위적 결과'라는 데 상응한 것이다.

자연은 정말 '착한 천사'일까? 자연이 자애롭다는 인식은 도대체 어디에 기인한 것일까? 이 책에서도 자연의 치열한 생존경쟁을 언급하지만 독자는 마지막 책장을 덮고 나서도 여전히 자연은 순수하다고 믿어버린다. 누가 감히 자연을 피도 눈물도 없는 냉혈한이라고 의심하랴.

"겨울 찬바람을 악착같이 버티고 살아남은 나무가 있는데, 자연이 그걸 없애버리려고 마음먹었다고 하자. 자연은 그 나무를 땅에서 뿌리째 뽑아 산 아래로 굴려버린다. 온갖 관목과 나뭇가지들 사이를 훑고 지나가다가 약하다고 느껴지는 것이 있으면 그 바람 손가락으로 말끔히 없애버리는 게 바로 자연이다."(160쪽) 어떤가? 자연이 무섭지 않은가! 자연은 인간이 측정할 수 없는 진동으로 종種의 전쟁을 치른다. 그뿐 아니다. 자연은 생존우위를 지키려 인간과도 사투를 벌인다. 그럼에도 인간은 자연을 순수한 대상에 고정시켜놓고 문명에 지친 심신을 달랜다. 가령, 제도와 조직의 강제성에 지친 도시인들이 산과 바다를 찾아가는 장면을 상기할 수 있다.

"겨울날의 짧은 낮 시간을 나는 이렇게 내 비밀장소에서 보냈다. 내 영혼은 이제 더 이상 아프지 않았다. 바람과 나무와 시냇물과 새

들이 불러준 그 부드러운 노랫소리로 내 마음이 깨끗이 씻겼기 때문이다."(313쪽)

　자연이 인간의 기쁨조, 영혼의 박카스로서 필요한 이유는 두말할 필요 없이 '구원' 때문이다. 문명의 때로 얼룩진 인간의 마음에 세례 은총을 베푸는 자연은 가끔 경고조로 사람을 삼키지만 상처받은 인간을 한 장의 부드러운 융단처럼 조건 없이 감싸주기도 한다. 바로 이것 때문에 인간은 자연을 극복의 대상이 아닌 고향의 향수로 느끼는 것 아닐까?

　눈물 없이는 읽을 수 없는 절절한 이 소설의 저자 포리스트 카터는 광적인 백인 우월주의자였다. 카터는 체로키족의 핏줄이지만 그가 어떤 연유로 KKK 단원이 되었는지는 알려진 바가 없다. 카터는 흑인탄압을 위한 폭력조직까지 결성한 인물이다. 독실한 개신교 신자이며 콜로라도 대학까지 나온 저자가 극렬한 인종차별주의자가 된 사실을 1976년 《뉴욕타임스》가 밝혔다(카터는 1974년 사망했다). 《뉴욕타임스》는 인종차별주의자 아서 카터가 곧 포리스트 카터임을 지목했는데 그는 오래전부터 자신의 신분을 위장하기 위해서 자녀를 조카로 위장했다고도 한다. 극단적 인종분리주의자이자 앨라배마 주지사였던 조지 월리스의 유명한 연설문, 〈Segregation now, segregation tomorrow, segregation forever(오늘도 인종분리, 내일도 인종분리, 영원히 인종분리)〉 또한 카터가 작성했다는 것.

나는 나의 깃발을
흔들 뿐이다

　오쿠다 히데오의 책 표지는 그의 문체처럼 '딱' 떨어진다. 이건 이거고 저건 저거다. 한 컷으로 보여주는 표지의 강렬한 시선은 국민연금을 의무적으로 납부하지 않기 위해서 기꺼이 국민을 포기하겠다는 우에하라 이치로의 도발, 그 자체다. 사실, 이 남자는 도발적이라기보다 위험하고 불안정한 인물이다. 국가라는 공동체에 참가하고 안 하고는 개인이 자유롭게 선택할 문제라는 발상부터 보라. 공무원을 두고 '체제에 빌붙어 사는 개'라고 단정하는 대목에서는 벌써 '빨간 조짐'이 보인다.

"나는 관청이 싫어." "나는 국민을 관두겠어." "학교에 다니기 싫으면 다니지 마라." "콜라와 캔커피는 미국 제국주의의 산물이다." 아들의 담임선생님에게 "학교 조회시간에 애국가 제창을 하기 싫으면 거부할 수도 있다"라고 말하는 이 수상쩍은 아버지의 직업은 '프리 라이터'다. 글이라고는 쓰는지 안 쓰는지 거실에서 콧구멍만 쑤시며 늘어져서 사는 무위도식의 가장이 도대체 왜 툭하면 '국가'의 존폐를 물고 늘어지는 건가. '베스트셀러'를 내서 가족을 편안하게 만들겠다는 허풍쟁이 가장 이치로는 수신제가치국修身齊家治國과는 거리가 먼 것처럼 보이는 인간이다. 이봐, 가장으로서 가정경제는 어떻게 생각해?

발칙하고 간결한 문체 때문에 이 책은 빠르게 읽힌다. 전개 속도도 얼마나 빠른지 궁상맞은 가정환경을 잠깐 훑는 것처럼 보여주더니 곧장 학원폭력으로 뻗어간다. 중학생 깡패 가쓰는 우월한 체력을 앞세워 하급생의 농구공을 강제로 뺏는다. 고사리 주먹이 동네의 주먹이 되는 일을 막기 위해 학교는 윤리교육을 시키지만 사회는 주먹으로 한탕 잡는 방식을 가르쳐준다. 나중에 사회의 주먹은 국가의 주먹 대장이 된다(정치깡패, 관용깡패는 어느 날 갑자기 하늘에서 뚝 떨어지지 않는다).

'가쓰=국가의 폭력'이고 '농구공을 빼앗기는 나약한 준=국가 권력의 횡포 앞에 무너지는 개인의 무기력'이다. 이 대입은 내가 오버해봤다. 성장소설도 아닌데 괜히 주먹 얘기가 등장할 리 없으니까. 여기에는 열두 살 아이의 복잡다단한 성장통이 국민으로 편입되기를 거부하는 '몰상식하고, 개똥 같고, 수상쩍고, 난감한' 아버지의 존재에 묻혀있기 때문이다. 그래서 이 소설의 성격은 성장소설이라고 하기에는 주제가 크고, 아니라고 하기에는 아이가 주인공이므로 난감하다. 학원폭력과 국가폭력의 유사한 점은 일방적이고 조직적이며 그로 인해 뿌리 뽑지 못한다는 점을 꼽을 수 있다. 저자는 학원폭력 앞에 무너지는 하급생의 허약한 실상을 통해 국민에게 국가의 시스템에 편입할 것을 강요하는 제도의 일방통행을 말하는 것이다.

큰 그림으로 볼 때 《남쪽으로 튀어》는 새로운 이야기가 아니다. 국가와 개인의 문제를 다룬 소재는 흔하지만 그것이 대중에게 성공하려면 무엇보다 풍자의 허파를 부풀리는 기술을 연마해야 한다. 이를테면 조지 오웰의 《동물농장》이나 《1984》처럼 우화를 다루는 재능이 뛰어나거나 윌리엄 골딩의 《파리대왕》처럼 문명과 국가와 인간본성의 괴물 구도를 거의 완벽하게 그려내야 한다. 이렇게 놓고 볼 때 《남쪽으로 튀어》는 거대권력을 경쾌발랄하게 쫘르륵 휘갈겨 내려간 속도감은 있지만, 책장을 덮고 난 독자에게 오랫동안 사유할 기회를 주지 않는다는 점에선 밀도 낮은 소설이다. 나는 이 소설을 읽고 나서야 일본 작가들은 만연체의 풍요로운 이야기보다 단문으로 풀어나가는 기술을 선호한다는 것을 새삼 발견했다. 어찌된 일인지 내가 읽은 몇 권 안 되는 일본 소설이 대개 짧은 문장과 발랄한 문체, 그리고 간단한 마무리라는 공통점을 보인다. 일본인들이 사용하는 언어습관을 보면 건조한 느낌을 받는데 오쿠다 히데오의 《공중그네》나 《면장선거》도 예외는 아니었다.

어쨌든 불온한 무정부주의자 이치로 씨와 국가는 화해의 조짐이 안 보이는 평행선 관계다. 전반부에서 이미 "내 이상향은 어느 누구에게도 착취당하지 않는 자급자족의 생활이야"(1권, 77쪽)라고 고백한 그는 "나는 나의 깃발을 흔들 뿐이다"(2권, 196쪽)라고 선언한다. 그런데 한가한 남쪽 바닷가 이리오모테에서 염소를 키우며 자급자족하는 개인 앞에 국가는 창끝을 들이밀며 찾아온다. 겉으로는 다수의 대의와 자유를 표방하지만 거대한 조직의 힘으로 국민을 국가에 강제편입시키는 것이 국가다. 이런 전제는 국민의 모든 것을 통제하고 관리하면서 중앙집권적 권력강화가 국가의 주 목적이라는 국가의 탄생을 되새겨보면 명료해진다. 그것도 국민 모두를 위한 공동체적 이상향이라는 데 다수의 동의를 얻어(!) 다수의 동의자에 포함되기를 거부하거나 밀려난 사람들, "나는 나의 깃발을 흔들 뿐이다"라고 외치는 사람들은 파이파티로마(이 책에서 아버지가 꿈꾸는 국가가 없는 자유의 섬)로 사라져야 하는 것일까?

"개인 단위로 생각할 줄 아는 사람만이 참된 행복과 자유를 손에 넣는 거얏!"(1권, 328쪽) 그러나 국가는 질서를 유지하고 공동의 이익을 추구한다는 명분으로(국가야말로 명성과 돈에 가장 심각한 갈증을 지닌 집단이다) 개인의 행복은 물론 심지어 생명까지도 빼앗는다. 그에 항거하는 개인을 국가는 '테러리스트'라고 부른다는 것을 상기해보자.

타샤 할머니의
낙원

타샤의 정원은 꿈속 같다. 복슬복슬한 흰 작약이 테라스에서 폭발하는 5월에 볕이 잘 드는 계단에서 손님들과 티타임을 갖는다. 그녀는 손수 일군 30만 평의 대지에 야생능금나무와 배나무, 딸기나무를 심고 6월에는 장미 향기에 취해 정원에서 맨발로 돌아다닌다. 동화처럼 예쁘게 꾸민 책 한 권에 타샤의 정원 사진이 가득하다. 사진 속의 타샤는 1830년대의 옷을 입고 장작 스토브에 비스킷을 굽는다. 붉은 망토를 걸치고 감자를 캐는 타샤. 성탄이 다가오면 정원에 커다란 삼나무 트리를 만들고 불을 밝힌다. 비오는 날은 다락방의 상자를 열어 마리오네트 헝겊 인형을 만들고, 아이들과 인형공연을 하는 타샤. 타샤는 그림도 그린다. 그녀가 붓으로 그린 코기마을 그림은 동화책으로도 만들어졌다. 《타샤의 정원》은 하나하나의 디테일을 모아 한 권의 정원 앨범처럼 만든 책이다.

버몬트 숲 속의 비밀의 화원으로 불린 타샤 스토리는 스테디셀러다. 화려한 도판과 몇 줄 안 되는 글이 수록된 가볍게 읽을 수 있는 이 책이 꾸준하게 잘 나가고 있는 이유는 무엇일까? 사진은 눈요기로 좋고 텍스트는 지루하지 않아서 좋은 책. 그러나 무엇보다 이 책이 독자들의 심금을 울리는 이유는 이루어질 수 없는 것에 대한 동경 때문 아닐까? 나는 할 수 없지만 대신 누군가 기막히게 만들어놓은 것을 보는 즐거움. 게다가 소재가 꽃나무와 앤티크니 '정원의 환상'을 북돋우기에 충분하다. 잘 가꿔놓은 정원은 아름답다. 아름다움은 인간의 이상향이다. 그곳에는 풍요와 행복이 있다.

타샤가 가꿔놓은, 미국 북동부 구석에 콕 박힌 버몬트는 두메산골이다. 나는 타샤의 정원이 미국 어느 촌구석에 있는지 인터넷 검색을 해봤다. 별짓을 다하는 것 같지만 지도 보기를 좋아하는 나로서는 결코 헛수고가 아니다. 지도는 상상력의 동력이다. 어디든 못 갈 곳이 없다. 버몬트는 캐나다 퀘벡 주 바로 아래 있다. 인터넷이 알려준 정보에 의하면 겨울은 춥고 눈이 많이 내리는 버몬트의 특산물로 단풍당丹楓糖이 있다. 더 놀라운 발견은 미국 최초로 노예제도 폐지법을 주 헌법에 제정한 곳이다.

미국의 노예제도와 타샤의 정원은 연관성이 없어 보이고 기후대를 보는 것이 이 책을 이해하는 데 좋다. 지역 특산품 단풍당은 당단풍나무에서 추출한다. 월든 호숫가에서 소로우도 단풍당을 만들었다. 단풍나무 액을 냄비에 받아 바짝 졸이거나 걸러서 빵에 발라먹는 단풍당 이야기를 읽었던 기억이 난다. 제 몸을 태워서 사람들에게 단맛의 행복을 전파하는 단풍당은 월든의 정신으로 풍요로운 사유를 남긴 소로우와 닮은 것 같았다. 좋은 글이나 모범이 될 삶을 통해 세상에 영혼의 단물을 남긴 사람들을 당단풍나무라고 부른다면 타샤도 거기에 포함된다. 그러나 단풍당은 저절로 만들어지지 않는다. 월별로 정원의 '보이는' 연출을 카메라에 담은 화려한 도판의 이 책에서 내 시선이 줄곧 머문 곳은 그녀의 투박한 손이다. 그녀의 손은 비바람을 오래 맞은 나뭇등걸처럼 억세고 거칠었다. 아테네 조각상처럼 매끈하게 다듬어진 나른한 손이 꿈의 정원을 만들 리가 있나. 그런 손은 자신의 이기적 욕망을 채우기에 바쁘다. 하지만 타샤의 손은 숭고해서 그 옆의 빨간 산딸기조차 현생의 것이 아닌 것처럼 보인다.

"나는 자연주의자이며, 원예가입니다." 원예가는 노동하는 자다. 노동은 고달프다. 노동의 미덕을 입으로만 예찬하는 사람들에게 타샤의 정원은 낙원이다. 그러나 타샤에게 노동은 현실이었고 독자에게 타샤의 정원은 환상이다. 한마디로 낙원은 잡목으로 우거진 현실의 늪지대에 건설된다. 그렇지 않은 낙원이란 종이로 만든 환상에 불과하다. 타샤의 정원에서 당신은 무엇을 보았는가.

새가 된 제왕

　내가 최초로 만난 중국 소설은 루쉰의 《阿Q正傳》이다. 그 책은 1982년 3판 발행 날짜가 찍힌 범우소설문고 43번이다. 책값 7백 원에 조판이 세로로 된 《阿Q正傳》 머리말에서 루쉰은 자신의 문장 개념을 다음과 같이 피력하고 있다. "옛날부터 불후의 문장이라고 하면, 반드시 불후의 인물이 전하는 것으로 되어있어, 사람은 문장으로써 전해지고 문장은 사람에 의해서 전해지는 것이다. 그래서 누가 누구를 전하느냐 하는 문제를 따지게 되면 점점 애매해진다. 막상 阿Q를 전하기로 결정내리고 보니 마치 귀신에게라도 홀린 것 같았다. (……) 공자님 말씀에도 (명분이 바르지 못하면 말이 따르지 못한다)

고 하였다." 괄호 안의 말은 논어 자로子路 편을 인용했다. 중국 문장에 관한 자신의 의견을 한 줄 남기는 일조차 루쉰은 논어를 불러왔다. 중국문학의 빈번한 논어 인용은 중국 문장가들이 얼마나 논어에 의지하고 있는지를 반증한다고 본다. 쑤퉁 역시 권력다툼과 전쟁, 후궁들의 암투와 몰락한 제왕의 개인사를 다룬 이 소설에서 논어가 품은 은유를 독자에게 묻는다.

중국인들에게 논어는 무엇일까? 중국 통치이념으로 정립된 유교는 가부장제로 나아갔다. 나라에 효도하는 충忠과 부모에게 효도하는 효孝는 가부장을 향한 신념이다. 충효는 왕권으로 집결된다. 모든 권력이 압축된 황제의 궁궐은 위험한 곳이다. 아직 논어의 의미를 알지 못하는 열네 살짜리 철없는 제왕 단백은 귀뚜라미를 키우고, 내시들과 사방치기 놀이를 즐긴다. 제왕의 의복을 입었지만 권력을 갖지 못한 어린 왕은 스승이 남기고 간 논어의 의미를 알지 못한다.

그러다가 단백이 궁에서 쫓겨날 때 들고 나온 논어는 풍찬노숙의 유랑 길에서 비로소 읽힌다. 노잣돈의 가치조차 없을 줄 알았던 책이었다. 논어는 제왕의 권력을 털어낸 단백의 삶 속으로 스며든다. 논어란 어떤 책일까? 충효를 권하며 인간의 방편을 말한 논어는 권력의 자객으로 이용되면서 잔혹해졌다. 언어의 힘은 광활하다. 그러나 활자에 구속되기 시작하면 논어는 감옥의 창살이 되거나 형틀로 돌변한다. 권력의 암투에서 목숨을 부지한 왕은 말한다.

"나는 새들을 숭상했다. 새처럼 높이 날아 하늘 위에서 숱한 사람들을 굽어보고 싶었다. 나는 새와 가장 비슷한 삶을 사는 이들이 줄타기 광대들이라고 생각했다. 한 가닥 새끼줄을 높다란 허공에 걸어놓고 구름처럼 치솟았다가 구름인 양 줄 위를 내달리는 것…… 나는 줄

타기 광대야말로 진실로 자유로운 허공의 새라고 생각했다."(297쪽)

　활자의 구속에서 벗어나 한 마리 하늘을 나는 새가 되고 싶었던 제왕은 줄타기 광대가 된다. 잊혀진 제왕 단백이 새처럼 높은 절 고죽사高竹寺에서 가끔 줄을 타며 밤에는 논어를 읽는 장면으로 막을 내리는 결말은 소설의 전형적인 설정이라는 느낌이 강하다. 이 때문에 섬세한 문장에도 불구하고 옛날이야기처럼 살짝 진부하다.

부르주아 철학자
보통 씨

프랑수아즈 사강의 《브람스를 좋아하세요?》라는 소설이 있다. 지금은 프랑수아즈 사강이 누군지 모르는 세대들이 더 많아졌지만 내가 학교를 다니던 무렵만 해도 사춘기 소녀들에게 사강은 브람스를 창조한 인물처럼 여겨질 정도로 대단했다. 우리는 열여덟 살 세실이 혼자 살며 일찌감치 술과 담배와 남자에 빠졌던 《슬픔이여 안녕》을 읽은 후 프랑스 애들은 조숙하다는 생각을 했고 《브람스를 좋아하세요?》를 보면서는 삼각관계는 상처만 남으므로 어떡하든 피해야 한다고 여겼다. 돌이켜보건대 사강은 내 사춘기와 함께 지냈다. 마찬가지로 지금 세대는 알랭 드 보통과 함께 십대와 이십대를 보내지 않을까 싶다. 그만큼 보통은 한국 독자에게 친숙한 작가다. 사강의 표현을 빌려《보통을 좋아하세요?》라는 글을 한 편 써보겠다고 마음먹은 지 몇 년이 지났다. 마음만 먹고 자꾸 미루다 보니 정작 보통을 향한 열정은 식어버려 이젠 보통의 신간이 언제 나왔는지조차 모르고 지낸다. 시간의 변절인지, 내 취향의 변절인지 일이 이렇게 되고 보니 보통이 그냥 내 기억의 찌꺼기가 되지 않을까 싶어 몇 글자 기록을 해두기로 했다.

그러니까 보통 역시 프랑스 작가다. 프랑스 작가들의 장점은 디테일한 묘사가 뛰어나다는 점이다. 사강이 심리묘사 재능이 탁월했다면 보통은 주변 상황을 관찰하는 기술이 독특하다. 보통은 '철학적인 부르주아' 작가, '도시적이고 세련된 사색가'다. 그가 쓴《여행의 기술》이나《프루스트를 좋아하세요》,《키스하기 전에 우리가 하는 말들》을 읽은 독자라면 그의 언어에서 하얀 벽돌 건물과 새파란 바다가 어울리는 그림엽서나, 깨끗하게 정돈된 도시 공원 풍경이 연상될 것이다. 그는 대개 어디를 여행 중이거나 산책 중이거나 관람 중이다. 그가 만나는 사람들은 세련되고 교양 있다. 그가 머무는 공간은 조용하고 쾌적하다. 번잡하지 않고 적당한 간격으로 머물고 떠나는 거리에서 보통은 관찰자로서 글을 쓴다. 익명성을 즐기는 보통은 슬프거나 따분할 때 공항에 가지만 사람을 보러 가는 것이 아니라 비행기를 보러 간다. 비행기 바퀴가 땅 위에 긁히면서 착륙하는 것을 보고 비행기의 출발과 도착을 알리는 안내판을 본다. 보통의 관찰은 기차에서 만난, 사과주스를 먹는 아가씨의 표정 하나까지 세심하다.

이 책 첫 챕터에서 소개하는, 에드워드 호퍼 그림에 대한 평처럼 '주변적인' 장소들을 일일이 놓치지 않고 관찰하는 내밀함이 특기인 보통은 촉수가 골고루 발달한 작가다. 소용하고 아늑한 기차 칸에서 우아하게 독서를 하는 지식인. 고독해 보이는 적막감이 평화롭게 흐르고 따듯한 햇살이 눈부시지만 인적이 드문 깔끔한 알람브라 궁전의 내실 정원. 분수대에서는 몇 줄기의 가느다란 물줄기가 솟구치지만 주변은 한가하고 조용하다. 주인은 지금 테라스 안쪽의 거실 유리창 아래서 독서 중이거나 단골들만 찾아가는 품격 있는 바에서 마티니를 한 잔 시켜놓고 있을 것이다. 그는 남들이 따분해서 견딜 수 없어하는 반듯하고 깨끗하고 조용한 거리를 사랑하는 일에 주저하지 않는다. 겉으로는 한가한 듯 무심한 표정을 짓지만 보통의 예리한 촉수는 24시간 풀가동처럼 바쁘다. 일상에서 스치고 지나가는 풍경과 자잘한 소품들을 눈여겨 관찰하는 보통의 글은 '생활의 발견'이다. 혼자서 조용히 여행을 떠날 계획이라면 보통의 책을 두 권 넣고 갈 것을 권한다. 그 한 권은 얇은 이 책이다. 단, 뭔가 남을 것이라는 기대는 하지 말도록. 원래 에세이는 그런 태생이다!

달려라 글쓰기, 뿡야!

나는 스티븐 킹의 《미저리》를 읽은 밤에 다리가 부러지는 악몽에 시달렸다. 그 책은 음침하면서도 짧은 대사가 외딴집의 공포를 돋웠다. 그것은 지하실에서 들려오는 타자기 소리의 공포였고 외로움의 광기로 절규하는 애니가 지저분한 머리를 풀어 헤치고 계단을 내려오는 발자국 소리였다. 물론 나는 그 당시 작가가 아니었기 때문에 광적인 팬에게 감금되어 다리가 부러질 걱정은 할 필요가 없었다. 그러나 나는 꿈속에서 다리를 지키기 위해 밤새 도망을 다녔다. 몹시 힘든 밤이었다. 스티븐 킹을 밤에 읽지 말아야겠다고 결심한 것은 그때였다.

그런데 스티븐 킹에게 또 다시 넘어갔다. 다행이 이번에는 호러물이 아닌 창작론이다. 쉬운 말로 글쓰기 요령 같은 걸 기대해도 좋은 '글쓰기 교본'이다. 인터넷의 무한한 은총 덕분에 대량으로 양산되는 개인 블로거들의 글쓰기는 작가가 되는 '전략'의 한 종목으로 자리 잡은 듯하다. 너도나도 창작 블로그에 새 글을 등록하고 독특한 카테고리를 만들어 블로그의 차별화를 꾀하고 있다. 말인즉슨 고유화를 추구하는 것처럼 보이지만 뜯어보면 글쓰기의 일반화일 뿐이다. 냉정하게 말하면 글쓰기를 고민하지만 글쓰기의 획기적인 방법론 따위는 없다. 그렇다고 글쓰기를 포기할 순 없다. 글쓰기는 분명 매력적인 작업이다. 한번 글쓰기에 몰입하면 글쓰기의 바다에서 몇 번은 익사하는 체험을 통해 사람들은 글쓰기의 노하우를 얻는다. 그렇다고 글쓰기의 바다에 매번 순풍이 불어주는 것은 아니다. 이럴 때 전략이 필요하다. 한 번에 독자의 관심을 갈고리로 끌어당기는 기술을 스티븐 킹은 말한다.

"이 세상에 '아이디어 창고'나 '소설의 보고'나 '베스트셀러가 묻힌 보물섬' 따위는 존재하지 않는다."(43쪽)

그럴 줄 알았다. 글 쓰는 고통에 시달려본 경험자는 알겠지만 나는 대신 글 써주는 기계 같은 것도 상상한다. 스토리를 대충 요약해서 들려주면 자동번역기처럼 글을 만들어주는 슈퍼컴퓨터의 탄생을 기다리고(너무 늦다!) 아니면 메피스토의 접선도 마다하지 않을 지경이다. 영혼이라도 팔아 넘겨서 글만 잘 쓸 수 있다면 못할 것도 없다. 그러나 대신 글 써주는 컴퓨터는 아직 나오지 않았고 메피스토는 파우스트와 함께 죽어버렸다. 이제 남은 건 오직 한 가지. 많이 읽고 많이 쓰는 것만이 유일한 전략이다. 폴 오스터는 빵 굽는 타자기도 만들었지만 글쓰기를 욕망하는 독자에게 컴퓨터 자판기는 열 손가락으로 자신을 힘껏 그리고 빠르게 때려달라고 주문할 뿐이다. 스티븐 킹의 글쓰기 이야기도 결국 하늘 아래 새로울 것 없는 그 이야기다. 다독多讀, 다작多作, 그리고 다상량多想量. 그리고 진정성 하나 더 추가!

스티븐 킹의 글이 쉽고 속도감 있게 읽히는 이유는 진솔함 때문이다. 어떤 글이든 글은 한 인간의 존재를 증명한다. 슬프거나 기쁘거나 웃기거나 괴롭거나 외롭고 분노하고 행복한 삶의 다양한 얼굴이 글자 속에 나타난다. 입으로는 못해도 글로는 못 할 말이 없다는 전제를 부여하면 글은 자화상을 그리는 행위인 것이다. 진정성을 담은 글은 독자를 흔들어놓는다. 그것은 때로 크리스마스 이브의 종소리처럼 숭고하고 아몬드 초콜릿처럼 오도독하고 달콤하다. 다만 "도저히 손 댈 수 없을 만큼 싱싱할 때 얼른 써야 한다."(186쪽) 글의 오르가슴 순간을 놓치지 말라는 말이다. 이런 글은 생명성이 길다.

"내가 무엇보다 원하는 것은 독자들이 책을 덮고 서가에 꽂은 뒤에도 그들의 정신 속에 (그리고 마음속에) 한동안 잔잔한 '울림'이 남아 있는 일이다."(264쪽)

울림이 주는 글쓰기를 위해서는 가능한 한 감정 정리를 말끔하게 해서 독자에게 찌꺼기를 남겨주지 않아야 한다. 저자는 그 찌꺼기를 '수동적 부사'의 남용으로 콕 집는다(뜨끔하다!). 거기에 '살 빼는 일'도 포함된다. 삭제의 효과는 '문학적 비아그라'의 힘을 지니므로 '수정본=초고−10%'에 익숙해지라는 문장에 나는 굵은 밑줄을 그었다. 글이 꼿꼿하게 선다는데 이 대목에 밑줄을 긋지 않으면 바보다. 사랑하는 것들을 죽여야 하는 글쓰기의 비애를 떠올리다 보니 나탈리 골드버그의 《뼛속까지 내려가서 써라》가 또 인용된다. 그 책에도 '덜어내기의 법칙'을 통해 글을 완성시키라고 조언한다. 내 생각은, 뚱보가 되든가, 빼빼가 되든가는 자신의 취향이다. 마찬가지로 길고 짧고 뚱뚱하고 빼빼하고의 문제는 리듬을 잘 타야 한다는 것이다.

글 잘 쓰는 길에 지름길은 없다. 신비한 명약도 없다. 훈련을 반복하다 보면 자신의 스타일이 갖춰진다. 그것으로 끝이 아니고 자신을 상징하는 주제를 독자에게 친절하게 읽어줘야 한다. 가능한 한 쉽고 상냥한 말투여야 한다. 독자는 읽기의 권력자라는 것을 잊어선 안 된다. 스티븐 킹은 글쓰기의 비법은 없다고 잘라 말하면서도 이 책에서 다양한 글쓰기 전술을 알려준다. 나는 그의 독자를 '사로잡은 기술'을 읽으면서 그가 글을 쓰게 된 이유 같은 것이 궁금했다. 요컨대 이제는 성공한 작가의 글쓰기 인생을 주워듣고 싶은 곁가지 호기심이다(그래, 난 남의 가십거리에 약한 인간이다). 그렇지 않아도 책 말미에 후기를 대신한 〈인생론〉에서 스티븐 킹은 다음과 같은 말로, 글쓰기 세계와 현실의 저금통장을 번갈아 들여다보던 나를 위로했다.

"내가 글을 쓴 진짜 이유는 나 자신이 원하기 때문이었다. 글을 써서 주택 융자금도 갚고 아이들을 대학까지 보냈지만 그것은 일종의 덤이었다. 나는 쾌감 때문에 썼다. 글쓰기의 순수한 즐거움 때문에 썼다. 어떤 일이든 즐거워서 한다면 언제까지나 지칠 줄 모르고 할 수 있다."(308쪽)

《뼛속까지 내려가서 써라》의 나탈리 골드버그 역시 글을 쓰는 것 자체가 천국이었다고 고백한다. 글 쓰는 일이 즐겁지 않으면 절대로 좋은 글이 나올 수 없다. 반면에 도스토예프스키는 빚을 갚기 위한 처절한 상황에서 명작을 만들어냈다. 하지만 그 역시 글 쓰는 일 외에는 달리 할 줄 아는 일이 없었다.

언젠가 장정일이 스티븐 킹을 일컬어 "영주지가 없으며 고착되려고도 하지 않는 호기심 많고 유목민적 신분을 지닌 작가"로 평했던 기억이 난다(글쓰기는 발견의 기록이다!). 그 글을 읽고 나서야 비로소 스티븐 킹의 속도가 어디에 기인한 것인지 실감 났다. 그는 결코 머뭇거리지 않는다. 자, 시속 2백 킬로미터로 달려! 뿅야!

그들의 미래,
우울한 방에 머물다

카불의 책장수 술탄 칸은 문학과 역사에 열성적인 오십대 초반의 중산층이다. 가난한 집안에서 태어나 맏아들이라는 이유로 고등교육까지 받았다. 학창시절부터 책읽기에 심취한 술탄은 졸업 후 책방을 차린다. 돈도 꽤 벌었다. 그러나 탈레반의 무단공포 탄압이 지속되는 동안 아프가니스탄은 암흑의 땅이었다. 학교는 폐쇄되고, 책은 불탔으며, 박물관은 짓밟혔다. 노르웨이 종군 여기자의 카불 르포를 소설 형식으로 펴낸 이 책은 실화다. 그 때문에 아프가니스탄의 참담한 현실을 비교적 솔직하게 말한다. 반면에 미국의 아프가니스탄 침공 진실에 관해서는 언급이 없다. 어찌된 일일까? 소련이 흐루시초프 블록으로 유린하기 시작해서 브레즈네프가 탱크로 짓밟은 아프가니스 탄의 처절한 역사에서 왜 미국의 침공은 배제된 것일까? 진실을 은 폐했다는 생각이 들어 나는 화가 났다. 물론, 무자헤딘이 책방을 쑥 밭으로 만들고 탈레반이 책까지 불태운 장면은 아프가니스탄의 어두 운 역사를 고발하기에 부족하지 않다. 요컨대 이 책은 압제로 피폐해 진 아프가니스탄 상황을 고발할 뿐, 이슬람 근본주의자들이 무장하 는 데 일조한 서양의(특히 미국의) 의도적인 획책은 교묘하게 피한다.

그렇지만 탈레반 때문에 고통받는 사람들의 이야기는 외면할 수 없다. 가령, 돈에 팔려 늙은 노인의 성 노리개로 전락한 열 살짜리 소 녀의 사연은 자극적이다. 특히 남녀평등과 자유로운 결혼제도가 용 납된 비이슬람 문화권의 독자들은 이런 뉴스를 보면 흥분한다. 코란 에 까칠한 시선을 던지면서 이슬람문화를 야만의 제도라고 비난한 다. 이슬람문화를 계몽의 대상으로 보는 시선은 서양 기독교 문화를 합리적인 문화로 보기 때문은 아닐까? 그렇지 않다면 이 책의 전편 에서 이슬람 문화의 치부만 고발한 이유가 무엇이란 말인가.

그럼에도 이 책은 한국 독자들에게 '카불'이라는 고유지명 때문에 관심을 끌만하다. 비행기를 타고 수월하게 가볼 수 없는 곳. 두메산 골처럼 드러나지 않는 국가. 게다가 악명 높은 탈레반이 지뢰처럼 도 처에 깔려있는 곳의 책방 이야기다. 어떤 독자에게는 카불에 책방이 있다는 것조차 신기할지 모른다. 탈레반이 어지간히 문화를 학대했 어야 말이지. 어쨌든 험악한 카불에도 책방이 있다. 책방이 있다는 것은 책을 읽는 사람들이 있다는 뜻이다. 그 책은 물론 이슬람의 다 른 관습처럼 남자가 거의 독점한다. 남자들이 독점한 사회제도에서 지식인 여성은 도태를 강요받는다. 남성이 여성을 지배하는 가장 효 과적인 방법은 교육의 기회를 원천봉쇄하는 것으로, 실제로 독재정권일수록 이 논리는 잘 먹힌다. 무지함이야말로 노예의 최고조건 아닌가. 여성 지식인의 몰락을 보여주는 주인공 술탄의 여동생 샤킬라는 배운 여성이다. 사범학교를 졸업한 그녀는 약혼자에게 담배 피우는 것은 싫다고 자신의 의견을 당당하게 밝힐 줄 안다. 여학교에서 수학과 생물을 가르치는 샤킬라는 결혼 후에는 교사직을 그만두라고 요구하는 약혼자와 파혼을 한다.

여성의 사회진출을 차단하는 이런 봉건주의 관습은 독자를 화나게 만든다. 그런데 나를 더 화나게 만들었던 것은 부르카를 '익명성으로의 해방'으로 부른 저자의 서구주의 시각이다. 서양인들에 대한 부담스런 시각 때문에 이슬람 여인들이 부르카를 벗지 않는다는 발상은 이질적 문화관을 지닌 서양인의 안일한 발상으로밖에 볼 수 없다. 부르카의 밀폐된 공간은 남성들이 만든 일방적이고 폐쇄된 여성의 감옥이다. 여성 지식인이었던 샤킬라가 자신의 유일한 소망이던 교사 생활을 유지하지 못하고 부르카를 쓴 것은 한 여성의 좌절된 삶을 의미한다. 부르카를 단절된 사회로부터의 피난처가 아닌 억압의 상징으로 바라볼 때만이 그것을 벗길 수 있다. 이 책을 읽은 지는 꽤 되었는데 읽을 당시에 너무 정치적으로 읽은 것 같아 다시 들춰보았지만 역시 정치적 관점에서 벗어나지 못하는 글을 쓰고 말았다.

사라진 미국 꿈의 상징

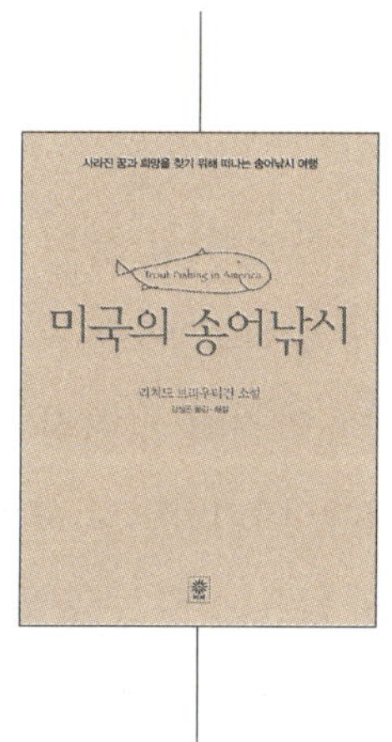

제목만 보면 낚시 코너에서 찾을 책이다. 독자에게 미리 주의사항을 일러주는바, 이 책을 읽는 동안 송어낚시가 무엇을 뜻하는지 길을 잃을 수도 있다. 작가 자신의 실제 여행을 근거로 쓴 이 책은 조롱과 풍자로 환경생태를 고발하고 체제를 비판한 소설이다. 일단 난감한 은유법으로 서술한 이 책을 이해하려면 1960년대 반전운동, 반문화, 비트문학, 포크송을 주도했던 히피문화를 알아야 한다. 히피는 오토바이와 장발과 헤로인으로 상징된다. 요즘이야 개인의 취향이지만 히피가 세상에 처음 등장할 때만 해도 거의 정신병자처럼 인식되었다. 마약도 했으니까. 레드 제플린이나 짐 모리슨의, 정신줄 빠지게 만드는 광적인 괴성도 이때 절정이었다. 청교도의 절제 미덕을 국가 이념으로 삼은 기독교 문화에서 반동이 일어난 것이다. 때마침 베트남 전쟁이 한창이었다는 것도 히피 탄생에 영향을 끼쳤다. 그러니까 곪은 것이 터진 결과가 히피다. 산업화의 폐단, 물질에 지배당한 인간존엄성의 경시, 환경파괴, 거기에 전쟁으로 인한 정신적 공황과 구태의연한 지도층. 기존질서의 억압에 대한 항거로 보는 사람도 있다. 이 책은 독자가 어떤 방식으로 읽느냐에 따라 재미있거나 난해한 책이 된다.

책을 읽다 보면 저자가 꼭 말하고 싶어하는 부분을 발견하게 된다. 어떤 저자는 은밀하게 말하고 어떤 저자는 단도직입적이다. 이런 점에서 송어 한 마리가 얌전히 그려진 한국어판 표지는 저자의 의도를 완전 무시한 행위다. 이거야말로 표지의 굴욕이다. 한마디로 이 책은 원판 표지 하나에 많은 상징성을 품고 있다. 다행이 책 속에 원판 표지 사진이 수록되어있다. 작가가 의도한 것이겠지만 원판의 표지 사진은 히피 냄새를 물씬 풍긴다. 콧수염을 기른 작가와 종아리까지 올라온 부츠를 신고 잘 차려입은 여성이 함께 찍은 사진이다. 본문 160쪽의 〈다시 이 책의 표지로 돌아가기〉 편은 이 사진이 나오게 된 경위를 알려준다. 사진 속의 배경은 샌프란시스코 광장의 벤저민 프랭클린 동상 옆이다. 벤저민 프랭클린은 정직, 성실, 검소의 독립정신을 지닌 경제학자다. 그는 신대륙으로 건너온 이민자들에게 이 신념으로 아메리카 드림을 달성해야 한다고 주창했다. 절약하고 희생하고 더 열심히 일했지만 어찌된 일인지 미국인들은 별로 행복해지지 않았다.

게다가 두 번의 세계대전을 치르면서 미국인들은 전쟁의 대가를 혹독하게 겪었고 베트남 전쟁은 미국이 국제사회에서 권위를 유지하려는 죽음의 광기였다. 리처드 브리우티건은 파멸로 치닫는 생명의 존엄성을 송어의 죽음으로 대입한 것이다. 그러니까 이 책의 송어는 사라진 미국 꿈의 상징이다. 사기당한 꿈의 진실은 멜빌의 거대한 '백경'이 조그만 송어로 축소된 것과 같다. 꿈을 상실한 사람들이 잃어버린 송어(꿈)를 찾아 낚시 여행을 떠난다. 행여나 희망이라는 꿈을 낚을 수 있을까 싶지만 폐허가 된 별장과 변소에 꽉 찬 쓰레기만 본다. 가난한 이의 무덤에는 마요네즈 깡통 병에 시든 꽃이 꽂혀있고 부자들의 무덤에는 정식요리처럼 대리석에 이름이 새겨져있다. 이 책에서 인상 깊은 이 문장, "인간의 필요를 표현한다면, 나는 언제나 '마요네즈'로 끝나는 책을 쓰고 싶었다"(232쪽)에서 마요네즈에 관한 해설이 나온다.

"마요네즈는 아이가 갖고 노는 모래처럼 부드럽고 유연해서 정해진 틀이 없어 무한한 가능성과 변화의 상징이 되기도 한다. 그런 맥락에서 마요네즈는 마치 우리가 날마다 필요로 하고, 삶의 기본적 조건이 되는 목가적 꿈과도 같다. 목가적 꿈이나 자연 생태계의 보호는 마치 마요네즈처럼 일상생활에 없어서는 안 될 기본이 되기 때문이다."(250쪽)

이걸 내 식대로 이해하자면 리처드 브라우티건이 말한 마요네즈는 상상력의 산물이고, 상상력은 희망을 잉태한다. 나는 이 마요네즈가 자유분방한 상태라는 것에 착안해서 미국의 지도층이 선동하는 가짜 행복을 그려봤다. 겉으로는 자유와 행복을 보장하는 듯한 미국정신을 뜯어보면 "금권, 권력, 폭력, 범죄, 기계 그리고 쓰레기 더미 속에서 미국의 꿈과 미국의 목가는 사라져가고 있습니다. 미국은 이제 녹슨 폐차들로 가득 찬 주차장, 죽은 물고기들로 가득 찬 호수, 그리고 시체들로 가득 찬 공동묘지가 되어버려 '추악한 미국'으로 전락하고 만 것이지요."(263쪽) 미국의 실상을 딱 짚어서 말한 문장이다. 성실 과 노력 앞에 정직하고 균등한 결과로 부응한다는 미국신화는 다 '뻥'이고 내용도 없이 그럴듯한 포장만으로 돈과 인기를 버는 것이 미국의 진실이라고 비판한 책이다. 내게 미국의 매력적인 3대 작가 를 꼽으라면 마크 트웨인과 커트 보네거트, 그리고 히피 리처드 브라 우티건이다.

단 한권의 소설책

닭 때문에 온갖 고초가 시작된 한 집안이 있다. 라이벌의 쌈닭을 죽이고, 나중에는 그 라이벌마저 죽인 후 호세 아르카디오 부엔디아 1세는 야반도주의 대장정 끝에 늪지대에 이른다. 늪지대 마콘도는 부엔디아 가문의 신세계다. 닭싸움이 인간싸움으로 변한 후 신세계 마콘도는 부엔디아 가문의 에덴으로 출발해 저주받은 돼지꼬리를 가진 아이의 출생으로 비극적 대서사시의 설화를 맺는다. 마콘도는 결국 '헝클어진 신세계'가 되었다. 작업실에 파묻혀 황금물고기를 만들던 왕년의 전쟁영웅인 아우렐리아노 부엔디아 대령은 늙은 어머니 앞에서 한탄한다. "이 전쟁이 모든 것을 다 망쳐버렸거든요."(195쪽)

모든 것이 다 망가지기 전에 현자라 불리는 집시가 쇠붙이를 들고 마을을 찾아왔다. 수염이 덥수룩하고 뚱뚱한 집시는 모든 물건에는 생명이 있다는 말로 유혹하며 냄비와 부젓가락과 화로와 나사못을 마음대로 굴렸다. 땅속에 황금이 있다고 믿은 호세 아르카디오 부엔디아는 당나귀 한 마리와 염소 한 쌍을 주고 집시에게 쇠붙이 두개를 얻는다. 땅속의 황금을 모두 찾아낼 것 같았던 쇠붙이는 녹슬고 망원경과 확대경의 유혹이 재산을 축낸다. 얼마 되지 않는 가재도구가 집시의 손에 들려 떠나고 축사는 텅 빈다. 자신이 직접 황금을 만들겠다는 욕망으로 부엔디아 1세는 평생을 실험실에 처박혀 연금술만 반복하다 밤나무 밑에서 죽는다. 황금을 쫓는 인간의 유일한 이상은 황금물고기를 만드는 것이다. 그러나 황금물고기는 도대체 어느 연못에서 헤엄치고 있단 말인가. 독자는 부엔디아 가계도를 읽으면서 마르케스의 뻥과 구라의 혼합에 방황할 것이다. 어지럽고 믿을 수 없는, 그러나 사실처럼 감쪽같이 눙치는 이야기를 문학기법으로 마술적 사실주의라고 부른다.

주로 라틴아메리카 문학에서 많이 이용되는 마술적 사실주의의 특징은 현실에서는 일어날 가능성이 희박한 일을 작품 속의 인물들은 당연하게 받아들인다는 것이다. 독자 역시 소설의 전개에 흡수되어 믿기 어려운 일을 자연스럽게 믿어버린다. 이를테면 부엔디아 대령의 죽음을 알리러 콘도르들이 밤나무 아래로 내려오고 미녀 레메디오스가 오후 네시에 날개를 달고 천사처럼 하늘로 날아갔다는 설정이 그렇다. 그러나 마르케스의 마술적 기교가 정점을 찍은 것은 돼지 꼬리를 가진 아이가 태어나면서 가문이 끝나는 최후에 있다. 습지로 변한 마콘도는 물속에 가라앉는 황금물고기의 소멸을 상징하면서 부엔디아 가문의 황금을 향한 욕망도 함께 수장된다. 한 집안의 내력사와 함께 이 책에서 흥미롭게 읽을 수 있는 부분은 라틴아메리카의 식민사다. 라틴아메리카를 바나나공화국으로 만든 미국자본의 횡포는 기차에 자본을 싣고 들어와 나중에는 그 기차에 수천 명의 시체를 싣고 사라지는 데서 극명하게 드러난다. 철도의 역사는 곧 식민의 역사인 것이다. 미국계 바나나 회사에서는 마콘도 주민 출신 근로자 중 상근직원을 한 사람도 고용한 사실이 없다. 언제든 해고가 용이한 비정규직이라는 의미다. 주민들이 노동쟁의를 펼치자 파업 노동자를 '불량배'로 규정해 군대로 하여금 사살명령을 내리게 했다. 어느 흐린 밤에 수천 명의 사람이 실종된 이 사건은 실제 콜롬비아의 비공식적인 역사로 남아있다. 마르케스는 소설 속에서 이 부분을 '민중의 혁명'으로 그린다. 혁명은 실패했고 원주민은 몰락했다.

혁명이 실패한 이후 바구니에 담겨 수녀의 손에 들려온 아우렐리아노의 탄생은 부엔디아 가문의 종착점이 다가왔음을 알린다. 산맥을 넘어 새 세상을 찾아왔던 늪지대 마콘도가 바나나 열병과 지옥의 번철로 달구어진 후 시간의 기차는 떠났다. 썩은 그루터기만 남은 습지 마콘도는 더 이상 생명의 땅이 아니다. 아무것도 존재하지 않는 땅에 돼지꼬리를 가진 아이의 탄생은 마르케스가 보여준 마지막 마술의 결정판이다.

벅차다. 마르케스가 만연체로 들려준 부엔디아 사람들의 고독을 이 한마디 말고는 달리 표현할 방법이 없다. 1982년 노벨문학상 수상의 저력은 풍성한 수다로 어디서부터 인간사의 서론을 작성해야 할지 감이 잡히지 않는다. 무엇보다 마르케스가 보여준 이야기꾼으로서의 재능은 '뻥'과 사실을 최대한 '잘' 섞었다는 데 있다. 대개 이 책을 읽은 독자들이 느낄 '벅차오름'의 뜨거움도 마르케스가 보여준 쉬지 않는 수다와 화려한 뻥에 기인한 것이다. "소설이란 쓰는 사람

마음대로 되는 것이 아니라 소설이 원하는 방식으로 흘러간다"라는 수다쟁이 마르케스의 입담은 너무나 자연스러워 읽는 동안 전혀 지루한 줄 모른다. 언어의 마술로 인간의 빛과 그림자를 자유자재로 연금술한 마르케스. 내 인생에 단 한 권의 소설책을 꼽으라면 주저 없이 이 책이다.

봄을 기다리며 읽은
여섯 편의 흰죽 이야기

　　제목의 부생浮生은 '덧없는 삶, 부질없는 인생'을 뜻한다. 부생은
이백의 〈춘야연도화원서春夜宴桃花園序〉의 "덧없는 인생 꿈만 같으니,
얼마나 즐거움을 누리겠는가浮生如夢, 爲歡幾何"에서 따온 것이다. 쉽게
풀면 짧은 인생 재미있게 살자쯤 된다. 그렇다고 케세라세라는 아니
고 현재 주어진 현실에서 욕심 부리지 않고 규모 있게 살자는 말이
다. 청나라 지방 하급관리였던 심복의 자서전인 이 책의 키워드는
'삶의 즐거움'이다. 여기서 말하는 즐거움이란 물질의 양적 풍요가
아닌 정신의 도락이다. 어릴 적 인연으로 부부가 된 저자의 아내 운
이와의 이야기인 제1장 〈행복한 결혼 생활閨房記樂〉은 이 책의 중요한

메타포다. 자수와 바느질과 문장에 능한 아내 운이는 저자와 외사촌 간으로 두 사람은 23년을 해로했다. 지방장관의 비서로 신혼에 떨어져있을 때 대나무 숲에 바람이 일 때마다 두고 온 아내가 그리워 잠을 못 이뤘던 저자는 아내가 마흔 살에 병으로 죽자 매화를 여의었다고 비통해한다. 이 부부의 금슬은 책을 읽은 후 담론을 나누고 달밤에 정자로 나가 술잔을 기울이며 시를 읊는 막역한 벗 같았다. 그러나 술지게미와 쌀겨로 연명하며 가난한 시절을 함께 동거한 조강지처는 인생의 즐거움을 마음껏 향유하지 못하고 일찍 죽는다.

아내가 죽은 후 《장자莊子》를 읽으면서 저자는 인생이 부질없으며 그렇기 때문에 즐겁게 살아야 한다는 도를 얻는다. 운이는 남편 심복에게 부생과 양생을 함께 부여해준 장본인으로 인생의 궤적을 그려줬다. 즐겁고 행복한 날과 기쁘고 감사한 날이 지나면 슬프고 괴로운 날도 오는 법. 마침내 시간이 얼마 남지 않은 지점에선 건강하고 여유롭게 사는 것을 말하는 것이다. 이 책의 피날레인 제6장 〈건강하고 여유롭게 사는 법養生記逍〉에서는 절제를 논한다. 산전수전을 겪고 난 후 저자가 말하는 일상 속 양생의 도란 "긴 책상 위에는 마음에 드는 책 한두 권과 고첩古帖 한 권, 그리고 오래된 거문고 하나를 올려두고서 마음과 눈에 항상 먼지 한 톨도 없이 한다. 새벽에는 동산에 들어가 채소와 과일을 심고 풀을 뽑으며 꽃에 물을 주고 약초를 모종한다. 방으로 돌아와서는 눈을 감고 정신을 가다듬는다. 때로는 재미있는 책을 읽어 기분을 즐겁게 하고, 때로는 좋은 시를 읊조려 그윽한 정을 일깨워낸다. 고첩을 가까이하고 오래된 거문고를 뜯다가 싫증이 나면 그만둔다."(221~222쪽)

이런 식으로 맑은 날에는 밭을 갈고 비오는 날에는 책을 읽는다는 청경우독晴耕雨讀과 닮았다.

즉, 양생은 희로애락을 경험한 후에 찾게 되는 진정한 인생의 패牌 같은 것으로 욕심 없이 고요하고 소박한 삶을 가리킨다. '세세무궁토록 부부되기를 원한다願生生世世爲夫婦'는 도장을 두 개 파서 남편과 아내는 서로에게 보내는 편지에 붉은 인주로 찍었다. 손수 지은 옷을 입고 해가 들지 않아 어두운 방은 하얀 종이로 도배했던 아내는 붉은 피를 쏟고 죽는다. 붉은 피는 정결한 아내 운이가 즐겨 마시던 연꽃잎 차처럼 양생의 도道로 피어난 것일까.《장자》1편의 〈소요유逍遙游〉에서는 양생의 요체를 조용하고 즐겁고 만족스런 삶이라고 말한다. 그러나 고향에 두고 온 가난하고 병든 아내는 비녀를 맡겨서 가계를 꾸렸고 한겨울에도 홑옷만 입고 지냈다. 집안의 가난에 맞서 고군분투하는 아내 대신에 남편 심복은 지방 관리의 비서로 유람의 즐거움을 누린다. 121쪽부터 131쪽까지 나오는 영상미가 화려한 광동지방의 기생놀이는 아름다운 묘사로 단연 문장의 백미다. 넉 달 동안 돈백금이나 지출하게 만든 잊지 못할 유흥의 추억으로 밝은 달이 강물을 비추고 강물 위에는 별처럼 반짝이는 술배들의 불빛이 바다를 물들였다. 생황과 거문고와 어린 기생들의 노랫소리가 끝없이 이어지던 한 번뿐인 인생의 쾌락이다. 즐거움은 짧고 회한은 오래 남는 것이 인생일지도 모르겠다. 남편은 아내와 뱃놀이를 함께 하지 못함을 한스러워한다.

제목에서 부생浮生의 비유는 양생養生과 직결되는데 나는 이것을 책 속의 흰죽과 겹쳐 보았다. 이 책에서 흰죽은 세 번 나온다. 연애를 하던 시절에 운이가 심복에게 끓여준 흰죽이 첫 번째다. 나중에 운이가 병 치료차 시골로 떠나고 딸 청군은 민며느리로, 아들 봉삼은 장사를 배우러 가족이 흩어지는 그날 새벽에 흰죽 그릇을 앞에 두고 딸이 말한다. "옛날에는 죽 한 그릇으로 모였는데 이제는 흰죽으로 헤어지니

책을 낸다면 제목을 '흰죽 이야기'라고 해도 좋을 거예요."(75쪽) 흰
죽은 광주 기생들과의 뱃놀이에서 또 한 번 나온다. 흥에 겨운 기생
들과 술과 고기로 기름진 배를 채우고 심복은 디저트로 흰죽을 먹는
다. 밋밋한 흰죽은 거친 속을 순하게 달랜다. 무미無味의 흰죽은 고달
픈 인생살이에서 절제와 고요의 양생으로 거듭나는 것이다. 무위에
마음을 돌리는 것, 그것이 양생이라는 저자의 글은 흰죽과 합치한다.
무위無爲=흰죽=양생=인생=봄날의 매화…… 이 같은 흰죽의 메타포
에 나는 밑줄을 그었다.

중국식 정원과 건축구조 묘사가 빼어나고 유구국의 풍습도 세밀하
게 관찰한 이 책은 후다닥 읽어치우는 독서습관으로는 글맛을 알 수
없는 촘촘한 책이다. 현재의 오키나와인 유구국 기행문과 양생을 얘
기한 5장과 6장은 위작이라는 설이 있는데 초판 원고가 발견되고 나
서 백여 년이나 지나 그 부분이 첨부되었기 때문이다.

인간과 금수의 차이

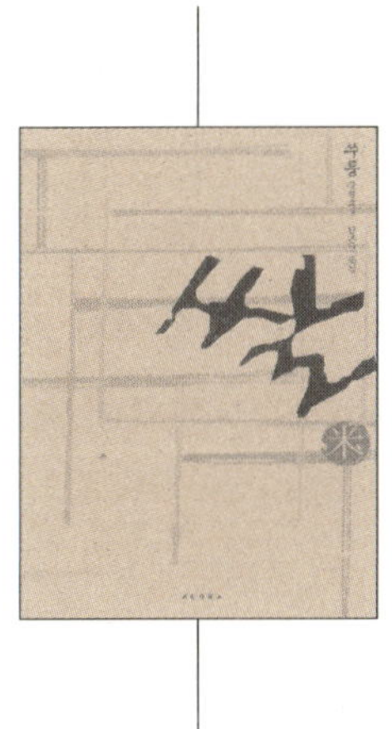

　주인공 우룽은 고향에 홍수가 나서 살 수 없게 되자 화물기차에 몸을 싣고 대처로 나온다. 항구도시에 정착한 그는 유명한 '대홍기 쌀 상회'에 짐꾼으로 얹혀산다. 처음에는 먹고 재워주는 것으로 만족했지만 점차 입지를 넓혀 쌀집 경제권을 쥐게 된다. 쌀밥 한 그릇을 먹는 것이 소원이었던 우룽은 배고픔을 면하게 되자 쌀을 가졌고 쌀을 가진 다음에는 쌀집 딸들의 몸을 가졌다. 우룽은 마침내 쌀집을 통째로 가졌고 쌀 한 자루로 부두 조직을 접수하며 권력을 얻는다.

　쑤퉁은 이 소설에서 우룽의 일그러진 욕망을 통해 인간의 본성을 묻는다. 우룽의 자아파멸은 쌀집 딸들로부터 받은 조롱과 멸시에 대한 증오심으로 시작되었다. 나중에 쌀집을 집어삼킨 그가 맨 처음 한 일도 쌀집 딸들의 몸을 건드리는 것으로, 그에게 복수는 곧 세상을 살아가는 힘이다. 우룽이 툭하면 내뱉는 "니미 좆같은 세상아!"라는 고함 속에는 세상에 대한 혐오증이 곧 터져버릴 풍선처럼 팽배해있다. 나중에 이 혐오와 증오심의 포만은 성병에 걸린 그의 성기(욕망의 상징)를 터뜨림으로써 소설의 결말을 물들인다. 나쁜 세상에 물들지 않으면 살아남을 수 없다고 믿는 우룽에게 쌀은 욕망의 이데아다.

"그는 쌀에 기대어있는 것이 거대한 요람에 누워있는 것처럼 편하게 느껴졌다. 그는 쌀이야말로 세상에서 제일 잠을 잘 오게 하는 수면제라고 생각했다. 그에게 쌀은 여자의 육체보다 훨씬 믿을 수 있고 진실된 것이었다."(113쪽)

우룽에게 세상의 유일한 가치인 쌀은 '환상 속의 비단 이불'로 쌀 향기를 맡으며 잠을 자는 것이 행복이지만 그가 꾸는 꿈은 홍수에 떠밀려 사라지는 고향마을의 처참함이다. 살려달라는 절규를 들으면서 화물기차를 타고 고향을 떠나와 쌀 곳간에서 행복을 찾은 그에게 쌀(욕망)은 아직 충분치 않다.

오직 쌀만이 위대한 사상이던 우룽은 쌀을 권력과 폭력의 도구로 변용한다. 쌀은 이제 더 이상 신성한 가치가 아니다. 권력을 쥐게 된 우룽의 쌀은 복수와 증오심과 혐오를 재단하는 더러운 역할을 맡는다. 가령, 자신에게 성병을 옮긴 기생 여덟 명의 아랫도리에 쌀을 넣어 죽임으로써 우룽의 쌀은 생존의 의미를 상실했다. 이 소설에서 또 하나 눈여겨볼 만한 것은 돌탑 위의 풍경風磬이다. 풍경은 쌀집 딸 쯔윈을 강간한 직후에도 우룽에게 맑고 청아한 소리를 들려준다. 쌀을 훔쳐 먹다가 죽은 소년을 강물에 버리고 온 저녁과 성병에 걸린 참담한 최후에도 풍경은 소리를 울렸다. 그러다가 마침내 일본군의 폭격으로 돌탑이 무너지면서 종소리는 사라졌다. 나는 이 돌탑을 우룽으로 대변되는 인간의 거친 욕망의 본체로, 종소리는 인간 존재성을 묻는 자장으로 해석한다. 그렇지 않고서야 살인과 강간과 욕설이 거침없는 이 소설에서 갑자기 튀어나오는 돌탑과 풍경의 매치를 달리 어떻게 풀 수 있을까? 불교의 선禪적인 상징성을 다분히 내포하고 있는 풍경소리는 이 소설의 유일한 선善인 것이다. 폭주하는 욕망의 제어 장치였던 풍경이 폭격을 맞아 역할을 끝내는 장면은 우룽의 종말 역시 암시한다. 쑤퉁의 소설에서 종료지점을 암시하는 방식은 대개 이런 상징물의 등장인데 독자를 예측불허의 결말로 유도하는 기술은 부족하지 않나 싶다.

쌀을 훔쳐 먹는 쥐는 쥐덫에 걸릴 운명이라는 설정은 상투적인 우화다. 그러나 쥐덫에 걸리기 전까지 쥐는 쌀을 향해 달리기를 멈추지 않는다. 이 소설에선 우룽이 고향을 떠나올 때 타고 왔던 화물기차를 성병에 걸려 임종을 맞으러 고향으로 돌아가는 기차로 마무리 짓는다. 그러나 생애 전체를 쌀에 저당 잡힌 우룽의 마지막 위로였던 금니를 쌀더미 위에서 강탈당하고 그 역시 쌀더미에 파묻혀 죽는 최후는 마지막까지 손을 더럽히는 인간의 본성을 고발하는 것이다.

작가의 버터 빵과
문학의 임무

"내게는 빗梳토막 하나 남지 않았고, 쓸쓸해 견딜 수 없을 때 읽을
책 한 권 가지고 있지 않았다. 여름 내내 나는 교회 묘지로 나가거나,
궁정宮廷의 공원에 가서 자리 잡고 앉아서는 한 단 한 단 여러 가지 사
건, 이상한 발명, 나의 불안한 머릿속에 떠오르는 기분이나 생각을
신문에 투고할 자료로 엮어보았던 것이다."(18쪽)

싸구려 여인숙 이층에 투숙하는 '나'는 신문에 단편을 투고해서
근근이 연명한다. 하지만 대중적 흥미가 결여된 완강한 논제를 쓰다
보니 종종 편집국장으로부터 퇴짜를 맞는다. 그런 날은 원고료가 없

으므로 굶어야 한다. 굶는 날이 그 하루뿐이면 다행이고 삼사일까지 굶주리는 일도 예사다. 주인공은 전당포에 맡길만한 물건이 더 이상 남아있지 않다. 책, 외투, 시계, 조끼, 나중에는 단추까지 떼어 팔 요량이었지만 단추를 파는 대신에 굶주리며 기다렸다. 신문사에 구걸하다시피 원고를 맡긴 후 녹색 담요 한 장을 옆구리에 끼고 거리를 배회하는 주인공은 전날 저녁도 굶고 당일 아침도 굶었다. 밑창이 빠질 것 같은 구두를 신고 비프스테이크와 큰 덩어리 빵, 은제 포크를 상상하는 주인공 '나'는 이제 거지가 되었다. 방값을 내지 못해 여인숙에서 쫓겨난 것이다.

거지가 된 주인공은 공동묘지 입구에 앉아 삿된 술수를 쓰지 않고 깨끗하게 살아온 자신의 삶을 잠시 돌아본다. 장부 계산원, 소방사, 점원 같은 안정된 직업에 지원했지만 번번이 물을 먹었다.

"이제 밤을 새울 방법만 있으면! 어디로 갈까 하고 골똘히 생각한 나는, 길 한복판에 우뚝 서고 만다. 지금 내가 어디 서있는지도 모르고, 마치 세차게 소리 내며 흐르고 있는 암초투성이 큰 바다 위에 우뚝 서있는 부표浮漂와도 같이."(57쪽)

여러 날을 굶주려 환각상태까지 간 주인공은 꿈인지 환상인지 모를 무기력을 체험한다. 꿈속에서 본 파란 눈의 윌라얄리 공주의 성城에 가면 고픈 배를 원 없이 채울 수 있을 것이다. 그곳에선 배가 고파 자신의 손가락을 깨무는 참담함도 없다. 혓바닥에 돌을 올려놓고 돌 맛을 볼 필요도 없다.

저자 크누트 함순의 자전적 체험인 이 소설은 1890년 첫 출간되자마자 귀족적 탐미주의에 빠져있던 유럽 문학계를 흔들었다. 문학계는 굶주림의 노골적인 비참함을 통해 비양심적 위선을 고발한 함순을 두고 들개 같은 야성적인 천재라고 불렀다. 야성의 작가는 이 소설로 돈을 벌기 시작했으니 《굶주림》은 함순에게 '굶주림'을 면하게 해준 셈이다. 굶주림에 시달릴수록 글쓰기에 집착하는 저자 자신의 자화상을 통해 독자는 크누트 함순의 글쓰기 작업을 살필 수 있다. 그중 하나가 소설 속에서 며칠째 굶어 기운 없는 주인공이 글 쓰는 장소로 자신의 숙소보다 공원 벤치나 교회 묘지로 일부러 찾아가는 행위다. 실제 크누트 함순은 호텔방을 전전하며 글을 썼다. 항간에는 심인성 정신박약이라는 소문도 돌았다. 글 쓰는 장소에 상당히 민감했던 저자는 두 번째 결혼을 하고 일주일 뒤 산속 오두막으로 떠났고, 1920년 노벨문학상을 받은 후 '시인의 오두막'이라는 별장식 서재를 장만했지만 함순에게는 여행 가방을 챙기는 일이 더 중요했다.

우리나라 독자들에게는 비교적 생소한 노르웨이의 작가 크누트 함순의 첫 번째 장편소설인 《굶주림》은 정신순결주의와 도덕주의를 풍자하고 있다. 함순은 이 소설에서 거짓 신념으로 치장한 인간의 위선과 체면을, 뜯어먹을 살점 없는 '말라빠진 개뼈다귀'에 비유한다.

"아무런 맛도 없었다. 뼈다귀에서는 썩은 피의 숨이 막힐듯한 냄새가 나서 곧 토하기 시작했다. 그러나 나는 또 뜯어먹어 보았다. 게우지만 않으면 무슨 효험이 있겠지. 일단은 배를 달래두는 것이 문제였다. (……) 무엇에 혼을 빼앗긴 사람같이 뼈다귀를 물어뜯었다. 나는 뼈다귀가 눈물에 젖어 더러워질 만큼 울고는 토하다가 저주하다가는 다시 뜯었다. 심장이 터질 정도로 울었으나 또 게우고 말았다. 나는 큰 소리로 세상의 모든 권위를 저주했다."(166쪽)

비록 몇 번이나 게웠지만 개에게 줄 마른 뼈다귀를 뜯어먹는 주인공은 위선을 차버리고 현실로 복원된다. 어떤 사람들은 일상이 행복해 죽겠는지 모르겠지만 어떤 사람들은 창자가 비어있어서 죽을 지경이다. 그런데 창자의 허기를 걱정하지 않아도 될 사람들이 영혼의 허기 앞에 또 쩔쩔맨다. 인간의 허기란 숙명인가.

《굶주림》은 크누트 함순에게 여러 의미를 부여할 수 있는 소설이다. 1940년 4월 9일 히틀러가 노르웨이를 침공하자 함순은 "우리를 지켜주기 위해 독일이 왔다"라고 선동했다. 또한 히틀러의 죽음을 전해 듣고는 "그는 최고의 개혁가였습니다"라며 나치에 완벽하게 부역한다. 나치 부역자라는 불명예에 관해서는, 함순이 이십대에 두 차례나 건너가 경험한 미국과 영국의 자본주의와 소련의 스탈린주의를 증오해서 히틀러 지지를 표명했다는 너그러운 논평도 있다. 하지만 1914년 아직 독일의 승전보가 유럽을 장악하기 전에도 그는 '건강하고 융성한 독일의 승리'를 공공연히 외쳤다. 이것으로 볼 때 함순 역시 정치권력에 굶주렸던 것은 아닐까?

이 책은 번역이 아주 형편없는 것은 아닌데 어딘지 모르게 매끄럽지 못하다. 책날개에서는 저자가 "정규교육을 받지 못했다"라고 박아놓고 책 말미의 연보에서는 "학교를 졸업했다"라고 말한다. 1949년 출간된 자서전의 제목도(원제 Paa Gjengrodde Stier) 책날개에는 《너무 큰 오솔길에서》로, 연보에는 《잡초 무성한 길 위에서》로, 일관성이 없다. 참고로 《위대한 패배자》의 작가 볼프 슈나이더는 자서전 제목을 《우거진 오솔길》로 썼다. 노르웨이 작가에 대한 국내 문학계의 열악한 정보를 제목 하나만 놓고도 확인한 셈이다. 만약에 이 책의 제목을(원제 Sult) '굶주림'이라고 번역하지 않고 '기아'라고 번역했다면? 오 마이 갓!

책에 미치는 것이야말로
곧 그의 인생

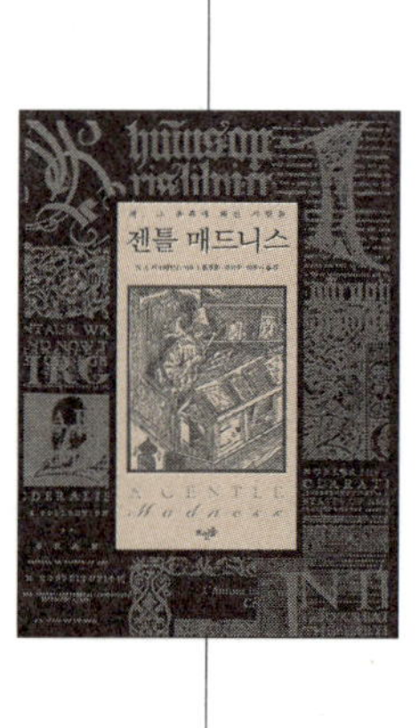

엄마와 자고 싶다는 소망을 지닌 일본 작가 데라야마 슈지의 《책을 버리고 거리로 나가자》에 이런 말이 나온다. "잠이야 담요 한 장으로 다리 밑에서 자도 상관없으니 일단은 원하는 스포츠카부터 사고 보자. 사흘 동안을 빵과 우유 한 병으로 때운 뒤, 나흘째는 레스토랑에 간다. 돈을 평범하게 사용할 때 얻게 마련인, 균형 잡힌 매너리즘과 가능성이라는 지평을 깨부술 수 있는 것은 이러한 '일점호화주의一點豪華主義'밖에 없으리라." 한 가지를 위해 나머지를 포기하라는 데라야마 슈지는 그의 말처럼 '한 점-경마'에 올인하다시피 한 삶을 살다 갔다. 경마에 자신의 인생을 걸든 책에 미치든 그건 자유다. 필라델피아 출신의 애서가 시모어 애덜먼은 아예 "나는 책을 모으기 위해 이 땅에 태어났지, 책을 쓰기 위해 태어난 건 아니다"라고 말한다. 무려 열세 개의 방과 복도, 침대 위, 탁자 아래, 심지어 주방까지 책으로 가득 찬 집으로는 부족하다. 그가 책을 모은 것은 운명이다. 책 외에는 그에게 다른 중요한 존재 이유가 없었다.

제목에서 보는 것처럼 책에 미친 사람을 '점잖게 미친' 사람으로 구분 지은 것은 책을 품격 있는 대상으로 인식했다는 뜻이다. 책이 지적인 결과물이라는 점을 염두에 둔 이 호칭은 책에 미친 사람들의 미친 짓을 '가장 고귀한 질병'으로까지 상찬한다. 문맹시절의 책은 가문의 문장紋章처럼 명예의 상징이었다. 책 한 권에 사람의 목숨이 오갔으니 책을 무시할 수 없던 시절이 분명 있었다. 그러나 현대의 발달된 출판기술은 '고귀한' 가치를 떨어뜨렸다. 책은 문명을 기록하고 인간을 위로하고 역사를 만들었다. 과거는 찬란했지만 오늘의 책은 너무 흔해 훔치고 싶은 욕구를 자극하지 못한다. 그러나 이 사람에게만은 책은 여전히 훔칠만한 가치가 충분하다.

268군데의 도서관에서 2만 3천6백여 권의 책을 훔친 블룸버그는 FBI에 걸려 텅텅 빈 자신의 서재를 보며 "속이 텅 빈 조개껍질이 되었다"라고 절규한다. 통풍구를 통해서 도서관에서 집어 들고 나온 책을 그는 아이오와 주 오텀와에 있는 벽돌색 이층집에 가지런히 진열해놓았다. 블룸버그가 도서관에서 책을 훔치는 방법은 괴도 뤼팽을 방불케 한다. 미네소타 대학 도서관에서 교직원 신분증을 훔친 일을 계기로 블룸버그는 책 도둑으로 변신한다. 증거인멸 과정 역시 CSI도 놀랄 정도로 치밀하다. 면지에 붙어있는 스티커를 핥아서 떼어내고 모서리에 있는 인장표시를 사포로 문질러 지운다. 훔쳐 온 책을 단지 돈 몇 푼에 파는 '양아치 도둑'들하고는 차원이 다른 이 순정파

도둑은 새로 입수한 책들을 밤새 붙들고 앉아있었다. 남을 해치거나 비방하거나 타인에게 손해를 끼치는 행위를 할 줄 모르는 이 중년의 남자는 "정부 당국은 일반인들로 하여금 이들 아름다운 희귀본들을 접하지 못하게 제한하고 있으며 (……) 따라서 자신이 이 책들을 해방시키고 보존함으로써 정부측의 계획을 방해해야 한다고 생각했다"(789쪽)라며 항변한다. 집행유예 5년을 선고받고 풀려난 그의 책 절도 목적은 "잠자고 있는 책의 대중화"를 위한 사명감에서 비롯되었다는 말이다.

책을 훔치는 사람이 있다면 책을 잃어버릴까 봐 도난방지에 신경을 곤두세우는 사람도 있는 법이다. 고대 로마의 장군들은 침략지에서 약탈해 온 문헌으로 자신의 서재를 구성했다. 카이사르는 알렉산드리아로부터 문헌을 압수하고 4만 권의 장서를 로마로 운반했다. 안타깝게도 책들은 운반 도중 항구의 창고에서 불타 전소되었다. 또한 안토니우스는 클레오파트라의 환심을 사기 위해 로마에서 알렉산드리아로 20만 권의 장서를 가져갔다. 기원전 페르시아 전투 중에도 장군들은 책을 가득 넣은 상자를 말에 실어 갖고 다녔다고 한다. 이들이 전쟁 중에도 책을 이동시킨 이유를 이해하려면 책이 기록의 산물이자 문화의 척도였고 국가재산이었던 것을 감안해야 한다. 책을 많이 소유하면 문화적으로 우월하다는 과시용인 것이다. 이토록 중요한 책이었으니 당연히 경비병이 서재를 지키고 서재를 출입하는 노예도 따로 지정해두었다. 나중에는 책장을 통째로 사슬로 묶어두었고 그것도 안심이 안 되면 "이 책을 훔치는 자, 빌려가서 돌려주지 않는 자, 그런 자들의 손에서는 이 책이 뱀으로 변하리라"(64쪽)라는 무시무시한 경고를 달아놓는다.

저자 바스베인스가 5년여의 자료수집을 통해 엮은 이 책은 1900년대 이전의 이야기와 1900년대 이후부터 현대에 이르기까지의 이야기로 나뉜다. 인쇄술이 본격적으로 활성화되기 이전의 책은 유일본이었다. 유일본의 가치는 살인도 마다하지 않는 소유욕을 자극해서 1830년대 에스파냐의 전직 수도사 돈 빈센트는 유일본에 대한 집착으로 무려 여덟 건이나 살인을 한다. 책에 눈이 먼 살인자는 사형장에서조차 자신이 가지고 있던 책이 유일본이 아니라는 사실에 절망하며 죽어갔다.

유일본 다음으로 필사본은 한정수량이라는 이유로 맹위를 떨쳤다. 아직 구텐베르크 금속활자가 나오기 이전의 필사본은 주로 양피지나 조악한 종이에 써서 전달되었는데 필사본 덕분에 지식이 비로소 분배되기 시작했다. 주로 수도원이나 아카데미에서 작업한 필사본은 정치적 목적에 의해서 글이 바뀌고 바뀐 글의 진위여부를 묻느라 사람들을 다치게 만들었다. 필사본 도서관으로 가장 먼저 떠오르는 것은 움베르토 에코의 《장미의 이름》에 나오는 미로의 도서관이다. 그러나 필사본이나 희귀본의 경우 가장 큰 위협은 '내부자의 도둑질'이라는 점을 상기하면 책의 운명은 돌고 도는 것이다.

책 때문에 죽는 사람도 운명적이다. 1902년 노벨 문학상 수상자인 역사학자 테오도르 몸젠은 수염과 머리에 불이 붙은 것도 모르고 독서에 심취했다. 나중에 자신의 몸에 불이 붙은 것을 알았지만 그때는 너무 늦었다. 안토니오 마그리아라는 피렌체 사람은 나무 의자에 앉아 무릎 위에 책을 펴놓고 우아하게 죽었다. 마지막 남은 한 푼의 동전으로 빵 대신에 책을 사고 굶어 죽은 사람도 있는데 그의 이름은 흥미롭게도 밥 티스트다. 셰익스피어는 "내 서재는 공화국과 같다"라고 자신의 참나무서재를 자랑했지만 정작 내가 부러워하는 서재는 시력을 잃은 형이 시력을 되찾을 때 읽을 수 있도록 책은 물론이고 신문과 잡지까지 수집한 착한 동생의 따뜻한 서재다. 그런 서재라면 한영사전부터 낡은 《펜트하우스》나 《플레이보이》까지 모셔줘야 하지 않을까? 돈이 있다고 해서 훌륭한 컬렉션을 만들 수 있는 것은 아니다. 무엇보다 마음가짐의 문제이고 그 다음에는 실행이다. 부자들은 서점에 가는 대신에 소더비 경매에 나온 희귀본에 더 관심을 가질 테니까.

《젠틀 매드니스》는 다양한 책 수집 이야기와 더불어 책의 역사, 도서관에 관한 이력까지 재미있게 읽을 수 있는 책이다. 책 좀 읽는다는 사람들은 서재에 꽂아두기만 해도 '뽀대'가 날 것이다.

누가 문명의 덫을
걷어 찰 수 있는가

  12박 13일의 시베리아 횡단 열차는 블라디보스토크에서 출발한다. 러시아 극동사령부가 있는 하바롭스크를 거쳐 헤이룽 강과 시호테알린 산맥을 뚫고 모스크바 광장에 닿는다. 시베리아 횡단 열차는 아시아에서 유럽을 향해 달리면서 다양한 인종과 풍습과 언어와 역사를 관통한다. 운이 좋으면 러시아 불곰도 만날 것이다. 모스크바역에 도착한 여행자는 가방을 질질 끌고 호텔방으로 들어가 따듯한 욕조에 몸을 담그고 여행의 냄새를 씻는다. 문명이란 깨끗하고 편리하고 쾌락적이다.

  《야생의 엘자》라는 책이 있다. 1966년에는 영화로도 만들어져 히트를 쳤다. 어미를 잃은 새끼사자의 성장기인 이 책은 실화다. 인간에게 길들여진 사자가 아프리카 야생에 적응하는 과정은 독자의 눈물샘을 자극했다. 나는 《야생의 엘자》를 읽으면서 인간과 야생의 조화를 발견했다기보다 야생을 인간의 자의로 편집하려 드는 것은 아닌가 의심했었다. 문명과 자연이 어떤 방법으로 합의할 수 있는지 몰랐기 때문이다. 《야생의 엘자》를 읽던 이십대 초반 무렵만 해도 문명은 더 이상 자연과 타협할 수 없는 별개의 존재로 여겨졌다. 물론, 문명과 자연은 공생의 관계를 모색해야 한다. 인간은 충분히 자연과 싸웠다. 문명과 자연이 대립관계를 이루기보다 윈윈 전략을 구가해야 한다는 사실은 누구나 다 안다. 공존의 타협안은 가능하다. 그런데 공존할 수 없다는 사람이 있다. 숲 속의 인삼 스물두 뿌리가 전 재산이었던 데르수 우잘라는 문명에는 아무런 욕심이 없는 사람이다. 그에게 문명과 자연은 타협 대상이 아닌 것이다.

문명을 거부한 채 야생의 삶으로 돌아간 데르수 우잘라는 실존 인물이다. 이 책의 저자인 블라디미르 아르세니에프는 극동지방 탐사대장으로 몽골리언 원주민 데르수 우잘라를 가이드로 삼았다. 그는 시호테알린 산맥에서 태어났다. 한 번도 그 바깥으로 나가 본 적이 없다. 데르수 우잘라는 《야생의 엘자》처럼 1975년에 영화로 만들어졌다. 《라쇼몬羅生門》과 《7인의 사무라이》를 만든 구로사와 아키라가 감독했다. 나는 시중에서 구하기 어려운 두 장의 〈데르수 우잘라〉 DVD를 갖고 있다. 데르수 우잘라 역은 일본 배우가 맡았고 뚝뚝 끊어지는 장면 전개와 조악한 진행으로 원작만큼 웅장한 맛이 없다. 긴 분량을 영화의 한정된 화면 속에 모두 담기에는 역부족이었던 모양이다. 구로사와 아키라가 어째서 명감독인지 도무지 이해되지 않는 영화였다. 당연하지만 영화 〈데르수 우잘라〉는 실패했다. 그 영화에서 유일하게 인상에 남는 장면은 설원에서 길을 잃은 대장과 둘이 남은 데르수 우잘라가 건초로 천막을 만들어 무사히 밤을 보낸 부분이다. 혹독한 상황에서 데르수 우잘라가 보여준 생존의 지혜를 경험하며 백인 탐사대는 '형제애'를 느끼게 된다. 아쉽게도 영화에서는 시베리아 횡단 열차에서 볼 것 같은 시호테알린 산맥과 우수리 강의 다양한 생태분포도는 기대할 수 없다.

문명과 자연의 두 질문을 향한 영화였지만 영화에선 문명도 자연도 모두 흡족하지 않다. 그러나 책은 시호테알린의 모든 식생분포와 기후대를 총망라하면서 한 권의 식생도감으로 읽어도 손색이 없다. 내가 시베리아 횡단 열차에서 기대하는 광활한 벌판과 늠름한 산봉우리가 모두 나온다. 책을 읽는 동안 나는 열차 창밖으로 보이는 시호테알린 산맥의 절경을 상상했다. 물고기와 호랑이와 나무와 대화를 나누는 원주민 데르수 우잘라에게 자연은 교육현장이면서 동시에 생존의 철학이고 경외로운 종교다.

"그의 머릿속에 담긴 지혜는 배워서 익힌 교육의 결과가 아니라 상처를 입어가며 몸소 익힌 자산이었다. 홍수를 겪거나 혹한의 눈보라에 시달릴 때마다 그의 지혜는 더욱 풍부해졌다. (……) 그는 모든 것을 놀라울 정도로 간단하게 설명했다."(122쪽)

여러 가지로 해석할 수 있는 말이지만 자연은 의외로 단순하다. 반대로 문명은 복잡하다. 그러나 이 말을 풀어보면 자연은 정직하고 문명은 속임수를 통해 진화했다는 의미도 된다. 이 책의 서평 가운데서 한 독자는 《데르수 우잘라》를 읽고 인간이 너무 싫어졌다고 고백한다. 아마 데르수 우잘라의 참담한 최후를 보고 울분을 느꼈을 것이다. 문명에 적응하지 못하고 끝내 숲으로 돌아가야 했던 데르수 우잘라를 통해 독자는 문명과 야생의 불화를 확인할 것이다.

그의 죽음을 두고 나는 문명과 자연, 인간의 선악을 이분법적으로 나누고 싶지는 않다. 자연을 가르는 문명의 칼날을 무조건 악령으로 치부하는 것도 현대에는 무모해 보인다. 인간은 누구나 좀더 편리하게 살고 싶은 욕망을 포기하지 못한다. 인간은 더 이상 '야생의 엘자' 가 아니다. 내가 품은 시베리아 횡단 열차의 꿈도 문명의 축복이다. 인간은 문명의 계승자다. 동시에 자연을 상속받기도 했다. 인간이 만든 문명의 도구 중에서 유일하게 난로 하나를 이해했던 데르수 우잘라는 문명과 자연의 타협에 관해 진지한 질문을 던진다.

파란여우의 책을 내 것으로 만드는 서평 쓰기

한 사람이 두세 개의 블로그를 운영하는 시대이다 보니 요즘은 인터넷 서평꾼들이 바글바글하다. 책 좀 읽는 독자들은 서평 쓰기에 관심이 많고 기왕 쓸 거면 잘 쓰고 싶어 한다. 그러나 잘 쓰고 싶다고 해서 잘 써지는 글은 없다. 손가락에 마법의 로숀을 바르거나 귀신을 옆에 붙여놓지 않는 한 글쓰기를 경험해본 사람은 글쓰기야말로 사람의 진을 홀딱 빨아먹는 몹쓸 것이라고 말한다. 그런데 그 몹쓸 글쓰기에 한번 맛을 들이면 이게 또 중독성이 강해서 벗어나기 어렵다. 나도 한때는 서평 잘 쓰는(?) 한 명의 블로거였다. 그런데 지난 글을 읽어보니 이건 도저히 아니다. 부사남발, 주어생략, 맥락 끊김, 논지일탈, 중언부언, 자아과잉, 확대해석 등등 엉망진창, 뒤죽박죽, 봉두난발이다. 글쓰기 책을 몇 권 읽었지만 서평이 제멋대로인 것을 보면 나의 기억력은 입시전용 단어 암기장을 외우는 수준이다.

어떻게 하면 서평을 잘 쓸까? 그것도 남들과 다른 나만의 문체, 문장, 서술방식, 단어 등등을 살리면서 책의 주제를 놓치지 않는 서평을 서평꾼들은 고심한다. 왜 안 그렇겠나. 서평에 한 번 집착하면 서평쓰기 위해 책을 읽는 독자부터 책 두 권 읽을 시간에 서평 한 편을 쓰는 독자까지 서평에 미친 사람들 이야기가 인터넷에 깔려있다. 나도 고민했다. 서평을 처음 쓰기 시작할 무렵에는 뭐가 뭔지 모르는 상태였으니까 고민하고 자시고 할 것도 없었다. 그러다가 기왕 쓸 거면 '잘' 쓰고 싶어졌다. 무엇보다 자기만족의 기쁨을 맛보고 싶었다. 또 하나, 익명의 독자에게 잘 보이고 싶은 욕구도 전혀 없었다고 할 수 없다. 어쨌든 공개된 지면에 글을 쓰는 행위는 누군가에게 읽히는 것을 염두에 둘 수밖에 없으니까. 잘 쓰고 싶었지만 책 몇 권 읽었다고 잘 써지는 것도 아니다. 열정에 비해 재능이 부족한 사람들을 위해 시중에 글쓰기 가이드가 풍년이다. 그런데 그런 책 읽는다고 내 못생긴 서평이 갑자기 신분상승할 리도 없다. 밑줄 열심히 긋고 모니터 옆구리에 포스트잇 덕지덕지 붙여놓는 사람이라면 확실히 글쓰기 책이 일정부분 선생질을 할 수는 있다. 나도 한때는 노란 형광 포스트잇을 19인치 모니터 화면 옆에 물고기 비늘처럼 팔랑팔랑 달아났었다. 그런데 그것도 남이 만들어 준 먹이이므로 내 입맛에 맞게 조정해야 한다.

스티븐 킹은 《유혹하는 글쓰기》에서 "이 세상에 '아이디어 창고'나 '소설의 보고'나 '베스트셀러가 묻힌 보물섬' 따위는 존재하지 않는다"라고 절망적인 말을 했다. 고얀지고. 그렇지 않아도 서평 한 편 때문에 진을 빼고 있는 마당에 절망적인 소리라니. 모르지. 글 잘 쓰는 매니큐어나 반지 같은 것이 나와서 손에 척 하고 한번 찍어주면 술술 글이 흘러나오는 일이 생기지 말란 법도 없다. 과연?

"나는 읽었던 책은 모두 세밀하게 분석해서 내 것으로 만든다. 예를 들어서 내가 잘 모르는 완전히 새로운 분야의 서적이면 먼저 요점 정리를 해둔다. 또한 어느 정도 수준이 있는 책을 읽고 나면 항상 비판적인 분석을 써놓으려고 한다. 경험을 바탕으로 몇 권의 책을 분석할 것인지에 대해서도 미리 계획할 수 있다."
_다닐 알렉산드로비치 그라닌, 《시간을 정복한 남자 류비셰프》

러시아 과학자 알렉산드르 알렉산드로비치 류비셰프는 평생 자신의 일상을 빈틈없이 기록하고 관리한 사람이다. 이 사람의 치밀한 독서법은 요즘 꼼꼼한 서평 쓰기를 염원하는 서평꾼들에게 중요한 것을 말해준다. 기록! 기록하고 자료를 수집하고 분석하는 일은 서평의 비결로 활용할만하지 않은가. 서평은 일필휘지로 쓸 수 있는 성질의 것이 아니다. 그런 서평은 서평이 아니라 낙서다(하지만 우리는 그 낙서에 현혹되기도 한다). 책을 읽고 기록으로 남기는 것이 서평의 본질이기 때문인데 서평 쓰기 참 힘들다. 좀 쉽게 가는 방법은 없을까?

본론이자 결말로 들어가서, 나의 서평 쓰는 방법은 다음과 같다. 미리 알려두자면 이 방법은 순전히 내 적성과 취향에 맞는 방법이므로 만인에게 적용하기 어렵다. '당신은 그렇게 쓰는구나' 그 정도로 생각해주면 좋겠다.

서평공책

말 그대로 서평공책이다. 나는 이 공책을 천만 원짜리 공책이라고 부른다. 문방구에서 천 원 주고 산 대학노트다. 천 원 주고 샀지만 천만 원어치의 시간과 품이 들어갔다고 여기기 때문에 천만 원 공책으로 부른다. 노트 한 권에 대략 60~70권 정도의 독서기록이 수록된다. 서평공책에 나는 책 속의 인상 깊은 부분을 발췌해서 옮겨 적는다. 해당 페이지도 함께 적는다. 옮겨 적으면서 내가 동의하기 어려운 의견을 괄호 치고 기록하기도 한다. 때로는 앞 페이지와 유사한 맥락이나 정반대의 작가 논리가 뒷부분에서 발견되는 경우도 있다. 그럴 때는 연필로 쭉 화살표를 잇는다. 물음표도 붙이고, 다른 책에서 읽었던 관련 기록도 남기고 그러다 보니 내 서평공책은 어느새 기호학 공책이 되고 말았다. 꼭 인용하고 싶은 부분은 형광펜으로 표시한다. 별 다섯 개의 오성장군을 만드는 일도 잊지 않는다. 이런 식으로 서평공책을 책 옆에 두고 독서를 진행하면 당연히 독서속도가 떨어진다. 그런데 그게 다가 아니다. 고속도로에서 시속 120킬로미터를 넘게 달리는 사람은 목적지에 빨리 도착할 수 있다. 반면에 휙휙 지나쳐 오느라 주변을 기억하지 못한다. 디테일을 놓치는 것이다. 눈치 챘겠지만 나는 서평 쓰기에서 전체 맥락만큼이나 디테일을 중요시한다. 서평공책을 마련하고 어떤 기록양식을 남기느냐는 독자의 몫이다. 그런데 이거 한 가지는 장담한다. 책을 읽으면서 눈이 읽은 것을 손으로 한 번 더 기록함으로써 분명 책의 속살을 더 깊이 애무할 수 있다. 또 하나 추가하자면 이렇게 기록으로 남겨두면 나중에 다른 글 쓸 때 유식한 척 인용하며 폼도 잴 수 있다. 얼마 전 신간《공무도하》를 펴낸 소설가 김훈은 자신의 연필을 '사시미 칼'에 비유했다. 서평에 야망을 품은 서평꾼이라면 사시미 칼까지는 아니더라도 연필 칼 정도는 갖고 있어야 하지 않겠는가. 기록한 글은 반드시 써먹을 기회가 온다. 지금부터 키보드에만 의존하지 말고 연필을 이용한 자신만의 기호학 공책을 한 권 만드시라. 움베르토 에코가 울고 간다니까요.

관련자료 인터넷 검색

'검색의 생활화'라는 말이 있다. 인터넷 검색 한 방이면 다 나와! 죄 짓고 못사는 세상이 좋은 세상인지 나쁜 세상인지는 모르겠지만 검색은 신의 손이다. 신의 손은 전지전능해서 여배우들의 성형 전 사진부터 나의 옛날 남자친구 동향까지 알려준다. 그러니 서평 쓰는 작업에 검색기능 한 방이면 관련 자료가 줄줄이 사탕처럼 엮여 나온다. 책 제목을 검색하면 관련 기사부터 출판사 제공 자료와 서평과 작가의 최근 동향까지 한눈에 보인다. 그중에서 서평에 쓸만하다 싶은 자료를 클릭하고 창을 열어둔다. 모니터에 항상 서너 개의 창을 열어놓고 서평을 쓰는 나로서는 인터넷 검색 기능이 없다면 어떻게 글을 썼을까 싶다. 박람강기의 서평은 인터넷 검색이 책임진다. 단, 검색결과를 인용할 경우에는 저작권에 위배되지 않도록 반드시 출처를 밝혀야 한다는 것을 명심하시라. 한마디로 인터넷 검색은 낚시꾼의 낚시질이며 정보 재활용이다. 긁어 모을 수 있는 자료라면 그것이 껌종이 낙서라도 놓치지 마라. 대통령의 동향이나 연예인 가십거리도 유용하다. 인터넷 검색의 이런 긍정적인 측면을 끌어와 쓴 서평은 글에 힘이 있고 생기가 돈다.

유사도서 참조

잘 쓴 서평의 기준은 무엇일까? 나는 책 정보와 함께 잡담으로 풍성한 서평을 맨 위에 올려놓는다. 잡담은 사적인 여담부터 다른 책이야기까지 다양하다. 나는 이것을 '접붙이기'라고 부른다. 가령, 스티븐 킹의 《유혹하는 글쓰기》를 읽고 서평을 쓸 경우 먼저 읽은 나탈리 골드버그의 《뼛속까지 내려가서 써라》를 접붙이면 서평이 좀더 풍부해진다. 재기발랄한 스누피의 글쓰기 고민을 토로한 《스누피의 글쓰기 완전정복》도 쓸만한 글이 많다. 그러나 이 접붙이기는 유사도서를 골라서 연결하는 안목과 자연스럽게 연결되는 문맥의 기술이 필요하다. 자칫 서투르게 연결하면 접붙이기는 고사하고 맥락이 틀어져버린다. 나 역시 이런 오류를 극복하지 못해 가끔 엉뚱한 나뭇가지를 붙들고 와서 전혀 다른 나무를 만들어놓곤 한다. 유사도서를 참조하고 인용하면서 서평에 풍성한 토핑을 추가하는 것은 맛깔나고 폼도 나지만 서평의 일관성 있는 주제를 절대 잊어선 안 된다.

하늘 아래 새로운 것 없다고 앞의 세 가지 항목은 사실 특별하지 않다. 쓰고 또 쓰는 방법 외에는 정도가 없다. 계속 쓰는 놈한테는 못 당한다. 어떤 사람은 논문처럼 서평을 쓰기도 한다. 또 감각적인 언어로 인문사회 도서도 부드럽게 순화하는 재능 있는 서평꾼도 있다. 책을 내 것으로 만드는 서평 쓰기는 찬찬히 곱씹고 요리조리 돌려 씹고 뒤집어 씹으면서 자기 마음대로 책을 씹는 행위다. 글이란 씹을수록 맛있다. 그런데 요즘처럼 인터넷 서평꾼들이 글 잘 쓰기 경쟁이라도 하듯 서평 쓰는 일에 집착하다 보면 서평 쓰는 일이 고역이 된다. 서평 쓰는 일이 힘들어지면 서평을 안 쓰게 되고 읽은 책을 기억하는 유효기간도 짧아진다. 내 경험으로 보건대 기록으로 남기지 않은 책은 뇌에서 금방 삭제된다. 기록으로서의 서평은 책에 대한 보답이다. 책은 나에게 읽을 권리를 주면서 쓸 권리도 부여했다. 그 권리를 포기하지 마라. 그런데 헤밍웨이의 잔인한 이 말은 어떤가. "사랑하는 것을 죽여버려야 진짜를 얻는다!" 스티븐 킹은 초고에서 10퍼센트는 눈물을 머금고 버리라고 말한다. 응? 어떻게 심혈을 기울여 나온 내 새끼들인데 죽이고 버리라는 것인가? 그러나 서평 쓰기 또한 글쓰기인지라 버리지 않으면 진액을 얻을 수 없다. 죽이고 버리고 깎아내고 잘라내고 그리고 지우고 체에 받친 앙금으로 당신의 서평을 발효하시라. 그것은 당신 글의 로열젤리다.

3
고전 · 해석 편

고전·해석 편에 소개되는 책

마르케스와 김만중과 장자, 세 명의 꿈
구운몽 김만중 지음, 설성경 옮김 | 책세상 | 2003년 2월

경찰 없는 나라
홍길동전 허균 지음, 허경진 옮김 | 책세상 | 2004년 2월

한국고전문학의 높은 경지
춘향전 조경남 원작, 설성경 옮김 | 책세상 | 2005년 2월

삼국지의 시작과 끝
고우영 삼국지 고우영 지음 | 애니북스 | 2007년 2월

한 권으로 읽는 18세기 문화의 혈맥
18세기 조선 지식인의 발견 정민 지음 | 휴머니스트 | 2007년 2월

오, 아버지, 저도 다 안다고요
아버지의 편지 정민·박동욱 엮음 | 김영사 | 2008년 10월

동파선생 일취월장기
마음속의 대나무 소동파 지음, 김병애 옮김 | 태학사 | 2001년 11월

징비록
16세기 징비록이 21세기에 닿는 의미 유성룡 지음, 김흥식 옮김 | 서해문집 | 2003년 3월

탁오노자를 만나다
분서 1 이지 지음, 김혜경 옮김 | 한길사 | 2004년 6월

자기 그림자를 보고 덩달아 따라 짖는 개
분서 2 이지 지음, 김혜경 옮김 | 한길사 | 2004년 6월

분서, 도돌이표를 찍으며
속 분서 이지 지음, 김혜경 옮김 | 한길사 | 2007년 8월

마르케스와 김만중과 장자,
세 명의 꿈

가브리엘 마르케스의 소설을 읽을 때 바로 이랬다. 현실에서는 일어날 수 없는 사건이 소설에서는 일상적이다. 어느새 독자도 그것을 거부감 없이 받아들인다. 언어의 부레를 실컷 부풀리면서 전개되는 판타지가 수긍이 가는 이유는 무엇일까? 그 답은 '속임수'에 있다. 이 소설 속의 최초 속임수 수작인, 주인공 양생이 여장을 하고 소문으로만 듣던 여인의 미모를 확인하는 일부터 소설이 진행될수록 속임수는 확장된다. 나중에 춘운이 일인이역을 맡아 양생을 골려주는 선녀와 귀신의 속임수와 적경홍과 동정용녀, 심요연의 둔갑까지 이 소설은 속고 속이는 이야기다. 최후에는 군왕의 짓궂은 장난으로 여덟 명의 부인과 모친까지 모두 양생을 속이는 놀이를 즐긴다. 장난질에 재미를 붙인 독자는 이것은 사기야 하면서도 속아 넘어간다. 소설의 마술은 '속이기'를 잘할수록 성공한다. 김만중이 말하는 마술, 즉 '꿈'은 김만중 문학의 로고스로 '꿈'의 개념을 풀어야 이해할 수 있다. 일부다처제의 통속소설로 치부될 수 있는 구운몽에서 '몽夢'은 상상이자 동시에 현세이고 무상無常이다. 마침내 '김만중의 꿈'은 문학에서 철학적 로고스로 이동한다. 좀더 복잡해졌다.

제목에서 너무 솔직하게 보여준 '꿈'으로 인해 독자는 쉽게 장자의 '호접지몽胡蝶之夢'을 연상한다. 《장자》의 〈제물론편齊物論篇〉에 나오는 나비는 내가 나비인지 나비가 나인지를 묻는다. '나비/나'의 이분적 등식은 분명한 것처럼 보이지만 학승이 보기에는 애매하다. 나는 분명 나비로 (되어) 한바탕 놀았다. 그러니 나는 나비다. 그런데 깨어나서 보니 나는 나비가 아니다. '장자의 나비'는 물아物我를 캐는 코드다. 구운몽에서 '몽'은 두 명의 아내와 여섯 명의 첩을(그것도 저마다 한 특기를 자랑하는 굉장한 미인들이다) 거느린 승상 양생이 부귀영화를 누리다가 꿈에서 깬 후에 자신은 누구인가로 질문을 돌리는 핵심 열쇠다. 독자는 '꿈'을 상징하는 제목의 '몽'을 이해할 때만이 김만중 문학을 읽었다고 말할 수 있다.

"네가 '꿈과 현실이 둘로 나뉘어진다'라고 하니, 이는 네가 아직도 꿈에서 깨지 못한 것이다. 옛날에 장주莊周가 꿈에 나비가 되었다 장주가 되었다 하니 어느 것이 거짓이고 어느 것이 참인 줄을 분별하지 못했는데, 이제 성진과 소유 중 어느 것이 참이고 어느 것이 꿈이냐?"(248쪽)

육관스님이 꿈에서 깨어난 성진에게 던지는 이 질문의 대답은 소설의 마지막 페이지에 나온다.

"세속의 모든 현상은 꿈같고, 거품 같고, 그림자 같다. 또 이슬 같고, 번개와 같다. 이와 같이 모든 상相을 보아라."(250쪽)

요즘에는 인생무상이라는 의미가 더 강해진 이 문장에서 나는 마지막 문장의 '상'에 방점을 찍었다. 바탕, 결을 뜻하는 '상'은 변화무쌍한 가운데 본질을 주시하도록 주인공 이름의 '성진'에서 근본 성질을 뜻하는 '성性'자를 취하고 있다.

이 소설은 3인칭이다. 3인칭 소설의 장점은 사건과 독자 사이에 별도의 공간을 제공함으로써 독자 스스로 답안을 작성하도록 만들어준다는 것이다. 물론, 《구운몽》은 꿈과 현실을 왕복하면서 소설의 속임수 기법을 잘 사용했다. 소설의 본질이란 최대한 뻥을 쳐서 독자에게 재미있게 읽히고 영혼을 풍요롭게 만드는 것이다. 아들을 유배지에 보내놓고 시름에 잠긴 어머니 윤씨 부인을 위로하기 위해 지은 김만중의 《구운몽》은 시공간의 초월성을 화두로 삼으면서 마르케스의 마술적 리얼리즘과 상통한다. 작가의 뻥과 구라에 독자는 즐거운 상상력으로 현실을 위로받는다. 서인 출신 '뱃동(피난길의 배 안에서 태어난 아이)' 태생의 김만중이 당쟁으로부터 자유롭지 못했음은 결과적으로 그의 저술활동에 불을 밝혀줬다. 책 마지막의 가상 인터뷰에서 옮긴이 설성경 교수는 김만중의 정치적 평가보다 문학적 평가에 눈을 돌려달라고 독자에게 권한다.

경찰 없는 나라

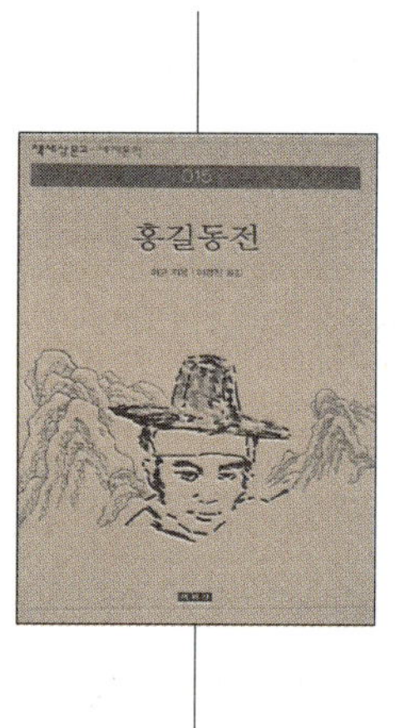

　최초의 한글 소설 《홍길동전》은 《춘향전》과 더불어 대중화에 성공한 고전이다. 1970년대 고전읽기 열풍으로 《어린이 홍길동전》을 달달 읽고 자란 나에게 의적 홍길동은 '한국의 쾌걸 조로'였다. 홍길동전은 영화로도 꽤 짭짤한 흥행성공을 거두었다. 만화가 신동우의 《풍운아 홍길동》이 영화로 나온 것은 1967년도다. 이 영화는 신동우의 (1970년대 박정희 독재정권에 만화로 부역한 그에게 '화백'이라는 칭호는 어불성설이다) 형인 신동헌 감독이 제작한 우리나라 최초의 애니메이션이다. 홍길동은 신동헌의 영화 속에서 신출귀몰하는 도법으로 어린이들의 우상이 되었다. 독재정권에 부역한 만화가가 그린 홍길동은 영화 속에서 탐관오리를 일망타진하고 부정부패로 축적한 재산을 몰수하는 정의의 기사로 나온다.

홍길동이 탐관오리로부터 빼앗은 재산을 백성들에게 환원한다는 위민사상은 그가 서얼차별에 한을 품은 것에서 비롯되었다는 말도 있다. 호부호형呼父呼兄을 하지 못하고 성장한, 계집종의 영민한 아들은 시기와 적대를 남달리 받기 쉽다. 개천에서 지렁이가 나오는 일은 수긍해도 용이 만들어지는 일은 용납할 수 없던 시대였다. 세상을 향한 원망은 원한으로 진화되었고 이 과정에서 홍길동의 위민사상은 자연스럽게 태동했을 것으로 본다.

그런데 어렸을 때 '의적'에 시선을 집중시키고 읽었던 홍길동을 지금 와서 다시 읽어보니 몇 가지 동의하기 어려운 부분이 발견된다. 군담 위주의 무협소설로 치부할 수 없는 홍길동전의 주제는 '위민사상'이다. 백성을 위하고 평등사회를 지향했다고 철석같이 믿고 있었는데 그게 다가 아니다. 우선 율도국에 안착해서 부인을 셋이나 두고 (한 명의 부인은 급조한 것처럼 보인다), 자신의 장자에게 왕위를 물려준 것과 왕의 자손들이 대대로 왕족을 계승했다는 뒷담화는 흥미롭다. 신분세습과 처첩제도를 유지한 홍길동의 새 왕국은 봉건국가로부터 벗어나지 못한 것이 아닐까? 그런데 허균은 홍길동전을 두고 "누가 왕이 되느냐가 문제가 아니라 어떤 나라를 건설하는가"를 물어야 한다고 말한다. 가상 인터뷰 형식으로 수록한 에필로그의 옮긴이 허경진 교수의 글을 인용하면 다음과 같다.

"산에는 도적이 없고, 길에 떨어진 물건을 아무도 줍지 않았네. 임금이 나라를 잘 다스리면 누가 자기 집을 나와서 도적질로 살아가겠나? (……) 왕이 다스리느냐가 중요한 게 아니라, 어떤 나라를 만들었

냐가 더 중요하다."(91쪽)

한마디로 홍길동의 위민사상으로 대변되는 빼앗은 재물을 백성에게 돌려줘서 곤궁한 삶을 탈피하게 만들고 율도국과의 전쟁에서 생포한 적장에게 벼슬을 하사하여 자기 사람으로 삼는 장면은 제왕의 너그러운 모습이다. 홍길동의 인덕행위를 반복적으로 서술한 것은 허균의 의도적인 작법으로 나중에 홍길동은 하늘의 부름을 받은 존재처럼 과장된다. 가령, 율도국의 장수들에게 "천명天命을 받고 의병을 일으켰다"라고 떠벌이거나 "나는 하늘에서 내려온 선관仙官"이라는 자아도취적 작태를 보인다. 홍길동의 이런 과장된 발언은 비와 바람과 안개를 일으키는 작폐와 일곱 허수아비의 둔갑술과 축지법을 통해 신선의 신화를 창조하기에 이른다. 그의 주장대로 하늘에서 보낸 홍길동은 영산에서 선도仙道를 닦으며 해와 달의 정기를 마시다가 오색구름 속으로 끝내 사라졌다.

홍길동이 예순 살에 신선이 되어 그의 고향 하늘나라로 떠난 후 저자 허균은 쉰 살에 거리에서 능지처참으로 죽었다. 허균의 불행한 생애는 몰락한 가문과 참담한 최후로 확인된다. 오문장가五文章家로 불린 명망 있는 가문 출신의 허균이 잦은 파직과 복직을 반복했던 이유는 무엇보다 선조와 광해군대의 당쟁에 그 원인을 물어야 한다. 선조는 자신이 적자 출신이 아닌 것과 총명한 아들 광해군과 종종 비교되는 현실, 또한 이순신에 대한 열등감으로 당파를 이용하면서 추한 내면을 감추려 했다. 허균의 자유분방한 행실이 그의 영락零落을 좌초하게 만들었다는 의견도 분분하지만 그것은 어디까지나 부차적인 문제로 조선 전반을 휩쓴 당쟁의 결과를 주 원인으로 삼아야 한다.

허균을 죽인 것은 당쟁이다. 광해군대의 당쟁 주역이었던 이이첨은 눈여겨볼 인물이다. 이이첨은 처음에는 허균에게 호의적인 제스처를 취했다가 후일 허균에게 반역자의 올가미를 씌워 죽인다. 정치 기반이 전무하다시피 한 이이첨은 사림파에 기대어 정권을 장악하고 난 후에 권력의 확실한 담보물로 인목대비 폐모론을 거론하면서 허균의 자유분방한 사상을 부추겼다. 요샛말로 이이첨의 간교함에 낚인 허균은 혁명을 구상한다. 그런데 허균의 혁명 주체는 사대부에 한정된 것이 아니라 서얼과 승려, 기생과 상인까지 참여하는 공동체적 연대 성격이 강했다. 허균의 혁명사상은 이이첨의 정권 독식과는 근본적으로 거리가 있다. 권력에 날렵한 이이첨은 허균이 자신의 정권 장악에 동반자가 아니라는 것을 깨닫고 제거할 기회를 잡는다. 허균의 손녀가 세자빈 후궁으로 간택되자 이를 기회로 허균을 반역자로 모함하고 광해군의 결안조차 없이 처형했다.

혁명은 새 세상을 열지 못한 채 실패했지만 허균의 《홍길동전》은 새 출판업을 열어줬다. 유교반도儒敎叛徒로서의 허균은 종종 명나라 말기의 이탁오와 나란히 호명된다. 이탁오가 유불도를 모두 취한 것과 허균이 유불도에 천주교 사상까지 섭취한 것은 17세기 세계 사상 체계의 현상이다. 실제로 허균은 1614년과 1615년 두 차례나 명나라 사신으로 파견되면서 새 세상을 접했다. 이미 중국에 진출한 선교사들의 입김을 쐬면서 중국이 세상의 중심이라는 중화를 버렸다. 이때 그는 세계지도와 천주교 게偈를 들여왔는데 그의 동서인 이수광의 《지봉유설》에 이 이야기가 수록되었다. 허균은 홍길동을 통해 계급 타파를 실현하지는 못했지만 민본을 주창했고 실제로 혁명을 기도했다. 이것은 차별 없는 사회를 적극적으로 지향한 것이다. 그에 반해 이탁오는 허균의 조화로운 공동체보다는 개인주의를 보장하는 왕조를 희망했다는 점이 다르다. 어쨌거나 두 이단자들은 처참한 최후를 맞이함으로서 역사적으로 자유분방한 트렌드가 되었다.

제2차세계대전 중 레지스탕스로 활약하다가 나치에게 붙잡혀 총살형을 당한 마르크 블로크는 《이상한 패배: 1940년의 증언》의 제사題詞에서 다음과 같은 말을 했다. "전장이나 사형대 위에서 또는 감옥에서 끝나지 않는 삶은 아름다운 삶이 되기에는 언제나 무엇인가 모자라다."

이 책은 일본 동양문고에 소장된 3권 3책의 사직동社稷洞 세책貰册 《홍길동전》을 현대어로 옮긴 것이다. '사직동 세책'은 서울 사직동의 도서대여점에서 대여용 도서로 출판된 책을 가리킨다. 1901년경으로 추정되는데 대여도서로 출판되는 바람에 독자들의 요구를 쫓아 업자들이 임의로 내용을 각색했다.

한국고전문학의
높은 경지

춘향전을 책으로 읽기는 처음이다. 그동안 춘향전은 영화로 명성을 떨치는 바람에 원작은 제대로 조명받지 못했다. 지금은 휴면 중이지만 여배우들 사이에서 '몇 대 춘향이' 출신이냐고 묻던 시절이 있었다. 김지미, 최은희, 홍세미의 1960년대 춘향이를 거쳐 문희, 장미희의 1970년대 춘향이는 춘향이의 현대화를 꾀했다. 그러나 아날로그에서 디지털로 문화사조가 급변하면서 춘향이는 하향곡선을 그리기 시작했다. 그 징후가 본격적으로 나타나기 시작한 때가 1990년대다. 김성수와 이내성의 춘향전은 존재감마저 없었고 조승우와 신예 이효정이 1999년 최신 춘향전을 만들었지만 춘향전의 명예를 회복하는 데는 역부족이었다. 소비지향적 도시문화가 사회 전반에 흐르기 시작한 1980년대 이후 춘향전의 고답적인 러브스토리는 대중의 감각적인 정서를 붙들지 못했다.

명절 특집극에서조차 쫓겨난 국민 여주인공 춘향이는 그나마 어린이 도서로 그 명성을 유지한다. 현실이 이러다 보니 《춘향전》을 일부러 찾아 읽는 일도 드문데 나는 세월을 낚는 한량처럼 《춘향전》을 읽었다. 한량인지 아닌지는 모르겠지만 나는 이 책을 받아들고 무슨 추억의 기념물을 접한 것처럼 조금 낯설다. 초등학교 때 고전읽기 특별활동반원이었던 나는 춘향전을 읽는 대신에 속눈썹이 새까맣던 여배우 홍세미의 춘향전 흉내 내기를 더 즐겼다. 어쨌든 늙다리가 되어서야 처음으로 《춘향전》을 읽었다. 판소리 열두마당 중 하나인 춘향전은 이몽룡이 어사가 되어 춘향이를 구하는 반전이 통쾌한 소설이다. 춘향전에서 가장 재미있는 장면도 이 대목이다. 권선징악의 진부한 구도에도 불구하고 춘향전은 신분상승의 판타지를 선사한다. 춘향전이 판타지가 된 것은 천한 신분의 기생과 양반가문 도련님의 로맨스가 성공하는 신데렐라 설정 때문이다. 신분계급의 벽을 초월하고 마침내 사랑의 결실을 맺는 춘향전은 소위 '돈 없고 빽 없는' 서민의 우상이자 희망사항이었다.

그러면 춘향전은 그뿐인가. 춘향전을 인터넷에서 검색했다. 결과는 놀라웠다. 네이버 백과사전에 등록된 춘향전은 '작자미상'이다. 1980년에 고등학교 1학년이었던 내가 고전 시간에 배운 춘향이는 분명 작자미상이다. 네이버가 그때의 기록을 답습했는지 알 길 없지만 백과사전 어디에도 책세상문고에서 펴낸 이 책의 저자 조경남에 대한 언급은 없다. 조경남의 이름을 달고 나온 이 책의 초판 1쇄 발행은 2005년 2월 28일이다. 네이버의 부차 검색에서 조경남의 춘향전은 그 이전에 나온다. 2001년 12월 31일 출간된 서울대학교출판부의 《춘향전의 비밀》에서 저자 설성경(이 책의 옮긴이)은 춘향전의 최초 저자로 조경남을 지목한다. 즉, 《원춘향전》의 집필자 조경남은 2001년 이후 출판계와 학계에 꾸준히 등장하고 거론되는 인물이지만 네이버 백과사전에서 춘향전은 여전히 '작자 미상'이다. 조경남은 평생 남원을 벗어나지 않고 재야의 문인으로 묻혀 살다 일생을 마쳤다. 그의 제자 중 암행어사 출신의 성이성을 이몽룡으로 유추하기도 하지만 그것만 갖고는 《춘향전》의 원작가가 조경남이라는 것을 증명하기 어려운가 보다.

한국 최고의 문학작품이라는 춘향전은 원판본의 부재로 작자미상이 되고 만 것이다. 심증은 가지만 물증이 없는 《춘향전》의 책날개를 읽다가 조경남의 독특한 이력을 발견했다. 양반 가문이지만 임진왜란 때 의병장으로 활동했고 전후 포상을 거부했으며 쉰다섯 살에 진사에 급제했으나 벼슬길에 나가지 않았다. 조경남의 반골기질을 짐작하게 하는 구절이다. 국가의 위기 앞에서는 홀연히 떨치고 일어났지만 조정의 부름에 응하지 않은 태도는 춘향전에 나오는 부패한 관료제도에 대한 반감의식 때문 아니었을까? 어떤 독자 서평에서는 평등사회를 지향했다는 주장까지 나오지만 그건 너무 나간 말이고, 춘향전은 계급 간의 조화로운 상생을 추구할 뿐 계급타파는 없다.

조경남 《춘향전》의 시대배경은 숙종 때다. 세간에 알려진 기존 춘향전의 탄생배경인 영·정조 시대보다 한 세대 앞선 시기로 잡고 있다. 내가 앞에서 조경남을 조정에 반감이 있던 인물로 본 것은 숙종대의 치열한 당쟁을 근거로 두고 있는데 당시는 서인과 남인의 치열한 대립관계 속에 지방 관리들의 부정부패가 극심한 상황이었다. 춘향전은 목민관의 부패와 양반제도의 도덕상실을 주제로 삼고 있다.

그 전에 조경남이 임진왜란과 병자호란 양란을 겪으면서 당파의 폐단을 깊이 응시했을 것으로 보인다. 지역 소외감도 무시할 수 없다. 전라도는 조선건국 초기부터 조정의 인재등용에서 소원한 곳이었다. 지역차별과 당파로 얼룩진 조정의 분분함을 재야의 문필가는 누구보다 냉철하게 관찰했을 것이고 그로 인해 저술에도 상당한 영향을 받았을 것이다. 평생 벼슬을 사양하고 집필에만 몰두한 조경남은 남녀상열지사를 통해 무엇을 말하고 싶었던 것일까? 옮긴이 설성경과 나눈 가상 인터뷰에서(알고 보니 책세상문고의 문학 시리즈는 옮긴이의 에필로그 대신 가상 인터뷰가 실린다) 현대판 해석이 등장한다.

"오늘날 독자들은 춘향을 미모와 덕성을 갖춘, 이 도령의 사랑스러운 연인으로만 생각하고 있지. 그러나 나는 《춘향전》을 창작할 때, 이런 부분은 독자들의 호기심을 유발하기 위한 장치로만 활용했단다. 내가 춘향을 통해 진정으로 하고 싶었던 것은, 천한 기생의 위치에 있는 춘향도 열녀가 되는 마당에 나라를 위해 목숨이라도 던져야 할 지체 높은 사대부들은 임병양란 동안에 그런 충성과 절의를 보여주지 못한 부끄러운 사실을 풍자하는 거였지. 그러니 나는 춘향을 비유적인 인물로 설정했던 게지."(189쪽)

조경남의 《춘향전》은 노블리스 오블리제에 관한 지적이다. 백성의 안위를 책임져야 할 관료제도의 부정부패를 신랄하게 풍자하며 마당극으로 확장한 춘향전은 여덟 종의 판본과 팔십 종이 넘는 이본異本으로 세를 넓혔다. 조경남의 《춘향전》은 재기 넘치는 고사성어를 풍성하게 인용하고 해학과 반전을 막힘없이 서술한 한국 고전문학의 옥봉玉峰이다.

영롱한 진주 꾸러미 같은 문장이 많은 이 책에서 특히나 감탄할 대목은 변학도가 취임한 첫날 고을 기생들을 집합시켜놓고 호명하는 장면과 수청 들라는 변학도의 청을 거절하는 춘향이의 대답이 나오는 101쪽부터 103쪽이다. 한 일一자로 시작해 열 십十자로 끝맺는 한 자숙어 잇기 답변은 연필로 방점을 콕콕 찍으며 읽었다. 이 외에도 춘향 집의 정원 묘사와 춘향 방의 실내장식, 주안상의 세세한 차림새를 유쾌하고 명랑한 필치로 그린 점도 인상 깊다. 독자들이 기대할만한 진한 남녀상열지사 장면은 귀여운 수준으로 한 번뿐이다.

이 책은 남원고사계 《춘향전》의 하나인, 일본 도쿄의 동양문고에 소장되어 있는 필사본을 저본으로 삼고 별춘향전계인 텍스트를 참조하여 옮긴이가 재구성하고 현대어로 옮긴 것이다.

삼국지의
시작과 끝

지난해 겨울 '삼국지 정복' 계획을 세웠었다. 그러나 겨울 한철 따듯한 방구석에 들어앉아 《삼국지》를 해치우겠다던 계획은 손에 잡기 쉬운 다른 책들에 밀렸다. 내가 삼국지를 평정하겠다는(평정이라니!) 이유는 단순하다. '소설의 광야'(이 표현은 《장정일의 삼국지》 부록에 나온다)에 대한 호기심 때문이다. 영웅호걸을 그려낸 나관중과 이문열과 황석영, 고우영과 장정일, 이문열 삼국지에 반론을 제기한 리동혁에 이르기까지 삼국지를 통해 작가의 필체도 보고 스펙터클한 인간극장을 만나고도 싶었다.

어쨌든 삼국지에 대한 갈증이 거의 말라갈 즈음 《고우영의 삼국지》가 내게 왔다. 이 책은 1979년 우석출판사에서 나온《고우영 삼국지》 초판본을 저본으로 삼아 군사정권의 검열에서 삭제된 부분을 복간한 것이다. 이 책의 초판본이 간행된 1979년은 박정희의 독재정권이 마지막 피치를 올릴 즈음이다. 이미 성인이 된 오빠들을 따라《선데이서울》이나《주간경향》 같은 도색잡지를 몰래 보며 사춘기를 보낸 나에게 문화독재는 실감이 나지 않았다. 그러나 학교에서 내주던 글짓기 숙제의 주제가 주로 '반공'이거나 '애국'을 강조한 것은 잊지 않는다. '나는 공산당이 싫다'는 웅변대회도 많이 열렸다. 중학교 2학년 때인 1978년에는 내가 다닌 중학교가 우수학교로 지정되어 청와대로 박근혜를 만나러 갔다. 학교 대표로 온 학생 중 몇 명은 박근혜와 악수를 하고 눈물까지 글썽였다. 만약에 그때 고우영의 삼국지가 어떤 배경에서 그려진 것인지 알았다면 나는 몸이 아프다는 이유로 청와대에 가지 않았을 것이다. 그러나 나는 독재가 무엇인지 몰랐고 또 주변에서 아무도 독재가 무엇인지 내게 알려주지 않았다.

독재를 뚫고 살아난《고우영 삼국지》의 특징은 작가 특유의 유머와 중립적인 해석에 있다. 서너 칸짜리 미니스크린을 통해 권력의 붕괴와 창업을 압축해서 보여주는 것이 고우영 만화의 매력이다. 고우영 삼국지는 적절히 사용하는 유머와 현대적 구어체로 독자에게 만화와 소설의 장점을 동시에 보여주지만 그 때문에 읽고 나면 맥이 좀 풀린다. 단도직입적으로 말해서 고우영 특유의 화려한 이미지 컷만 머리에 남기는 바람에 정작 주요인물의 궤적은 각인되지 못하는 것이 고우영 만화 삼국지의 한계다.

고우영 삼국지에서 굳이 기억할만한 특징은 관우의 역할이 축소되고 제갈공명은 거의 완벽한 인물로(그가 폐병을 앓는 것도 신령스럽게 그린다), 조조는 간악한 인물로 묘사된다는 점이다. 도원결의의 세 형

제 가운데 둘째인 관우는 원래 선비 출신이다. 관우는 그의 애마 적
토마 잔등 위에서도 《춘추》를 손에 들고 다닐 정도로 학자적 풍모를
지닌 무장이다. 하지만 고우영의 삼국지에서 관우는 무수한 전쟁의
승장이었지만 정작 유비와 공명으로부터 받은 대우는 조자룡과 같은
권력의 파수꾼에 불과하다. 이 책에서 고우영은 관우와 공명을 라이
벌 구도로 그린다. 새 국가 건설의 창립 멤버로 나중에 등장한 공명
은 관우를 위험한 인물로 인식했다. 그리하여 관우가 협소한 맥성에
갇혀 본부의 지원사격 없이 최후의 결전을 어이없게 치르도록 방치
함으로써 그를 제거한다. 관우는 의리의 사나이로 권력 욕심도 없는
군인이다. 그러나 진정성 하나로 충직한 그를 따르는 무리를 공명은
미래의 적으로 본 것 같다. 관우와 공명이 충돌할 지점이 없었음에도
라이벌로 만든 고우영은 그 대신에 유비를 음흉한 인물로 묘사한다.
사실 유비는 삼국지에서 가장 별 볼일 없는 인물이다. 그가 도원결의
에서 맏형이 되고 왕위 서열 1위가 될 수 있었던 것은 오직 한나라
왕족 후예라는 감투 때문이다. 실제로 유비가 한실의 사람이었는지
는 알 수 없지만 고우영은 유비를 인재 스카우트에 성공한 인물로만
포장할 뿐이다.

유비와 비교대상으로 조조를 놓고 보면 재미있다. 유비는 도원결
의의 아우들과 공명의 활약으로 권력을 움켜쥐었지만 조조는 다르
다. 처음부터 명망 있는 환관의 양자로 비빌 언덕을 확실히 만들어놓
은 조조는 타고난 영민함으로 주변정리를 주도한 인물이다. 고우영
은 여기에 조조의 간교함을 덧댐으로써 '조조=간웅' 의 등식을 마련
했다. 하지만 조조는 타고난 예지력으로 동탁과 이각 곽사를 내친 다
음 유비를 불러 자기 사람으로 만들려고 "천하에는 공과 나뿐이오"
하는 달콤한 말로 회유를 시도했다. 이 말은 결국 유비와 조조의 대

립구도를 예고했지만 조조가 후세에 간교한 제왕의 이미지로 굳어진 점은 시대와 상황에 따라 달리 해석한 결과다. 조조는 문예부흥을 꾀했고, 냉철한 분석력과 지략과 재능도 뛰어난 인물이다. 그러나 싫고 좋고를 분명히 하면서 적과 동지를 구분한 조조는, 겉으로는 우유부단한 척하면서 챙길 몫은 다 챙긴 실속파 유비처럼 성과는 좋지 못하다. 조조가 신하에게 관용과 인덕이 없는 가혹한 군주였다면 유비는 속마음은 달라도 겉으로는 용서와 화해의 군주였다.

한국 남자들에게 가장 많이 읽히는 고전 1위인 삼국지는 남자들의 세계를 의리로 포장하면서 남성중심사회를 이상향처럼 만든다. 한국 남자들이 삼국지를 인간세상의 흥망사로 읽기보다 처세술로 읽는 현실은 이제 끝나야 한다. 삼국지는 처세술이 아니라 민중의 역사로 읽어야 한다. 삼국지 독후감은 이름도 없이 전쟁의 화염 속에서 사라진 인물들에게 조준되어야 하지 않을까?

《고우영 삼국지》는 과장된 제스처가 흥미를 유발하고 속도감 있게 읽힌다는 장점과 함께 무엇보다 원판을 부활시켰다는 의미가 크다. 고우영 선생은 이 작품을 손수 복원해놓고 2005년 4월 25일 영면했다. 고인이 된 작가의 무삭제 완전판(도판과 글씨체가 협소해서 굵은 선과 큰 화면에 길들여진 독자는 갑갑하겠지만)이므로 삼국지 애독자라면 소장 가치가 있다고 본다.

한 권으로 읽는
18세기 문화의 혈맥

"18세기는 우리의 '오래된 미래'다." (82쪽)

이 한 문장을 이해하려면 4백 쪽이 넘는 이 책을 다 읽어야 한다. 저자 정민 교수가 말하는 '오래된 미래'에는 문화는 변화한다는 전제가 깔려있다. 문화는 정치, 경제, 기술, 교육, 가치관, 풍속과 사회 구조 전체를 담고 있는 울트라 콘텐츠다. 저자도 이 책에서 다양한 시각으로 18세기를 다루고 있다. 결론부터 이야기하자면 18세기는 고답적 관념의 틀을 깨고 새 기운에 눈뜬 세기다. '저기'에서 '여기'로 '그때'에서 '지금'으로 이동했다고 말하는 저자에 의하면 그 결과 광기의 문화가 만들어진 셈이다. 18세기의 다양한 문화흡수는 새로운 인간형을 만들어냈다. 앵무새와 장미꽃과 벼루에 심취하고 심지어 부스럼 딱지를 뜯어먹는 신인종도 탄생했다. 저자는 18세기의 이런 문화혼란을 '불광불급不狂不及'이라고 부른다. 미쳐야 미친다.

무엇에 미친 벽癖과 바보처럼 미친 치癡의 주제는 저자의 다른 책 《미쳐야 미친다》에서 좀더 부담 없이 읽을 수 있다. 독서의 묘미란 책 속의 책을 찾아가는 것으로 진정한 독자는 책이 연결해준 다른 책을 고구마 줄기 따라가듯 발견하는 즐거움을 놓치지 않는다. 나는 《미쳐야 미친다》를 읽으면서 18세기의 젊은 레이서들을 만났을 뿐, 그들의 구체적인 탄생 배경을 알 수 없었다. 좀더 밀도 높은 18세기를 원했지만 어찌된 이유인지 고전의 '가벼운' 대중화에 묻혀 18세기는 멀어져갔다. 고전의 대중화라는 좋은 취지에도 불구하고 출간되는 책들은 재탕에 불과할 뿐 감동의 밀도에서는 질적인 만족감을 기대할 수 없었다. 정민 교수의 이 책 역시 '반복의 부산물'이다. 《미쳐야 미친다》, 《죽비소리》, 《스승의 옥편》, 《비슷한 것은 가짜다》, 《책 읽는 소리》, 《한서 이불과 논어 병풍》, 《한시미학산책》 가운데 무작위로 세 권만 추려내 읽어도 절반 이상 중복된다. 내가 생각하는 전문가란 한 분야를 발굴하고 심층연구함으로써 자신이 다듬은 지식과 기술을 확장하는 사람이다. 쇳덩어리가 달구질과 늘리기를 통해서 웅장한 소리를 지닌 징이 되는 것처럼. 나는 좀더 깊고 넓은 자장을 만드는 것이 학문의 공명이라고 본다. 이 책 《18세기 조선 지식인의 발견》은 한마디로 정민 교수의 여러 책을 발췌하여 엮은 종합편이다.

결론부터 말해서 북벌론이 북학운동으로 전환됨에 따른 18세기의 문화, 사상적 변모를 이 한 권의 책으로 충분히 알 수 있다. 더 과격하게 거론하자면 저 위의 책들을 다 던져버리고 이 책 한 권만 읽어도 '18세기의 미친놈들'을 모두 만난다. 그러나 감히 권하건대 18세기의 문화 고찰을 위해 이 책부터 시작하라고 말하고 싶지는 않다. 이 책은 너무 방대해서 18세기 문화를 처음 접한 사람이라면 지루하다. 쉽고 간단한 소품에서 출발하여 한 권의 종합편으로 나아간다면 18세기 문화 조감도의 윤곽이 선명하게 잡힐 것이다. 종합편을 다 읽고 나면 먼저 읽은 작은 책들을 다시 뒤적거리게 되고 그때 읽는 글은 예전의 글이 아니다. 지식의 확장은 중복된 글자로 누적되고 포동포동 열매를 가꾼다. 이렇게 말하면 앞에서 재탕을 지적한 부분을 취소해야 한다. 그러나 알면서도 그 과정을 해체할 수 없고 건너뛸 수 없는 것이 독서다. 책이 책을 연결해주는 기쁨을 논한 문맥을 이해하면 종합편이라는 비유법도 금방 와 닿을 것이다. 따지고 보면 학문의 종합편이 어디 있겠나. 그냥 계속 가는 거지.

조선의 18세기는 자기주체성에 불이 붙기 시작한 시기다. 이 각성에 불을 붙인 것은 중국을 통해 서양 문화를 탐색하고 흡수한 신세대들이다. 신진세력은 중국을 여행하면서 서양의 문물을 봤다. 그것은 기이하고 흥미롭고 놀라운 것이었다. 조선은 우물 안 개구리였다. 그럼 왜 조선의 신세대들은 기이한 새 문화를 흉내 내기 시작한 것일까? 저자는 그 원인으로 조선 성리학의 가치하락을 꼽는다. 유교는 여전히 조선의 국시로 강건했지만 낡았다. 너무 오랫동안 고여있던 탓이다. 예송논쟁 하나로 정적을 제거하는 일은 지겨웠다. 자연스럽게 새 이념이 필요했다. 18세기 새 문물의 주역들이 서얼 출신과 몰락한 양반들의 젊은 후예들인 점도 시대의 요구였다.

새 술은 새 부대에. 젊은 그들은 새 문화의 선봉에 섰다. 경세제민과 이용후생, 경화세족의 이념을 만들고 담배를 수집하고 집비둘기를 키우고 밀랍으로 매화도 만들어 팔았다. 괴석수집에 미치고 벼루 깎는 일에 미치고 칼에 미쳐서 솜씨 좋은 대장장이만 찾아다니기도 했다. 매화와 국화와 온갖 꽃에 미쳐서 가산을 탕진하면서도 자신이 미친 줄을 몰랐다. 의식의 각질이 깨지면서 조선의 젊은 지식인들은 마침내 새 형식의 문장을 짓는다. 이때 명청의 소품문화를 받아들여 자유분방한 문체가 나왔다. 문체가 날개를 달고, 잡글로 치부되던 패관문학은 대중화에 성공한다. 개혁을 시도했던 젊은 군주 정조마저 문장의 위험을 감지하고 문체반정을 주도한다. 문장은 앵무새와 국화와 벼루와 병풍의 차원이 아니다. 나는 정조가 언론과 사상을 엄격하게 통제한 것은 글이 지닌 반역의 힘을 잘 알고 있었기 때문이라고 해석한다.

체제가 요구하는 나와 각성한 나 사이의 괴리를 조선은 인정하지 않았다. 젊은 지식인은 세계의 움직임을 읽었지만 국가는 옛 생각에 빠져있었다. '참 나'를 찾기 위해 한 때를 미치게 살다 사라진 사람들의 이야기 끝에 이용휴가 나온다. 이용휴는 산문집인 《나를 돌려다오》에서 "이 한 몸 다 마치도록 나 자신과 더불어 살겠노라"라고 말한다. 연암 박지원과 당대 문단의 두 축을 이룬 이용휴는 관념적 조선을 벗어난 현실주의자다. 나는 없고 종묘사직과 공자의 인의만을 섬기는 성리학의 조선에서 철저히 나에 대한 자각을 공개적으로 탐구한 최초의 인물이 이용휴다. 군왕과 공자의 나라에서 개인의 가치에 점화한 그의 시들을 읽으며 내가 받은 충격은 태어나서 처음 글자를 읽은 것처럼 대단했다. 스스로가 호를 '하사何事(뭔 일)'라고 붙인 그는 18세기가 낳은 최고의 시인이다. 실험정신으로 새 문물의 기운을 받아들인 광기와 열정의 시대, 새살이 돋는 그 중심에 이용휴가 있다고 저자는 말한다. 다산 정약용조차 "지금껏 없었던 일이다"라

고 이용휴 문학을 높이 기린다. 철저히 현실적 단어만을 사용하는 그
의 시는 투명하다. 군더더기 없이 쭉 뻗은 스트레이트 문장과 의표를
찌르는 간결한 언어로 시를 쓴 이용휴는 18세기 조선이 낳은 21세기
시인이다. 그러나 앞선 철학자는 당대의 불우함을 극복하지 못하고
이용휴와 그의 아들 이가환은 천주교 폭풍 속으로 사라졌다.

이 책에서는 저자가 서문에서 밝혔듯이 《화암수록》의 저자가 '송
타'가 아닌 '유박'이라는 정정사실과 다산의 저작으로 알려진 《동다
기》가 이덕리 작품이라는 것을 지적한다. 이언진이라는 총명한 역관
의 문학적 재능에 얽힌 이야기도 책 말미에 느긋하게 읽으면 18세기
의 풍경화가 선선하다.

오, 아버지.
저도 다 안다고요

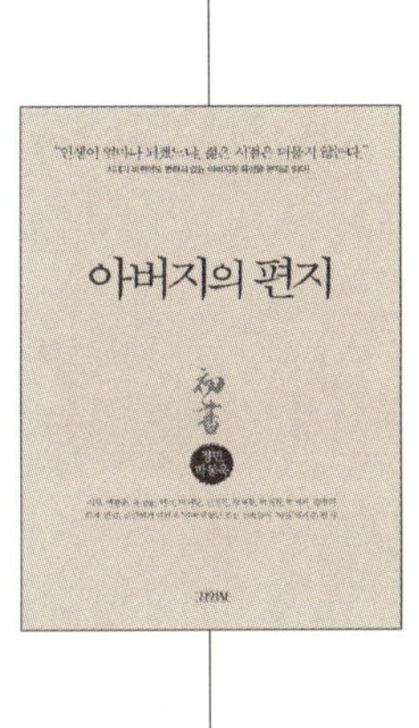

아버지의 마음으로 보면 세상은 하나도 변한 것이 없다는 엮은이의 머리말이 재미있다. 바꿔 말하면 부모 마음은 동서고금을 초월해서 다 똑같다는 이야기다. 제 속으로 낳은 자식 잘되기를 바라는 마음으로 부모는 자식을 채근한다. 이 책은 딱 그런 내용을 담고 있다. 잔소리꾼 아버지는 훈계와 질책과 근심을 표출하며 아들이 나쁜 길로 들어설까 봐 노심초사다. 오, 아버지, 제발 그만 좀 하세요. 나도 다 안다고요. 나중에는 늙은 아버지의 잔소리에 연민이 들 정도다.

예법과 학문을 중시한 조선시대 사대부가 아버지의 편지는 자나 깨나 공부타령이다. 선비의 행동양식을 한 차례 설파하고 나면 관료로 입신양명할 독서를 닦달한다. 독서가 과거시험의 당락을 결정하는 시절이었으니 요즘의 수능대비 논술학습을 연상하면 쉽다. 하지만 그 당시의 독서는 단순히 벼슬길로 나아가 관료가 되는 수단으로 그치지 않았다. 부유한 양반가에서는 가정교사를 상주시켜 도련님들에게 《소학》과 사서를 읊게 했다. 양반가문의 긍지를 잃지 않은 아버지는 수입이 없으면 집을 팔아서라도 아들에게 공부를 시켰다. 전세아파트에 살아도 자식을 비싼 학원에 보내는 요즈음의 세태와 다르지 않다. 대개 이 책 속의 아버지는 유배 중이거나 경제적으로 불우한 상황에 처해있다. 유배지의 병든 아버지가 일신은 걱정하지 말고 오직 공부에만 전념할 것을 권하는 편지는 비통하기까지 하다. 집에 남은 아들은 집안의 기둥이자 사위어가는 아버지의 유일한 등불이 된 것이다.

예나 지금이나 아버지는 아들에게 독서를 강조한다. 조선 중기의 문인이자 《옥봉집玉峯集》의 저자인 백광훈은 시렁 위에 올려두고 읽지 않는 책들은 창문이나 벽을 바르는 데 쓰는 게 낫다고 질책한다. 갖고 있는 책은 안 읽고, 없는 책 생각만 하는 아들이 미덥지 못했던 것이다. 아들이 문자의 금자탑을 쌓기를 간절히 바라는 마음이 느껴진다. 금자탑이 자고 나면 뚝딱 만들어지던가. 요즘처럼 '읽어치우는 독서'가 대세인 때에 '글짓기 요령' 같은 뿌리 없는 교본들을 경계하는 아버지도 있다.

"요즘 서울의 젊은이들은 시장에서 장사하는 사람들처럼 다만 효과가 빠른 것만 취하고 빨리 되는 방법만 찾는다. 성현의 책은 높은 시렁 위에 묶어두고, 날마다 영리하게 남을 기쁘게 할 자질구레한 글만 찾아다가 훔쳐서 슬쩍 바꿔 시험관의 안목에 들어 합격을 이룬 자

가 많다. 하지만 이것은 일종의 벼슬길에 약삭빠른 자가 취할 방법이
지, 너희처럼 성품이 우둔하고 이름을 다투는 데 능하지 못한 사람이
쉬 효과를 볼 수 있는 것이 아니다."(89쪽)

　　유성룡이 여섯 명의 아들에게 보낸 편지다. 유성룡은 경전은 모든
독서의 기본이므로 읽기 쉬운 잡글은 나중에 읽고 경전으로 학문의
기초를 다지라고 강조한다. 조선의 아버지는 왜 그토록 경전(고전) 읽
기를 강조하는가? 함경도 경원으로 유배를 간 박제가는 경전은 세상
을 건너는 힘이라고 말한다. 세상을 건너는 힘을 주는 경전은 어떤
책인가? 다산 정약용이 '하늘의 도움을 얻어 지어낸 책' 《주역사전》
과 《상례사전》에 얽힌 편지에 따르면(이 내용은 창비에서 나온 박석무
편역 《유배지에서 보낸 편지》 138쪽에 나온다), 다산은 엉터리 학문의
냇물을 막아 수사洙泗의 참된 학문으로 돌아가기 위해 이 두 권의 경
전사전을 저술했다고 한다. 경전은 결국 정약용의 한쪽 팔을 마비시
켰다. 참글을 향한 학자들의 열망은 세월 앞에서도 녹슬 줄을 몰라서
꼬장꼬장한 완당 김정희는 예순 살이 되어서도 글씨가 제대로 안 써
진다고 아들에게 한탄한다.
　　이 책 《아버지의 편지》는 돌베개에서 2005년 출간된 《고추장 작은
단지를 보내니》와 학고재에서 2002년도에 펴낸 유홍준의 《완당평
전》 시리즈와 묶어 읽으면 좋다. 전자의 책은 연암 박지원이 가족과
벗에게 보낸 편지를 엮은 책으로, 서울대 박물관 소장 《연암선생 서
간첩》을 완역한 것이다. 호쾌한 풍모의 연암이 쫀쫀한 아버지 모습을
가감 없이 드러내며 고추장 맛을 보고도 평이 없는 아들에게 무람하
다고 삐친 모습이 그려진 귀여운 책이다. 《아버지의 편지》 말미에 수
록된 완당의 편지 네 편은 급조한 듯한 혐의가 짙다. 그 유명한 완당

의 '문자향'과 '서권기'를 단 한 통의 편지로 소개하면서 급하게 마무리했다. 나는 허둥지둥 끝을 맺은 이 책을 읽고 나서, 정민 교수가 그동안 쌓아왔던 고전의 대중화 의지가 '돈 되는 출판기획'에 무너지는 현상을 본 것 같아 씁쓸했다. 고전은 생각하는 힘을 키워준다는 멋있는 말을 해줬던 정민 교수의 고전 가이드 덕분에 내 독서가 리듬을 탔던 것을 기억하면 용두사미의 이 책은 아쉬움이 많이 남는다.

동파선생
일취월장기

　당송팔대가의 한 명인 소동파의 본래 이름은 소식蘇軾이다. 그가 동파東破라는 호를 쓰게 된 것은 오대시안烏臺詩案 사건으로 옥고를 치른 후다. 오대시안은 신법당의 당수인 왕안석과 정치대립으로 벌어진 사건으로 동파는 이때 정치적으로 완전히 몰락한다. 이 사건으로 동파 친구 서른아홉 명이 취조를 받았고 조사 대상에 오른 시가 백여 편이 넘었다. 글 한 편 때문에 무수한 인재들이 낙엽처럼 쓰러지는 문자옥文字獄의 시대였다. 왕안석과 소동파는 정치적 입장이 다르기도 했지만 무엇보다 왕안석이 소동파를 밀어낸 배경으로 '북송고문운동北宋古文運動'을 주시해야 한다. 북송고문운동은 과거시험 답안지에 사용하던 기존의 형식적인 문장법을 금지하고 현실에 맞는 문장을 구사하도록 추진한 문장개혁운동이다. 이때 소식, 소철, 증공 등이 새 인물로 발탁되었다. 과거시험을 통한 문장개혁 의지는 문학에만 국한된 것이 아니었다. 새로운 문화사조와 함께 사상개혁까지 꾀했다. 구양수와 소식은 이 운동의 중심에 있었고 이들의 글은 부패한 정치를 종종 풍자하면서 기존정치 세력의 변화를 요구했다. 한마디로 북송고문운동은 정치개혁이었다. 나는 북송고문운동의 자료를 찾아 읽다가 문득 정조대의 문체반정이 떠올랐다.

소품집인 《마음속의 대나무》에서 소동파는 험난한 문풍文風을 직설적으로 언급하지 않지만 〈교활한 쥐〉나 〈호랑이가 두려워하는 상대〉, 〈부자들의 농사짓기〉 같은 글로 기득권을 풍자하고 있다. 자신의 정적이었던 왕안석을 비판한 〈장문잠에게 보내는 답장〉 같은 글은 신랄하기까지 하다.

"문장에 대해 이야기해볼까요? 문장이 오늘날처럼 침체된 적은 없었습니다. 그 근원은 왕씨(왕안석)에게서 나온 것입니다. 왕씨의 문장이 꼭 좋지 않은 것은 아니지만, 그의 병통은 다른 사람들도 자기와 똑같아야 한다는 데에 있습니다. 성인인 공자도 모든 사람을 똑같게 할 수는 없었으니, 어진 안연이나 용맹한 자로를 서로 닮게 할 수는 없었습니다. 그런데도 왕씨는 자기가 배운 것으로 천하 사람들을 똑같게 하려고 합니다. 비옥한 땅은 만물을 똑같이 자라게 하지만 그곳에서 자라는 종류가 똑같지는 않습니다. 오직 황폐하고 척박한 땅에서는 띠풀이나 갈대만이 보일 뿐입니다. 이런 것이 바로 왕씨의 '똑같게 함'입니다."(128~129쪽)

앞에 인용한 편지는 오대시안 사건이 터지기 직전 소동파가 그의 문우인 장뇌에게 보낸 편지의 한 대목이다. 왕안석을 노골적으로 비난한 이 편지 때문에 소식은 척박한 오지의 황주로 좌천되고 말았다.

그러나 소식은 황주에 머물던 4년 동안 문학적 성숙을 꾀했다. 말이 좌천이지 황무지나 다름없는 외진 곳에 유배당한 '죄인'의 생활은 보리와 푸성귀로 연명하며 안빈낙도를 애써 찬양하도록 만들었는데 이때 동파라는 이름을 짓는다. 동파東破는 동쪽 언덕배기에 밭을 일구고 농사를 짓는다는 의미로 노장사상의 분위기를 자아낸다(소동파는 이탁오처럼 노자에 관심이 많았다). 황주에서 유유자적하는 시서화로 눈을 돌린 동파는 '온화한 에세이스트'로 거듭 난다. 유배지에서 부드러운 수필가로 인생 이모작을 시작한 동파는 완당 김정희와 다산 정약용처럼 역경을 문학적 성숙으로 변화시켰다. 유배지 제주도에서 폐병을 앓으면서도 고문연구를 포기하지 않던 완당과 복사뼈에 세 번이나 구멍이 뚫리도록 저술에 몰두했던 다산. 거장들의 유배는 당사자들에게는 가혹한 운명이었지만 후대 독자에게는 글 읽는 축복이 되었다. 글의 운명은 캐면 캘수록 묘하다.

모두 마흔세 편의 산문을 수록한 이 책은 편지, 전기, 기행문, 묘지명, 책에 붙인 서문까지 다양한 성격의 산문 모음집이다. 그중에서 독자들이 좋아할만한 글쓰기론과 시서화를 연상하게 하는 음풍농월의 소품은 우아한 품격의 글로, 표제와 동일한 이름의 소품 〈마음속의 대나무〉는 동파의 구도자 같은 자세까지 느끼게 해준다.

"대나무를 그릴 때에는 반드시 먼저 마음속에 대나무를 완성하고 나서 붓을 들고 자세히 바라보아야 그리고자 하는 것이 보일 것이니 그때에 급히 서둘러 붓을 휘둘러 곧바로 그려내어 보인 것을 따라잡

아야 한다. 마치 토끼가 나옴에 새매가 쏜살같이 내려와 채 가듯 해
야 할 것이니 조금이라도 늦추면 토끼는 이미 달아나 버릴 것이다.”
(66쪽)

　책을 좋아하거나 글쓰기에 지론을 갖고 있는 사람은 무엇보다 동파
의 문장론에 관심을 가질 것이다.

　“옛날에 글을 짓는 사람은 글에 능한 것을 ‘좋은 글’로 여긴 것이
아니라, 쓰지 않을 수 없어 쓴 글을 ‘좋은 글’로 생각했다. 산천의 구
름과 안개, 초목의 꽃과 열매도 충만하고 울창하게 되어야 밖으로 드
러나듯이, 마음속 생각이 충만하면 글은 저절로 써진다. 내가 어릴 때
에 가친께서, ‘옛 성인은 스스로 억제할 수 없는 충동으로 부득이 글
을 썼다’고 말씀하셨다. 나와 아우 철轍이 지은 글들은 모두 이렇게
쓰여진 것들이다.”(〈글쓰기〉, 29쪽)

　낭중지추囊中之錐. 감추려고 해도 감출 수 없는 충만한 글의 의지가
좋은 글을 만든다는 소동파의 이 글에 등장한 아버지 소순蘇洵과 동
생 소철蘇轍은 소동파와 함께 문장 3소三蘇의 일가다. 당송팔대가에
삼부자의 이름을 나란히 올린 소씨 집안의 문예재능은 소씨 집안의
독특한 환경에 의해 만들어졌다. 삼부자는 배를 빌려 두 달 동안 일
부러 문학기행을 다니면서 많은 작품을 경쟁하듯 썼다. 소씨네 삼부
자가 문학일가를 이룬 비결은 생활 속의 문학을 지향한 데에 있다고
나는 본다.
　동파의 시에는 달, 밤, 강이 빈번하게 등장하면서 중국 남종화의
조종인 왕유의 “시중유화 화중유시詩中有畵 畵中有詩”를 연상케 한다.

시 속에 그림이 있고 그림 속에 시가 있다는 시서화詩書畵는 이미지즘을 선호하는 문객들이 좋아했다. 그 때문에 동파의 시는 한 폭의 수묵화 같다. 그중 베스트 작품으로 꼽을만한 〈달밤 뱃놀이〉는 적벽부의 풍취를 노래한 것으로, 여기에 옮겨본다.

계수나무 노와 목란 상아대로
물속에 비추인 달그림자 치며
반짝이는 물결을 거슬러 올라가네
아득히 먼 이 내 생각이여
하늘 한쪽에 있을 아름다운 임 그리네

16세기 징비록이
21세기에 닿는 의미

　'징계해서 후환을 경계한다'는 《징비록懲毖錄》의 탄생 배경은 임진 왜란이다. 1592년 4월 13일 발발해서 7년간이나 계속된 전쟁은 지옥의 전쟁이었다. 내부의 반란을 염려하다 보니 외부의 침입자에 미처 대비하지 못한 조선은 참담한 대가를 치른다. 《징비록》은 그 증표로서 기록되었다. 국보 제132호인 《징비록》은 전쟁사를 서책으로 엮은 것 중에서 의미가 남다르다. 첫째, 저자가 임진왜란을 몸소 겪은 서애 유성룡이고 둘째, 기록문학으로서 갖는 문학성을 인정받은 책이다. 전쟁사를 서술하되 보고서 형식이 아닌 구술형식의 소설식 전개를 갖추고 있는 《징비록》은 4백 년이 지난 시점에서도 전혀 거부감

없이 독자에게 읽힌다. 서해문집 출판사의 '장롱을 박차고 나온 오래된 책방' 시리즈는 고전역사서로 정평이 나있다. 자칫 지루할 수 있는 고전에 각종 사료와 자료도판과 친절한 주석을 아담하게 배치했다. 전투장면을 세세하게 표현한 유성룡의 문장력과 쉬운 번역으로 한나절 안에 읽을 수 있다.

미리 밝혀두지만 임진왜란은 일어날 수밖에 없는 모든 조건을 갖추고 있었다. 조선은 왕권강화 위주로 군대를 편제했던 나라다. 성리학은 사대부의 명예와 자긍심을 지켜주며 지배층의 삶을 윤택하게 만들었지만 명나라에 지나치게 의존하던 국방정책은 문제가 많았다. 조정은 무사안일한 논쟁으로 소일했고 백성은 아둔했다. 조선은 대한해협을 건넌 도요토미 히데요시 함대가 부산 앞바다에 등장하기 전까지 태풍전야처럼 고요했다. "태평한 시대에 성을 쌓다니 무슨 당치 않은 일이오?" "나루터를 왜적이 어찌 뛰어넘는단 말이오!" 등 따습고 배부른 대신들은 전쟁을 믿을 수 없었다.

부산이 3일 동안 적의 총과 칼에 유린당하고 속전속결로 적의 말발굽이 진군하고 있던 시간에도 조정은 "그까짓 것 걱정할 것 없소이다"라며 태평했다. 위기의식 자체가 실종된 상황이다. 조선은 예와 효를 국가이념으로 표방한 나라로 많은 전란을 경험했음에도 여전히 병조는 이조나 예조의 하위기관의 성격을 덜어내지 못했다. 고려 말과 태종 때 만들어놓은 각종 병기와 군사기구는 조선중기를 통과하면서 흐지부지 무용지물로 녹슬고 있다가 왜란을 당하면서 이순신이 급하게 재정비를 했다. 무관을 문관의 잔칫상이나 지켜주는 경호원으로 인식하던 문치국가 조선에서 임진왜란은 예견된 전쟁이었다. 언제든 전시체제로 돌입할 준비를 갖춘 일본을 향해 입으로만 종묘사직을 떠들던 조선은 처음부터 승산 없는 전쟁에 말려들었다.

"그 조총이란 것이 쏠 때마다 맞는답디까?" 탄금대의 멍청이 신립의 말이다. 험준한 문경의 산악지형을 이용하지 않고 조총으로 무장한 왜군을 평지인 탄금대로 끌어들여 전면전을 불사한 신립은 지략이라고는 전혀 모르는 장수였다. 군사를 다 죽게 만들고 최후에는 말머리를 돌려 강물에 빠져 죽은 신립의 죽음을 두고 용맹한 장수의 비장한 충정으로 윤색하는 것은 군사정권의 잔재다. 지금도 탄금대 주변 지역에선 신립을 말할 때 장군이라는 호칭을 떼지 않는다. 이제라도 신립에게서 장군 칭호를 박탈하고 군사전략 기초조차 모르는 장수 잘못 만나 개죽음당한 부하들의 충렬비라도 세워 영혼을 위로해야 한다. 적이 코앞에까지 들이닥쳤음에도 도성을 버리는 것이 옳다 그르다 왈왈대는 편전에서 임금은 신하들에게 휘둘려 좌불안석이었던 나라 조선. 이미 지혜도 담력도 통치력도 잃은 왕이 퇴각하는 길목마다 백성은 시체가 되었다. 굶고 병들고 왜군에게 칼부림을 당하고 더러는 포로가 되어 노예로 팔려갔다. 소 한 마리와 비단 다섯 필을 얻기 위해 간첩질을 일삼고 아버지와 아들이 서로 잡아먹었다.

나는 이 책을 읽으면서 임진왜란의 필연성을 보았고, 대명사대大明事大의 종속관계가 국가 위기사태에 직면하면 그 기능이 한층 강화되는 가혹함도 확인했다. 이 책의 제3편에 실린 〈녹후잡기〉 편에는 왜군 진지를 드나든 심유경의 편지글이 있는데 그 한 구절이 뜻 깊다.

"조선은 원대한 계책은 듣지도 않고 오직 궐 밖에 엎드려 우는 계책 밖에는 세우지 않는지요?"(242쪽)

그 찌질한 모습이 조선이었다.

정민의 《다산선생 지식경영법》에도 일본에 관심이 많은 다산의 글이 나온다. 다산은 두 아들에게 《징비록》 읽기를 권하고 《징비록》에서 황윤길과 김성일이 일본에 사신으로 가서 도요토미 히데요시를 만나고 온 기록을 보고 다른 의견을 제시한다. 황윤길이 만난 것은 도요토미 히데요시가 아니라 히데요시의 부하를 히데요시처럼 꾸며서 조선을 시험한 것이라고 단언한다. 일본이 조선의 사신을 조롱한 것은 조선의 사신이 일본의 임금을 폄하하는 태도를 먼저 보였기 때문인데, 황윤길을 비롯한 조선 사신들이 교자를 탄 채 입궁하고 일본 임금을 조공의 신하로 여겼다는 대목은 흥미롭다. 사신으로 찾아간 자리에서조차 우쭐거린 조선 사신들은 일본의 감춘 속내를 제대로 볼 수 없었던 것이라고 주장한다(《다산선생 지식경영법》, 406~407쪽). 또한 다산은 일본지도 표기의 허위를 발견하고 쓴 〈유영재 필기에 대한 평〉(《다산선생 지식경영법》, 405쪽)에서 아란타(지금의 네덜란드)와 일본의 거리를 계산한 다산은 위도와 거리를 은밀하게 조작한 일본의 속셈을 꿰뚫어 보았다.

탁오 노자를
만나다

어쩌다 보니 이지李贄(호는 탁오)를 연속으로 읽게 되었다. 처음에는 돌베개에서 나온 《이탁오 평전: 유교의 전제에 맞선 중국 사상사 최대의 이단아》'만' 읽을 계획이었다. 읽다 보니 책 속의 책이라고 《장서》, 《설서》, 《분서》를 조우했다. 해서 그를 죽음으로 내몬 《분서》를 읽어야 이지를 읽었다고 말할 수 있을 것 같았다. 내가 겁도 없이 《분서》를 읽기로 한 것은 순전히 '유교의 이단아'라는 말 때문이었다. 이단아의 드라마 같은 삶은 독자의 마음을 잡아끄는 법이다. 그의 삶을 따라가다 보니 16세기 중국사상을 엿보는 데까지 이르렀다. 《분서》를 읽으면서 주자학과 유학, 양명학, 중국 전제사상, 16세기

세계 동향까지 살펴야 하는 것은 아닌가 싶어 발을 잘못 들여놓았다는 후회도 들었다. 순전히 '이단아'라는 한 단어 때문에 꼴린 격이다. 독서의 즐거움 자체로 만족할 뿐 더 이상 독서의 진보 따위는 고려치 않는 나에게 이지는 '독서의 즐거움'은 뼈에 이르러야 한다고 충고한다. 이런! 뱁새가 봉황 따라 모이를 쪼다가 부리를 절단 낼까 두렵다.

관객 입장에서 전복은 역동적이고 재미난 쇼다. 일흔여섯 살의 노인이 감옥에서 면도칼로 목을 베어 자결하게 만든 《분서》는 문장 전체를 보면 차분하다. 그러나 내용을 읽다 보면 치열한 내면의 구도와 자유로운 사상으로 뜨겁게 살던 흔적이 핏물처럼 스며든다. "거기에서 논한 내용이 근래 학자들이 고황膏肓에 깊숙이 파고들어 그들의 고질병을 까발리는 것이 많기 때문에, 그들은 반드시 나를 죽이려고 할 것이다. 그러므로 태우려는 것이다." 이는 태워버려야 할 책, 분서焚書의 자서自序(서문)이다. 유교반도였던 이지는 《분서》를 통해 부패한 관료체제를 고발하고 공리주의를 표방했다. 이지는 좌파 양명학자이자 지식과 사상의 통섭統攝을 추구한 명말의 사상가다. 죽을 각오를 작정하고 쓴 《분서》는 이지와 문우관계인 주류당이 호숫가에 작은 누각건물(서재 역할을 했다) 취불루를 지어준 곳에서 탄생했다. 처음에는 논쟁 상대였던 경정향과 주고받은 편지 위주였지만 재간행되면서 다른 편지글이 첨가되었다고 한다.

《분서》는 이지와 경정향의 논쟁이 많은 부분을 차지하고 있다. 이 두 사람은 경정향의 동생인 경정리와 이지의 인연으로 맺어졌다. 그러나 나중에는 사상의 대립이 정치적 대립관계로까지 악화된 사이다. 이 과정에서 경정향의 수석제자이자 황안 지방의 유지인 오소우는 사람을 풀어 이지를 공격했다. 경정향은 이 일을 사전에 알고도 방조함으로써 자신의 명성에 도전하는 이지를 제거하려던 것으로 보인다. 이지는 빈천할지언정 꿀릴 것 없이 뜻대로 살고 싶다는 의지 하나로 쉰네 살에 관료에서 물러났다. 마흔 살부터 도가사상에 입문한 그는 퇴직 후 관리로 재직하는 동안 체험했던 부패한 관료제도와 유교의 정치적 도구화의 폐단을 문객들과 글로 교류하기 시작한다. 이지는 공자를 앞장세워 정치기반을 구축한 세력들을 향해 거침없는 반론을 제시했다. "만약 반드시 공자로부터 모든 것을 취해야 한다면, 천고 이전 공자가 없을 때는 끝내 사람이 될 수 없었단 말입니까?"

자기를 버리고 공자를 따라야 한다는 경정향의 논지에 대한 이지의 반론은 단호했다. 공자논쟁은 경정향과 이지의 접점을 기대할 수 없는 격렬한 논쟁으로, 훗날 이지에게 사상의 이단아라는 호칭을 부여한 사건이다. 이 논쟁의 주제는 '불용이不容已'라고 기록되었으며 인간이 선천적으로 자연스럽게 타고난 본성이란 공자를 지표로 삼는 것이 아니라 물 흐르듯 자연스럽게 분출되는 것이라는 이지의 사상관이기도 하다. 이지는 명성에 치장하는 경정향 같은 이론파 유학자들을 일컬어 '얼굴을 가리는 척하면서도 손가락 사이로 몰래 훔쳐보는 거짓말쟁이들, 공자의 이름을 들먹이며 시골학교 선생처럼 훈계하길 좋아하고, 자기가 스스로 옳다고 여기는 병통에 빠져서 자기 것에 집착하고, 명분 따지기가 지나치고, 남의 이목에 자신을 옭아매는 어리석은 자'들이라고 공격했다.

남들이 하는 그대로 따라서 사는 사람들은 광대들일 뿐 사람은 자신을 귀하게 여기고 자기 길을 가는 데 힘써야 한다는 이지 사상은 나로 돌아가자던 조선 정조 때의 재야문인 이용휴의 〈차거기此居記〉를 떠올리게 한다. 내 마음의 주인은 나다. 내 몸의 주인도 나다. 고로 나는 귀하다는 이용휴의 '자기 길'은 이지의 '개인의 삶'과 닿아 있다. 유교의 늪에 빠졌던 시대에 이지의 개인주의 사상은 '사악한 마귀 들린 올빼미' 같다는 공격을 받는다. 어려운 상황에서도 《분서》가 세상에 나올 수 있었던 것은 자신을 이해하는 사람이 혹시 한 명이라도 있다면 간행을 맡아달라는 부탁에 따라 오랜 벗인 초횡이 그 글들을 엮었기 때문이다. 초횡은 경정향 문하에 있던 인물이지만 온화한 성품으로 끝까지 이지와 사상적 대립을 피하고 친구관계를 유지한다. 이 책 《분서 I》에서는 경정향을 비롯한 여러 논객들과 나눈 편지글과 함께 초횡에게 괴롭고 외로운 심정을 격의 없이 고백하는 고독한 인간 이지의 모습도 발견할 수 있다. 손수 마당을 쓸고 빨래를 자주 하고 사위에게 장모제사까지 훈계하는 빈틈없고 꼼꼼한 잔소리꾼 이지를 보며 나는 실사구시의 흐릿한 기운을 엿보는 듯했다.

자기 그림자를 보고
덩달아 따라 짖는 개

《분서》는 명대에 두 번이나 판금당하고 불태워졌다. 시대와의 불화는 저자에게 가혹한 죽음을 선사했고 책은 수차례 화형장의 불꽃으로 타올랐다. 수백 년 동안 파란만장했던 《분서》가 햇볕을 쬐게 된 계기는 이지를 혁명의 주역으로 발탁한 문화혁명이었다. 공자를 편취해서 지배의 도구로 이용한 체제는 시대가 흘러 이지에게 혁명전사 갑옷을 입혔다. '모택동의 배우'로 전락한 이지는 당 기관지의 단골 표지모델이었으며 중국역사 최초의 유물론자이자 공산주의자로 숭상되었다. 세상을 향해 거침없는 비판을 날렸던 자신을 스스로 마왕이라 자임한 이지는 또 다른 이념의 잣대로 발린 셈이다. 하지만 가짜가 진짜를 압도하는 판국에 진짜는 간신히 장작더미에서 걸어 나왔다. 모택동의 반부르주아는 결과적으로 《분서》의 반동을 지켰는데 이지가 무덤 속에서 한탄을 하는 동안 책은 빨간 딱지를 떼는 행운을 누렸다. 자유의 대가치고는 대단한 아이러니가 아닐 수 없지만 문화혁명이 대중운동의 성격을 표방한 덕이기도 하다. 유자(儒者)의 병통으로 곪은 대중영합을 경멸한 이지가 대중운동의 선두에 설 수 있었던 것은 낡은 사상 타파를 외쳤기 때문이다. 물론, 음흉한 늙은 곰 같은 모택동은 '문화혁명'이라는 근사한 언어조합을 통해 이지를 철저히 왜곡해서 써먹었다.

어쨌든 《분서》는 문화혁명을 무사히 극복하고 세상에 나왔다. 《분서 I》이 서간문과 잡술로 편집된 반면에 《분서 II》에는 능엄경 해석과 서평, 시가 등이 수록됐다. 서간문이 큰 비중을 차지했던 《분서 I》이 이지의 정치관을 사상적 측면에서 조명했다면, 《분서 II》는 이지의 문학적 면모를 드러낸다. 그렇다고 이지의 거침없는 하이킥이 순화된 것은 아니다. 권5의 〈독사讀史〉 편은 중국 대륙을 겁박하고 있는 탐관오리들의 실체를 마음껏 조롱하고 풍자한다. 《수호전》의 괴수 송강을 충의라 부르고 해적 임도건을 이백 퍼센트의 식견을 갖춘 자라 평했다. 도둑의 이념은 훔치는 것이고 도둑의 목표는 도둑질을 더 '잘하는' 것이다. 도둑질을 잘하려면 권력이 필요하다. 권력이 도둑과 결합하면 도둑질의 우경화인 도둑의 최종 지점에 닿은 것이다. 우경화는 질문이 차단된 계급의 서열화를 요구한다. 이제 제국은 곧 완성된다. 이건 내 생각인데 농담처럼 한번 그려봤다(이렇게 되지 않기를 바랄 뿐이다).

이지는 1905년 1월 9일 '피의 일요일' 처럼 시스템 전체를 전복할 것을 열망하지 않았지만 '도둑' 은 그의 화두였다. 205쪽에 나오는

'담벼락을 뛰어넘는 도둑놈'은 바늘도둑이 어떻게 소도둑이 되는지를 말하고 있다.

"아직 부귀를 손에 넣지 못했을 때라면 그들은 명성을 높임으로써 더 높은 관직과 재물을 추구한다. 세상을 속이고 이름을 훔치는 자들이 무슨 짓도 마다하지 않는 경우인 것이다. 부귀를 손에 넣고 난 다음이면 그들은 또 조정에서의 부귀를 이용해 더한층 자신의 명성을 높이게 되는데, 그러다 만약 어려운 일이라도 당하게 되면 구차하게 빠져나가기 위해 또 안 하는 짓이 없는 판이다. (……) 그런 놈들은 가의를 의론하고 나서는구나."(205~206쪽)

이 대목을 읽으면서, 비리청탁과 가짜 명성에 매달리다가 법의 그물망에 걸려들면 정치보복이라는 구차한 변명을 일삼는 정치인의 행보와 닮았다고 생각할 사람이 과연 나 혼자일까?

"우리 서로 만나도 피하지는 맙시다. 지금 같은 세상에 절반은 다 당신 같은 사람이라오."(241쪽)

명 현종 때 태학박사를 지내다가 유배당한 이섭이 도적에게 쓴 시는 냉소적이면서도 슬픔이 뚝뚝 묻어난다. 어느 도적이 관리에게 쓴 242쪽의 시는 조롱의 백미다.

"길을 가다 만난들 어찌 당신을 모르겠소? (……) 장물이 있거든 뒷마당으로 날라다 나눠 가집시다. 밤이슬 맞으며 고생하는 우리들 제발 가련히 보시고 앉은 당신은 삼 할, 나다니는 우리는 오 할만 떼어 주시오." 도둑이라고 다 똑같으냐는 질문이다.

위 시와 관련하여 이지는 258쪽의 당적비 소감에서 자신의 도둑관을 피력하는데 여기에는 유교반도로서의 입지가 확고하게 드러난다.

"소인이 나라를 그르치면 그래도 문제를 풀고 만회할 길이라도 있지만 군자가 나라를 망치는 경우는 손을 쓸 방도조차 없게 마련이다. 이유가 무엇일까? 그 사람 자체가 스스로를 군자라고 생각하여 본심에 아무 부끄러움이 없기 때문이다. 그러므로 간담은 갈수록 커지고 뜻도 더욱 견고해지니, 누가 그를 말릴 수 있겠는가? 주자朱子 같은 이도 바로 그런 경우라 하겠다. (……) 탐관오리의 해악은 다만 백성들에게나 미칠 뿐이지만 청렴한 관리가 만들어내는 해악은 자손들에게까지 미친다."(258쪽)

입만 열면 나는 도덕적으로 살아왔다는 사람들일수록 사회에 끼치는 해악은 서민들의 공중질서 위반 차원이 아니다. 나는 남의 도덕적 흠집만 골라 껌처럼 즐겨 씹는 사람이 무섭다.

남들의 간섭을 받고 싶지 않다는 마음 하나 때문에 벼슬을 버리고 출가한 이지는 양명학 좌파로 분류되지만 그는 불교학도이기도 했다. 유, 불, 도 세 학문을 하나로 간주한 삼교귀유설三敎歸儒說이 유교에 방점을 찍은 듯 보이지만 실은 사상의 통섭을 의미하는 것으로서 이 문제는 여러 논제가 따른다. 즉, 이지의 사상이 왕조를 유지하는 봉건제도로부터 탈출하지 못한 한계와 주자학에 대한 반동으로 양명학을 답습한 질문사항도 마련되어야 한다. 이지를 양명학의 좌파에 두는 기준도 좀더 명확했으면 싶다. 절대 유교체제하에서 사상의 반기를 들고 체제비판을 통해 자신의 위치를 정했지만 사상해방의 기수로 보기에는 무리다. 그에 앞서 황종희나 하심은 같은 선각자들이 존재했고 이지가 활약한 16세기 말부터 17세기의 명은 사상의 틀이 흔들리던 시절이다. 마테오 리치를 비롯한 천주교 선교사들에 의해 서구문명의 유입과 상업의 번성이 잠자는 중국 대륙을 깨우고 있었다. 공자가 출산한 유교의 병폐는 곪을 대로 곪았으니 누군가에 의해 터질 일만 남았던 상황이다. 이지는 개인화라는 메스를 쥐고 주저 없이 유교를 해부했다.

《분서 Ⅱ》에는 능엄경 해석과 더불어 오언절구, 오언율시, 칠언율시 등 이지의 시가 다수 실려있다. 진심과 견식의 중요성을 다룬 경전해석은 특히 불교에 관심 있는 독자들에게 일독을 권한다. 이지의 유언장이기도 한 예약豫約은 불자의 계율처럼 경건한 어조다. 국화와 매화, 모란과 작약을 시로 노래하고 가난, 친구, 타향의 단어를 빈번히 사용한 이지의 시는 고독하다. 급진적인 사상의 돌출과는 대조적인 인간적 외로움이 물씬 풍긴다. 《분서 Ⅰ》에 비해 번역도 매끄럽고(몇몇 오자가 보이지만) 이지의 문학적 감성까지 차분하게 정리하면서 읽을 수 있다.

분서,
도돌이표를 찍으며

이지의 《분서》는 어떤 책인가? 《분서》 두 권을 읽고 《속 분서》까지 읽은 지금 문득 이런 의문이 들었다. 《분서》는 체제비판 도서다. 그러나 체제를 비판했다고 해서 왕조를 부정하진 않았다. 이지가 봉건 왕조의 기틀을 유지하는 가운데 관료제의 해악에 칼을 들이댔다고 해서 고염무나 황종희 같은 이지 사상의 계승자로 불리는 유학자들에게조차 급진좌파로 불린 점은 선뜻 납득이 안 간다. 명대에 두 번이나 판금조치당한 《분서》는 청초에 이르러 다시 금서로 조치되었다. 이때가 1625년이므로 황종희가 열다섯 살 무렵이다. 1782년에 이르러서는 《분서》, 《장서》, 《속 장서》 등이 '전면금지' 서적으로 지목되었다. 분서는 명나라에서는 주류에게 이단으로 지목되고 청나라에서는 아예 입에 담을 수 없는 책이 되었다. 황종희는 개혁을 표방한 인물이었지만 이지를 '사상의 이단아'로 불렀다. 공자에 잠식되지 말라는 이지의 반공자론에 동의하기 어려웠던 것 같다. 공자는 모택동의 문화대혁명에서는 무대 뒤로 숨어야 했고 반면에 이지는 정치적 인물로 그 역할을 다했다. 정치적 도구가 된 공자와 이지는 중국역사 속에서 교대로 편취된다.

그런데 《분서》를 다 읽을 즈음에 나는 또 한 번 '공자의 중국'에 놀랐다. 2008년 베이징 올림픽 개막식 때 공자 3천 제자가 현신해서 마스게임을 펼치고 논어 두루마리가 올림픽 성화대에 불을 붙였다. 정권이 동원한 공자의 3천 제자와 정권이 잡고 있는 와이어에 의지한 논어 두루마리를 보며 무덤 속의 공자가 관 뚜껑을 열고 현신하는 환상을 본 것이다. 공자의 부활은 중국 대륙의 하늘을 장악했다. 다시 공자의 하늘이 된 것이다. 그러나 공자는 말이 없다. 공자 조무래기들이 공자의 가면을 빌려 쓰고 공자의 어록을 베낄 뿐이다. 공자의 진실은 없고 공자의 그림자로 이념의 곡예를 펼치는 중국을 확인하는 일이 올림픽 기간에 발생했다. 그 일례로 올림픽 개최기간 동안 독립을 요구하는 티베트에 대해 중국은 무차별 발포하여 라싸를 핏물로 적셨다. 공자는 인仁이란 사람을 사랑하는 일이라고 답했다. 지식이란 사람을 알아가는 일이라고 멋진 현답을 했다. 사해四海동포를 너무 사랑한 나머지 강제합방하려는 행위가 중화인민공화국의 공자이념이다. 공자는 죄가 없다. 죄가 있다면 부모의 원력에 의해 태어난 일이고, 태어나서 깨우침을 구한 것이고, 쓰레기 패총 같은 3천 제자를 만든 일이다.

공자도 이지도 그물에 걸리지 않는 바람이 되려 했다. 사람의 도를 추구하는 과정에서 자연적인 본성을 잃지 않을 것을 다졌다. 그러나 이지를 문화혁명의 표지모델로 스카우트한 문화혁명이나 공자를 정권의 얼굴마담으로 채용한 중화인민공화국에서 그들은 이념의 곡예에 놀아날 뿐이다.

《분서 I》과 《분서 II》가 청년시절의 글모음이라면 《속 분서》는 노년에 쓴 글이다. 사후에 제자 왕본아와 친구 초횡이 추가하면서 분서와 중복된 내용이 많아졌다. 특히 시가詩歌는 《분서 II》를 거의 그대로 옮긴 수준으로 불필요하게 책 부피만 늘렸다. 《속 분서》에서 새롭게 알 수 있는 내용은 많지 않지만 몇몇 사실은 흥미롭다. 책 간행비를 후원해달라는 편지를 후원자들에게 거리낌 없이 쓰고, 조선을 '속국'으로 인식하는 발언으로 보아 개혁가였던 이지조차 중화중심주의를 탈피하지는 못한 듯 보인다. 요컨대 '개인 이지'는 진보적인 인물로 평가할 수 있지만 '중국인 이지'를 평가할 경우에는 집단화에서 자유롭지 못하다. 이지는 명 태조 주원장을 "태어날 때부터 하늘의 특별한 보살핌을 받은 인물"로 묘사하며 왕조를 긍정하는 태도도 버리지 않았다. 또한 세 번이나 만나면서 부채에 시까지 써준 마테오 리치를 완벽한 교양인으로만 봤을 뿐, 그가 중국에 온 진짜 목적을 알지 못했다. 선교사의 비공식적인 목적이 식민지 탐색임을 읽지 못한 이지의 세계관은 중국 대륙의 울타리에 갇혀있었음도 새롭게 발견할 수 있었다.

분서를 읽는 동안 슬프고 외로웠다. 분서 속의 이지가 자꾸 술을 권했음을 고백한다. 다수와는 다른 사상을 지녔다는 이유로 비난과 조롱의 대상이 되고 결국에는 스스로 목에 칼을 그어 죽은 인간 이지의 고독을 목격했기 때문이다. 해서, 이지를 읽을 독자라면 냉장고에 술병을 몇 병 대기시킬 것을 권한다.

《분서》 시리즈는 한국어로는 최초로 한남대 김혜경 교수에 의해 완역되었다. 중국 고유명사가 많아 읽는 속도를 떨어뜨리지만 번역은 무리 없이 잘 되었다.

《산사에서 부친 편지》_경봉 외 지음, 명정스님 옮김, 정성욱 엮음

살다 보면 하고 있는 일을 다 손 놓고 아무도 모르는 곳으로 떠나고 싶을 때가 있다. 삶이 지겹고 지치고 의미를 상실하면 매일같이 얼굴을 마주하는 동료의 웃는 얼굴도 지겹고 눈 감고도 척척 해낼 수 있을 것 같은 일도 책상 위에 쌓인다. 월급봉투를 잊고 모든 걸 훌훌 털어버리고 떠나는 길 위에서 자연인으로 환원되는 기분이 든다. 집을 떠나면 풀 한 포기조차 예사롭지 않게 보이는 이치는 사람이 자연의 일부였던 까닭이다. 집착 없이 흘러가는 구름처럼, 밝은 달처럼, 맑은 별빛처럼……. 그리고 절집 향냄새가 날 즈음 여행자는 발을 멈춘다.

> 인생이란 곡哭 한 번 하면 끝난다고
> 생각한 시절도 있었지만
> 다만 그러한 것들도 어쩌면 다
> 제 부덕에서 비롯된 번뇌가 아니겠습니까.
> 제 몸 하나 다스리지 못하는 중생이오니,
> 스님, 크게 꾸짖어주십시오.
> 내년 꽃피는 봄에는 찾아뵙겠습니다

무념무상한 삶. 아침에 이슬을 머금고 피었다가 노을과 더불어 제 목숨을 버리는 꽃잎을 보며 여행자는 급여지급 명세서에 찍혔던 자

기의 이름을 버린다. 이름을 버리면 이름에 집착이 없어진다는 불가의 말대로라면 세상은 자유다. 이 책은 그 길모퉁이에 앉아 큰스님들의 말씀을 듣는 책이다. 특별한 것 없다. 절집 사진과 큰스님들이 남기신 시와 편지글이다. 경봉, 경허, 만해, 성철, 한암 등 큰스님들은 대나무 작대기 같은 빳빳한 '할(불교에서 참선 시 위엄 있게 꾸짖는 소리)'로 때로는 인간적 고뇌와 아쉬움으로 삶의 고달픔과 애잔함을 말씀하신다. 큰스님들은 삶을 앞산 중턱에 걸렸다 흩어지는 구름이고 오동나무 잎이며 계수나무 한 가지라고 가리킨다. 때로는 홑옷과 겹옷이며 봄 아지랑이 같은 것이고 모란꽃처럼 화려하게 피었다가 시드는 무상한 것이다. '삶'이란 무엇인가? 왜 꽃잎은 그렇게 서둘러 스러져가는 것인가? 이 책은 절집의 풍광을 반기는 분이나 절집 사진을 즐기는 독자에게 사진 보는 맛으로도 헛헛한 마음에 온기를 머금게 해준다. '예쁜 시집'은 현학적 허세도 없고 필요 이상으로 독자에게 생각을 요구하지 않으면서 단아하다. 단아하기가 한옥 맨살의 문창호 살처럼 간결하고 한여름날 숲의 정적처럼 고요하다. 하지만 큰스님들의 편지는 혓바닥으로 나불댈 수 없는 뜨거움으로 가득 차 있다. 훌훌 털어버리고 떠돌이 여행자가 된 어느 한 계절의 풍광이 책 속에 가득하다.

《우리들의 하느님》 _권정생

　《몽실 언니》와 《한티재 하늘》로 널리 알려진 동화 작가 권정생 선생은 2007년 5월에 영면하셨다. 나는 그해 10월에 안동시 일직면 조탑리에 있는 서너 평짜리 선생의 오두막을 찾아갔었다. 마당의 포도나무에는 포도 두 송이가 매달려 있고 수돗가에는 호박덩이만한 빈 단지가 놓여있던, 해가 잘 안 드는 동네 안쪽이었다. 창호지로 새로 바른 방문은 잠겨있었다. 방문 위에 누군가 매직펜으로 선생의 존함을 한글로 써서 못에 끼워 넣었다. 대한민국에서 제일 잘나가는 동화작가는 동네 골목길을 한참 지나 낮은 산자락 아래 일직교회가 보이는 오두막에서 사셨다. 나는 그 작고 누추한 오두막 문지방에 걸터앉아 선생이 세상을 보던 모습을 상상했다.

세상 밖으로 나가시지 않았지만 선생은 세상을 가장 잘 보신 분이시다. 평론가들은 촌구석에서 가족조차 없이 홀로 사시는 노작가의 책을 들어 "한 치의 정치적 혼란도 없이 글을 쓰는 분"으로 평했다. 혹자는 "사람답게 사는 법을 알고 싶으면 권정생을 읽어보라"라고 권했다. 일직교회 종지기로 수십 년을 보내신 분이신데 이 책에선 가짜 예수쟁이들을 가차 없이 비판한다. "기독교 2천년 역사 가운데서 예수님은 많이도 시달렸다. 한때는 십자군 군대의 앞장에 서서 전쟁과 학살에 이용당하기도 하고, 천국 가는 입장료를 어마어마하게 받아내는 그야말로 뚜쟁이 노릇도 했고, 대한민국 기독교 백년사에서는 반공 이데올로기의 선봉장이 되어 무찌르자 오랑캐를 외쳤고, 더러는 땅 투기 꾼에게 더러는 출세주의자에게, 얼마나 이용당하며 시달려왔던가"(17쪽). 내가 아는 한, 종교를 온전하게 지속하려는 자는 종교를 비판하는 데 인색하지 않다. 교회 안에 깊게 드리운 검은 안개, 정치와 결탁한 종교와 헌금으로 목회자의 창자를 살찌우는 교회를 선생은 말씀하신다. 교회는 학살자였고 뚜쟁이였고 이념의 도구였으며 투기의 선봉대였다고. 선생의 비판은 곧 인간존엄성의 회복을 향한 지점에 닿는다.

"나는 가끔 우리 집에 승용차를 타고 오시는 손님에게 물어본다. '고속도로를 달려올 때 어떤 기분이 드십니까?' 그러먼 대부분의 사람들이 빨리 올 수 있어서 좋다는 말을 한다. 그분들은 고속도로가 뚫리는 과정을 잘 몰라서 그렇게 대답하는 것일 게다. 산이 잘려나가고 논밭이 쓸려나가고, 심지어 옛 무덤들이 파헤쳐지고 조상님들의 혼이 불도저에, 포클레인에 무자비하게 짓이겨진 것을 모르기 때문이다."(《녹색평론》 2004년 7, 8월호)

만약에 이 책이 깐깐한 꼰대의 훈계처럼 읽힌다면 당신은 아무 생각 없이 고속도로를 정신없이 달려가는 사람이다.

《나를 돌려다오》 _이용휴 · 이가환

이용휴(1706~1782)와 그의 아들 이가환(1742~1801)의 산문에서 가장 빈번하게 만나는 글자가 '아我'와 '자自', '차此'다. '나'와 '여기, 지금'의 의미에서 볼 수 있듯이 이용휴의 문학은 자아에서 출발하여 자아로 귀결된다. 마음에게 물어보는 것, 마음은 알고 있다. 스스로 정당하고 편하고 바른길을 갈 자정능력이 마음에게는 있다. 그 마음의 소리를 외면하지 말자는 게 18세기 문화 흐름의 한 방편이다. 이 책의 제목이 가리키는 '나'는 '마음'이기도 하고, '여기'이기도 하다. 부화뇌동의 몰지각을 지적하는 '나를 돌려다오'는 '나로 돌아가자'이기도 하다. 지금이야 내 마음대로의 세상이지만 이용휴가 재야 문인으로 지냈던 18세기는 내 마음을 군주가 가졌던 시대다. 군주 중심으로 돌아가는 봉건왕조에서 개인의 가치를 노래한 것은 예사롭지 않다. "제 스스로의 목소리로 우는 가을벌레의 울음소리가 혀가 잘린 앵무새의 노래보다 나은 법"(102쪽). 이용휴의 이 문장은 명나라 때의 유교반도 이탁오의 "그림자를 보고 앞에 있는 개가 짖으면 뒤에서 그대로 따라 짖는 개"와 같은 맥락이다. 남들 따라서 살지 말고 자기 마음의 소리를 듣고 살라는 이용휴는 마음을 집에 비유한다. 그의 집은 마음속에 그려본 집, 살구나무 아래 작은 집, 내 집, 화가가 사는 집, 온화한 집 등 '마음의 거처'를 말하고 있다. 사람이 사는 다양한 이 집은 '조물주에게 집을 사다'로 귀결된다. 너무나 멋진 종결이라 나는 이 부분을 여러 번 읽었다. 세간에서는 이용휴가 재야문인 출신이고 그의 아들 이가환이 신유박해 때 천주교의 폭풍 속으로 사라진 불우한 가족사에 묻혀 이 가문의 문재가 제 가치를 인정받지 못하고 있다. 이용휴는 연암 박지원과 당대의 문장을 주도했던 뛰어난 문인이다. 고전 읽기를 어려워하는 독자들을 위해 태학산문 시리즈로 나온 이 책은 단정하면서도 명석하고 우아한 문고판이다.

《한국전쟁》 _박태균

얼마 전 동네 친구지간인 중년의 두 아저씨가 남북분단의 원인을 두고 술자리에서 칼부림을 했다는 뉴스를 봤다. 칼에 찔린 아저씨는 죽었다. 본의 아니게 상대방 아저씨를 살인자로 만든 남북분단은 어디서부터 비롯된 것일까? 사실 정치 이야기는 친구나 가족과도 깊게 하지 말아야 한다. 평소에는 허물없이 간도 쓸개도 다 내줄 것 같은 붕우유신이라도 정치 얘기만 나오면 확 돌변한다. 이게 웬만큼 말초 신경을 자극하는 일이라야 말이지. 선거철이 돌아오면 사이 좋던 이웃하고 멱살잡이하고 부모 자식 간에 밥상머리에서 언성이 높아지는 원인도 정치 얘기다. 그래, 친구와 동료와 가족을 분열시켜놓고 싸움질하도록 만드는 것은 다 정치 때문이다! 이 책의 제목을 본 독자는 읽기 전부터 골이 아플지 모른다. '또 그 6·25 얘기인가?' 한국인은 이제 6·25를 잊고 싶은 것이 어쩌면 솔직한 심정이다. 그래서 1980년대 이후 세대들에게 한국전쟁이 몇 년도에 일어났느냐고 물으면 대답을 못한다. 더 놀라운 것은 전쟁 1세대조차 한국전쟁의 발발년도를 물으면 틀리게 답변한다는 사실이다. 잊고 싶은 전쟁, 그리고 잊힌 전쟁으로 종종 불리는 한국전쟁은 1950년 6월 25일 새벽 4시에 시작해서 1953년 7월 27일 오전 10시에 정지되었다. 유엔 정전회담 제159차 본회의에서 정전협정이 조인되었으니 이 전쟁은 휴전이 아니라 정지된 전쟁, 즉 정전이다. 아직도 노인들은 '사변'이라고 부른다. 3년 1개월 2일 동안 150만 명의 외국 군대가 투입되고 남한 민간인 피해자수가 99만 명, 북한 민간인 피해자 수가 무려 268만여 명이라는 엄청난 사상자 통계는 물론 공식적인 발표다. 이 합계에 추산되지 않는 비공식적인 민간인 학살자 숫자와 군인 사망자 숫자를 합치면 단일 국가의 전쟁 사망자 치고는 세계최고의 기록을 남길만하다. 그러므로 이것은 '큰 변고' 정도가 아니다. 6.25라고 특정한 날짜로 부를 수도 없다. 이건 대전급의 전쟁이었다. 심지어 맥아더가 만주에 수소폭탄을 떨어뜨릴 계획을 세웠던 국제 전쟁이었다. 그 큰 전쟁을 당사국인 우리는 정작 잘 모른다. 이 책은 전쟁의 당사자로서 방대한 증거 자료를 제시하면서 차분한 시선으로 한국전쟁을 지목한다. 저자는 이 책을 통해 한국전쟁으로 미국이 얻은 실익과 한국이 잃은 명분을 담담하게 서술하지만, 북한정권이 무너진다고 해도 한국은 북한을 흡수할 자격이 국제법상 없다는 사실에 독자들은 책을 덮고 나서 흥분을 감추지 못할 것이다. 졸라, 현실은 잔인하다.

《쌀과 민주주의》_천규석

"우리가 우리 쌀농사를 스스로 지키고 지어야 할 일차적 이유는 우리 자신의 경제적 자립과 주권을 지키는 데 있지만, 더 큰 이유는 문화적 자주와 정치적 자치를 지키는 데 있다. 무엇보다 쌀은 단위면적당 가장 많은 열량을 생산해주는 식량작물로서 오늘날 우리 민중들을 이렇게 자손 번성하며 살아남게 해준 민중사회의 생태적, 경제적 기초다. 우리에게 쌀농사가 없었다면 이 좁은 땅에서 지금과 같은 민중의 번성 자체가 불가능했을 것이다. 동시에 쌀은 우리 문화의 정체성 자체다. 쌀은 우리의 음식문화의 정체성만 규정하는 것이 아니다. 이 땅의 토착적 전통문화치고 쌀과 무관한 것은 하나도 없다. 쌀은 우리 지역자치의 마지막 보루요, 지역주민들의 자존심이다. 쌀을 지키는 것은 그래서 생태주권을 지키는 것일 뿐만 아니라, 우리 자치민주주의의 뿌리를 지키는 것이다.” (10~11쪽)

요즘은 브랜드 쌀이 대세다. 브랜드 없는 쌀은 가족만 먹거나 기껏해야 쌀농사 짓지 않는 동네 사람에게 대수롭지 않게 파는 것이 전부다. 브랜드 쌀을 만들기 위해선 대규모 영농법인을 만들어야 하고 영농법인을 만들려면 돈이 많이 들어간다. 큰돈 들여 사업확장을 꾀했으니 유통판로까지 탄탄하게 개척하지 않으면 영농법인은 거미줄 치기 딱 좋다. 그렇게 해서 감자농사나 고추농사를 짓던 영농법인의 빈 창고에 쥐가 드나드는 것도 여러 번 봤다. 촌구석에 살다 보면 정부의 농촌정책이 실효성이 있는 것인지 없는 것인지 대번에 안다. 지원금 몇 푼 던져주고 할 일 다 한 것처럼 나중에 이잣돈 챙기는 정책은 한국 농촌을 농민 실업자 대량 양산으로 몰았지만 앞으로는 달라지리라는 낙관 같은 것을 나는 갖지 않는다. 천규석 선생은 그럼에도 불구하고 한국 농촌에서 쌀만은 지켜내자고 목소리를 다한다. 농업의 기업화가 농사의 기업화를 부추기고 상품성으로만 화폐의 가치를 재단하는 가운데 마트마다 수입 농산품은 호황이다. 값싸다는 이유로 칠레나 미국이나, 이젠 유럽과 FTA를 맺었으니 프랑스의 토마토가 도시의 내 가족들 장바구니 안에 담길 날도 머지않았다. 석유를 먹고 자라고 석유에 실려 온 수입 농산물을 정부가 지원사격해 주는 동안 한국 농촌은 특화작물로 눈길을 돌렸지만 요원해 보인다. 대개 지역토호들이 소유하고 있는 토지는 그들의 택지개발 열망에 따라 아파트가 차지하고 또 특화작물이라는 것도 기술과 일정기간의 시간이 소요된다.

그래서 천규석 선생은 시장주의 시스템에서 쌀만은 지키자고 말한다. 다른 농작물이 무너져도 최후의 보루로 남겨둘 쌀은 우리 식량생산의 초석이다. 이미 남아도는 쌀 때문에 정부는 쌀을 애물단지로 보고 도시 소비자들은 외국 음식에 입맛이 길들여져 쌀을 천덕꾸러기 취급한다. 심지어 농민들조차 쌀농사를 포기한다. 높은 생산비용과 낮은 구매단가 때문에 쌀농사를 지을 명분이 없어진 것이다. 천규석 선생은 그 대안으로 '진짜' 유기농 농사와 그에 상응한 가격조정과 생협 같은 직거래 유통의 활성화를 제시한다. 농협은 농민과 소비자를 잇는 매파 역할을 해야 함은 물론이다. 그러나 내가 아는 농협은 농민을 상대로 돈장사하는 곳이지 농민과 함께 고민하고 발로 뛰는 기관이 아니다. 마비된 도덕을 무기로 농민을 갈취하는 농협 임직원을 두고 우석훈은 《도마 위에 오른 밥상》에서 '마피아'라고 불렀다. 천규석 선생은 쌀을 지키기 위해선 중앙집권을 해제하고 마을 단위로 소규모 영농을 규합하는 정책을 펼칠 것을 주장한다. 그러나 다국적기업 정신으로 쌀농사를 바라보는 시장주의자들이 득세하는 한 시장의 공정경쟁이나 쌀농사의 희망은 타령조로 끝날 것 같은 예감이 든다. 나의 이런 비관적인 시각에도 불구하고 저자는 우리 쌀을 우리 민주주의 주권을 보존하려는 가상한 희망으로 말씀하시는 것이다. 우리 쌀이 왜 소중한지 벅차게 읽을 수 있는 몇 안 되는 쌀 책이다.

4 ─ 인문·사회 편

인문·사회 편에 소개되는 책

촛불의 회계장부 왜 필요한가
어둠은 빛을 이길 수 없습니다 한홍구 지음, 박재동 그림, 김현진 외 글,
한겨레 사진부 사진, 참여사회연구소 외 | 한겨레출판 | 2008년 12월

하찮은 삶은 없다
탐욕의 시대 지글러 지음, 양영란 옮김 | 갈라파고스 | 2008년 12월

음식의 자본, 생태학
도마 위에 오른 밥상 우석훈 지음 | 생각의나무 | 2008년 5월

거대 콘체른의 두 얼굴
나쁜기업 한스 바이스,클라우스 베르너 지음, 손주희 옮김, 이상호 감수 | 프로메테우스 | 2008년 4월

지구환경주의자의 외투를 걸친 미국지상주의자
코드 그린 토머스 L. 프리드만 지음, 이영민 외 옮김, 왕윤종 감수 | 21세기북스(북이십일) | 2008년 12월

나무로 풀어쓴 세상
나무열전 강판권 지음 | 글항아리 | 2007년 6월

1차 세계대전이 남긴 것
1차 세계 대전사 존 키건 지음, 조행복 옮김 | 청어람미디어 | 2009년 3월

다시 묻는 한미 FTA
곱창을 위한 변론 송기호 지음 | 프레시안북 | 2008년 10월

폼생폼사의 철학자 남명과 인간 남명
남명조식 이종묵 외 지음 | 청계(휴먼필드) | 2001년 2월

나귀를 타고 오는 그 분의 정체
신은 위대하지 않다 크리스토퍼 히친스 지음, 김승욱 옮김 | 알마 | 2008년 1월

민주주의를 훔친 미국권력의 폭력사
미국민중사 하워드 진 지음, 유강은 옮김 | 이후 | 2006년 8월

국민으로부터 내몰린 나는 누구인가
디아스포라 기행 서경식 지음, 김혜신 옮김 | 돌베개 | 2006년 1월

삶이 그대를 속인다면 슬퍼하고 분노하라
권력의 병리학 폴 파머 지음, 김주연, 리병도 옮김 | 후마니타스 | 2009년 3월

촛불의 회계장부
왜 필요한가

"촛불은 누구 돈으로 산 거냐?" 2008년 6월 1일 25차 촛불집회가 있던 날 이명박 대통령이 한 말이다. 나는 1백 일간의 촛불집회 어록 중에서 이 말이 가장 기억에 남는다. 촛불 살 돈을 대준 배경을 묻는 대통령의 관망자세가 소통단절의 한국 현실을 보여준다. 국민이, 그것도 1백 일 동안 같은 소리를 반복하며 대화 좀 하자고 졸라도 청와대는 끝내 문을 열지 않았다. 이건 소통의 부재가 아니라 소통두절, 소통단절이다. 소통을 모르는 대통령을 우리 손으로 뽑았으니 더 우울했다. 우울하긴 했지만 그래도 실낱같은 희망은 버리지 않았다. 그런데 어찌된 영문인지 활활 타오르던 1백 일간의 촛불은 거짓말처럼 사라졌다. 어떤 이는 잠시 휴식 중이라고도 하지만 이건 휴식이 아니라 촛불의 소멸이다. 소멸은 망각이다. 뜨거운 촛불을 들던 블로거들은 더 이상 광장으로 나가지 않는다. 그 대신 인터넷에서 가끔 촛불을 추억할 뿐이다. 현장성을 상실한 채 인터넷 안에 갇힌 촛불이 명박산성 안에 갇힌 촛불 같아 나는 답답했다. 이 책의 부제인 '망각에 대한 기억의 투쟁 이 책은 그 작은 시작입니다'는 그런 내 염려와 불안감을 간파하고 있다. 이 책은 1백 일간의 결코 잊어선 안 될 촛불의 기록이다. 기록은 기억을 보존한다. 그러나 촛불은 꺼졌다.

촛불은 왜 꺼졌을까? 내가 보는 몇 가진 관점을 밝히면 다음과 같다. 기대치가 너무 컸다. 아고라의 고등학생 '안단테'가 대통령 탄핵청원투표를 실시하면서 촛불은 본격적으로 발화되었다. 이전의 운동하고는 다른 새로운 발로였다. 십대 운동권의 출현은 충격이었다. 분위기는 충분히 고조되었다. 뭔가 크게 할 수 있을 것처럼 보였다. 온라인에서 오프라인으로 밀실에서 마당으로 개인에서 공동으로 나온 촛불은 세를 확장했다. 그러나 무엇보다 촛불의 의의는 의식의 진화를 경험한 데 있다. 이 책의 190쪽부터 197쪽의 인터뷰인 〈내가 몰랐던, 내게 있던 권리를 깨닫는다〉에서 참가자들은 사회문제, 경제문제에 별 관심 없이 지내다가 강경·폭력진압을 계기로 거리로 나왔다는 말을 한다. 광장에 나오는 동안 자신도 모르게 의식화 학습을 체험한 것이다. 돌이켜보건대 이런 의식화 체험을 통해 촛불의 기대치가 현실 너머로 확장된 것은 아닐까? 나중에 비폭력 혁명 주장까지 나왔으니 말이다.

안타깝지만 민중의 과도한 열기는 본질을 흐리게 만든다. 촛불집회의 경우 특정 인물이나 집단이 주도하지 않은 자발성에도 불구하고 구체적 과녁을 향해 나아가지 못했다. 본래의 촛불은 대통령과의 대화를 원했다. 그러다가 갑자기 촛불문화제까지 나오면서 놀이마당으로 방향을 전환한 것도 이해되지 않는다. 문화제로서의 촛불은 운동의 본래 취지로부터 한참 멀어졌다. 최초의 목표를 상실하기 시작한 시점이다. 미안하지만 촛불은 실패했다. 촛불은 마지막 불꽃이 사위어질 때까지 '최초'를 잊지 말고 광장으로 나오는 대통령을 기다려야 했다. 그럴 힘을 유지해야 했다. 대통령은 쉽게 움직이는 위치가 아니다. 우리나라 국민들은 대통령을 너무 쉽게 보는 것 같다. 대통령은 특권층이다. 이게 현실이다. 자신에게 불리한 입장을 철회하고 국민과의 대화에 응하는 대통령을 광장의 군중은 기대했다. 국민은 순진했다. 어쨌든 국민은 대단했고 착했다고 본다. 이 책의 필진들이 입을 모아 촛불을 거룩한 의식으로 상찬하는 것만 봐도 '광장의 추억'은 잊을 수 없다. 그러나 그뿐이다. 촛불의 대차대조표를 작성하면 실질적인 소득은 없어 보인다.

그 당시 《경향신문》 칼럼에서 이 운동의 외면적 성과로 ①대통령의 사과(6월 19일) ②청와대 비서진 개편(6월 20일) ③세 명의 장관 교체(7월 7일)를 꼽는 것을 읽었다. 그러나 이것은 성과로 보기 어렵다. 관료 몇 명 교체했다고 근본적으로 대통령의 정책방향이 바뀌지는 않았다. 오히려 〈PD수첩〉에 대한 검찰 수사와 사이버모독죄가 강화되는 사태를 낳았다. 정부는 강수를 놓기 시작했다. 촛불운동이 온라인에서 발화되었음을 정확히 꿰뚫고 언론규제야말로 통제의 출발이라는 것을 뒤늦게 안 것이다. 요컨대 나는 촛불의 실질적인 성공은 없다고 본다. 의식화 체험은 1980년대 이후 출생자들에게는 새로운 사건이었지만 도약하진 못했다. 그런 점에서 촛불을 숭고한 의식으로 찬양하기에 급급한 대부분의 필진들 말고 문제점을 질문한 차병직 변호사와 성공회대 이남주 교수의 시선은 흥미롭다.

"촛불집회를 평가하는 전문가들이 애써 외면하고 있는 부분도 바로 책임이다. 촛불집회는 헌법적 저항권의 발동이었는가, 아니면 시민불복종의 행동이었는가. 혹은 그 자체로 모두 정당한 구체적 시민권의 행사였는가. 헌법적 저항권이었다면 목적은 혁명적일 수밖에 없고, 혁명의 성공 여부에 따라 논공행상되거나 처벌받을 것이다. 정당한 시민권의 발동이었다 하더라도 의도하지 않게 타인에 끼친 손해는 배상하고 불가피하게 행한 실정법 위반 부분에 대해선 대가를 받아야 한다. 시민불복종이라고 주장한다면 기꺼이 비폭력 무저항주의자의 자세로 부당한 법의 개폐까지 요구하며 자발적으로 체포되어야 옳다. 이런 원칙적 문제까지 면밀히 검토하여 평가해야, 가슴속에 남겨둔 불씨를 언제든 다시 사용할 수 있다."
(차병직, 〈촛불과 시민권에 대한 성찰〉, 136쪽)

"실제로 이후 촛불항쟁 기간 내내 명박산성 주변에서의 공방전은 시간과 공간을 달리해 계속 이어졌다. 하지만 컨테이너를 확실히 넘어서지도 못하고 또 광장을 새로운 민주적 공간으로 발전시키지도 못하는 이러한 교착상태를 마지막까지 벗어나지 못했다. 새로운 촛불이 켜질 때까지 이 문제에 대한 답을 찾는 것, 그것이 우리에게 과제로 남았다."(이남주, 〈민심〉, 124쪽)

이남주 교수가 지적한 명박산성 이쪽에서의 우유부단함이야말로 2008년 촛불의 실제결과라고 본다. 더 이상 나아가지 못하고 광장 안쪽의 경계 안에 머물고 만 것, 그것이 이 항쟁의 마지막 화면이었다. 촛불의 한계는 분명해 보인다. 과잉 기대치로 모인 새로운 현상 앞에 머뭇거리다가 비폭력도 폭력도 책임도 제대로 평가하지 않고 서둘러 마침표를 찍었다. 이 책에서는 사제단의 출현을 두고 생명평화의 거룩한 승화로 여기면서 촛불은 승리했다는 촛불나르시시즘에 빠지기까지 하는 글도 있다. 사제단의 참여는 그 자체만으로도 대단했지만 그것은 어디까지나 '시위대를 위한 위안' 차원이었다. 촛불운동이 정치적 에너지로 바뀌지 못한 것도 사제단의 평화행진과 무관해 보이지 않는다. 사제단은 그날 6월 10일 저녁 청와대가 아닌 서울역 방향으로 행진했다. 말 그대로 거꾸로 행진이다. 사제단은 시위대를 다독이는 것으로 그치지 말고 촛불의 힘을 청와대로 안내하는 데 앞장섰어야 했다. 그럴 때에만 그들이 말하는 '시국의 등불'이 될 수 있었을 것이다. 나는 사제단의 종교적인 위안이야말로 촛불항쟁의 소화전이었다고 생각한다.

한홍구 교수가 발명한 말, '국민MT' 촛불은 목적의식의 상실과 즉흥적 체험의 한계에 직면해서 흩어졌다. 촛불운동을 계기로 국민은 자발적 공동연대라는 것을 학습했지만 정부는 더 많은 것을 배웠다. 더 강력한 언론통제와 경찰권 강화를 통해 '거짓의 마스터베이션'을 풀가동 중이다. 촛불의 자기도취에 빠진 이 책에서 촛불의 회계장부를 꼼꼼하게 검토해보자는 차병직 변호사의 발언은 유일하게 냉철한 기록이다.

하찮은 삶은 없다

가난과 기아에 관한 한 인간은 할 말이 많다. 왜냐하면 인간의 존엄성은 굶지 않는 데서부터 시작되기 때문이다. 이 책은 그 이야기다. 수미일관 이 책을 지배하는 기조는 분노와 참담함이다. 그러나 이건 처음이 아니다. 한스 바이스와 클라우스 베르너의 《나쁜 기업》이나 제레미 시브룩의 《다른 세상의 아이들》, 마이크 데이비스의 《슬럼, 지구를 뒤덮다》를 읽은 독자라면 충격의 파장이 예상보다 크진 않다. 이런 고발정신으로 무장한 책을 몇 권 읽는 동안 독자는 충격에 단련된다. 그런데 '시장의 진실'은 계속 고발되는데 왜 씨알도 안 먹힐까? 거대한 댐처럼 튼튼한 구조를 지닌 IMF, IBRD, WTO 등은 시장의 절대 후원자다. 이런 국제기관은 개인의 생사여탈권을 쥐고 있을뿐만 아니라 한 국가의 존속을 흔들어놓는다. 간단히 말해서 시장을 지배한 세력이 인간의 삶을 판결하는 것이다. 시장만세!

시장은 거대 자본이 지배한다. 《탐욕의 시대》 저자 지글러는 시장 권력자들을 신흥봉건제후라고 부른다. 이 책에서 신랄하게 비판하는 몬산토나 네슬레 같은 거대 다국적 민간 기업은 초국가적인 권력집단이다. 지글러가 '추악한 부채'라고 부른 르완다의 투치족 1백만 명을 살해하는 데 사용된 무기 공급은 프랑스, 이집트, 벨기에, 중국, 남아프리카공화국의 자본이 댔다. 1천3백 명의 다국적 평화유지군은 방관자였다. 그 결과 르완다는 집단학살의 대가로 10억 달러가 넘는 외채를 지게 되었다. 르완다는 1인당 GDP가 9백 달러(2007년 기준)인, 세계에서 가장 가난한 농부들이 사는 국가다. 이 비참한 국가처럼 아프리카는 내란을 부추기면서 자국 기업의 진출과 이윤을 추구하는 범죄 기업들이 종기고름처럼 방울방울 포진하고 있다.

콩고 내전에는 한국의 삼성도 한 역할을 한다. 삼성은 콩고의 15세 미만 아동에게 단돈 1달러를 지급하며 저렴한 비용으로 탄탈을 제공받는다. 삼성 휴대폰은 콩고의 탄탈광산을 독점할수록 높은 이윤을 확보할 것이다. 아프리카를 절단 낸 기업을 떠올리다가 나는 오래전 김우중 씨의 아프리카 사랑 강연을 들었던 기억이 났다. 지금은 힐튼 호텔 로열 층에서 쫓겨난 김우중 대우그룹 전 총수는 아프리카 북동부 국가 수단을 수단 좋게 요리했다. 고속도로와 댐을 만들어주고 수단의 밀림으로부터 돈으로 환산이 안 되는 원시림과 광물을 가져왔다. 그렇다고 수단 노동자들이 잘살게 되었다는 이야기는 없다. 그는 《세계는 넓고 할 일은 많다》를 통해 세계경영을 설파한 장본인이지만 정작 자신이 일군 기업은 정상적 경영에서 궤도일탈하는 네 기여했다. 김우중은 '하면 된다'는 박정희식 도전정신을 이어받아 아프리카 경제 식민지를 창설했다.

애기가 좀 멀리 나갔는데 솔직히 지글러가 이 책에서 제시하는 통계치는 체감 숫자가 아니다. 하루에 1달러도 안 되는 수입으로 먹고사는 절대빈곤층이 20억이고 가장 부유한 1퍼센트는 가장 가난한 사람 57퍼센트의 수입을 모두 합친 것보다 많다는 식으로는 가난을 각인시키지 못한다. 가난의 현실이 시장의 진실로 연결되기 위해서는 거대 다국적 기업이 내 삶을 어떻게 파고드는지를 세밀하게 증명하는 것이 더 리얼하다. 그러니까 현실적으로 체감할 수 있는 디테일을 독자에게 제시하는 것이 더 효과적이지 않을까 싶다. 지구 전체 생산의 52퍼센트를 차지하는 부의 제국이 무려 5백 개나 되고 이 중 58퍼센트는 미국을 근거지로 두고 있다는 이런 말을 들으면서 절망할 독자는 그리 많아 보이지 않는다. 통계상의 숫자에 독자를 좀더 가깝게 끌어당기려고 지글러는 허수아비 같은 유엔의 실상이나 네슬레의 문어발식 경영을 추가했다. 그러니까 이건 고발 취지를 확대하기 위한 하나의 방법론이다. 구체적으로 지목함으로써 모호한 가학자의 정체를 드러나게 하는 것. 하지만 좀더 적나라한 고발이 필요하다.

가난은 결핍의 문제다. 자본가들도 항상 결핍을 말한다. 그들이 말하는 결핍과 6세 미만 어린이들이 네 명당 한 명꼴로 사망하는 아이티의 결핍은 차원이 다르다. 그들의 결핍은 탐욕을 낳았다. 그런데 가해자의 탐욕론은 종종 운명론으로 대변된다. 헨리 키신저가 말한, 바구니 밑바닥에 처박힌 신세는 언제까지고 바닥으로부터 벗어나지 못한다는 배스킷 케이스basket case는 가난 운명론이다. 이 말은 우리나라 사람들이 아직도 잘 써먹고 있는, 가난은 나라도 구제하지 못한다는 말과 상통한다. 가난을 항변하는 것을 피해의식으로 여기는 사람들은 사회구조적 문제를 개인의 문제로 축소하면서 자신의 탐욕을 채운다. 수전 손택은 의도적인 무관심을 '방치된 폭력'이라고 부른다. 이런 사람들의 죄의식 없는 본성은 네슬레의 농업담당 국장 한스 조가 말한 "시장 정화를 위해서 사라져야 할 사람들이 있다"라는 언표와 닿아있다. 독점 자본가들, 정치 독재자, 그리고 추종자들이 단골로 사용하는 레퍼토리가 있는데 자신들은 탐욕과 관계없고 현재 지구는 식량생산이 부족해서 부의 균등한 분배가 어렵다는 것이다. 그러나 식량의 진실은 따로 있다. 지글러가 제시한, 2006년 유엔식량농업기구가 발표한 보고서에 따르면 현재의 생산력으로 120억 명을 먹여 살릴 수 있다고 한다. 현재 지구는 62억 명이고 그중 절반은 기아와 관련이 깊다. 나머지 잉여생산물의 저장을 나는 계급의 독점으로 불러야 한다고 본다. 탐욕이 독점을 낳고 독점이 가난을 낳는 도표를 그리면서 나는 이 책을 읽었다.

국민의 노동력과 세금납부를 통해 이윤을 창출한 국가는 기본적인 사회안전망을 설치해, 국민의 생존권이 최저 밑바닥으로 떨어지는 것을 붙잡아야 한다. 정말 하찮은 삶은 없다. 공공재산의 무분별한 민영화가 실패할 경우를 대비해서 보호장치를 마련하는 것이 국가의 의무인 것이다. 이런 결론은 사실 웬만하면 다 안다. 말하자면 가난을 해결할 근본적인 방안을 찾아야지 로자 룩셈부르크가 말한 '위협용 주머니 칼' 수준의 규제 갖고는 해법이 나오지 않는다. 역시 충돌이 가장 확실한 답안일까? 지글러는 모두 일어나 무기를 드는 방법만이 인간으로서 자유를 누리게 해준다는 1789년 로베스피에르의 말을 인용하며 책을 맺는다.

음식의 자본,
생태학

고향에 갈 때마다 나는 음식 쓰나미를 체험한다. 가족들과 함께 먹는 외식, 친구가 사준 밥과 후배들과 마주한 저녁식사까지 나에게는 밥상의 홍수다. 촌구석에서 김치와 된장 한 종지를 먹고 사는 나를 위해 베풀어준 성찬이었지만 내겐 충격이다. 기름지고 다양하고 형형색색으로 차려진 밥상을 대하면서 나는 갑자기 구약에서 튀어나온 촌뜨기처럼 당황한다. 그러나 구석기인인 나를 당황하게 만들고 충격을 준 도시의 기름진 밥상 앞에 앉아 아무도 사위어가는 농촌을 떠올리지 않는다. 우석훈은 이 책에서 농촌의 희망이 아직 씨앗의 단계에 머물러있다 해도 절망만은 이르다고 말한다. '내가 사랑하는 사람들이 믿고 먹을 수 있는 밥상은 어디에 있는가? 다시 말해서 내가 사랑하는 가족들, 친구들, 후배들은 출처를 알 수 없는 음식축제에 빠져있다. 그들은 일주일이 지나도 곰팡이가 피지 않는 포장음식을 기술문명의 꽃처럼 여긴다. 혼합성분이 수상한 소스로 버무린 진한 맛의 패밀리 레스토랑과 다양한 메뉴로 분위기를 달구는 프랜차이즈를 즐기는 내 가족과 친구들의 집에는 합성조미료가 상비약처럼 갖춰져있다.

우석훈은 전작인 《아픈 아이들의 세대》부터 줄곧 아토피를 말해왔다. 아토피가 단순히 아이의 호르몬 체계 혼란으로 야기된 피부질환이라는 인식을 아직 떨쳐내지 못한 시점에서 그 책은 신선했다. 아토피의 학명은 '원인을 알 수 없는 병'이다. 화학 건자재와 건축현장의 미세먼지, 음식 속의 합성재료와 생활공간에서 접촉하는 화학성분 등, 모든 것을 의심해야 한다. 복합적이고 복잡한 종합 알레고리를 지닌 아토피는 현대가 낳은 고약한 재앙 중의 하나다. 우석훈은 지속적인 아토피 연구를 통해 《아픈 아이들의 세대》에서 재개발에 혈안이 된 건설정책과 아토피의 연관성에 질문을 제기했고 이 책 《도마 위에 오른 밥상》에서는 음식의 상호관계를 밝힌다.

음식은 사회다. 민족이고 역사며 사상이자 경제학이며 생활이고 철학이다. 그러면 나와 내 가족과 친구들이 탐닉하는 맛은 무엇일까? 맛은 음식 재료로 결정된다. 그러나 현대에 들어와 맛은 더 이상 음식재료만의 문제가 아니다. 맛은 독립해서 별도의 존재가 되었다. 맛없는 음식은 시장에서 도태된다. 그러면 맛없는 음식은 나쁜 음식이고 맛있는 음식은 좋은 음식일까? 맛이 원재료를 벗어난 다른 맛으로 재가공 되는 과정에서 사람들은 맛있는 음식을 재료의 문제가 아닌 가공의 문제로 인식하게 되었다. 대량생산과 대량소비로 이어지는 사회 시스템은 맛을 다시 만들었다. 맛에 대한 과도한 탐닉이 개인과 자연에 동시에 문제를 일으키고 있지만 문화로서의 음식은 평가받을지언정 사회문제로서의 맛은 요원해 보인다. 그렇지 않다면 검증이 되었는지 미심쩍은, 인공조미료 범벅의 패스트푸드가 여전히 성업 중일 리 없다.

우석훈의 표현대로 아이들은 사회가 키운다. 엄마가 아이에게 먹이는 음식은 엄마가 만든 것이 아니라 사회적 결과물이다. 가령, 내 아이를 키 큰 아이로 만들려는 엄마의 소망은 몸의 칼슘을 통째로 녹이는 우유를 매일 아이 입에 부어 넣는다. 키는 커지겠지만 칼슘을 섭취하기 위해 먹는 우유가 몸속의 칼슘을 파괴한다는 점이 난센스다. 엄마는 반찬투정 부리는 아이를 소시지나 햄으로 달랜다. 햄과 소시지에는 치명적인 발암물질로 알려진 아질산나트륨이 매복하고 있다. 맛은 좋다. 아토피의 최대 원인으로 밝혀진 글루탐산나트륨(MSG)은 라면 스프 두 개 분량이면 위험수위다. 편부모가정이나 맞벌이가정이 증가할수록 아이들은 질병에 걸릴 확률이 높아진다. 엄마를 기다리며 배고픈 아이들은 라면과 햄과 방부제로 떡칠을 한 빵과 과자를 먹는 것이다. 엄마가 아이를 떼어놓고 돈을 벌러 나가야 하는 상황에서 슬로푸드 밥상차림은 쉬운 일이 아니다. 심지어 유기농 이름을 달고 나온 하이엔드 상품조차 기업의 돈벌이 사업이라면 바쁜 엄마들은 절망할 것이다. 아이에게 맛있고 좋은 음식을 먹이려는 엄마의 마음을 상술은 꿰차고 있다. 이 '유기농 과장 상품'이야말로 모성애를 공략하는 기업의 마케팅 전략이 적중하는 틈새다. 맛은 사회적이다. 정부와 기업(자본)의 유착관계는 꽤 유구한 역사를 함께 해왔음을 상기해보면 맛은 사회적이며 정치적이다.

이 책에선 맛이 원재료를 벗어나 재가공되면서 파생되는 사회적 문제를 정리해준다. 밥상의 진실에 뜻을 둔 독자라면 문고판의 이 작은 책 한 권에 한국 농촌의 현실과 국제 농업무역까지 긴밀한 연결관계를 파악할 것이다. 우석훈이 자신의 특기를 가장 잘 발휘해서 쓴 한국 농촌문제는 맛의 본질을 묻는 문제다. 맛의 본질은 재료라고 생각하는 저자는 맛의 문제를 농촌의 문제로 연결한다.

이 책의 한 챕터에서 농협을 신랄하게 두들기는 우석훈은 농촌의 백업이야말로 건강한 재료와 맛의 해법으로 보고 있다. 정권이 교체될 때마다 농촌정책도 바뀌었다. 그러나 한국 농촌의 현실은 자본도 빽도 없는 소작농이 45퍼센트를 지키고 있으며 부동산 투기와 노령화의 이중타격을 맞아 부재지주 역시 상승 중이다. 농토를 소유하고 직접 농사를 짓는다는 증명서인 농지원부대장의 절반 이상이 부재지주 토지다. 스무 살 갓 넘은 도시 청년이 연고가 없는 시골의 땅 몇만평을 사들여 주말농장으로 농사를 짓겠다고 만든 것이 농지원부대장이다. 부재지주의 농지원부대장은 정부가 마련해준 합법적인 부동산 투기다. 그러면서 그 부재지주들이 쌀소득보전직불금은 다 타갔다. 돈이 샌다. 이런 상황에서 농촌의 백업은 요원해 보인다. 더구나 재개발지역으로 지정되게 하여 한몫 잡겠다는 지방토호들과 농협 임직원들의 담합을 볼 때 농협의 해체 외에는 답이 안 보인다. 농민은 망해도 농협은 건재하다. 농민의 몰락은 농촌의 몰락이며 '건강한 밥상' 공급처의 단절이다. 이 말은 곧 석유를 잔뜩 태워 만든 공장음식을 먹어야 한다는 의미다. 미국처럼!

엘리트 경제학자들은 대개 농촌경제를 외면한다. 도시경제에 편중하다 보니 농촌경제의 자장을 축소했기 때문인데 진보적 사회주의 경제학자라고 평가받는 김수행 교수도 일전의 인터뷰에서 자신은 농촌경제를 잘 모른다고 고백했다. 농촌은 정부에게, 엘리트 지식인 집단에게, 그리고 도시의 내 가족과 친구들에게 외면당했다. 지식인의 죽음이 앞당겨질수록 희망적인 미래를 가져올 것 같다고 생각할 즈음 우석훈이 등장했다. 그는 구석진 곳을 응시함으로써 밥상의 중요성을 지속적으로 외치는 몇 안 되는 소중한 생태인문학자다. 국가가 음식재료의 안전한 공급체계를 확보해주어야 하며 맛의 본질은 재료의 건강성에서 기인한다고 강조한 이 책에서 가장 멋진 말은 농협 임원들을 '마피아'라고 부른 것과 기업의 이윤창출이 국가 성장이며 국민의 행복이라고 호도하는 정부를 향해 '천박한 철학을 지닌 한국 정부'라고 부른 대목이다.

문고판으로 재출간된 이 책은 2005년에 《음식국부론》으로 나온 책이다. 애덤 스미스의 《국부론》을 차용한 제목에서 유추할 수 있듯이 음식이 경제, 사회, 정치, 농업, 철학, 사상과 맞물려 있음을 주장했다. 책 말미에 전국 생협 연락망 주소가 첨부되었다.

거대 콘체른의
두 얼굴

　로이 리히텐슈타인이라는 미국 팝아트 작가가 있다. 삼성 비자금 문제가 터지지 않았다면 매끄럽게 발음하기 어려운 로이 리히텐슈타인을 두고 나는 웬 듣보잡이냐고 할뻔했다. 삼성 덕분에 그의 작품 〈행복한 눈물〉도 구경하게 되었으니 듣보잡 소리는 취소다. 이건희 회장 부인 홍라희 씨가 90억 원이 넘는 비자금으로 구입한 그림값의 출처를 생각하면 예술은 다 뻥이고 돈은 진실이라는 말이 떠오른다. 때마침 나는 이 책을 읽고 유명 브랜드의 빛과 그림자는 경제 권력을 쥔 거대 콘체른의 착취와 미소로 얼룩진 행복한 눈물이라는 생각이 들었다.

한때 나도 '삼성가족'이었다. 그때는 잘 몰랐는데 지금 돌이켜보니까 '가족'이 무섭다. 가족의 사슬로 묶은 의미를 깨닫기까지 많은 시간이 흘렀지만 여전히 삼성은 가족관계를 해체하지 않는 분위기다. 삼성은 삼성가족의 노동력으로 이 책 부록에 실린 '기업들의 실상' 편에 당당하게 한국 기업으로 올라있다. 멕시코의 삼성 텔레비전 공장에서는 결혼한 여성을 채용하지 않는 기본원칙이 아직 유효하다. 심지어 여직원들은 하체검사의 수모를 감당하며 불법적인 임신테스트까지 받는다. 내가 삼성가족의 일원이었던 시절에도 회사 내에서 여직원은 결혼과 동시에 퇴직했다. 이건 성차별이며 노동법 위반이다. 그러나 무노조, 무파업의 신화를 유지한 삼성은 강건했다.

삼성을 지켜준 것은 돈과 정치권력과 언론과 그리고 '그건 나와 전혀 상관없는 문제'라는 착한 소비자들이다. 2007년을 화려하게 장식했던 김용철 변호사의 삼성 박치기가 성공할 것으로 본 사람은 별로 없다. 고발의 용기에 의미를 둘 뿐이지 삼성이 항복의 깃발을 들고 변화할 것이라는 기대는 김용철 변호사 자신도 안 했다. 지금은 부천에서 작은 빵집을 하며 생계를 꾸려가는 그는 2009년 6월에 《한겨레》와 가진 인터뷰에서 "한판의 화려한 쇼였다. 그 이상 기대 안 했어요"라고 단답형으로 삼성사건을 결론짓는다.

한성대 김상조 교수는 《우리는 부패의 사명을 띠고 이 땅에 태어났다》에서 개혁을 도미노 게임에 비유하며 큰 도미노가 작은 도미노를 쓰러뜨려야 개혁의 물꼬가 트인다고 주장한다. 거대한 성벽에 계란을 던져봤자 성벽에 계란자국만 남길 뿐 성문을 열지는 못한다. 나는 삼성제품 불매운동 같은 소극적인 시민운동에 별 의미를 못 붙인다. 삼성 본관건물 앞에서 불매운동을 하는 사람들이 삼성이 만든 노트북과 휴대폰과 자동차를 거부한다고 해서 삼성이 큰 타격을 입지는 않는다. 그들이 다른 회사 제품을 사용한다고 해도 삼성의 유통을 거치거나 삼성 부속품으로 만들어진 것이라면 불매운동은 사실상 효력이 없다. 김성조 교수가 지적한 '큰 도미노'란 언론을 지칭한 것이다. 펜의 힘이야말로 전지전능하다. 삼성은 그것을 잘 알고 있고 언론을 선점했다. 소비자 시민운동이 삼성의 개혁을 유도하겠다는 취지는 동감하지만 삼성이 점령한 언론을 통해 개혁의 빌미를 만드는 일도 고민해야 할 것이다. 딱 꼬집어 말하기 어렵지만 성벽과 대치하기보다는 언론을 향해 계란을 던지는 일이 현실적일 것 같다. 삼성을 나쁜 기업이라고 생각한다면 삼성에게 초법적인 권력을 만들어준 배경과 함께 삼성개혁에서 어디를 조준해야 효과가 있을지도 동시에 논의해볼 필요가 있다.

하지만 세계의 악덕기업 고발 리스트로 엮은 이 책에서 가장 중요한 것은 그럼에도 불구하고 노동자 착취는 줄어들지 않고 있다는 것이다. 18세기에는 남반구의 자원이 북반구로 이동했지만 20세기의 다자간 투자협정은 신식민지의 노예시장을 한층 더 세분화한다. 학교에 가는 대신에 양탄자를 짜거나 나이키 축구공을 바느질하는 파키스탄 어린이들은 하루 열다섯 시간씩 일한다. 미얀마의 어린이들은 숙식제공을 대가로 거의 무일푼의 임금으로 천연가스관 건설현장에 투입된다. 이들은 국가에서 허가받은 노예들이다. 미국의 유노칼, 프랑스의 토탈, 그리고 한국가스공사도 이 노예제도에 참가한다. 피와 눈물의 다이아몬드와 달콤한 초콜릿의 주 소비지역은 북반구다. 북반구의 즐거움을 만족시켜주기 위해 서아프리카 상아해안에서 여덟 살짜리 어린이들이 단돈 30유로에 코코아 노동자로 팔려간다. 빚때문에 또는 생계유지를 위해 중노동자로 전락한 어린이들 숫자가 감소하고 있다는 소식은 없다.

그런데 이 책을 읽고 심히 화가 나서 인터넷 홈페이지에 서평을 올렸더니 '그렇다고 달라지는 게 있겠느냐'는 댓글이 달렸다. 맞는 말이다. 달라지는 건 없다고 나도 동의한다. 하지만 달라지는 것이 없으니까 계속 나쁜 기업의 부당한 노동착취를 당연하게 여겨야 하는 것이냐고 나는 반문했다. "스타벅스나 이케아도 기부 같은 것 많이 해요!" 앞에서 내 글에 항변한 독자가 다시 달아준 댓글이다. 그 말도 맞다. 인도네시아에 지사를 둔 스웨덴 가구업체 이케아는 14세 미만의 어린이 노동을 수용하면서 한편으로는 유니세프에 지속적으로 재정 협력을 한다. 스타벅스는 수익금의 일부를 팔레스타인 어린이를 쓰러뜨리는 이스라엘 폭탄 값으로 보내고 한편으로는 미국 빈민가의 공립학교를 지원한다. 콩고의 탄탈광산에서 15세 미만의 어린이들에게 하루 1달러의 임금을 주는 삼성은 휴대폰 사업으로 번 수익금을 저소득층 탁아소 운영에 기부한다. 유니세프에 지속적인 기부를 하고 숲 가꾸기 비용을 부담하고 저소득층 자녀 장학금 재단을 만드는 기업정신은 훌륭하다. 거의 완벽한 톨레랑스로 보인다. 설마.

나이키와 아디다스, 스타벅스와 델몬트, 네슬레와 코카콜라, 맥도날드와 디즈니랜드, 미쓰비시, 셸, 크라이슬러, 이랜드와 삼성은 말한다. "우리도 사회복지에 기여하고 있습니다." '가난한 나라에서의 일자리 창출'은 거대 콘체른의 단골 레퍼토리다. 이 표어 아래 아시아, 아프리카, 라틴아메리카의 노동자들은 합법적으로 착취당한다. 착한 소비자들에 의해서 악덕기업은 더 한층 번성하고 기업은 국가 전체를 매수해서 범죄 카르텔을 양산하는 일을 멈추지 않을 것이다. 그러나 무엇보다 나쁜 기업이 위험한 것은 인간의 존엄성을 자본으로 말살한다는 데 있다. 한 국가의 정치를 훼방 놓고 내전을 부채질하면서 북반구의 기업이 얻는 것은 자본이다. 이들의 자본권력은 종족 말살을 부추기며 에이즈를 확산시킨다. 이 책에서 고발한 나쁜 기업의 대부분이 독일 기업이지만 북반구의 거대 콘체른 대개가 그 핏물을 공동으로 마시면서 성장한다는 사실을 우리는 주목해야 한다.

지구환경주의자의 외투를 걸친
미국지상주의자

석유, 석탄, 천연가스 등 코드 레드에서 신재생에너지로 대표되는 코드 그린으로의 전환이야말로 위기의 지구를 구한다는 것이 이 책의 논지다. 저자 프리드먼이 말하는 위기의 지구 3단 콤비네이션이란 뜨겁고(지구온난화), 평평하고(정보통신 확대), 붐벼서(인구증가) 폭발우려에 처한 솥단지다. 에너지를 주역으로 삼고 기후, 군사와 정치, 경제와 환경을 통섭한 프리드먼의 주장에서 반복되는 어구는 '미국의 주도하에'다. 1부 첫머리부터 전 세계에서 가장 강력하고 영향력 있는 국가로서의 위상을 유지하기 위한 미국의 역할 강조에 '그린'을 대입하고 있다. 요약하자면 프리드먼의 '그린'은 미국의 절대적 우월성에 기인한 것이며 선구자 미국이 지구를 구해야 한다는 특별한 사명감을 말한다. 말이야 바른 말이지 지구환경 절반가량의 오염문제와 이슬람 무장세력 테러의 원인은 미국이다. 미국이 원인 제공자로서 책임을 회피하기 전에 지금부터라도 그린으로 개과천선해야 한다는 프리드먼의 말은 전적으로 옳다. 그러나 그가 주장하는 코드 그린의 결론은 미국 패권주의로 지향점을 잡고 있다.

자연보호에는 찬성하지만 생활 속에서 완벽하게 실천하지 못하는 나는(대개의 사람들은 입으로만 환경운동을 한다) 프리드먼이 말하는 코드 그린의 해법인 '화석연료와 굿바이하고 친환경에너지 정책과 미국식 석유중심 소비패턴을 교정해서 지구를 지키자!'에 전적으로 동의한다. 석유중독증에 걸린 미국은 전 세계에 미국식 생활방식을 퍼뜨렸다. 공장에서 석유를 태워 생산한 인스턴트식품과 매연 배출량이 높은 지프차 SUV도 미국의 작품이다. 대량생산을 미덕으로 여긴 미국 산업정책에서 석유 사업자들은 부자가 되었다. 석유는 미국뿐만 아니라 전 지구적으로 전지전능한 동력이 된 것이다. 프리드먼의 코드 그린은 이것까지 모두 아우르고 미국의 문제점을 진한 칼라펜으로 그려 넣었다. 에너지 수요가 극대화되는 대규모 주택건축, 도시의 무계획적인 확산은 미국만의 문제가 아니다. 거대도시화 사업에 박차를 가하고 있는 한국 역시 이 고민으로부터 자유롭지 못하다.

2008년 현재, 인구 1백만 명 이상 도시가 지구 위에 3백 개가 넘는다. 인류의 절반 이상이 도시에 거주한다. 거대한 파이프 관(빨대)을 연상시키는 도시공학은 폭발위험을 감지하고 주변부로 영역을 확장 중이다. 전 국토의 '신도시화'가 진행 중인 한국을 연상하면 이해하기 쉽다. 거대 도시의 탄생은 경지손실, 삼림남벌, 어류남획과 물 부족, 대기 및 수질오염 심화를 유발하면서 생태자립도를 완전히 떨어뜨린다. 이와 더불어 거대도시는 에너지 고갈의 주범이며 그로 인해 지구환경에 대단히 큰 충격을 준다는 데 위험성이 있다. 내가 툭하면 빈정대는 빨아먹는 지구 이야기가 영화 〈데어 윌 비 블러드There Will Be Blood〉(빨아먹는 '피', 지구생태를 싹쓸이 흡혈하는 인간)의 한 대목으로 이 책에 인용되어있다(464쪽).

플레인뷰 : 그 땅에서는 이미 다 퍼냈어. 수고스럽게 자네가 뭘 해줄
　　　　　건 없지. 이미 끝난 거야. 이미 다 퍼냈어. 자넨 아무것도
　　　　　없네.
엘리 선데이 : 만일 이 임대 제안을 받아들이면, 플레인뷰…….
플레인뷰 : 다 뽑아냈어! 다 뽑아냈다고. 이봐, 엘리. 완전 바닥났어.
　　　　　유감이네. 여기 자네 밀크셰이크가 있어. 나도 밀크셰이
　　　　　크가 있고…… 난 빨대가 있네. 바로 그거야, 그건 빨대
　　　　　야. 알겠어? 보고 있지? 내 빨대가 공간을 쭈~욱 건너서
　　　　　자네 밀크셰이크를 빨아들이기 시작하지. 내가…… 마시
　　　　　고 있네……. 자네 밀크셰이크를 말이야. (쪽 소리 내고는)
　　　　　내가 다 마셨네!

　이 흡혈의 끔찍한 최후 지점에 이르기 전 노아의 방주를 준비하자는 것이 프리드먼의 결론이다. 방주의 선장은 미국이 맡는다. 미국은 지구환경 피폐의 절대적 책임자로서 그 책무를 다하기 위해 지구의 수장首長을 맡는다. 오일달러의 무궁한 제공 때문에 9·11 테러가 발생했다고 믿는 프리드먼의 입장에서는 이슬람의 석유독재자들을 겨냥하지 않을 수 없다. 돈 주고 당하기까지 했으니 미국의 입장에서 석유를 가진 이슬람이 곱게 보일 리 없겠지만 반대로 오일달러의 제

공자들이 그 통로에서 얻은 반사적 이익은 펜타곤을 세계최고의 강력한 군사집단으로 만들었다. 그 반대의 음영 아래 진실을 묵과한 상태에서 프리드먼의 《코드 그린》은 반미의 이슬람을 테러집단으로 매도하고 있다. 그러면 선장에게 반항하는 이슬람은 방주 안에 승선할 수 없는가? 미국의 새로운 위협자이면서 미국을 압도하는 에너지 과다 소비국인 중국은? 에너지산업에서 과도한 수입을 얻게 되면 민주화는 사라진다. 금권을 얻은 정부는 맨 처음 자국의 국민을 통제하고 점차 영역을 바깥으로 확장하는 것이 제국의 탄생 공식이다. 중동의 석유국가들, 이라크나 이란, 사우디아라비아에서 일부 지도층을 제외하고는 자유가 보장되지 않고 있는 것만 봐도 프리드먼의 석유독재 논지는 환경문제로 노심초사하는 환경순결주의자들이 충분히 공감할만하다. 뿐만 아니라 석유는 여성인권과 지구환경에 부정적이다. 이런 모든 것, 민주화와 인권보장, 테러 종식과 지구환경 보존을 위해 신재생에너지 등을 활용하고, 무분별한 도시 확장을 멈추고, 무엇보다 화석연료를 지옥에서 더 이상 캐내지 말자는 프리드먼 만세!

그런데 지구환경 보호를 위해서 미국이 착한 '뽄새'를 보이자는 저자는 "이라크에 민주주의를 가져다주기 위한 부시 행정부에 지지한다"(159쪽)라고 말한다. 부시가 이라크 정권에 개입한 것은 석유를 장악하려는 술수였지 이라크 국민에게 민주주의를 선물하려는 의도가 아니었다. 그렇지 않다면 후세인 정권 시절보다 더 많은 이라크 국민이 미군 주둔으로 인해 죽은 사실은 어떻게 설명할 수 있을까? 후세인의 독재가 끝난 것은 확실하지만 미군의 살상은 끝나지 않았다. 부시는 석유민주주의가 가능하다고 여길지 모르겠지만 석유가 독점되고 자원의 무기화를 이끄는 한 석유는 민주주의를 달성할 수 없다. 일부 독자들은 이 책을 읽고 프리드먼을 환경박애주의자로 만들어놓았는데, 그가 환경박애주의자일지는 모르지만 동시에 미국 패권주의자임을 알아차릴 때만 그가 말한 '석유 이데올로기'의 진면 목을 이해했다고 볼 수 있다. 세상에는 지구가 감당하기 벅찬 '미국 인'들(미국식 에너지 절대 의존 소비방식)이 너무 많은 것이 문제(116쪽)라고 지적한 저자가 미국 방식으로 운영되는 바레인의 미국 학교 를(소프트볼 게임과 미군 부인들의 화훼전시회, 축구게임 등) 지상의 완 벽한 학교처럼 포장하는 대목(28쪽)은 프리드먼의 미국 우월의식을 반영한 것이다.

나는 이 책에서 환경위기와 인간존엄성 위기에 봉착한 지구수호 방안으로 코드 그린을 지구의 새로운 소프트웨어로 설정해놓자는 취 지는 동감한다. 그러나 9·11 이후 무너지고 있는 미국 패권의 재기 를 위한 전략으로서의 《코드 그린》은 재난영화 〈아마겟돈〉이나 〈인 디펜던스 데이〉를 연상시킨다. 프리드먼은 이 책에서 미국 오피니언 그룹의 실책을 실컷 비판하면서도 정작 그 해법의 칼을 미국에 쥐어 줌으로써 지구환경주의자의 외투를 걸친 미국지상주의자가 되었다.

나무로 풀어쓴
세상

　동양의 건축물은 목조다. 돌로 쌓은 사원도 있지만 사람이 의식주를 해결하는 공간은 나무로 지었다. "동양의 집은 나무를 이해할 때만이 그 특징을 해석할 수 있습니다."(342쪽) 집은 사람이 사는 공간이다. 태어나고 살다가 죽는 공간으로서의 집은 더위와 추위와 바깥 세상의 위험으로부터 사람을 보호한다. 시멘트 공법이 나오기 전에는 나무와 흙으로 집을 만들었다. 건축자재가 다양하지 못한 이유도 있었겠지만 동양에서의 목조 건축물은 서양의 석조 건축물과는 집의 의미가 다르다. 나무는 사람을 보호하고 마을을 지켰다. 사람들은 마을마다 당산각을 지어 수호신에게 감사의 제를 드렸다. 그뿐 아니라

나무는 철학의 장소였다. 공자의 인仁과 노자의 도道 역시 나무를 근원으로 비유한다. 공자가 제자들을 가르친 곳은 살구나무 그늘 아래다. 그곳을 살구나무 '행'자를 써서 행단杏壇이라고 부른다. 장자莊子의 철학은 옻나무 동산에서 나왔다고 해서 칠원학漆園學으로 불린다. 칠원학의 칠漆은 '옻나무 칠'로 장자가 옻나무 동산의 관리인을 맡은 데서 유래한다. 옻나무를 보면서 장자가 구한 학문은 무위無爲다. 어떤 것도 흡수할 수 있고, 어떤 것에도 집착하지 않는 욕구와 배출의 균형이 둥근 고리로 연결된 무위는 자유로움이다. 장자는 옻나무 수액이 자유롭게 변화하는 화학적 반응을 보고 무위자연無爲自然을 깨우친 것일까.

나무는 무궁무진한 사연과 그보다 더 많은 역할을 맡는다. 그렇다면 나무가 칠원학 말고도 다른 대형사건을 쳤단 말인가. 쳤다. 여름날 그늘에 쉼터를 만들어주는 덩굴식물 등나무는 아까시꽃처럼 꿀이 풍부해서 벌이 좋아한다. 옛날에는 등꽃으로 술도 담가 먹고 떡도 만들었다. 등나무가 갑옷이 되어 전쟁에 동원된 이야기는 재미있다. 삼국지에서 오과국의 왕 올돌골로부터 3만 명의 등갑군藤甲軍을 지원받은 맹획이(칠종칠금의 그 맹획) 제갈량을 치러 가는 도중 복숭아 꽃잎이 뒤덮인 강을 만난다. 이것을 보고 흥분해서 강물에 뛰어든 군대 때문에 맹획의 군대는 싸워보지도 못하고 패했다. 등갑군은 등나무 갑옷을 입은 군대를 말한다. 등나무 줄기로 엮어 만든 갑옷은 가볍고 방수효과도 뛰어날 뿐만 아니라 질겨서 화살도 뚫지 못했다고 한다. 이런 막강한 갑옷을 입은 군대가 복사나무의 색기色氣 앞에 무너지는 것을 본 맹획의 심정이 어떠했을지 짐작이 간다.

그러나 복사나무에 얽힌 그 많은 스테디셀러 설화를 만든 장본인이 대부분 남자라는 사실은 흥미롭다. 남자들의 판타지인 의리의 상징 도원결의桃園結義도 복숭아나무 아래서 맺어졌다. 남자들의 복숭아나무 몽상은 아름다운 기생 홍도紅桃를 곁에 두고 도화주桃花酒를 마시면서 도색잡지桃色雜誌에 취하는 '쓰리쿠션'이 아닐까 싶은데 복숭아나무가 남자에게만 흥분제는 아니다. 옛날에는 딸의 처소 앞에 복숭아나무를 심지 못하게 한 엄격한 아버지도 있었다. 과년한 딸이 나른한 어느 봄날 복숭아꽃에 취해 종놈하고 단봇짐을 쌀까 봐 아버지는 노심초사했다. 복사꽃의 에로티시즘, 페티시즘은 복숭아 열매가 여자의 생식기를 닮았다는 설에서 비롯된다. 여자의 신체와 유사하다는 이유로 도색에 동원된 복숭아는 사실 신선의 나무다. 차茶나무처럼 고상한 분위기를 좋아하는 신선도 있었지만 신선의 손에 들린 과일은 예외 없이 복숭아다. 민화나 탱화 속의 신선은 한 손에 복숭아를 든 채 황소를 타고 서쪽으로 간다. 그곳이 서방정토西方淨土인지 아니면 도화주와 홍도가 기다리는 무릉도원武陵桃源인지는 알 수 없지만 신선은 복숭아를 좋아한다. 선목仙木으로 불리는 복숭아나무 열매를 세 번이나 훔쳐 먹은 삼천갑자 동방삭은 18만 년이나 살았다. 동방삭의 구라 대신에 요즘엔 복숭아 열매가 매실로 둔갑했다. 풋복숭아는 청매실과 구분하기 쉽지 않으므로 청매실이라고 속여서 판다.

복숭아나무가 지극히 세속적 정서라면 매화나무는 고고한 풍류다. 예로부터 매화를 선비 꽃으로 높게 치고 도화는 통속화로 치부하는 바람에 매화는 관능미를 박탈당했다. 하긴 아직 겨울눈이 채 녹지 않은 한기에 저 홀로 꽃을 피우는 완고함에서 색기를 기대할 수는 없다. 이 책에 소개된 매화 일화는 복숭아꽃만큼이나 다양해서 옮겨본다.

일지매一枝梅, 매실梅實, 매실이 익을 무렵의 장마 매우梅雨, 누런 매실 황매黃梅, 장마철에 내리는 비 황매우黃梅雨, 매실주梅實酒, 갈증을 멈추는 매림지갈梅林止渴, 일찍 핀 조매早梅, 겨울에 핀 동매冬梅, 눈 속에 핀 설중매雪中梅, 매화 핀 소식 매신梅信, 매화를 보는 음력 2월 매견월梅見月, 매화 향기梅香, 김홍도가 그림 값 2천 냥을 주고 산 매화음梅花飮, 풍류를 즐기는 삶 매처학자梅妻鶴子, 매화정신 매혼梅魂, 수선화 형님 매형梅兄, 성병 매독梅毒, 매화 핀 경치를 찾아 구경하는 탐매探梅, 매화무늬를 넣은 사기그릇 매화빙렬梅花氷裂.(82~95쪽)

한자를 재미있게 섞은 이 책은 풍부한 일화와 도판으로 꼼꼼하게 편집했다. 나는 가끔 책읽기를 통해 무엇을 얻고 있는가를 반문해보는데 지식 아닌 지혜를 추구한다지만 종국에는 지식이다. 나무의 지식을 통해 나무가 새롭게 보인다면 자연에 대한 인간의 문명 역시 다르게 보일 것이다. 뜬금없는 생각이지만 나는 이 책을 다 읽은 다음 조지 오웰의 《동물농장》이 떠올랐다. 그 책의 마지막 장면에 나폴레옹 새끼돼지들의 얼굴이 변하면서 에필로그 같은 독백이 나온다. "누가 돼지고 누가 인간인지, 어느 것이 어느 것인지 이미 분간할 수 없었다." 너도나도 돈 버느라 바쁜 시대다. 뜰에 매화나무를 심고 매화꽃이 필 때 벗을 불러 술도 마시고 시도 짓는 풍경은 김홍도나 신윤복, 박지원이나 이덕무의 고첩에서 볼 수 있다. 고향을 지키던 느티나무도 느릅나무도 버드나무도 식물도감에서나 찾을 수 있는 팍팍한 풍경 속에서 우리는 '상상력의 고향'을 잃었다.

1차 세계대전이
남긴 것

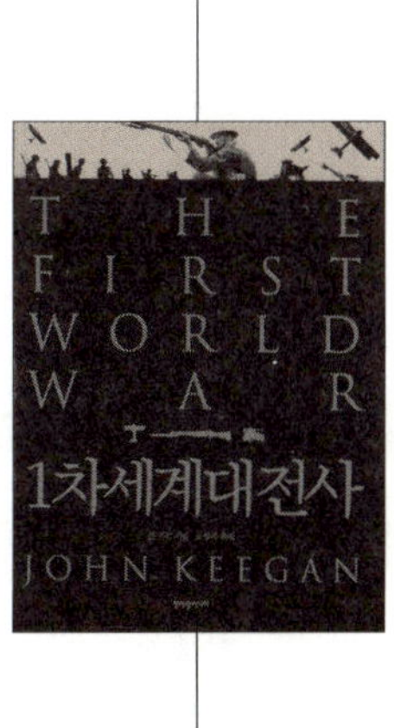

전쟁범 빌헬름 2세가 네덜란드의 하위스 도른 별장에서 1918년 11월 28일 퇴위문서에 서명할 때까지 제1차세계대전은 지속되었다. 오스트리아-헝가리의 왕위 계승자 프란츠 페르디난트 부부가 사라예보에서 암살당한 사건이 유럽을 초토화시킬 수 있었던 이유는 무엇일까? 이 사건의 원래 장본인들인 오스트리아 합스부르크 왕조와 세르비아 민족 간의 오랜 감정은 당사자들의 외교적 엄포나 국지전으로 그칠 수 있던 문제였다. 그런데 때마침 유럽 국가는 저마다 감정이 안 좋은 상태였다. 특히 독일은 산업발달과 지성의 부흥에도 불구하고 적들에게 둘러싸여 있었는데 팽창된 독일 내부의 국토 확장 욕구에 세르비아 암살단이 성냥불을 그어주었다. 정리하자면 세르비아는 오스만튀르크와의 전쟁에서 1389년 6월 28일 패했다. 세르비아 측에서 페르디난트 부부를 암살했던 날짜도 6월 28일이었다는 사실이 흥미롭다. 세르비아는 오스만튀르크에 5백 년 동안 지배를 받다가 1813년 독립을 쟁취하고 1912년에서 1913년 발칸 전쟁에서 세르비아의 명예와 일부 영토를 획득했다. 그러나 소수민족 세르비아 왕국은 오스트리아 합스부르크 왕조가 오스만튀르크에 이어 세르비아 민족을 압제한다는 인식을 가지고 있었다.

오스트리아의 믿음직한 지원국 독일은 세르비아가 만들어준 전쟁의 기회를 놓치지 않았다. 내부적으로는 산업발달이 경제를 살찌웠고 문화적으로도 자긍심이 충만했다. 전쟁준비를 충분히 갖춘 독일은 오스트리아를 지원한다는 명분을 앞세워 제국의 야욕을 드러냈다. 독일이 오스트리아와 세르비아 문제에 적극적으로 개입하게 된 원인에는 세르비아의 배경인 러시아도 있었다는 것을 눈여겨봐야 한다. 러시아는 따듯한 흑해연안이 탐났고 독일 역시 흑해를 통과하며 주변국을 섭렵하고 싶었다. 프랑스와 영국은 식민지 본국의 입장으로서 똑같은 계산을 했다. '군사적 우위를 선점함으로써 경쟁의 우승자가 되려는' 전쟁, 그것은 처음에는 작은 불씨로 출발한다.

유럽은 해외 식민지 건설과 산업발달로 철도망을 건설하고 군비경쟁까지 나아갔다. 국가는 국민이 지닌 '제국의 허영심'을 부추기며 전쟁터로 나가 영광을 누리자고 선동했다. 그런데 그것은 엉성한 외출이었다. 프랑스 출정군은 라마르세예즈를 불렀고, 상트페테르부르크에서는 발코니에 나타난 차르와 함께 러시아 국가를 불렀다. 군인들은 군복 윗주머니에 꽃을 꽂고 상기된 얼굴로 웃으며 열차에 오르거나 말을 탔다. 휴가를 떠나는 것처럼 들떴던 남자들은 전쟁터로부터 한 장의 전사통지서가 되어 돌아왔다. 한 대륙의 문명과 문화가 잔혹한 어둠 속으로 사라진 제1차세계대전을 이 책의 저자 존 키건은 '보병의 전쟁'으로 기술하고 있다. 다큐멘터리 흑백필름에서 보는 진흙구덩이 참호, 피로에 지친 말과 수레, 요란한 굉음을 내는 육중한 대포와 무겁지만 툭하면 먹통인 무전기가 제1차세계대전의 이미지다. 소풍 가듯 기차를 탔던 남자들이 그 구덩이 중간중간에 쓰러져있거나 무표정하게 앉아있다.

제1차세계대전은 세르비아와 오스트리아 양 국가의 문제로 출발했지만 희생은 컸다. 전쟁의 막바지인 1916년 7월부터 11월까지 최고의 희생자를 냈던 솜 강 전투에서 독일군은 60만 명의 사상자를 냈고 연합군도 60만 명의 사상자를 냈다. 1915년에는 발칸반도와 흑해를 의식한 터키의 참전으로 갈리폴리 전투에서 터키군 30만 명 전사에 연합군은 26만 5천 명이 전사했다. 이런 사망수치만 놓고 봐도 동맹국이나 연합국이나 승리의 의미를 부여하기 어렵다. 장기판에서 졸卒 잡아먹느라 시간을 허비하는 형국 같았던 제1차세계대전은 '보병 전쟁'이자 '땅 파는 전쟁'이었다.

전쟁 초기였던 1914년은 '말의 전쟁'이기도 했다.

"질주하다 넘어지는 말들, 방치된 대포 4문, 주변에 흩어진 소수의 포차들, 수직으로 세워진 채 지평선에 누워있는 포, 도처에 널려있는 사람들과 말의 시체들."(152쪽)

영국은 16만 5천 마리, 오스트리아는 60만 마리, 독일은 71만 5천 마리, 러시아는 무려 1백만 마리 이상의 말을 동원했다. 말과 병력의 비율이 1 대 3이었다. 그런데 말 동원력만 갖고는 전쟁의 승리자가 될 수 없어서 구덩이를 겨냥한 독일군의 염소가스가 1915년 4월에 서부전선을 강타했다. 최초의 독가스전이다. 동부전선은 한 달 후인 1915년 5월에 러시아군 수천 명을 쓰러뜨렸다.

그러나 제1차세계대전의 아이콘은 역시 '구덩이'다. '참호'라고 불리는 구덩이는 대피소이며 교통호와 엄폐호의 역할이자 국경선이기도 했다. 특히 발트 해를 기준으로 삼은 서부전선에서 진흙구덩이 통로는 미로처럼 연결되며 삶과 죽음의 경계가 되었다(진흙 구덩이의 참혹함이 진행되는 중에도 민간인 학살, 예컨대 이페른의 영아 살해나 군법회의 처형은 멈추지 않았다).

나는 이 '진흙 구덩이'야말로 제1차세계대전의 잊을 수 없는 유산이라고 본다. 1940년 중반의 아우슈비츠 구덩이와 일제강점기 조선인 학살 현장의 구덩이, 한국전쟁의 구덩이 학살, 1992년에서 1995년 사이에 크로아티아인 20만 명을 인종 청소한 구덩이, 르완다 키갈리의 구덩이 묘지, 가자2지구의 팔레스타인 학살 구덩이……. 영문도 모르고 죽은 사람들이 구덩이에 쌓였다. 한 곳으로 비질을 한 쓰레기처럼 구덩이에 쓸어 넣는 이런 집단학살은 서부전선 전체에 걸쳐있었다. 그곳에는 국적과 민족과 인종을 불문하고 광활한 들판의 공동묘지가 만들어졌다. 제1차세계대전의 진흙구덩이는 제국주의적 야욕을 주체할 수 없어 선동한 정치가들과 장군들이 저지른 세기적인 집단학살 현장이다. 명분이 사라진 전쟁터에서 아군과 적군의 개념은 의미 없다. 거기에는 삶 아니면 죽음뿐이다.

"낙엽과 잔가지로, 그리고 내가 그곳에서 긁어모을 수 있는 것은 무엇이든 가져와 시신을 덮었다."(192쪽)

죽어가는 독일군을 발견하고 돌보다가 그의 임종을 함께한 영국군 병사의 증언이다.

"포로들은 내 주변에 몰려있었다. 더러워진 몰골에 비탄에 잠겨 자신들이 겪은 끔찍했던 시간에 관하여 내게 이야기했다. '먹지도 못했고 마시지도 못했다'. 언제나 포탄, 포탄, 포탄 (……) 나는 이 자들을 후방으로 데리고 갈 병사를 빼낼 수가 없어서 포탄 구덩이에 몰아넣었다. 병사들은 그렇지 않아도 부족한 자신들의 휴대 식량을 나누어 이 자들을 과분하게 대접했다. 사방의 어두운 포탄 구덩이에서 부상자들의 신음과 울부짖는 소리가 들려왔다. 고통에 못 이겨 흐느끼는 가늘고 긴 신음소리와 절망감에 내지르는 비명이었다. 수십 명의 중상자들은 안전을 위해 새로이 난 포탄 구덩이 안으로 기어 들어가야만 했을 것이다. 무섭도록 자명했다. 그러나 이제 물이 차오르고 있었고, 움직일 힘이 없었던 그 자들은 서서히 익사했다. 울부짖는 소리가 들려서 보니 잔혹한 장면들이 눈에 들어왔다. 팔과 다리가 잘린 채 동료들이 자신을 발견할 것이라고 믿으며 누워있는 '병사들의' 울음소리였다. 이들은 잉크처럼 새카만 어둠 속에서 죽은 자들 사이에 누워 외로이 끔찍한 죽음을 맞고 있었다."(514쪽)
__영국 워릭셔 연대 8대대 1중대 장교인 에드윈 본의 《전쟁일기》 중

전쟁은 단테의 〈지옥편〉에 등장하는 참상을 모두 보여주지만 제1차세계대전의 '진흙 구덩이' 야말로 해상전과 공중전을 능가하는 극명한 아이콘이다. 전쟁은 식민지 본국의 호출에 끌려나온 식민지 병사까지 함께 구덩이 속으로 묻었다. 공격받을 가능성이 매우 희박한 먼 섬 뉴질랜드와 오스트레일리아와 인도까지 영국을 위해 희생했

다. 한 인도 병사의 편지글처럼 이것은 '화덕에 두 번 내던져진 낟알'처럼 생명성이 사라진 식민지 병사의 운명이었다. 제1차세계대전의 양상이 후반부로 가면서 러시아의 볼세비키 혁명이 변수로 작용했고 긍지가 너무 높아 참전하지 않겠다던 미국의 견해가 바뀐 것은 연합국의 절대우위에 힘을 실어준 계기가 되었다. 물론, 여기에는 멕시코와 동맹을 꾀한 독일을 견제하려는 미국의 계산이 작용했다.

그러나 《1차 세계 대전사》를 읽고 난 후 독자는 더 큰 공포와 대면하게 된다. 제1차세계대전 당시 사병으로 참전한 히틀러는 "우리는 용서하지 않는다. 우리는 요구한다, 복수를!"을 외치고 그로부터 22년 후 제2차세계대전을 일으켰다. 1914년 8월부터 1918년 11월 9일까지 천만 명 이상의 사망자와 수백만 명의 정서와 문화를 파괴한 제1차세계대전은 4천7백만 명을 죽음으로 몰고 전 세계를 공황에 빠뜨린 제2차세계대전의 전조였던 것이다.

옮긴이의 글에서 밝혔듯이 이 책은 '군사적 관점'에서 기술한 전쟁사다. 방대한 자료 서술이 지루하지만 두께에 비해 번역도 무난하다. 곁가지로 흥미로운 것은 어니스트 헤밍웨이의 《무기여 잘 있거라》에 등장하는 살인마 장군 카도르나의 실체를 확인한 것이다. 산악경보병 대대 중대장이었던 롬멜 소위의 적진침투 작전도 실려있다. 제2의 트라팔가 해전으로 불리며 단 하루 만에 250척이 넘는 전함이 충돌한 영국과 독일의 유틀란트 해협 전투 등 실감 나게 읽을 수 있는 장면들이 많다.

다시 묻는
한미 FTA

이 책은 한미FTA에 관한 송기호 변호사의 보고서다. 보고서이므로 딱딱한 법률절차와 협의문 인용이 많다. 또한 국제통상법 법률인 입장에서 한미FTA 전 과정에 걸친 협의문 분석을 통해 은폐된 진실과 문제점, 그리고 개선의 여지를 밝히고 있다. 혹자는 전문용어와 지식인 특유의 현학적 해석이 아닐까 우려하겠지만 '가난한 사람들과 동고동락하는 통상법을 꿈꾸는' 저자의 겸손한 법철학 자세를 기대해도 좋다. 그것도 미국과의 FTA를 차곡차곡 준비하는 일본을 예로 들어 비교하므로 이해하기도 쉽다.

이 책에서 다루는 한미FTA에 관해 요약해보면 이렇다.

❶ 광우병 문제: (a)학교급식 (b)사료 (c)검역주권 (d)미국에서 광
　　우병이 발생할 경우
❷ 농업 문제: (a)식량위기 (b)푸드시스템과 사회연계
❸ 식품안전체계: (a)유전자변형식품 (b)소비자의 행동

한미FTA는 2003년부터 준비되었다. 세계화가 노골적으로 언급되기 시작한 무렵이다. 세계화의 주역들은 앨빈 토플러의 말처럼 지구 전체를 도박장으로 삼는다. 더 큰 돈을 쥘 수 있다면 그것이 무엇이든 시장에 내다 파는 것이 시장주의다. 그러나 모든 시장이 악기능만 있는 것은 아니다. 시장의 순기능 중에는 쓸만한 자재도 많다. 양질의 정보 공유나 빈곤층을 구제하는 소비행위 같은 것, 이를테면 공정무역 상품을 구매할 수 있는 곳도 시장이다. 이 책에서 다룬 한미FTA는 불공평한 국제통상으로, 미국의 거대자본과 한국의 작은 자본의 협의였다. 처음부터 균형이 한쪽으로 쏠린 상황이다. 1차 생산업을 흥정해서 자동차와 철강기업을 살찌우는 한미FTA는 어린이들과 한국 농업을 위험하게 만든다.

어린이들은 미국산 쇠고기의 최대 소비자가 된다. 학교 단체급식을 이용하기 때문이다. 어린이들을 광우병의 늪에 빠뜨릴 수 있는 선진회수육, 기계적회수육 같은 전문 용어를 이해하는 독자들은 많지 않다. 학부모들조차 안 먹이면 안전할 것이라는 막연한 기대를 품고 있다. 발음조차 어려운 선진회수육이나 기계적회수육은 말 그대로 쇠고기를 부위별로 분리하는 작업을 사람이 아닌 기계가 맡아 한다는 뜻이다. 한마디로 자동화 기계시스템이다. 그런데 최첨단 기술이

라고 해도 기계는 완벽하지 못하다. 기계는 언젠가는 말썽을 일으키는 존재다. 기계가 실수하여 광우병 의심 쇠고기가 한국으로 수출되는 고기상자에 덜컥 포장된다면? 미국 정부는 그런 일은 절대 없다고 말했지만 2002년 카길 사社에서 사고가 났다. 그 사고가 발생한 이후 한국 정부는 미국산 쇠고기를 일반 정육점 판매용이 아닌 학교 급식용으로 들여오기로 결정했다. 현재의 검역 시스템으로는 학교 급식에 사용한 쇠고기가 선진회수육인지 확인이 불가능하다. 더 두려운 것은 사고가 발생해도 미국산 쇠고기의 한국 수출 금지조치가 내려지지 않는 미국 국내법 적용이다. 미국 내 학교급식법에는 선진회수육을 제외한 미국산 농산물만 사용하도록 정해져있다. 이는 미국 어린이들은 사람이 일일이 확인하며 안전하게 작업해서 공급하는 쇠고기를 먹고 한국 어린이들은 기계가 일괄적으로 작업한 안전이 보장되지 않은 미국산 선진회수육을 먹으라는 말이다. 현실은 이렇다. 미국의 선진회수육은 전량 한국의 급식용으로 들여온다.

학교급식과 더불어 또 하나의 공포가 있다. 가축사료 문제는 대개의 독자들에게 생경한 분야다. 지난해 나는 영세 축산업자 입장에서 한미FTA의 가축사료문제 해법을 관심 있게 주시했다. 주저앉은 소(다우너)라도 30개월령 미만이면 그 뇌, 척수, 눈알까지 수거해 닭과 돼지 사료로 재가공해서 먹이는 것을 허용한 것이 미국 '강화사료조치' 법안이다. 이 법안은 미국의 육골분 사료 금지 조치가 거짓임을 증명한다. 닭, 돼지, 소에 공급되는 사료가 광우병 의심 소의 추출물이라는 말은 2차 감염, 즉 교차 감염의 위험성을 가리킨다. 미국은 현재 한국과 달리 소의 이력추적제도 시행하지 않으며 사료급식 기록의무도 1년으로 단축했다. 그나마 1년이 지나면 문서를 폐기해도 된다. 이런 엉터리 사료정책의 배경에는 몬산토나 카길 같은 거대기업이 있다. 이 기업들은 미국뿐만 아니라 전 세계의 농·축산업을 흔들어놓을 수 있는 곡물시장의 티라노사우루스다. 나는 '사료의 진실'이야말로 미국의 거대 시장자본이 한국을 겨냥한 본격적인 움직임이고 그것이 한미FTA의 본질이라는 생각이 든다.

"미국에 광우병이 추가로 발생하는 경우, 미국 정부는 즉시 철저한 역학조사를 실시하여야 하고 조사 결과를 한국 정부에 알려야 한다. 미국 정부는 조사 내용에 대해 한국 정부와 협의한다. 추가 발생 사례로 인해 국제수역사무국이 미국 광우병 지위 분류에 부정적인 변경을 인정할 경우 한국 정부는 쇠고기와 쇠고기 제품의 수입을 중단할 것이다."(2008년 미국산 쇠고기 수입위생조건 협의문 제5조)

2008년에 광우병문제로 촛불을 들었던 대중을 가장 분노하게 만든 것은 '검역주권'의 상실일 것이다. 심지어 어떤 사람들은 국가주권의 상실로 보기까지 했다. 만약에 미국산 쇠고기에서 문제가 발견되어서 전수검사조차 할 수 없는 상황이라면 전량 반품조치하고 수입을 중지해야 한다. 그런데 위 협의문 제5조에서 나온 '국제수역사무국'이 인정할 경우에만 수입중단이 가능하다. 그러나 우리는 국제수역사무국이 어떤 곳인지를 알아야 한다. 국제수역사무국은 광우병발생에 대한 하향등급 조치를 한 번도 취하지 않은 곳이다. 주로 영국인과 미국인 관계자들이 근무한다. 끔찍한 현실이지만 국제수역사무국의 결정에 따라 한국은 미국산 쇠고기를 계속 수입하거나 거부할 수 있다. 그러나 하늘이 한국을 완전히 버린 것은 아니라서 이 검역권은 국제법적 구속력이 전혀 없다. 우리가 개정할 수 있다는 의미다. 따라서 우리 내부 결재만으로도 검역강화를 이룰 수 있다. 정부의 의지만 있다면 말이다. 그러나 2009년 4월 22일 한미FTA 비준안이 14분 만에 국회 외통위를 통과했다. 이제 한국 정부가 광우병으로부터 국민을 어떻게 보호해줄 수 있을지 회의적이다.

한미FTA는 미국의 법과 제도를 한국에 이식한 통상협의였다. 우리의 운명을 우리가 결정하지 못하는 이런 참담한 상황을 저자는 "미국의 소뼈가 한국인의 뼈를 발라버렸다"라고 말한다. 송기호 변호사는 통상법의 마지막에 이르러 재협의할 것을 종용한다. 그 이유는 국제법상 한미FTA는 조약이 아니라 단지 농림수산식품부 장관의 정책 수행상 약속에 지나지 않는다는 국제판례가 존재하기 때문이다. 약속을 번복하는 행위로 한국은 미국에게 도의적으로 미안하겠지만 그동안 미국이 한국에게 무례하게 시도한 불공정한 사례에 비추면 아무것도 아니다.

폼생폼사의 철학자 남명과
인간 남명

나는 이 책을 두 번 읽었다. 한 책을 두 번 읽는 경우란 흔치 않지만 처음 읽었던 2008년 3월에 나는 남명이 편치 않았다. 그의 성리학+불교+노장론의 종합 사상도 어려웠고 꼿꼿한 퀘이커교도 같은 자세도 다가가기 쉽지 않았다. 남명 조식은 조선 중기의 성리학자로 영남학파의 거두다. 남명은 한자로 남녘 남南에 어두울 명冥으로 북쪽의 큰 새 붕鵬이 구만리장천을 날아 도착한 남쪽의 깊은 바다를 의미한다. 스스로를 붕으로 여긴 남명은 폼은 크게 잡았다. 폼생폼사 남명은 칼을 좋아했다. "내명자경內明者敬, 외단자의外斷者義"라고 새겨넣은 칼을 평생 허리춤에 차고 다녔다. 안으로 자신을 밝히는 것은

238

경이요, 밖으로 과감히 결단하는 것은 의라는 뜻인 이 말에서 '끊을 단斷'은 사생결단을 의미하는 칼의 본질이다. 결연함을 넘어 무섭다. 한번은 경상감사 이양원이 남명의 칼을 보고 물었다. "칼이 무겁지 않습니까?" 그러자 남명이 대답한다. "뭐가 무겁겠소. 내 생각에는 상국(이양원)의 허리에 매단 금대金帶가 더 무거울 것 같은데."(15쪽) 공명심을 의식하고 살아야 하는 관리를 풍자한 말이다. 남명은 벼슬 길에 나가지 않고 일생을 재야학자로 살았다. 벼슬길에 나가지 않는 자신을 '처사處士'라고 불렀다.

처사 남명을 1년 만에 다시 읽고 나는 하릴없이 인터넷에서 지리산 산천재山川齋 사진이나 검색하며 남명철학의 언저리를 얼쩡거렸다. 남명철학의 핵심사상은 경敬과 의義다. 경의 이론적 한계를 의로 극복하자는 것이 남명철학인데 이 말은 몸과 마음을 함께 수련하는 도가적 수련법을 연상시킨다. 욕망을 제어하고 극기훈련을 통해 도덕적 왕국을 꿈꿨던 남명이 지리산에 강학소를 세운 것은 당연하다. 산림학사山林學士 남명이 철학을 완성한 지리산은 곧 남명의 표상이다. 우뚝 솟은 천왕봉의 천연부동한 자태는 이론(경)과 실천(의)을 상호보완하는 이상향으로 남명은 말년을 이곳에서 보냈다.

남명은 나아가고 물러나는 곳을 주시하는 출처진퇴出處進退를 평생 고민했다. 이 책의 둘째 챕터인 〈남명의 공부론과 '처사'의 성격〉에는 남명이 벼슬을 사양하고 처사로 만족했던 상황이 상세하게 나온다. 남명이 관직에 진출하지 않은 이유는 출처의 상황이 부패했기 때문이다. 연산군과 중종, 인종과 명종, 선조 대까지 다섯 임금의 당쟁을 목도한 남명은 출처에 심각하지 않을 수 없었을 것으로 보인다. 특히 명종은 그의 모후인 문정왕후의 치맛바람에 휘둘린 무능한 군주였다. 남명은 어린 아들을 대신해서 수렴첨정을 하고 을사사화를 유발한 문정왕후를 불신했다. 남명의 출처 정신은 선비의 인격을 재는 척도로서 극도로 엄격한 명분과 도덕적 자질을 요구한다. 남명은 사군자의 대절은 오직 출처에 있다고 여겼다. 무욕에 편집증적인 남명의 출처 정신은 남명이 허리춤에 차고 다닌 칼과 옷고름에 달고 다닌 쇠방울 성성자惺惺子와 함께 남명 정신의 3종 콤비네이션이다.

> 사십 년 쌓인 온몸의 때를
> 천 섬 맑은 물로 다 씻는다
> 만일 진토가 오장 안에 생긴다면
> 곧바로 배를 갈라 흐르는 물에 부치리

남명의 시 〈욕천浴川〉이다. 욕망의 제어가 웬만해야지 할복을 하겠다는 결의가 섬뜩하다. 그렇지 않아도 그의 DNA에는 무인의 피가 흐른다. 외증조부가 세종 때의 무인 출신 좌의정 최윤덕이고 고려 때는 좌정승 출신의 직계조상으로 조익청과 조민수가 있다. 그의 칼은 무武의 혈통을 이어받았다.

남명의 무인기질은 마음공부에도 엄격하다. 거짓과 나태가 그에게는 허용되지 않는다. 도덕과 욕망을 갈등할 겨를도 없이 그의 마음공부는 단호하다. "밥하던 솥도 깨부수고, 주둔하던 막사도 불사르고, 타고 왔던 배도 불 지른 뒤에 사흘 먹을 군량만 가지고, 사졸들에게 죽지 않고는 결코 돌아가지 않으리라는 의지를 보여야 하는데, 이와 같아야 반드시 섬멸할 수 있다."(70쪽) 나는 이 글을 읽으면서 무기를 닦고 조이고 기름칠하고 확인, 또 확인하는 전방의 깐깐하고 삼엄한 무장武裝을 본다. 그의 마음공부 집착은 그의 제자 김우옹과 선조와의 대화에서 잘 나타난다. "조식이 너에게 어떤 것을 가르쳤느냐"라는 선조의 물음에 김우옹은 이렇게 답했다. "선생이 가르친 것은 잃어버린 마음을 찾는 것입니다." 남명의 '마음'은 을사사화에 연루되어 사사당한 이림이 선물로 준 책《심경心經》에 쓴 발문에서도 확인할 수 있다.

"사람에게 마음이 없다면 자신을 칭송하는 말이 천하에 가득 퍼져도 원숭이 한 마리가 태어났다 죽은 것과 다를 바 없다고 한다."(《남명집》, 257쪽)

그렇다고 남명이 지리산에서 마음수양만 한 것은 아니다. 남명철학의 구심점이라고 할 수 있는 출처진퇴는 실천의 문제로 볼 수 있는데 실천은 결단성이고 결단성은 칼로 상징된다. 이것을 형상화한 것이 그 유명한 남명의 '신명사도'다.《남명 조식》의 저자가 남명철학에서 칼을 되뇌는 것도 실천정신을 평생의 과업으로 삼았던 그의 행보 때문이다. 남명의 실천철학을 논할 때는 퇴계 이황을 빼놓을 수 없다. 동년배인 두 사람은 당시 이론과 실천이라는 양 축을 형성했다. 남명은 퇴계가 제자들을 이론적 교양인으로 만들고 있다고 비판했다. "이젠 실천하는 일만 남았다"는 남명 입장에서는 주자학을 기준으로 삼아 다른 사상을 배척하는 퇴계를 진정한 학자로 인정하기 어려웠던 것 같다. 실제로 퇴계는 경학에 집착했고 서원설립을 통해 후학을 배출했다. 퇴계의 서원은 많은 제자를 관직에 진출시킴으로써 붕당정치의 베이스캠프 역할을 했다. 명성과 파벌을 형성한 퇴계의 관념론적 도학을 실천주의자 남명이 곱게 볼 리 없었다.

"이름난 선비들은 날로 나아갈 뿐, 멀리 피할 줄은 모르고 있습니다. 젊은 사람들이 성리性理를 말하면, 맞장구를 치며 종장宗匠이 된 것처럼 합니다. 명망이 문득 무거워져 사람들이 둘러싸니, 도망가려 해도 그럴 수 없게 됩니다. 도망간 돼지를 좇듯 우르르 쫓아다니니, 필경 어디다 몸을 두겠습니까."(51쪽)

　퇴계를 '도망간 돼지'에 빗댄 욕설의 편지는 학자로서 거짓 명성에 현혹됨은 쪽팔리는 짓이라는 조롱이다. 이 편지에서 남명은 부화뇌동附和雷同과 기세도명欺世盜名을 경고한다. 세속적 인간 퇴계는 진사와 문과에 급제하고 충청도 암행어사를 거쳐 대사성과 공조판서 우찬성에 이르는 고위관료 출신이다. 반면에 남명의 벼슬은 전무하다. 어머니의 간청으로 과거시험에 몇 번 응시하고 급제도 했지만 관리직은 사양했다. 학문을 하는 자는 과거에 나가지 않아야 학문의 근본을 지킬 수 있다고 믿은 결벽증 때문인데 남명에게 있어 과거제도란 입신출세의 사다리에 지나지 않았다.

　세속에 살면서 세속적인 것을 역행하는 이런 행보로 인해 남명은 평생 가난한 재야학자로 살면서도 법가法家적 풍모를 잃지 않았는데 그 징표가 바로 '남명의 칼'이다. 남명의 칼은 남명뿐만 아니라 16세기 중엽의 영남을 좌우로 가른 철학과 조선 정치사의 많은 부분을 가리킨다. 남명의 칼은 퇴계의 붓과 대조되는 아이콘으로 퇴계가 온건한 주자학의 계승자 같은 풍모를 지닌 데 반해 남명은 무인적 기상을 뿜는 지리산의 고승이다. 퇴계가 훈장선생, 책상물림이라면 남명은 검술인이자 야전의 수장이었다. 남명은 퇴계에게 보내는 편지에서 종종 "마당에 손수 비질하고 물 뿌렸는가?"라며 까칠하게 비꼬았다. 그러나 두 사람은 서로의 철학관을 비판했을 뿐 인간관계의 원한은 없었던 것으로 보인다. 퇴계가 먼저 죽자 남명은 "나는 비단을 짜다가 천을 완성하지 못한 격이고, 퇴계는 명주를 짜서 천을 완성했으니 세상에 쓰일만하다"(《남명집》, 598쪽)라고 호쾌한 면모를 보였다.

남명의 칼은 그의 제자 곽재우, 정인홍, 김면에게 계승되어 임진왜란 때 의병장으로 활약하도록 했고 18세기에는 실학과 연계되었다. 그 스스로도 고항지사高亢之士라고 인정한 꼿꼿처사 남명. 대접의 물을 밤새 들고 공부하는 수련자 남명의 정치론은 조선의 전통정치인 붕당정치를 파괴하는 행위로 비춰지지만 그의 제자 정인홍은 북인 파벌의 세력으로 광해군대를 희롱했다.

나귀를 타고 오는
그 분의 정체

《자비를 팔다》에서 이미 마더 테레사를 선교사업에 혈안이 된 요망한 할망구로 만든 히친스는 이 책에서도 종교의 우상화를 신랄하게 비판한다. 말하자면 종교는 사업적 이유와 그것에 강요당하거나 주입된 사람들 때문에 탄생했다는 것이 히친스의 논지다. 이 책은 이런 결론을 먼저 제시한 후 종교가 인간의 작품이라는 증거자료를 끌어온다. 개인의 영적 수양과 대중을 향한 사랑은 종교의 행동강령이지만 종교의 진실은 따로 있다고 히친스는 말한다. 현대의 도덕이 성경에서 나오지 않는다는 리처드 도킨스의 《만들어진 신》과 같은 취지다.

히친스는 싸우는 작가다. 미국의 이라크 침공을 부분 찬성해서 싸우느라 바빴던 그는 이 책을 쓰면서 지옥으로 꺼져버리라는 단순한 욕설부터 가족의 안전을 위협하는 전화까지 우여곡절을 많이 겪었다고 고백한다. 종교는 비종교인의 비판을 거부한다. 그건 집단에 대한 도전이니까.

이 책에서 가장 흥미로운 것은 창조론과 진화론의 대결구도다. 아담의 갈비뼈로 이브를 만들고 백 살이 넘은 고령에 아브라함이 얻은 자식 이야기와 시나이 돌산 위에서 번쩍 하고 레이저 광선으로 새긴 십계 이야기는 두고두고 인류의 신화로 모셔졌다. 한 큐에 그리 되었다는 설은 맹신의 위험에도 불구하고 매혹적으로 빠질 수 있는 얘기다. 영화에서 보면 불타는 관목 사이로 하느님이 강림하셔서 말씀하신다. 찰스 다윈의 진화론과 대척점에 있는 창조론 중에서 히친스가 가장 많이 두들긴 대목은 모세의 십계다. 그는 종교와 과학의 불편한 관계를 대입했다. 모세가 출애굽하여 광야에서 머물던 시대는 문맹의 시대였다. 글을 읽을 수 없는 사람들이 우글대는 세상에서 경전의 말씀은 뚝딱 만들어졌다. 그런데 문맹의 시대였으므로 히친스는 십계를 인정할 수 없다고 한다. 문맹과 문명의 차이점을 거론하면서 종교는 문명시대 이후에나 나올 수 있다는 것이다. 다시 말해서 그는 종교 탄생의 시점을 과학의 토대가 마련된 때로 잡는 것이다.

문명을 종교탄생의 시원으로 잡으면 문맹시대의 신은 없는 것인가? 야만의 시대에도 사람들은 의지할 대상으로 신을 만들지 않았었나? 이런저런 의문으로 머리가 혼란스러웠다. 좀더 근본적인 의문은 신은 죽었다는데 그것도 죽은 신은 자신이 죽은 것도 모르는데 새삼 종교가 인간의 발명품이라는 주장이 뭐가 새로울 것이 있을까 싶었다. 이럴 때 독자는 자신이 읽고 싶은 부분만 선택해서 읽는다. 읽던 페이지를 표시해놓고 나는 책 중간을 펄쩍 건너뛰었다. 기독교의 우상화 작업에 이어 불교의 '맹목적인 선禪' 역시 무기력한 대중을 양산한다는 주장에서 시선이 멈췄다. 동양, 특히 제2차세계대전 당시 일본제국주의가 불교의 전폭적인 지원사격을 받아 전쟁의 기운을 번성시켰다는 것은 종교국가를 상기하게 만든다. 국가와 종교를 일원화해서 국가는 전쟁도 수행하고 국민도 통제한다. 십자군이 그랬고 이슬람의 오스만튀르크가 그랬고 영국과 스코틀랜드가 그렇다. 종교청소로 불린 세르비아와 크로아티아 대립도 그렇다. 학살자들은 탄띠 위에 커다란 그리스정교 십자가를 매달거나 성모 초상화를 소총 개머리판에 붙이고 다녔다. 직접 불속으로 뛰어드는 이슬람의 성전聖戰도 있다. 대자대비의 동양 불교정신에서 전쟁수행 비서로서의 불교를 보면 임진왜란 당시 조선 땅에 맨 처음 발을 디딘 것도 승려들이다. 294쪽부터 297쪽의 일본 제국주의와 불교의 밀월관계를 설명한 부분은 종교가 국가와 결탁했을 때의 결과를 말해준다. 국가와 권력관계의 동업자였던 종교는 17세기부터 라틴아메리카와 아시아를 선교사들의 성경과 십자가로 흡수했다.

《마음의 진보》, 《신화의 역사》의 저자 카렌 암스트롱의 말처럼 각 대륙에는 그들만의 종교가 필요했다. 유대인만을 편애하시는 메시아, 아랍어로만 쓰이는 코란과 마누신화의 대장 역할을 해야 하는 힌두신이 있는가 하면 동양만의 독특한 종교는 부처를 낳았다. 그러나 이 책에서 가장 신랄하게 꼬집은 것은 예수다. 저자가 영어권 출신임을 감안할 때 새롭지 않지만 기독교는 오늘날 전 세계를 장악한 이념의 정복자로 명실상부하다. 정복 이데올로기로서의 종교가 전체주의와 나치즘과 파시즘의 근본이라는 설은 비약인 듯싶지만 십자군이나 무솔리니의 파시스트와 공모했던 교황 피오 12세의 공식적인 나치

246

지지선언과 러시아정교를 조종해서 소비에트 인간형을 만든 스탈린을 캐물으면 기독교 군대라는 말밖에는 할 말이 없어 보인다.

이슬람의 할례의식과 여성비하와 인종차별이 불러오는 아프리카와 동유럽의 피로 쓴 역사는 인간을 증오의 다트 위에 새겼다. 인간의 증오심을 부추긴 종교는 타종교나 비판자를 용서하지 않는다. 《악마의 시》를 썼던 살만 루시디는 이슬람에서 현상금을 내건 인물이다. 비판자를 용납 못 하는 것과 함께 종교는 여성인권도 말살한다. 앞에서 언급한 이슬람의 할례의식은 여성을 더럽고 부정한 존재로 인식하여 음순과 음핵을 절단하고 질긴 실로 질 입구를 꿰맨다. 첫날밤 남자가 힘으로 잡아 뜯게 되어 있는 동정녀 의식은 이슬람을 믿는 아프리카의 어린 소녀들에게 죽음의 의식이다. 피의 의식을 통해 신성하고 거룩한 육신으로 다시 탄생되어야 한다는 것이 이 할례다. 거의 모든 종교에서 여성은 부정한 존재로 취급된다. 처녀성과 동정녀를 광적으로 숭배하는 천주교, 이슬람, 불교, 네팔의 힌두여신 쿠마리……

대중과 영합하는 데 성공한 종교는 현대에 이르러 가장 확실한 사업으로 성장했다. 과거 문맹의 시대에 권력의 재물로 이용되었던 인간은 이제 자본의 제물이 되었다. 히친스는 종교의 패악을 논하면서 말없는 순수한 종교인들의 희생을 슬쩍 끼워 넣는다. 권력의 기녀妓女로서 종교의 비굴한 역사적 사실에도 불구하고 양심을 잃지 않은 성직자와 용기 있는 신자들은 존재했다. 그들이 신의 존재와 종교의 진실을 어떻게 생각하는지는 알 길이 없다. 그러나 분명한 것은 문명의 시대로 전환한 후에도 종교는 궁핍함과 질병과 무지와 외로움을 치유해줬다. 종교는 가해자와 위로자의 두 얼굴을 지녔다. 그러나 종교는 인간의 창작품이고 우상화사업의 결과일 뿐이라고 몰아세우는 히친스에게 종교의 긍정적인 낯빛이 보일 리 없다. 그에게는 무종교가 복음이다. 책 말미에 이르러 360쪽의 북한 방문기는 죽은 권력자가 남긴 이념이 종교화·신격화된 북한사회를 음울하게 보여준다. 죽은 유물이 여전히 아버지로 추앙받는 북한 같은 폐쇄적인 사회에서는 정치이데올로기 자체가 종교다.

"종교가 정치와 무관하다고 믿는 사람은 종교에 대해 알지 못하는 사람이다." 간디가 한 말이다.

민주주의를 훔친
미국권력의 폭력사

북한이 한 번씩 핵실험을 할 때마다 당사자인 북한이나 한국보다 미국은 더 예민한 반응을 보인다. 세계평화를 위협하는 북한의 핵도발은 용납하지 않겠다는 것이 미국의 태도다. 미국이 대외용 멘트로 가장 빈번하게 사용하는 단어가 민주주의를 상징하는 '인권'과 '평화'다. 그러나 실제로 콜럼버스가 에스파뇰라 섬에 상륙한 1492년 10월 12일 이후 '힘'만이 민주주의를 실현한다는 진리가 21세기 펜타곤에 의해 충실히 계승되고 있다. 미국의 군사적 욕망은 세계 곳곳으로 뻗어나간다. 《미국 패권의 몰락》을 쓴 이매뉴얼 월러스틴은 이러한 미국의 군사적 힘이 '또 하나의 베트남'을 만드는 중심으로 돌아가고 있다고 지적한다. 외교적 수완으로 해결할 문제조차 군사적 강권을 사용하는 바람에 이제 미국 국기는 세계 도처에서 유혈사태가 발생할 때마다 불에 태워진다. 그것도 모자라 노골적인 경고로 2001년 9월 11일 뉴욕의 심장부가 폭발했다. 그럼에도 미국 정부는 여전히 자국의 우월한 입장을 표명하고 강경한 질서를 요구한다. 거의 완벽한 꿈의 나라처럼 우쭐대고 으름장을 놓는 '우월한 나라 미국'의 실체를 쓴 이 책의 서두에서 하워드 진은 "미국의 팽창된 대외정책으로 피해를 입은 해외 희생자들의 시각에서 보고자" 이 책을 썼다고 한국의 독자들에게 고한다.

이 책은 미국역사에서 피와 눈물과 울분과 한숨 속으로 사라진 사람들의 민중 교과서다. 연도별로 정리하고 정직한 자료를 기록한 미국의 양심고백서이기도 하다. 미국의 위선을 봉합하지 않은 하워드 진은 미국 민중사를 통해 독자에게 미국역사의 진실을 고발한 것이다. 두 권으로 분권했지만 각 권의 두께도 6백 쪽이 넘는다. 방대한 자료가 인용된다. 정부 문서보관은 물론이고 신문과 지역발행 잡지 기록까지 자료로 엮은 하워드 진의 열정에 독자는 숨이 멎을 것이다. 그러나 내가 가장 부러운 점은 진실을 은폐하지 않겠다는 저자의 열정과 소명감이 이런 책을 만들 수 있었다는 사실이다. 지식인은 일찍 죽을수록 사회에 빛이 된다는 것이 평소 내 지론이었지만 하워드 진처럼 양심의 소리에 귀를 닫지 않은 지식인 덕분에 그런 생각을 수정할 수 있었다. 하워드 진은 이 책의 의의를 "아라와크족의 시각에서 본 아메리카 대륙발견의 역사를, 노예의 관점에서 본 헌법제정의 역사를, 체로키족의 눈에 비친 앤드루 잭슨의 역사를, 뉴욕의 아일랜드인들이 본 남북전쟁의 역사를, 스코트 부대의 탈영병들이 본 멕시코전쟁의 역사를, 로웰 방직공장에서 일하는 젊은 여성들의 눈에 비친 산업주의 발흥의 역사를, 쿠바인들이 본 스페인-미국 전쟁의 역사를, 루손 섬 흑인 병사들의 눈에 비친 필리핀 정복의 역사를, 남부 농민의 시각에서 본 금박시대Gilded Age의 역사를, 사회주의자들이 본 제1차세계대전의 역사를, 평화주의자들의 시각으로 본 제2차세계대전의 역사를, 할렘 흑인들의 눈에 비친 뉴딜의 역사를, 라틴아메리카의 날품팔이 노동자들이 느낀 전후戰後 미 제국의 역사를" 기록하면서 아메리카의 비극을 감추지 않았다. 이 책은 그러므로 '아래로부터의 역사기록'이며 미국의 진실을 알리는 성서다.

아메리카 대륙의 백인 역사가 피의 역사라는 것은 독자 대개가 안다. 콜럼버스의 아메리카 상륙이 아메리칸인디언 절멸의 시작이었음도 안다. 백인들은 원주민을 부리기 좋은 일꾼으로 봤다가 나중에는 절멸시켜야 할 대상으로 여겼다. 이사벨라 여왕에게 보낸 편지에서 콜럼버스는 이렇게 썼다. "이들은 좋은 하인이 될듯합니다." 1492년 천만 명이었던 멕시코 이북의 인디언이 1676년에는 백만 명으로 10분의 1 수준으로 감소한 아메리칸인디언 역사는 살육의 역사다. 인디언과 함께, 아프리카에서 공수해온 흑인 노예의 역사 또한 아메리카 대륙을 언급할 때 빠질 수 없다. 영화 〈뿌리Roots〉에서는 백인들이 아프리카 흑인 부족마을에 던진 기름방망이에 집이 불타고 도망가던 흑인들이 백인들에게 잡히는 처참한 장면을 볼 수 있다. 관객들이 손에 땀을 쥐고 있는 동안에 주인공 쿤타킨테는 쇠사슬에 묶여서 짐승처럼 포효한다. 나에게 자유를 달라! 야생의 짐승처럼 쇠사슬에 묶여 해안으로 끌려온 쿤타킨테는 노예시장에서 한 개의 경매물건이 된다. "우량하고 건강하다고 인정되면 한쪽으로 분리시키고 가슴에 빨갛게 달군 인두로 프랑스나 영국, 네덜란드 회사 마크를 찍는다." 백인 장사꾼들은 흑인 노예에게 바코드를 찍어 팔았다. 상품이 된 흑인

가족은 더럽고 위험한 배에 실려 전 세계로 흩어졌다.

독자는 책에서 종종 인용된 단어 '대중public'의 의미를 파악해야 미국 민중사를 이해할 수 있다. 마지막 책장을 덮는 순간까지 나는 저 단어에 연필로 줄을 그었다. 백인들은 인디언들의 시민권을 인정해주지 않으려고 집단몰살을 하고, 아프리카계 흑인들을 대중이라고 부르지 않는다. 미국 지배층을 장악한 백인들이 '사람들'이라고 부르는 계층은 한정되어있다. 중국을 제외하면 가장 많은 수형자 숫자인 2백만 명이 교도소에 수감되어있고, 전 세계 영유아사망률이 가장 높은 국가. 7백만 톤의 폭탄을 베트남에 투하하고 무기감축을 말하면서 연 국방비 증액을 위하여 아이들의 무료급식비와 우유병을 빼앗으며 장애인들에게 비싼 의료수가를 부담시키는 국가. 원주민과 가난한 이민자와 흑인과 여성들로부터 우려낸 경제로 아메리칸 드림을 호도하는 국가. 그것이 무엇이든 '기회'의 땅으로 부르는 환상을 조장한 국가. 그들이 만든 국가에서 '대중'에 속하지 않은 사람들은 사라져도 좋을 사람들이다. 이런 미국이 입만 열면 남의 나라 인권을 훈계한다.

미국을 지탱하는 힘은 무엇일까? 나는 이 책을 다 읽을 즈음에 그 실체를 확인할 수 있었다. 흔히 미국의 강력한 군사력과 거대 다국적 기업의 초국가적인 자본 파워를 꼽는다. 그러나 미국은 기독교 국가다. 기독교의 배타성과 적극적인 복음정신이 미국 보수우익을 형성한다. 폐쇄성과 공격성을 다 갖췄다. 그러나 미국을 지탱하는 또 하나의 힘은 중간 시민층의 방관적 태도라고 저자는 가리킨다. 중간계급을 간수에 비유한 2권 23장에 수록된 〈다가오는 간수들의 반란〉 편은 이제까지 미국이 보여주고 실천한 모든 애국주의, 경제주의, 군사주의에 대한 압축 파일이자 아메리카의 희망을 염원한 메시지다.

하워드 진은 이 챕터에서 소외계층에 대한 중간계급의 냉소적 무관심을 향해 강력히 호소한다. 안정적 임금생활자, 노년이 보장된 전문직 자영업자로 구성된 중간 시민층은 미국의 군사대국화를 묵인하고 있다. 현실에 안주한 중간 시민층은 자신의 이익에 직접적 해가 되지 않는다면 정부에 반기를 들지 않는다. 이들은 각종 연금과 혜택이 일정부분 제공되기 때문에 정책의 파장으로부터 크게 흔들리지 않는 위치에 있다. 중간 시민층은 정부정책을 비판하고 감시하는 객관적 입장에 있지만 위와 같은 이유로 비판과 감시의 역할을 맡지 않는다. 자신들은 지배층이 아니므로 소외층 억압에 대한 면죄부가 있다는 인식이 중간 시민층을 담요처럼 덮고 있다고 하워드 진은 우려한다.

나는 한국의 중간 시민층 역시 크게 다르지 않다고 본다. 이 계층은 정보에 뒤처지지 않으려고 열심히 뛰고 지식인들과 정보를 소통하고 문화를 즐긴다. 새로운 문화에 잘 적응하고 새 가치관을 흡수하는 진보층으로 보인다. 겉으로는 열려있는 사람들로 보이지만 이들의 불평불만은 생존의 차원에 있지 않고 단순히 자신의 연봉이 좀더 고급 문화생활을 즐기기에는 적다는 데 있다. 하지만 누군가에게는 절박한 생존의 문제가 있다. 중간 시민층의 진보는 청계천 상가에서 밀려난 영세 상인들이나 재개발 지역의 세입자들과 동조하고 연대하는 진보는 아닌 것이다. 나는 이 중간 시민층의 정체성이야말로 현실을 증명한다고 본다. 권위를 거부하지만 조중동의 칼럼에 동조하고 지식인의 명분만 쫓는 중간 시민층은 사실 진보를 가장하면서도 변화를 두려워하는 구태의연한 보수다. 이 책에서 시종일관 하워드 진은 중간계층의 인식변화야말로 미국의 희망에 불을 붙일 것이라고 주장한다.

국민으로부터 내몰린
나는 누구인가

디아스포라Diaspora를 네이버 백과사전에서 검색하면 다음과 같다. "팔레스타인 외역外域에 살면서 유대적 종교규범과 생활관습을 유지하던 유대인, 또는 그들의 거주지를 가리키는 말." 흔히 이산가족이라고 할 때 그 '이산離散'을 디아스포라라고 부른다. 그런데 디아스포라가 이미 초기 그리스도교 시대 때 만들어진 말이라는 사실이 흥미롭다. 로마의 박해를 피해 흩어진 유대인을 두고 디아스포라라고 불렀다는 것이다. 유대 역사는 이산의 역사라는 말인데 반대로 고향에서 쫓겨난 그들이 수세기 후 선조들의 고향으로 돌아가 팔레스타인을 디아스포라로 양산하는 문제는 마땅한 답이 없어 보인다. 이스라엘이 팔레스타인 지역을 자신들의 고향이라고 주장할 때부터 두 국가의 대립은 예견된 것이다. 경계가 모호한 분쟁지역의 영토문제는 흡사 상대방의 방석을 먼저 뺏는 것이 상책인 방석 뺏기 게임 같다. 이스라엘의 디아스포라 역사 역시 한때의 패자였던 것이다.

재일조선인 서경식의 《디아스포라 기행》에서는 유대인의 방랑 역사와 재일조선인 신분으로서 개인의 체험담을 혼합했다. 우선 이 책에서 그가 알리는 재일조선인 문제는 개인사와 그 주변부의 체험에 기인한 것이지만 확대해서 보면 개인사인 동시에 한국 근현대사의 한 부분을 차지하는 문제이기도 하다. 일본제국주의를 경험하고 그후 조국과 일본으로부터 동시에 버림을 받고 사는 재일조선인 문제는 솔직히 한국 정부에서 손을 놓은 문제다. 1965년 6월 22일 중앙정보부장 김종필은 일본 외상 오히라와 한일협정을 조인하면서 배상문제를 "무상 3억 달러, 유상 2억 달러, 민간차관 1억 달러"로 일괄 타결했다. 재일조선인 배상문제는 아예 언급조차 없었다. 한국 정부가 재일조선인을 전혀 배려하지 않았으므로 자연스럽게 일본은 재일조선인에게 최소한의 죄의식조차 표명할 필요가 없었던 것이다.

나는 김종필이 아직 자민련 총재로 성성할 무렵 방송 인터뷰에서 한 말을 기억한다. 유독 미국과 일본에 우호적인 이유를 묻는 기자의 질문에 미국은 세계최고의 강대국이므로 그들의 그늘에 안착하는 것이 약소국인 한국의 처지에서 유리하고 일본은 한국의 근대사에서 봉건적인 조선에 선진문물을 전파해준 공로를 인정해야 한다는 답변이었다. 미국은 강대국이므로 아제국주의亞帝國主義를 따라야 하고 일본은 문명 전파자로 고마워해야 한다는 이런 발상은 그를 키워준 박정희의 마인드와 닮았다. 역대 한국 지도자들이 재일조선인을 바라본 시각은 귀찮다는 것일 뿐 책임의식 자체가 전무했다. 박정희와 김종필이 한창 정권을 잡고 있던 1970년대에 북송교포가 많았던 것도 남한 정부에 대한 재일조선인들의 절망이 작용한 것으로 나는 본다. 그러므로 재일조선인 문제는 어쩔 수 없는 역사의 희생양이나 분단 조국의 이데올로기가 아니라 골수까지 점령한 식민사관의 뿌리에서 찾아야 한다. 그 와중에 재일조선인은 일본에선 이방인이 되었고 한국에선 소수자가 되었다.

이산자로서의 재일조선인의 갈 곳 없는 정체성에 대해 저자는 "디아스포라에게는 조국(선조의 출신국), 고국(자기가 태어난 나라), 모국(현재 '국민'으로 속해있는 나라)의 삼자가 분열해있으며 그와 같은 분열이야말로 디아스포라적 삶의 특징"(113쪽)이라고 말한다. 자신의 정체성이 조국, 고국, 모국으로 분열된 상태에서 이산자는 어디에도 소속되지 않는, 소속할 수 없는 길 잃은 방랑자와 같은 것으로 "나는 누구인가?"를 묻다가 길이 끊어진 자들이다. 서경식은 북조선으로 귀환한 재일조선인 조양규의 예를 들면서 이런 소속감 없는 이산자를 가리켜 '공중에 매달린 상태'라고 부른다. 한국인도 아니고 일본인도 아닌 모호한 재일조선인으로서의 삶을 청산하고자 스스로 자유를 포기하고 북조선으로 돌아간 조양규야말로 남쪽 정부의 무관심과 일본 정부의 배타적 태도에서 방황하던 방랑자다. 한국과 일본 양쪽 모두에게 타자가 되어야 하는 이산자는 끊임없이 양쪽으로부터 그들과의 차이를 비교당하고 소외된다. 그 바탕에는 민족주의가 있다.

디아스포라 양산의 주범인 민족주의는 이스라엘의 시오니즘에 탄력을 받으면서 팔레스타인 디아스포라를 재생산했다. 그런데 유대인들이 아우슈비츠에서 가슴에 노란별을 달고 사라지거나 디아스포라로 떠돌던 과거의 상처를 팔레스타인 추방으로 되돌려주는 것은 이해가 가지 않는다. 이 책에서 소개하는 유대인 디아스포라의 실상은 말 그대로 참담하다. 비非아리아계라는 이유로 체포된 지 19일 만에 아우슈비츠에서 죽은 펠릭스 누스바움의 〈유대인증명서를 들고 있는 자화상〉(176쪽)은 유대인의 자화상이 아니라 디아스포라의 자화상이다. 가방을 들고 떠도는 나그네 같은 이산자 유대인들이 마침내 아우슈비츠 이후 영국의 도움을 받아 팔레스타인에 정착하게 되었을 때 유대인의 오랜 방랑은 끝났다. 그 대신 서구인들은 히틀러의 가스실로부터 유대인을 구해주지 못했다는 미안함으로, 팔레스타인을 또 다른 이산자로 만드는 이스라엘에 대해 한마디도 못하고 있다. 시온주의에 대한 대속의식인 걸까. 서경식 역시 이 책에서 유대인의 디아스포라를 자신의 재일조선인 신분과 동격으로 두고 옹호하지만 정작 유대인이 팔레스타인 땅에서 자행하고 있는 더 강력한 디아스포라 양산은 언급하지 않는다. 서경식이 좀더 공평한 시각으로 디아스포라를 평가하려면 유대인의 아우슈비츠 비극과 더불어 팔레스타인의 현재까지 함께 다루어야 하는 것은 아닐까 싶다.

삶이 그대를 속인다면
슬퍼하고 분노하라

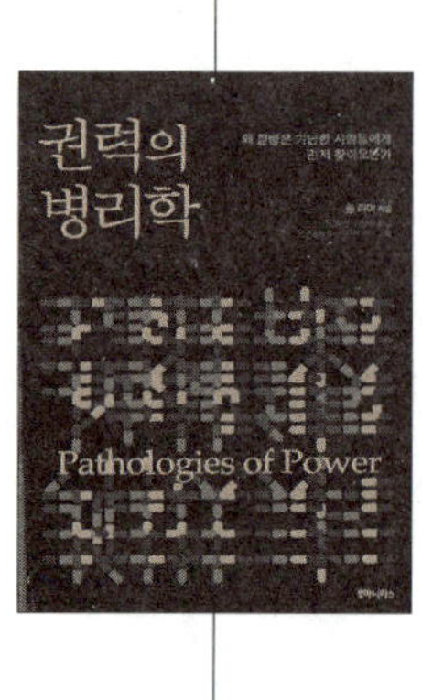

2009년 4월 22일 한미FTA 비준안이 14분 만에 국회 외통위를 통과했다. 단신 뉴스로 취급된 몇 줄짜리 보도기사를 보며 만감이 교차했다. 생계가 시급한 계층에게 한미FTA는 더 이상 헤드라인 뉴스가 아니다. 블로그를 뜨겁게 달궜던 2008년 촛불 주역들조차 비준안 언급을 하지 않았다. 한미FTA는 '잊힌 과거'가 되고 만 것이다. 잊힌 것이 아니라면 《그대는 왜 촛불을 끄셨나요》 같은 책이 어째서 나오게 되었는지 한번 숨을 고를 필요가 있다고 본다. 더 이상 이슈가 못 되는 한미FTA. 마침내 내 자유의 예속이 국제적으로 성문화된 것인가. 나는 이 뉴스를 듣고 로베스피에르와 함께 단두대에서 처형당한 생쥐스트의 '자유란 먹고살 걱정이 없는 사람들이나 행사할 수 있는 것'이라는 참담한 말이 떠올랐다.

이 책은 가난에 굴복하기를 거부한다는 이유로 죽임을 당하거나 핍박을 받는 라틴아메리카의 현실을 다루고 있다. 신자유주의가 횡행하는 자본의 폭격은 이전 시대보다 더 강력해졌다. 그렇다면 도대체 신자유주의란 무엇인가? 이 책에서 다루는 아이티, 멕시코의 치아파스, 러시아 교도소와 쿠바 관타나모 모두가 신자유주의의 효율성이라는 미명 아래 고통받고 있다고 파머 역시 강도 높게 비판한다. 신자유주의는 대규모 금융 자본가들과 투자자들이 일군 무한한 시장주의다. 여기에는 돈이 생사여탈권을 쥐고 있다. 그래서 신자유주의(자유주의라고 다르지 않다)를 경제이념으로 보는 견해가 압도적인 것이다. 경쟁력과 효율성을 전면에 내세우면서 시장개방을 강요하고 공공부문의 민영화를 추진하며 대기업 육성 정책을 펴는 것이 신자유주의의 정체다. 그 결과 복지예산 삭감과 비정규직 양산, 대규모 정리해고가 용이해졌다. 다국적 기업과 손잡은 수입업자의 손을 들어준 국가는 1차 생산자나 영세 자영업자들을 일괄 처리할 수 있다.

《권력의 병리학》은 거대 자본의 폭풍 속에 떠밀린 사람들의 참상을 그리면서 그 주범으로 신자유주의를 지목한다. 경제폭풍이 가하는 구조적 폭력은 인간의 존엄성을 다양한 방식으로 파괴한다. 군인에게 기대 살다가 에이즈로 죽은 스무 살의 아세피가 남긴 말은 탈출구가 막힌 비상계단의 절규다.

"우리가 얼마나 가난한지, 늙어서는 어떻게 죽어가는지를 보았어요. (……) 제가 어떻게 했어야 할까요?"(72쪽)

진흙쿠키를 먹는 아이티. 돈 몇 푼에 딸을 파는 부모. 제때에 치료하지 못한 감기가 폐렴으로 악화되어 죽는 노동자. 학교에 가는 대신에 가정부가 되어야 하는 소녀들. 일주일에 두 명씩 다제내성 결핵으로 죽어가는, 러시아와 북한의 수용소 사람들. 폭행에 시달리는 관타나모 수감자들.

"대신에 우리는 죽은 자들, 죽은 우리 사람들, 홍역, 백일해, 뎅기열, 콜레라. 티푸스, 단핵세포증, 파상풍, 폐렴, 말라리아, 그리고 수많은 장염과 폐질환 등의 '자연적인 원인'에 의해 '자연사'한 이들에게 용서를 빌어야 하지 않을까? 죽은 우리 사람들, 죽은 수많은 자들, 민주적으로 죽은 자들, 그 누구도 아무것도 하지 않았다는 슬픔 때문에 죽은 자들, 그 죽은 자들, 죽은 우리 사람들이, 아무도 그 수조차 세어주지 않는 가운데, 아무도 '이제 그만!'이라 말해주지 않는 가운데 그렇게 죽어갔기 때문에……."(154쪽)

위 인용문은 1994년 1월 18일 발표한 사파티스타 봉기 선언문이다. 같은 주제의 반복이라 좀 지루하게 읽히는 이 책의 세 번째 챕터는 해방신학이 어떤 토양에서 생성되고 멕시코 치아파스와 어떻게 접목했는지 말하고 있다. 북미자유무역협정이 체결된 1994년 1월 1일 사파티스타는 마침내 총을 들고 봉기했고 1월 18일 부사령관 마르코스는 미국의 검은 돈을 꿀처럼 받아먹는 친미정부를 향해 가난한 농민들에게 용서를 빌라고 선언했다. 치아파스의 사파티스타는 라틴아메리카를 지배하는 미국 거대자본의 거의 유일한 대항자로서 살인과 강제이주, 영양실조, 굶주림과 결핵 앞에 봉기했다. 그 대가로 치아파스는 멕시코 헌법에 의거한 공공서비스를 전혀 제공받지 못한다. 반면

정부는 치아파스의 풍부한 자연환경으로부터 석유, 전기, 목재, 가축, 옥수수, 설탕, 커피를 거둬 간다. 이런 불평등한 관계가 진행되는 동안 치아파스의 보건상황은 변변한 의료혜택을 받지 못해 질병으로 죽어가는 주민들을 방치하고 있다. 한마디로 라틴아메리카의 해방신학은 가난한 농민의 대서사시다.

파머는 이 책에서 라틴아메리카에서 빈번히 행해지는 군부 쿠데타와 미국의 함수관계를 파헤치고 관타나모 철조망 안쪽에서 벌어지는 질병과 고문과 죽음의 비밀스럽지만 공공연한 사실도 고발한다. 시계와 라디오를 소지했다는 이유로 구타를 당해 죽을 수 있는 곳이 라틴아메리카다. 신자유주의는 국가와 인종을 묻지도 않고 따지지도 않고 자본의 힘으로 다룬다. 그 위력은 전방위적이다. 신자유주의가 위험한 것은 그곳이 어디든 이익을 창출할 수 있는 곳이라면 달려간다는 데 있다. 파머는 백인 출신(그것도 미국인이다!) 의사로서 자신이 다년간 체험한 라틴아메리카 현장의 진실을 고발하면서 가난한 사람들에 대한 '시야의 결손'은 부도덕이라고 말한다.

권력은 그것이 정치적인 것이든 경제적인 것이든 한번 무기를 휘두르면 가장 먼저 가난한 사람들을 향해 행사된다. 그런 점에서 가난은 곧 질병이다. 질병과 인권을 동격으로 놓는 파머의 이런 시각은 의료행위를 '비용의 문제'로 치환하는 의료 민영화 지지자들에게 시사하는 바가 크다. 만약 2009년을 휩쓴 신종 인플루엔자 바이러스 비용을 전적으로 민영에 위임한 상황이라면 제약업계와 의료업계는 의료행위를 무기화할 수 있다. 이거야말로 확실하게 돈이 되는 대규모의 약장사다. 그 대신 국가는 사망자 속출의 대가를 치러야 한다. 그 대가를 지불하는 계층은 누구인가. 국가가 최소한의 의료제공조차 거부하는 민간 의료보험을 해부한 233쪽부터 269쪽까지는 의료

종사자들에게 불편한 진실이다. 그러나 의료행위를 생명존중의 윤리가 아닌 사업 아이템으로 상정한 의료시장에서 '효율적 비용' 문제는 분명 의료상업화에 날개를 달아줄 것이다. 국민이 병들면 국가를 잃는다. 따라서 의학이 자본과 권력을 뛰어넘어 인권과 닿을 때 비로소 의학은 그 본분을 다하는 것이다.

제가 누더기 옷을 벗고
선생님 앞에 서면
선생님은 저의 벗은 몸을 구석구석 진찰하십니다
제가 아픈 이유를 찾으시려면
누더기를 한번 흘끗 보는 것이 더 나을 겁니다
저의 몸이나 옷이나
같은 이유 때문에 닳으니까요

제 어깨가 아픈 것이
습기 때문이라고 그러셨지요
그런데 저희 집 벽에 생기는 얼룩도 그렇다고 하더군요
그러니 말씀해주세요
그 습기는 도대체 어디에서 오는 거지요?

__베르톨트 브레히트, 〈노동자가 의사에게 하는 말〉

파란여우가 좋아하는 국외도서

《동물농장》 _조지 오웰

"나폴레옹은 몸집이 크고 꽤 사나운 얼굴을 한 이 농장 유일의 버크셔 종種 수퇘지로, 말재주는 별로 없었지만 자신의 의지를 관철시킨다는 평판을 듣고 있었다. 스노우볼은 나폴레옹보다 쾌활하고 말재주도 있고 창의력도 더 많았지만, 나폴레옹처럼 성격이 깊지 못한 것으로 알려져있었다."(《동물농장》 중)

수퇘지 나폴레옹은 검고 털이 많은 농장의 유일한 버크셔 돼지다. 반면 스노우볼은 요크셔 돼지로 재기발랄하지만 속이 깊지 못하다. 스탈린을 나폴레옹으로, 스노우볼을 트로츠키로 풍자한 《동물농장》은 공산주의와 자본주의 전체를 비판한 소설이다. 20세기 최고의 풍자소설로 불리는 동물농장은 조지 오웰이 마흔두 살이던 1945년에 출간되었다. 영국에서 처음 나왔을 당시 큰 반향을 일으키지 못했던 이 소설이 1948년 한국에서 세계최초의 번역본으로 출간되었다. 1948년이면 한국은 좌우 노선의 혼동으로 몸을 추스르지 못하고 있던 시점이다. 조지 오웰이 세계문학의 변두리에 있던 한국에서 최초로 번역되었던 이유는 무엇일까? 《동물농장》의 한국 상륙은 그 소설을 '반공투쟁'의 도구로 이용하려는 미국 정부의 의도하에 이루어졌다. 미국 해외정보국은 판권료까지 지불하면서 한국에 친미정부를 세우기 위해 《동물농장》을 공급했다. 미국은 《동물농장》을 통해 남한

국민들이 북한의 공산주의와 스탈린을 혐오하도록 죠장했지만 조지 오웰은 공산주의뿐만 아니라 자본주의까지 싸잡아서 제국을 조롱한다. 나에게 《동물농장》은 조지 오웰을 알려준 전령이었을 뿐만 아니라 인간의 착취와 지배욕을 함께 확인시켜준 가이드였다. 《동물농장》에서 가장 전율을 일으킨 것은 마지막 장면으로, 인간과 돼지의 혼동을 지적한 대목이다.

"돼지들의 얼굴에 무슨 변화가 일어났는지 이제 알 수 있었다. 창밖의 동물들은 돼지에게서 인간으로, 인간에게서 돼지로, 다시 돼지에게서 인간으로 번갈아 시선을 옮겼다. 그러나 누가 돼지고 누가 인간인지, 어느 것이 어느 것인지 이미 분간할 수 없었다."(《동물농장》 중)

《월든》_헨리 데이비드 소로우

《월든》을 다 읽고 나면 수련여행을 갔다가 온 느낌이 든다. 마흔네 살에 폐결핵으로 죽은 소로우의 《월든》은 내게 저항의 성서다. 《월든》은 문명의 병폐와 물질의 노예화에 대한 저항의 실제를 제시한 책이다. 그렇다고 내가 반문명주의자거나 환경순결주의자라는 의미는 아니다. 소로우는 사사건건 심각한 얼굴로 문명을 드라큘라에 비유하며 비난했지만 이 글을 컴퓨터로 쓰는 나로서는 문명을 단호하게 욕할 수 없다. 이미 문명 없이는 삶을 존속하는 일이 불가능한 처지가 된 것이다. 메사추세츠 월든 호숫가 통나무 오두막에서 2년 2개월 동안 살면서 경험한 것을 기록한 이 책은 물질문명에 구속당한 현대인들에게 자연의 경전이 되었다. 소로우는 직접 지은 감자와 콩을 먹으며 책을 읽었다. 아침마다 호수에서 목욕을 하고 밤에는 콩코드 강에 배를 띄워 한 바퀴 노를 젓고 돌아오는 소로우의 삶은 초월주의의 그림자를 상상하게 만든다. 그는 아침을 좋아하는 사람이었는데 "아침이란 잠들 때보다 더 향상된 삶으로 깨어남"의 시간이다.

"밭에서 김을 매거나 글을 읽고 쓰는 것으로 오전을 보낸 나는 다시 호숫물 속에 몸을 담그기가 일쑤였다. 운동 삼아 호수의 작은 만을 이쪽에서 저쪽으로 헤엄쳐 건너면서 노동의 먼지를 몸에서 말끔히 씻어내고 공부하면서 생긴 주름살을 모두 펴놓았다. 그런 다음 오후에는 완전히 자유로운 몸이 되었다."(《월든》 중)

나는 이 구절을 읽을 당시에 매일 아침 허둥지둥 출근을 서두르는 직장인이었다. 그리고 이 글을 쓰는 지금 나는 소로우처럼 아침마다 호숫가에 나가 몸을 씻지는 못하지만 방목장의 염소들을 보고 아침에 이슬을 마시고 피어난 꽃을 들여다본다. 또한 소로우처럼 오후에는 새들과 다람쥐를 볼 수 있는 숲 가장자리 길을 산책한다. 내게 소로우는 문명의 강요에 복종하지 않는 저항의 텍스트였다. 나는 아직도 완전한 행복과 무소유의 진리를 깨닫지는 못했지만 최소한 내게 맞는 삶이 어떤 것인지를 찾았다.

"사람들의 교제는 대체로 값이 너무 싸다. 우리는 너무 자주 만나기 때문에 각자 새로운 가치를 획득할 시간적 여유가 없다. 우리는 하루 세끼 식사 때마다 만나서는 우리 자신이라는 저 곰팡내 나는 치즈를 새로이 서로에게 맛보인다. 이렇게 자주 만나는 것이 견딜 수 없게 되어 서로 치고 받는 싸움판이 벌어지지 않도록 하기 위하여 우리는 예의범절이라는 일정한 규칙들을 협의해놓아야만 했다."
《월든》 중

나는 값싼 교제에 지쳤던 과거의 상흔들이 떠올라 이 구절을 읽고
눈물이 핑 돌았다. 대중 속에서 나는 몹시 외로웠다. 제도를 버리고
나자 나는 훨씬 더 가난해졌지만 반면에 훨씬 더 큰 자유를 얻었다.
깐깐한 소로우의 월든은 내게 반사회적 성향을 모방하도록 유도하기
도 했지만 동시에 자연의 위대한 숨소리를 들려주기도 했다.

《죄와 벌》_도스토예프스키

《죄와 벌》은 최소한 세 번은 읽어야 읽었다고 할 수 있는 책이다.
왜? '도스토예프스키의 죄와벌'은 '인간의 죄와 벌'이면서 '구원의
이야기'이기 때문이다. 고백하자면 나는 도스토예프스키를 의도적으
로 피해왔다. 병적이고 극단적이며 비정상적인 인물을 그리는 도스
토예프스키의 소설은 어둡다. 우유부단한 지식인 대학생 로지온 로
마노비치 라스콜리니코프. 로쟈라 불린 청년은 살인자다. 그는 뛰어
난 사람은 평범한 사람을 뛰어넘는다는 기이한 우월감으로 살인을
저지른다. 로쟈의 살인 동기는 자신은 뛰어난 지식으로 무장했으므
로 부조리하고 부도덕적인 사회의 규칙을 어길 수 있다고 여기는 허
황된 의식에서 비롯되었다. 한마디로 로쟈의 살인행각은 자신은 비
범한 인간이라는 착각에 기인한 것이다. '정신 나간 놈'의 살인이야
기를 통해 도대체 도스토예프스키가 말하고 싶은 것은 무엇일까? 대
개 독자들이 로쟈의 살인행각을 접하면서 돈을 필요로 한 것도 아니
고 개인적 원한관계도 아닌 로쟈의 살인을 이해하는 것은 결말에 다
다라서다. 눈치 빠른 독자라면 창녀 소냐의 등장에서 이 소설의 결정
체를 확인할 수도 있다. 소냐는 몸을 더럽혔지만 정신을 지킨 사람이
고 로쟈는 정신까지 더럽힌 장본인이다. 이 둘의 결합은 신의 부정을
거스르지 않고 정신의 순결을 지킨 사람이 악에 물든 사람을 구원하

는 기독교적 세계관을 표방한다. 그래서 도스토예프스키는 구원을 통해 인간의 삶을 긍정하는 결과로 독자를 이끄는 것일까? 구원의 세계가 이루어진 다음 무엇이 또 있을까? 한 번 구원받으면 영원한 면죄부가 성립되는 것일까? 나는 이 책을 읽고 나서 몇 개의 물음표를 책 마지막 장에 부록처럼 적어 넣었다. 여담인데 내가 현실세계에서 알고 있는 로쟈는 살인자가 아니다. 《로쟈의 인문학 서재》를 쓴 작가 로쟈(필명)는 책을 노예처럼 부리는 책의 주인이다.

《경제성장이 안되면 우리는 풍요롭지 못할 것인가》 _더글러스 러미스

저자는 왜 경제발전 '만'이 우리 삶의 최종 목표여야 하는가를 이야기하며 '타이타닉'의 비유를 든다. 타이타닉은 경제발전을 향해 돌격하는 현대 경제 이데올로기의 폭주와 맹아盲啞의 자화상이다. 세계화 지상주의자들에게 있어 인간의 풍요로움은 1인당 GNP와 '세계화'가 유일한 열쇠이기 때문이다. 이 사람들은 타이타닉의 무모한 돌진 앞에 "지금 빙산에 부딪치고 있다!"라고 외쳐도 소용없어 보인다. 3장의 〈자연이 남아있다면 더 발전할 수 있는가〉에서 저자는 말한다.

"바깥에서 자본이 들어와 자연을 파괴하고 전통적인 문화를 바꾸고 착취합니다. 그런데 그것을 '발전'이라 부르면 그것은 그 사회의 자연스럽고 당연한, 마땅히 그래야 할 과정이라는 식으로 생각하게 됩니다. 내정 간섭이 아니라 발전, 착취가 아니라 발전, 폭력적인 변화가 아니라 발전, 어떤 문화, 어떤 사람들이 내재적으로 가지고 있었던 능력을 해방하는 것과 같은 뜻이 됩니다."(70쪽)

　풍요로운 나라의 풍요로움은 분명 어떤 가난한 나라로부터 불공평한 거래를 통해 수입한 것이다. 모두 잘살게 된다는 구호 뒤에는 그것에 희생된 개체가 반드시 존재한다. 저자는 타이타닉의 난파를 구출하는 방법으로 자동차를 줄이고 군대를 앞세워 자원을 약탈하지 말고 적게 소유하고 덜 소비함으로써 좀더 균등한 부의 재분배를 이루자고 주장한다. 하지만 누구나 공평한 부를 나눠야 한다고 마르크스도 말했지만 그때로부터 별반 달라진 것이 없어 보인다. 아니 오히려 세계는 훨씬 더 많은 탐욕이 특정한 부를 형성하여 부의 균등한 분배나 자연과의 조화는 개선되었다고 말할 수 없다. 사람들은 아프리카나 남아메리카의 참담한 기아와 질병 현장을 목격하며 가슴 아파하고 대기오염을 걱정한다. 그러나 사람들은 기업의 부정회계를 따지기보다 그들이 불평등을 초래하면서 생산한 제품을 사용하고 가까운 거리도 자동차를 몰고 나간다. 나는 이 책을 읽으면서 아는 것과 실천하는 것 사이의 괴리를 '불편함'과 '두려움'이 메우고 있다는 사실을 발견했다. 성장지향주의에 빠져있는 우리는 더 행복해졌을까?

《타인의 고통》_수전 손택

　20세기 최고의 비판적 지성인 중 한 명으로 꼽히는 수전 손택의 이 책에는 참혹한 사진이 수록되어있다. 실제로 나는 이 책을 늦은 밤까지 읽고 잔 어느 날 꿈자리까지 쫓아온 사진 속의 흉측한 인물들 때문에 밤새 괴로웠다. 타인의 고통, 그 진실을 대면하는 일도 이처럼 고통스럽지 않을까? 그렇지 않다면 우리는 왜 타인의 고통을 외면하고 방관하는 것일까?

　그런데 책 속의 손택은 '의도적 방관' 외에 '의도적 관음증'이라는, 타인의 고통 즐겨보기를 지적한다. 뉴스 화면 속의 두개골이 쪼

개진 전쟁터의 사체와 고문 후유증으로 고생하는 수감자의 끔찍한 모습을, 관객인 나는 입을 가리면서도 본다. 팔다리가 절단된 공포를 목격하면서 관객으로서의 나는 어쩌면 공포영화를 보는 듯한 스릴을 느끼는 것은 아닐까? 수전 손택은 이런 관음증의 정체를 '오락으로서의 관음증'이라고 지적한다. 수전 손택은 포토저널리즘이 관객의 호기심 욕구를 만족시키기 위해 경각심 깨우기라는 명분으로 카메라를 들이댄다고 말한다. 파괴현장으로부터 먼 안전지대의 나는 현장의 공포를 확인하고 돌아서면 잊는다.

"사진이 먼 곳에서 벌어지고 있는 고통을 우리 눈앞에 가져온다는 걸 알았다고 해서 도대체 무슨 일을 할 수 있을까."(150쪽)

한 장의 사진이나 텔레비전 뉴스 화면으로 본 그들은 더 이상 인격체가 아니다. 피해자는 사물로 전락한다. 관객은 잠시 비분강개하지만 이내 흰 벽에 파란 대문을 단 산토리니의 관광상품에 매혹되거나 규슈 온천에 몸을 담그는 느긋한 상상을 한다. 폭력은 더 이상 '이웃의 나'를 뚫고 들어오지 못한다. 그것은 타인이 지닌 한계성이다.

"폭력은 폭력의 피해자를 사물로 뒤바꿔버리기 때문에 잘못된 것이다."(30쪽)

그래서 인간은 방치된 폭력을 되풀이하는 것 아닐까?
수전 손택은 대중의 '의도적 방관'을 무너뜨리는 일이 우리의 과제라고 말하지만 과자 앞에서 금방 온순해지는 어린아이 같은 대중에게 기대할만한 것이 있을까 싶다. 나는 부화뇌동의 대중을 신뢰하지 않는다. 내가 믿는 것은 소수자의 피 끓는 혁명이다. 그들이 자신을 희생함으로써 세계를 변화시킨다고 본다. 이 책이 초판으로 나온 2004년 1월에 나는 수전 손택의 존재는커녕 한 인간을 변화시키는 책의 힘도 전혀 알지 못했다. 책을 읽음으로써 비로소 세상의 문이 내 앞에서 하나씩 열리는 광경을 체험한 이후 나는 문학이란 신이 주신 선물이라는 것을 알았다.

"문학, 그것도 세계 문학에 다가간다는 것은 국가적 허영심, 속물 근성, 강제적인 편협성, 어리석은 교육, 불완전한 운명, 불운이라는 감옥에서 벗어난다는 것이었습니다. 문학은 광활한 현실로, 즉 자유의 공간으로 들어갈 수 있는 여권이었습니다. 문학은 자유였습니다. 특히 독서와 내면의 가치가 엄청난 도전을 받고 있는 이 시대에도 문학은 자유입니다."(214쪽)

《낙원을 팝니다》_칼 N. 맥대니얼, 존 M. 고디

1798년 유럽인들에게 '유쾌한 섬'으로 불린 나우루는 20세기 초에는 '남태평양에서 가장 부유한 섬'으로, 21세기에 와서는 '태평양의 발가벗겨진 섬나라'로 불린다. 기후와 생물자원 여건에 맞춰 수천 년 동안 인구를 안정적으로 유지할 수 있는 나우루의 고유한 생태조건은 인광석 채광 열풍으로 황무지가 되었다. 나우루가 어디 붙어있는지도 몰랐던 나는 이 책을 읽으면서 나우루와 인광석을 검색했다. 나우루는 파푸아뉴기니 옆에 있는, 세계에서 가장 작은 독립공화국이다. 이 작은 섬나라는 2008년 말 인구가 1만 3천 명으로 한국의 한 개 동 수준이다. 조촐하고 소박하게 살 수 있는 인구밀도다.

남태평양의 나우루 원주민들은 서구인에 의해 인광석의 화폐가치가 밝혀지기 전까지는 고유의 문화와 건강한 식생을 유지했다. 척박한 토양이었지만 토착민들이 그렇듯 이들은 수렵·채취 방식으로 자연환경과 지속적인 관계를 유지할 수 있었다. 나우루의 고유한 생태 조건과 문화에 균열이 가기 시작한 것은 비치코머beachcomber라 불리는 유럽에서 배에 실어 보낸 죄수와 부랑아, 선원들이 섬에 상륙한 때부터다. 이들은 나우루의 원주민들에게 화폐 관념을 심어주었다. 전통과 상반된 서구 경제관념에 따라 철제도구와 무기를 나우루로 실어 날랐고 알코올과 담배를 들여왔다. 유럽의 자본이 나우루의 고유한 생태를 흔들어놓기 시작한 것이다.

나우루가 본격적으로 열강의 자원쟁탈 각축장이 된 것은 1900년 퍼시픽아일랜드 사社의 시드니 사무소 간부인 앨버트 엘리스가 본사로 보낸 한 통의 편지에서 비롯된다. 그것은 유럽 문명인의 흡혈을 알리는 전보였다.

"일생일대의 광경임. 기적이 아니면 있을 수 없는 수백만 톤의 자원은 근면한 농민들의 생계를 보장하고, 배고픈 사람들을 위해 앞으로 수백 년 동안 밀과 버터, 고기를 생산해내는 것을 가능케 할 것임."

보고서에서 인용한 자원이란 인광석이다. 인광석은 우라늄 0.02퍼센트를 포함하고 있으며 인산비료의 원료 등으로 쓰인다. 인광석 채광산업은 한가롭던 섬지역의 풍경을 현대문명이 '진보'라 부르는 도로와 이층집과 쇼핑몰, 학교, 공장, 공항, 위락시설로 바꿔놓았다.

나우루 원주민의 삶은 완전히 뒤집어졌다. 집집마다 자동차와 대형 냉장고와 텔레비전이 갖춰졌다. 사람들은 더 이상 돼지코코야자수 열매를 따 먹지 않고 물고기도 잡지 않는다. 1920년대에는 전체 인구 1천여 명 가운데 절반 가까운 숫자가 나병을 앓고 유아사망률이 1천 명당 3백 명을 넘었다. 이질, 결핵, 인플루엔자 등 외래 병의 수입만 나우루를 망쳐놓은 것이 아니다. 기독교 선교사들의 원주민 전통말살 행위는 나우루의 고유성을 검은 롤러로 완전히 밀어버렸다. 자원은 무한하다는 오판으로 나우루의 토양과 주민의 삶이 존폐의 위기에 처한 다큐는 어디 먼 이야기가 아니다. 난개발로 자연과 주민의 삶이 전복되는 한국의 토건경제이며 세계화의 자화상이다. 저자는 "한 행성에 두 번의 기회는 없다"라는 경고로 암울한 나우루의 현재를 제시하고 있다. 나우루는 지구의 미래다.

5

인물 · 평전 편

그들은 왜 칼을
들어야 했나

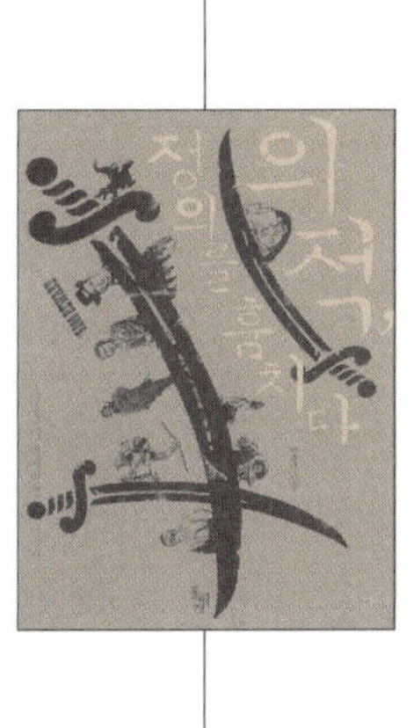

의적義賊의 사전적 의미는 탐관오리의 재물을 훔쳐다가 가난한 사람을 도와주는 의로운 도적이다. 도적盜賊이 남을 해쳐서 자신의 사리사욕을 채우는 데 반해 의적은 도둑질한 재물을 민중에게 재분배한다는 점에서 다르다. 이 책의 저자 박홍규 교수는 머리말에서 과거의 의적 이야기가 여전히 읽히는 사회의 부조리함을 지적하고 있다.

"이 책에 등장하는 모든 의적은 역사적으로는 이미 유물이다. 그러나 의적 이야기는 여전히 우리 주변을 떠돌고 있다는 점에서 단순히 박물관에 갇힌 시체만은 아니다. 그것은 우리 현실에 대한 저항적 희망을 표현하는 하나의 은유다. 궁극적으로 의적은 없어야 한다. 민중들이 폭력에 의존하지 않고도 자신의 꿈을 이룰 수 있는 길이 마련되어야 한다. 그러나 의적 이야기가 여전히 등장하는 것은 우리 현실이 그만큼 부조리하기 때문이 아닐까?"(4~5쪽)

말하자면 도적이 없는 사회는 경찰도 필요 없다. 《홍길동전》에서도 도적이 없는 나라를 설파한다. "산에는 도적이 없고, 길에 떨어진 물건을 아무도 줍지 않았네. 임금이 나라를 잘 다스리면 누가 자기 집을 나와서 도적질로 살아가겠나? (……) 왕이 다스리느냐가 중요한 게 아니라, 어떤 나라를 만들었냐가 더 중요하다." 홍길동은 도적을 양산한 범인으로 나라를 잘못 다스리는 임금을 지목한다. 이 책의 마지막 등장인물이기도 한 홍길동은 활빈당의 행수다. 활빈당活貧黨은 말 그대로 가난한 사람들을 위해 활동하는 조직을 지칭한다. 활빈당이라는 이름에서 스스로 의적임을 천명한 홍길동 일행은 신출귀몰의 신법을 써서 재물을 약탈하고 도주한다.

그런데 홍길동은 여러 판본에 의해서 제각각 각색되는 바람에 의적이냐, 도적이냐 논쟁이 분분하다. 대여도서로 찍힌 세책본에서는 홍길동을 의적으로 그린다. 의적으로 만들어달라고 독자들은 각색을 요구했다. 반면에 정식(?)으로 출판한 소설 홍길동에선 시대에 따라 의적도 되고 도적도 된다. 무차별적인 방화와 약탈과 부녀자 겁탈로 홍길동의 신화에 흠집을 낸 것이다. 홍길동에 대한 상반된 평가가 영국의 로빈 후드에 대해서도 똑같이 적용되고 있는 것을 이 책에서 처음 알았다. 저자가 농민의 친구이자 신사강도라고 호평한 로빈 후드는 13세기에 등장했다. 로빈 후드가 등장했던 시기는 농민착취가 심각했던 때다. 가난한 농민을 옹호하고 착취로 잃은 재산을 돌려주는 의적 로빈 후드의 활약 역시 영국 문학사에서 평가가 엇갈렸다. 동화에서는 로빈 후드를 정의의 기사로 만들기도 했지만 16세기 이후 영국에서는 "로빈 후드 이야기는 바보에게나 좋다"라는 말도 나왔다. 홍길동이 의적과 역적 사이를 왔다갔다 하는 것처럼 로빈 후드 역시 평가자들의 시선에 따라 정체가 바뀌었다.

홍길동 역시 마찬가지지만 의적의 대부분은 자신이 속한 사회로부터 도망친 사람들이다. 사회를 향한 불만과 복수심과 패배감이 이들의 의식을 지배했을 것이다. 처음에는 비주류였지만 세를 불린 다음엔 반권력자가 되는 공통점도 있다. 이 과정에서 조직이 분열되거나 와해되는 경우도 있지만 미국의 은행 강도 버치 캐시디와 선댄스 키드처럼 끝까지 개인단위로 활동했던 사람들도 있다. 우리에게 영화 〈내일을 향해 쏴라〉로 친숙한 이 두 강도는 사실 의적이라고 부르기에는 모호하다. 영화 속에서 이들은 자신들이 강도질한 돈을 시민들에게 나눠주지는 않는다. 그럼에도 관객은 이들의 강도행각을 웃으며 넘긴다. 법질서를 위반한 강도질에 관객이 관대한 이유는 1960년대 히피문화와 반전운동의 분위기에서 이 영화가 탄생했기 때문이라고 저자는 주장한다. 그들이 의적은 아니지만 관객들은 반사회, 반정부의 동질감을 충분히 느끼고 대리만족까지 섭취할 수 있었다는 보충설명이다.

대개 의적들이 반권력 정치 조직으로 영역을 확장하면서 민중의 영웅이 되거나 자신이 직접 소왕국을 건설하는데 또 하나 공통점을 꼽을 수 있다. 로빈 후드도 그렇고 전근대의 의적들 대개가 왕권체제 자체를 부정하진 않았다. 한마디로 의적의 적은 체제가 아니라 악법이며 부패한 권력자들인 것이다. 체제 안에서 가난한 계층을 구제하고 부정부패의 관리들을 혼내 줌으로써 체제의 개선을 요구한 것이지 체제 자체의 붕괴까진 나아가지 않았다. 상황을 개선할 필요는 있지만 의적이 꼭 반체제이거나 혁명세력이어야 할 필요는 없다는 것이 저자의 논지다.

그렇지만 근본적으로 개선의 여지조차 허용하지 않는 압제의 상황이라면 혁명 외에는 달리 방법이 없어 보인다. 러시아 볼가 강 유역에서 카자크인과 농민을 이끌고 반란을 주동했던 스텐카 라진은 혁명을 선동한다.

"형제 여러분! 그대들을 노예 상태로 붙잡아둔 폭군들에게 복수를 하시오. (……) 나는 그대들에게 자유를 주기 위해 왔습니다."(68쪽)

라진이 이루지 못한 농민 혁명은 네스토 마흐노가 농업공동체를 조직해서 부의 평등한 분배를 주장했다. 마흐노는 의적이라기보다는 피의 일요일 이후 혼란한 정국에서 등장하는 많은 분파 중의 한 우두머리였다. 이런 그가 농민공동체를 결성해서 농민의 권익과 부의 균등한 분배를 주장했다는 것도 흥미롭다. 마흐노의 최후는 실패한 의적으로 보기에는 무리지만 볼셰비키의 혼란한 정국에 반란군의 지도자로서 아나키즘이 육성되는 시기의 한 통로를 차지했다는 점에서 의의가 있다.

이 책은 표면적으론 의적을 다룬 책이지만 의적이라기보다는 개인적인 원한을 복수하는 도적도 있고 조직화된 집단들의 변질과정도 재미있게 서술한 책이다. 러시아와 스페인과 대양 건너 아메리카 대륙까지 연결한 이 책은 불평등과 반권력에 관한 민중의 저항사다. '도둑의 여왕'으로 불렸던 인도의 여전사 폴란 데비부터 청해진 왕국을 건설한 장보고까지 해적과 의적과 도적과 혁명가가 되지 못한 반란의 수장들의 행보를 도표로 그려보면 이렇다.

　개인적 원한이나 핍박으로 조직에서 이탈, 또는 범죄발생→도망자의 신분→자신을 위해한 무리에게 복수, 성공→조직 확대→민중에게 호응을 얻음→정치화 조직으로 탈바꿈→비참한 결말

　도망자에서 도둑으로 우연하게 의적이 되고 나아가 공화주의자까지 꿈꿨던 그들은 체제에 대항해 민중구제를 시도했다는 점에서 의적이다. 물론, 일지매나 홍길동, 《수호전》의 송강과 로빈 후드처럼 체제를 전복할 의향까지는 없었던 지도자도 있다. 이 책을 재미있게 다 읽고 나서 깨달은 것이 하나 있는데 의적이 출현한 시점은 모두 농민의 삶이 극심하게 피폐해진 정점이었다는 것이다. 농민은 동서고금을 막론하고 삶의 질과 사회적 대우가 크게 좋아지지 않았음도 확인할 수 있다. 저자는 의적이 없는 사회를 행복한 세상으로 규정했지만 그렇다고 의적이 사라진 지금 농민의 사회적 지위가 나아졌다고도 할 수 없다. 의적은 어디로 간 것일까?

마더 테레사는
누구인가

마더 테레사는 캘커타의 성녀로 불린다. 심지어 가톨릭 신자가 아닌 사람들조차 그녀를 성녀라고 부른다. 그러나 히친스는 가난하고 병든 사람들의 대모였던 테레사 수녀를 우상화의 결과물로 본다.

"이 책에서 이어질 논의의 상대는 속이는 자가 아니라 속는 자들이다. 마더 테레사가 어수룩하고 비판 능력 없는 숱한 관찰자들이 숭배하는 대상이라 한들 그게 그녀 탓, 혹은 그녀만의 탓은 아니다. 환상이 만들어지는 점진적 과정에서 마술사는 청중의 도구일 뿐이다. 그는 심지어 스스로 사기꾼이자 영악한 눈속임쟁이라고 밝히면서도 청

중을 꼬드길 수 있다. 라틴어 속담에도 있지 않은가. 사람들은 속기를 바라니, 속여먹으라."(35쪽)

테레사 수녀의 우상화를 고발한 이 책에서 히친스는 성녀 테레사 대신에 선교사업에 혈안이 된 요망한 할망구 테레사를 그린다. 가난과 긍휼의 대명사이자 교황청의 전적인 신임과 1979년에는 노벨평화상까지 받았던 테레사 수녀를 비판하는 일은 쉽지 않다. 인간모독에 신에 대한 모독까지 감수할 처지에 놓인 히친스는 《신은 위대하지 않다》에서 이미 종교는 인간의 창작품이라는 결론을 냈었다. 히친스는 신은 있다, 없다의 논쟁차원을 넘어선 듯 보인다. 이제는 성녀를 인민 재판장 앞으로 끌고 나왔으니까. 그렇지 않아도 이 책의 붉은 띠지에 "히친스는 이 책으로 지옥에 갈 것이다"라는 경고문이 쓰여 있다. 종교 비판자의 말로가 지옥인 것은 당연하지만 갈 때 가더라도 할 말은 다 하고 가겠다는 각오로 그는 스스로 '악마의 변호인'이라고 칭한다. 전 세계인으로부터 성녀라고 '의심 없이' 추앙받는 마더 테레사는 숭고한 종교 봉사정신과 대중적 친근감을 동시에 지닌 매력적인 인물이다. 독자들 대부분이 다 알다시피 그녀는 사랑을 실천한 살아있는 종교이론의 표본이다.

그런데 싸움꾼 히친스는 이 책의 제목을 재미있게 지었다. 원제인 'The Missionary Position'을 풀이하면 '선교의 입장'이다. 이 말에는 한 가지 뜻이 더 있는데 선교의 입장과 함께 섹스에서의 정상체위를 의미한다는 것이다. 선교와 섹스. 극적인 대비가 자극적이다. 대중을 향한 테레사 수녀의 일방적인 선교사업을, 남성이 위에서 아래쪽의 여성을 내려다보는 섹스 체위와 동일한 시선으로 보는 것이다. 공격적인 자세다 이거지. 히친스 씨, 그러다가 한 방에 훅 가는 수가 있어!

히친스가 테레사 수녀를 재판장에 끌고 나온 이유는 앞에서 언급한 것처럼 대중의 환상을 알려주기 위해서다. 그렇다고 작가로서의 직업적인 소명감까지 갖췄다고는 볼 수 없다. 단지 그의 특기가 종교를 비트는 일이고 그 정점에 테레사 수녀가 있었기 때문인데 정치화한 종교의 진실을 알리는 것이 그의 복음전파다. 어쨌든 테레사 수녀가 대중의 환상으로 만들어진 우상이라는 점에 나는 공감한다. 지옥구덩이 캘커타에 구제시설을 갖추고 그녀는 죽어가는 빈자들에게 주사를 놓고 목욕을 시켜주고 장례를 치러준다. 그녀와 같은 소속인 사랑의 선교회 소속 젊은 수녀들이 캘커타에서 자비와 사랑의 봉사를 거든다. 캘커타는 전 세계의 성소聖所가 되었다. 한 해 5천만 달러라는 천문학적인 기부금을 받는 마더 테레사의 성지에 힐러리 클린턴과 엘리자베스 여왕이 다녀가면서 명성까지 얻었다.

그런데 캘커타의 병자들은 수돗물로 씻어내는 주사바늘을 반복 사용하고, 낡은 면조각의 기저귀를 차고 있다. 말기암 환자조차 아스피린 이상의 진통제를 투여받지 못하고 죽는다. 고통 속에 죽어가는 환자에게 모르핀 주사를 놓는 대신에 이마에 물수건을 올려놓고 세례성사를 해주는 것이 전부다. 시멘트 바닥에서 죽는 날을 기다리는 캘커타의 마더 테레사 성지는 흡사 제2차세계대전 당시 나치수용소의 풍경을 연상시킨다. 앙상한 뼈를 드러내고 웃음을 잃은 얼굴들이 캘커타 홍보사진 속에 박혀있다. 이들이 정말 테레사 수녀의 지극한 보살핌을 받고 기쁘게 죽음을 맞이할 사람들일까? 영양실조로 다 죽어가는 아이를 품에 안고 "보세요. 이 아이 안에 생명이 있어요"(56쪽)라고 말하는 사람은 도대체 어떤 면피를 가진 사람일까? 테레사 수녀는 "가난한 사람들이 자신들의 운명을 받아들이는 것은 매우 아름다운 일"(28쪽)이라고 말했지만 그러나 캘커타의 가난은 아름답지 않다. 가난하고 병든 사람들이 썩은 빵처럼 방치되었다가 버려지는 캘커타의 풍경은 종종 '신성한 장소'로 이용된다. 테레사 수녀가 창립한 사랑의 선교회는 전 세계에 4천 명의 수녀군단을 이루고 있다. 단일 수도회 규모치고는 엄청난 숫자다.

한 해 5천 만 달러 이상의 기부금을 받는 캘커타에 왜 테레사 수녀는 끝내 1급 의료시설을 세우지 않았을까? 나 역시 마찬가지였지만 이 책을 읽는 독자 대부분이 이런 의문을 가져본 적이 없었을 것이다. 이게 다 히친스가 이 책을 쓴 취지라는 그 우상화 때문이다. 도대체 왜 엄청난 기부금을 받으면서 가난하고 병든 사람들이 시멘트 바닥에서 죽어가게 만든 것일까? 그것이 신의 은총인가? 아니면 테레사 수녀의 사랑의 실천방식인가? 그렇다면 기부금은 어디로 간 것일까? 나는 앞에서 히친스가 말한 사랑의 선교회 사업규모를 언급했다. 선교사업은 말 그대로 사업이다. 선교는 복음전파다. 복음전파라는 이름으로 에이즈로 얼룩진 아프리카에서 콘돔을 사용하지 말라는 교황 베네딕트 16세의 칙령이 전파되고 아프가니스탄 두메산골에 한국 교회 십자가가 세워진다. 테레사 수녀는 1981년 아이티 독재자 뒤발리에 부부를 만나고 와서 CBS와 가진 인터뷰에서 당당하게 말했다.

"가난한 사람들이 국가의 우두머리와 이토록 친근한 경우는 처음 보았다. 내게는 아름다운 배움의 경험이었다."(20쪽)

아이티는 미국의 검은돈을 꿀처럼 받아먹는 지도층의 독식으로 어린이 네 명당 한 명이 영양실조로 죽는 나라다.

선교사업은 종교의 본질이다. 말씀을 전하는 일은 사제의 본분이다. 교황청은 지령의 총본부다. 이 책에서는 개신교와 가톨릭 간의 이질적인 성격을 심도 깊게 다루지 않았지만 선교라는 공통분모가 각 종파를 언제든 하나의 덩어리로 단결시킬 수 있음을 주시해야 한다. 테레사는 이런 바탕화면 위에 만들어진 인물이다. 그녀가 추진한 선교사업이야말로 가톨릭이 추구하는, 지상최대의 목표였기 때문에 캘커타의 병자들은 빈민굴 같은 구호시설에서 죽어갔다는 것이 히친스의 주장이다. 캘커타는 테레사 수녀의 사업 전초기지이자 홍보실이었던 것이다.

"가난한 사람들이 자신의 운명을 받아들이는 것은 매우 아름다운 일이라고 나는 생각합니다. 그것을 그리스도의 수난과 공유하는 것 말입니다. 나는 가난한 사람들의 고난이 세계에 많은 도움을 주고 있다고 생각합니다."(28쪽)

30년간 정부와 거대 재단, 기업과 시민 개인으로부터 테레사 수녀가 걷어들인 기부금의 액수는 알 수 없다. 한 번도 회계감사를 받은 적 없고 그 돈의 사용처를 밝힌 적도 없다. 세계의 권력자들과 진한 우정을 과시하는 일도 모자라 독재자와 학살자로부터, 당연한 일이지만 사기꾼에게까지 돈을 받아 챙겼다. 그 돈이 어느 주머니에서 나왔는지는 선교사업에 혈안이 된 늙은 수녀에게 중요치 않았다.

'가난의 매력'에 빠진 마더 테레사에게, 신음하는 빈자들의 생명을 구원하는 일보다 선교사업장을 확장하는 일이 더 중요했다고 독자는 믿고 싶지 않을 것이다. 그녀는 캘커타의 성녀이니까. 그런데 죽어가는 젖먹이 아이를 번쩍 들어 올리며 "이 아이 안에 생명이 있어요"라고 태연하게 말하고, 침략자에게 강간당한 방글라데시 여성들에게 하느님의 생명을 낙태하지 말라고 감상적으로 하소연한 테레사 수녀를 어떻게 받아들여야 할지 나는 혼란스럽다. 악랄한 사기꾼의 구명을 위해 탄원편지를 보내는 인정 많은 수녀 테레사. 전쟁국가 미국을 두고 너그러운 나라'라고 표현한 것은 그래도 참을만하다. 하지만 1984년 인도 보팔시의 유니언 카바이드 공장에서 안전관리 소홀로 2천5백 명이 사망한 참극 앞에서 "용서하세요"라고 말하는 대목에선 화가 난다. 가난과 질병은 신의 은총이 아니라 위험한 죽음의 그림자다. 용서를 말함으로써 사건을 은폐하고 봉합하는 그녀가 평화의 대의를 위해 한 일이 대체 무엇이냐고 히친스는 결말에서 묻는다. 사랑과 봉사라는 명분으로 성녀 테레사를 환상의 틀에 가둔 독자들의 반론도 흥미로운 담론이 될 것 같다. 두 개의 얼굴을 지닌 테레사 수녀는 논쟁의 대상으로 매혹적인 인물 아닌가? 나는 이 책을 읽고 히친스의 논지에 동의하기 어려운 몇 부분이 있긴 했지만 그녀로부터 '마더'라는 호칭은 떼기로 했다.

나는 너희들의 포폄에
아랑곳하지 않는다

이탁오는 중국 명나라 때의 양명학자다. 양명학자이긴 했지만 반유교적 사상을 설파하여 급진좌파로 분류된다. 이탁오가 급진좌파로 불리게 된 데는 입만 열면 공자를 빌려 군자 타령을 한 주희를 독충이라고 공격한 점이 가장 크게 작용했다. 그러나 무엇보다 평소에도 여성과 노비의 인권을 존중하며 자신은 금욕주의자였지만 인욕人慾을 인정하고 스스로 불자라고 칭한 여러 행보가 그를 이단자로 몰아세웠다. 이 책은 이탁오의 자유분방한 사상과 행보를 그가 남긴 편지글 위주로 엮었다. 평전이 자서전과 다른 점은 객관적 시각에 중점을 두고 서술한다는 것이다. 그러나 이 책을 읽고자 하는 독자에게 미리 일러

두자면 이 책은 평전이라는 이름이 붙긴 했지만 저자의 주관적인 시각이 지배적이다. 이탁오를 흠모하는 자세로 서술한 책이므로 이탁오를 객관적으로 읽는 것은 순전히 독자의 몫이다.

이 책의 부제는 '유교의 전제에 맞선 중국 사상사 최대의 이단아'다. 이탁오가 이단아가 된 것은 단연코 공자 때문이다. 공자를 통치수단으로 이용한 정치이념과 공자에 함몰되어 다양한 사상철학을 배척한 학풍을 이탁오는 경계했다. 집착이나 구속 없이 자유롭게 떠도는 유우객자流寓客子로 자처한 이탁오는 유불도를 공부하고 마테오 리치를 만났다. 이탁오는 이런 다양한 사상철학을 기반으로 어느 한 사상에 천착하지 않았다. 한마디로 이탁오 사상의 핵심은 사상철학의 통섭이다. 마흔 살 무렵부터 노자의 도가사상에 심취해서 욕심 없이 청빈한 삶을 지향했고 불교공부를 한 후부터는 가족과 헤어져 삭발하고 절에 머물렀다. 공자의 인仁을 사람을 사랑하는 사상으로 모셨다. 열고 다듬고 버리고 자신만의 기준을 세워 자신의 길을 가자고 주창하는 것이 이탁오의 사상이다. 결과적으로 유교전제에 침잠한 시대 상황에서 자유분방하고 활달한 이탁오의 사상은 이단일 수밖에 없었다. 비록 이탁오의 개인 사상이 사회적으로는 불순했지만 결정적으로 그가 거세대상이 된 이유는 부정부패의 신랄한 비판자였기 때문으로 보인다. 나는 이탁오의 명을 재촉한 것은 바로 비판을 용납하지 못한 권력의 칼이었음을 지적하고 싶다.

이탁오가 논쟁의 상대였던 경정향과 나눈 서간모음집인 《분서》나 역사서인 《장서》에서 주로 다룬 내용은 관료제도의 부패함과 혹세무민의 정치판을 비판하는 것이 대다수다. 비판대상은 공자를 앞세워 부국강병과 종묘사직을 치장하는 부패한 관리들이다. 그러나 공자가 무슨 잘못을 저질렀단 말인가. 일흔여섯 살의 나이로 자결을 선택한

(만약에 사마천처럼 형벌과 죽음의 두 가지 선택이 주어졌다 해도 고집불통 이탁오는 궁형을 선택해서 후일을 도모하는 대신에 죽음을 받아들였을 것이다. 《분서》 서문에서 말했듯이 죽음으로써 분노를 토설하겠다는 극적인 인간이 이탁오다) 이탁오 역시 공맹을 존경하는 성인으로 받들었다. 공자사상은 인본주의에 바탕을 둔 인간성의 회복을 위한 가르침으로 숭상받지만 정작 공자는 권력의 칼로 이용된 점을 이탁오는 지적한다.

"천하 사람들이 (……) 적재적소를 얻지 못한 것은 욕심 많고 포악스런 자가 방해하고 '인자仁者'가 해쳤기 때문이지요! '인자'는 천하 사람들이 적재적소를 잃었다고 걱정하여 적재적소를 얻게 해주려는 것에만 급급합니다. 그리하여 덕과 예를 만들어 마음을 바로잡는다는 것이 오히려 지나치게 규격화한 꼴이 되고, 정치와 형벌을 만들어 행실을 단속한다는 것이 오히려 사지를 옭아맨 꼴이 되어, 사람들이 대대적으로 적재적소를 잃었지요."(143~144쪽)

공자를 앞세워 민중을 억압한 지배층의 부정을 '도둑질'에 비유한 이탁오의 화두는 '도둑'이었다. 이 도둑 이야기는 16세기 이탁오와 더불어, 후흑厚黑(두꺼운 얼굴과 시커먼 뱃속)으로 후흑을 제압한다는 《후흑열전》을 쓴 19세기의 이종오에게 이어지고 인간과 개를 비유로 중국인의 노예화를 재단한 20세기 루쉰에게 닿았다.

"만약 반드시 공자로부터 모든 것을 취해야 한다면, 천고 이전 공자가 없을 때는 끝내 사람이 될 수 없었단 말입니까?"(142쪽)

그러나 이탁오는 공자를 반대하지 않았다. 공자의 무리로 자처하며 공자를 꼭두각시로 이용해서 사리사욕을 취한 부패한 관리들을 혐오한 것이다. 행랑채에서 여종을 탐하고 사랑채로 건너와 공맹을 논하던 이중적 행태는 군왕 앞에서는 엎드린 개가 되고 성문 밖의 백성 앞에 나아가선 개의 우두머리 노릇을 했던 공자의 껍데기를 벗기는 일침이었다. 앞에 인용한 글에서 나는 조선시대 유학자들의 그림자를 본다. "천하의 이치를 어찌 주자만 알고 나는 모른단 말인가? 주자가 살아온다면 나의 학설을 인정하지 않겠지만 공자가 살아온다면 나의 학설이 맞는다고 할 것이다." 이 한마디로 사문난적의 폭풍 속으로 사라진 윤휴와 주자의 가면을 빌려 쓰고 주자 행세를 했던 송시열 같은 꼰대들의 조선에서도 주체적 사상의 탐구는 이단으로 몰려 소멸되고 말았다.

권력에 기댄 지식인들이 권력자의 비위를 맞추기 위해 자기과시와 음모로 경쟁을 했던 것은 동서고금을 통해 새로운 사실이 아니다. 그것을 지적하고 비판하고 감시하는 내부비판자야말로 오히려 가혹한 처벌을 받는다. 이런 현실은 16세기의 이탁오가 스스로를 면도칼로 그어 죽게 만들었다. 그러나 사상계의 이단자였던 이탁오는 왕조 자체를 부정하진 않았다. 오히려 그는 명 태조 주원장을 하늘이 내린 인물로 평가하면서 전제군주체제를 인정했다. 과부의 재가를 허용하고 귀족집안 출신의 비구니 매담연과 자유로운 교류를 나누며 평등한 여성관을 지향했던 이탁오. '남이 뱉은 찌꺼기를 집어 삼키는' 유교전제를 비판한 그도 왕조해체까지는 염두에 두지 않았던 듯 보인다.

어린아이 같은 순진무구한 마음으로 열려있는 학문을 추구해야 한다는 동심설의 이탁오. 금전과 재산이 인생의 성패를 결정하기도 하므로 열심히 일해서 정직한 돈을 모으라고 권하던 이탁오는 스스로 돈을 사랑한다고 솔직히 말했다. 나는 이탁오의 도가적 청빈함과 세속적 생활인의 긍정을 읽으면서 그가 '높은 곳의 공자'보다 '인간 공자'를 왜 열망했는지 이해할 수 있었다. 옷 입고 밥 먹는 것이 인륜이요, 만물의 이치이므로 옷 입고 밥 먹는 것을 빼면 인륜이고 뭐고 없다는 이탁오의 사상에서 다산 정약용의 실사구시 학문을 흐릿하게 미리 볼 수 있었다. 또한 《수호전》 속에 나오는 괴수 송강을 '충의'라고 부르며 탐관오리를 조롱하는 대목과 자신의 글쓰기가 2백 퍼센트나 식견을 갖췄다고 뻥치는 대목에선 연암 박지원의 거침없이 통쾌한 풍채가 떠오른다.

이탁오의 사상은 견문과 전통에 국한되고 피동적인 분위기를 다소 띠고 있지만 사상과 언론의 자유를 통해서 개인성을 논했다는 자체만으로도 의의가 깊다.

"저는 사람을 개라고 욕하는 것보다 도리어 개를 사람이라고 욕하는 것이 염려됩니다."(296쪽)

이런 말을 할 줄 아는 제자는 다음과 같은 말을 했던 스승과 견줄 만한 경지에 올랐다고 볼 수 있지 않을까? 나는 이 평전을 읽으면서 자기를 위하는 것을 귀히 여기고, 개인의 행복과 가치를 추구하며, 부화뇌동과 공명심을 경계하는 이탁오의 사상에서 조선시대 혜환 이용휴의 '참 나[眞我]'를 봤다.

"나는 어릴 때부터 성인의 가르침이 담긴 책을 읽었지만 성인의 가르침이 무엇인지 몰랐고, 공자를 존중했지만 공자에게 무슨 존중할만한 것이 있는지 몰랐다. 속담에 이른바 난쟁이가 키 큰 사람들 틈에 끼어 굿거리를 구경하는 것과 같아, 남들이 좋다고 소리치면 그저 따라서 좋다고 소리치는 격이었다. 나이 오십 전까지는 나는 정말 한 마리 개와 같았다. 앞의 개가 그림자를 보고 짖어대자 나도 따라 짖어댄 것일 뿐, 왜 그렇게 짖어댔는지 까닭을 묻는다면, 그저 벙어리처럼 아무 말 없이 웃을 뿐이었다."(《속분서 권2 성교소인聖教小引》 중)

나는 이 글을 읽고 더 이상 서평을 쓰지 않아야겠다는 생각을 잠시 가졌다. 이유는 한 마리 개 그림자가 부끄러웠기 때문인데 이탁오가 스스로 봉황이라고 떠벌인 당당함을 보고 마음을 바꿨다. 개도 개 나름이다. 개에게도 개똥철학이 있잖은가.

《이탁오 평전》은 철학도나 중국사상에 관심 있는 독자라면 읽어볼 만한 책이다. 번역에는 무리가 없지만 고답적이고 과장된 문체가 다소 지루하다. 이탁오를 중국 사상해방의 선구자로 모시는 중국인 저자의 주관성이 강한 책이지만 국내 번역서의 희소성에 비춰볼 때 방대한 양의 자료편집은 성실한 가치를 인정받을만하다.

혁명전선 이후
두 예술가의 초상

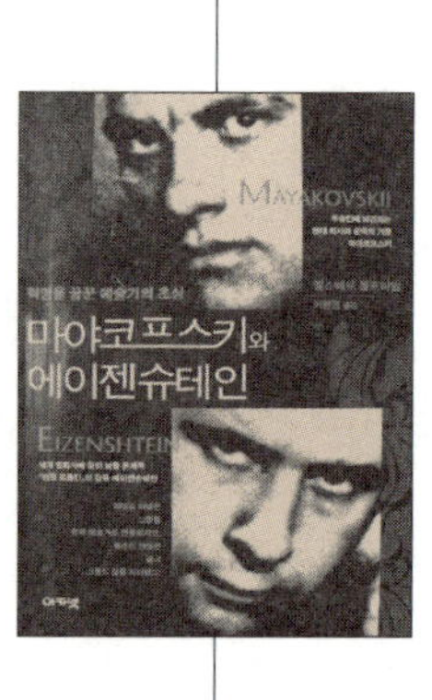

'혁명의 계관시인'으로 불리는 블라디미르 마야코프스키는 내게 낯선 이름이었다. 내가 마야코프스키의 이름을 처음 접한 것은 《장정일의 독서일기》에서였다. 그 책에서 장정일은 마야코프스키를 읽은 문청시절에 러시아가 청춘의 고향이 되었다고 고백했다. 그뿐이었지 나는 마야코프스키를 읽을 의지도 계기도 없었다. 마야코프스키는 《장정일의 독서일기》 속에 묻혔다. 그러다가 두 명의 혁명 전후 인물을 소개한 이 책에서 그의 생애를 만났다. 그나마 흑백 영화 〈전함 포템킨〉 덕분에 세르게이 에이젠슈테인의 명성은 조금 낯익었다. 이 책은 러시아 혁명기 두 예술가의 삶을 '평행전기' 기법으로 서술했다. 저자의 소개에 의하면 평행전기 기법이란 동시대의 두 인물을 비교하면서 쓴 전기문이다. 영어로 듀오그래피라고 부른다. 어쨌든 이 책은 러시아 혁명기 당대의 두 인물을 함께 묶었다. 놀랍게도 이 책을 쓴 저자는 러시아인이 아닌 독일 태생이다. 그런 이유 때문인지 몰라도 책 전체가 독일어 관용어구를 대하는 것처럼 딱딱하고 번역 역시 부드럽지 않다. 번역의 미흡함인지 교정기술의 부족함인지 확인할 수 없지만 훨씬 재미있는 책이 될 수 있었을 텐데 아쉽다.

마야코프스키의 《대중의 취향에 따귀를 때려라》를 읽기 전이나 에이젠슈테인의 〈전함 포템킨〉을 보기 전에 이 책은 혁명 예술가의 입문서로 괜찮다. 단, 주관적 비약이 심한 것을 감안해야 한다. 페레스트로이카 이전의 러시아 예술사는 검열의 시대였다. 예술가는 창작 의지를 개입시킬 수 없었고, 당이 맞춤주문한 작품을 만들어내는 기성복 재단사에 불과했다. 공산주의 신봉자였던 마야코프스키조차 활동 20년을 회고하는 자리에서 자신의 본업은 욕하기였고 20년 동안 문학 활동을 하면서 힘든 싸움을 했다고 토로했다. 10월 혁명을 미래의 청사진으로 그린 마야코프스키에게 프롤레타리아 동지들은 수시로 발목을 걸었다. '러시아 프롤레타리아 작가 연맹'은 관변단체로 당의 후원을 받아 활동했다. 이 단체는 '혁명예술전선'의 마야코프스키를 혁명과 상관없는 인물로 비난하며 지속적인 공격을 감행했다. 마야코프스키는 예술만이 민중을 옳은 길로 인도할 수 있다는 믿음으로 예술의 순수성이 지닌 힘을 기대했다. 산림감독관의 아들로 태어난 마야코프스키는 열다섯 살 때 러시아 사회민주노동당 선전원에 투입된다. 그러나 인습을 파괴하는 예술가들 모임에 참가하면서 대중예술이야말로 예술의 본질이라는 가치관을 형성했다. 그가 연극에 심취했던 이유도 대중예술을 향한 열정 때문이다.

연극 무대에서 마야코프스키는 큰 목소리로 관객을 사로잡았다. 군중을 흥분하게 만드는 것은 이데올로기적 침전물이 아니라 예술가적 웅변이라고 여긴 마야코프스키의 예술은 한마디로 광기였다. 그의 첫 번째 희곡 제목은 〈블라디미르 마야코프스키〉다. 자신의 이름을 제목으로 넣는 자아과잉의 이 시인은 새로 다가올 시대를 준비하는 마지막 시인이 자신이라고 떠벌인다. 스스로 미래의 총아로 인식하는 마야코프스키가 어째서 권총자살로 생을 마쳤는지를 보는 것이 책읽기의 재미다. 오직 예술만이 민중을 좌익노선으로 이끌 수 있었다는 순진한 예술정신은 정치이념과의 불화를 극복하지 못했다.

"언젠가 우리는 부르주아를 상대로 투우를 벌였었다. 노란색 재킷을 입고 얼굴에는 짙은 화장을 한 우리는 도발가였다. 이제 우리는 전형적인 소비에트식 수용소에 있는 그 황소라는 제물에 맞서 싸운다."(70쪽)

혁명 당시 미래파로 분류되었던 마야코프스키의 최후는 혁명예술의 이상향이 현실정치를 극복하지 못하는 괴리에 좌절한 것이다. 저자는 그의 혁명적 열정이 화려한 언어유희에 가려져 제대로 인정을 받지 못했다고 평하지만 어차피 혁명의 파동이 한차례 숨을 다듬고 나면 그 다음엔 숙청밖에 없다는 공식을 나는 떠올렸다. 혁명이 성공하고 난 후 혁명 발기인들이 제거되는 것은 혁명의 속성이자 수순이다. 자신의 집권에 방해가 되는 창립 멤버를 끝까지 거두어주는 너그러운 권력자는 없다. 단물 쓴물 다 빨아먹고 나면 버려질 일만 남는 것이 혁명 아닌가. 푸슈킨에 비교할만한 현대 러시아 문학의 거장이라는 마야코프스키의 《대중의 취향에 따귀를 때려라》를 읽어본 후 나는 그의 자발적 숙청을 찬양할지 결정하겠다.

　에이젠슈테인은 마야코프스키의 연극으로 출발해서 영화로 종결지은 인물이다. 연극에 입문했던 시절 에이젠슈테인은 마야코프스키를 일컬어 '불같은 호민관'이라 했다. 두 사람 모두 혁명적 좌파였고 아이러니하게도 혁명의 폭풍 속으로 사라졌다. 그의 〈전함 포템킨〉(책에서는 〈전함 포춈킨〉으로 부른다. 영어식 발음, 독일식 발음, 러시아식 발음이 통일되지 않은 산만한 편집이다)은 10월 혁명의 당위성을 표방한다. 제정 러시아 차르의 수병들은 썩은 쇠고기를 지급받고 선상 반란을 일으킨다. 진압하려는 정부군과 쫓기는 수병들 사이에서 총격전이 일어나는 오데사 계단의 학살은 이 영화의 하이라이트다. 수병들의 시체가 겹겹이 쌓이는 계단 위로 굴러 떨어지는 유모차가 관객의 시선을 붙잡는다. 영화가 유명해진 것도 이 장면 때문인데 이 책에서 읽어보니 이것은 연극적 장치라고 한다. 급박하고 위험한 상황에서 유모차가 다치는 것을 관객은 바라지 않는다. 비현실적이기를 바라는 일이 눈앞에서 멈추었다면 관객은 현장에 있는 것처럼 전율한다. 아주 짧은 순간 멈춘 화면은 에이젠슈테인이 연극무대 경험을 살려 긴장감을 연출한 것이다. 실제로 에이젠슈테인은 영화감독이 되기 전에 마야코프스키의 연극을 견학했고 짧은 기간이었지만 함께 작업을 했다. 에이젠슈테인의 영화는 잔인한 장면이 많다. 〈전함 포템킨〉에서도 시체들이 척척 쌓여 포개지는 계단을 여과 없이 보여준다. 에이젠슈테인이 영화 속에서 잔인한 장면 연출을 즐겨 사용한 동기를, 저자는 에이젠슈테인의 유년기에 경험한 사디즘적 영상물의 결과로 본다. 어머니의 불륜을 목격하고 그로 인해 가족이 해체되었고 중산층 이상의 위선적 도덕교육에 거부감을 갖고 성장한 에이젠슈테인은 프로이트 신봉자이기도 했지만 성장기의 영향력이 그의 전 인생을 지배했다는 말이다. 마야코프스키에 비해 허술하게 편집한 혐의를 갖게 되는 이 책의 에이젠슈테인 편에서 몇 문단은 흥미롭다. 가령, 〈전함 포템킨〉을 두고 발터 벤야민의 "다리의 아치처럼 모든 개별 장면들이 정확히 계산적"이라는 평가와 영화 〈10월〉에선 스탈린의 라이벌인 트로츠키를 과감하게 등장시킨 점이 그렇다. 나중에 삭제되었지만 이때 스탈린의 시험대에 오른 에이젠슈테인의 공식적 명성이 흔들리기 시작했다. 그는 문맹사회에서 이미지를 형상화하는 데 심혈을 기울이며 속마음은 자유분방을 추구했지만(멕시코 체류 중 그는 미소년의 관능에 도취되거나 교미하는 동물 그림, 심지어 발기한 예수까지 그렸다), 겉으로는 스탈린의 공포정치에 적극 협조했다. 〈이반 그로스닛〉에서는 민중을 통합하는 독재자 이반을 진보적 인물로 그려 스탈린상을 수상한다. 그를 기회주의자라고 불러야 하겠지만 이 영화의 숨은 의미에서 독재자 차르 이반과 스탈린을 동격화했다는 평가도 있다. 에이젠슈테인은 표면상으로 볼 때 완벽한 스탈린주의자였다. 스탈린 부역자로 불러도 좋을 만큼 당에 충성하는 영화비평에 관대했고 당의 결정들에 순응했다. 레닌 훈장까지 받았다. 명예로운 인민 예술가로 만족하는 듯했다. 그러나 그의 속마음은 따로 있었던 듯 보인다. 예술까지도 당의 사유재산으로 귀속되던 국가에서 자유분방한 혈관을 숨기고 살았던 그는 수용소로 가는 대신에 요양소에서 죽는 법을 준비했다. 그는 자서전 《나YO》에 죽도록 일함으로써 자살을 감행하기로 했음을 고백한다. 심근경색 환자에게 과도한 노동과 스트레스는 극약이다. 마야코프스키가 시대와의 불화를 극복하지 못하고 권총 방아쇠를 당겼다면 에이젠슈테인은 비열한 현실 속에 몸부림치다가 병을 키워 죽음을 앞당겼다. 혁명은 예술가를 만들었지만 예술가를 죽이기도 했다.

이제 됐습니다

단도직입적으로 말해서 박근혜의 첫 번째 자서전은 두터운 화장 냄새만 진동한다. 세상에 객관적인 자서전이란 없다는 것이 내 지론이고 더구나 이 책에서 박근혜는 아버지 박정희로부터 한 치도 벗어나지 못한다. 박씨네 부녀가 한국 현대사에 끼친 영향을 떠올리면 박근혜 자서전의 부녀 홍보는 당연하다. 그러나 박씨네 부녀가 한국 역사에서 한 축을 맡고 있는 것은 분명하지만 어떤 역할이었는가를 독자는 물을 필요가 있다. 17년 동안 장기집권을 하면서 아버지 박정희가 취한 여러 행보를 가리켜 박근혜는 '역사적 사명감'이라는 표현을 자주 사용한다. 박근혜의 역사적 사명감은 박씨네 부녀의 개인적 소명감과 일치하기도 한다. 박근혜 역시 이 책 속에서 줄기차게 역사적 사명감으로 정치에 복귀했다는 것을 강조한다. 아버지 박정희가 무지한 대중을 계몽하고 경제파탄으로 굶주린 백성을 도탄에서 구출하려는 사명감이었다면 박근혜는 그런 아버지의 유지를 받드는 것이 사명감이다. 그녀에게는 아직도 대중이 과거처럼 무지하고 굶주려서 보살펴줘야 할 '자식'인 것이다. 설마.

박근혜는 이 책에서 1974년 8월 15일 어머니를 잃고 스물두 살의 어린 퍼스트레이디로 등극하기 전까지의 개인사에선 육영수를 중심으로 서술하고, 퍼스트레이디로 활동하던 5년간은 박정희 업적 찬양과 역사 표백에 지면을 할애한다. 마지막 챕터인 정치에 복귀한 이후부터는 자신의 활동상을 치적처럼 나열하는 이 자서전은 애국심으로 시작해서 애국심으로 끝난다. 그녀 스스로 '숙명'이라고 부르는 어린 퍼스트레이디 역할은 아버지 박정희의 정치 과외수업을 통해 이뤄졌다. 박정희와 박근혜에게는 부국강병만이 역사적 사명이다. 부국강병의 군국주의 이데올로기를 경제성장 중심의 자본주의 이데올로기와 교묘하게 결합한 박정희의 정치수완에는 이념강화 훈련이 강요된다. 1974년 육영수 사후에 생긴 '새마음 운동'은 새마을 운동과 유신을 지지하기 위한 의식강령이다. 새마음으로 개조해서 무엇을 하자는 것일까? 나치 때 일었던 정신개조론이나 일본의 정신무장론은 국가에 집중하는 정신이다. 국가를 위해서 정신을 뜯어 고치라는 이 정신개조론은 어린 딸에게 명분 있는 자리를 만들어주면서 실제로 새마음 운동을 통하여 박근혜는 자신의 입지 기반을 구축했다. 그녀가 어머니 육영수의 유지를 이어받아 무료병원과 나환자촌 재활장치를 마련하면서 복지정책의 기수 역할을 담당했던 것은 모범적이다. 물론, 이런 햇볕 정책은 유신독재에 확실한 그늘막이 되었다.

유신은 이 책에서 딱 한 번 언급되는데 유신 때는 유신만이 살 길이라고 떠들던 사람들이 아버지 사후 다 돌아서서 남이 되었다는 무정한 세상사를 원망할 때다. 유신독재로 인해 국민들의 삶이 통제받고 인권이 말살당했으며 독점기업 양산으로 국가경제가 피폐해진 데 대해서는 말이 없다. 나는 물론 이 책에서 박근혜의 유신소감이나 장기집권으로 인한 폐단이 언급되리라 기대하지는 않았다. 1970년대 초등학교 학생이던 나는 박정희 일가의 이미지 조작을 경험하며 성장했다. 이미지 조작은 성공해서 지금도 박정희와 경제발전을 한데 엮는 사람들이 있지만 박정희의 경제발전은 한국 농촌의 몰락을 재촉했으며 도시의 빈민 노동자들을 양산했다. 굶주림으로부터 벗어나는 일이 급하다는 이유로 월남전에 파병을 했고 수출주도형 국가로 돌진하면서 독점기업과 환경문제를 낳았다. 어쨌든 딸의 자서전 속에서 박정희는 성군聖君이다. 최측근 인물로 정권독식에 야망이 컸던 차지철이나 교활한 이후락, 교만한 김형욱을 둔 상황에서 대통령만은 독야청청했다는 설명이다. 정신과 의사 정혜신의 《사람 VS 사람》에서는 부성 콤플렉스에 매몰된 박근혜를 측은하게 지적하는 대목이 나온다. 아버지 시대를 '투명하게' 인식해달라고 요청하는 정혜신은 박근혜의 불변하지 않는 숙명적인 국가관이 안타까웠던 모양이다. 나도 그렇다.

153쪽에서 박정희를 회상하는 대목에 이르러 박근혜는 "나의 아버지는 당신의 조국, 대한민국 외에는 사심은 결코 없었다"라고 강변한다. 사심 없던 박정희가 영남대학교와 정수장학회와 어린이회관을 사유재산으로 수중에 넣은 것은 어떻게 설명할 수 있을까? 박근혜는 154쪽에서 아버지의 민주화 정책에서 부족한 부분도 있다고 인정을 하는데 배고픔에서 벗어나는 것이 급선무였기 때문에 민주화의 상처는 어쩔 수 없다는 변론이다. 그렇다면 민주화의 희생을 대가로 얻은 경제성장으로 가장 많은 이득을 얻은 계층은 누구일까? 정경유착과 관치금융의 특혜로 현대와 삼성과 대우 같은 대기업은 이때 한국 경제를 독점하는 기업으로 성장했다. 국민의 피를 바치면서 국가부흥을 합리화하는 자세는 군국주의적 태도다. 박근혜의 저 발언은 제2차세계대전 말기에 국민의 고혈로 제국을 일으키자던 일본제국주의를 연상하게 한다. 경제를 넘어 개인의 사상과 감정까지 통제하던 군국주의야말로 1970년대 한국의 상황이었다. 박근혜의 경제성장 운명론은 한마디로 민주를 희생해서 기득권의 생존을 도모하자는 의미에 불과하다. 박정희의 경제정책이 국가동력이었는지 모르지만 결국 국민의 자유를 억압하는 결과를 초래하고 말았다. 그러므로 나는 민주화운동의 희생자들에게 항상 죄스러운 마음을 가지고 있다는 그녀의 말을 신뢰할 수 없다. 그녀가 민주화운동의 희생자들에게 진심으로 미안하고 속죄하는 마음을 가졌다면 해마다 박정희 추모행사를 거창하게 개최하고 천문학적인 세금으로 박정희 기념관을 짓는 일은 중단해야 한다. 진정한 고해성사는 고요하고 깊은 울림 속에 진행되는 것이지 꽹과리 두들기며 요란한 잔칫상을 차리진 않는다.

박정희에 대한 또 하나의 날조는 그의 예술가적 감성을 확대한 것이다. 아내의 초상화를 그리고 아내를 위해 시를 짓고 피아노를 치는 로맨티스트 아버지는 아우슈비츠 소장이 가스실에 유대인을 밀어 넣고 집으로 돌아와 자신의 아이들에게 슈베르트 가곡을 피아노로 들려주는 대목을 연상시킨다. 박근혜의 부성 콤플렉스는 독재자로서의 이미지를 자상하고 다정한 아버지와 남편으로 윤색했다. 실제로 다른 독자 서평에서 박근혜의 이런 이미지 조작에 넘어가 인간 박정희와 어린 딸에게 향수와 연민의 시선을 보내는 것을 목격할 수 있었다. 나는 문득 "우리는 눈에 띄는 동기 요소가 소망 충족인 환상을 믿음이라 부르고, 그러면서 믿음과 실재의 관계를 고려하지 않는다. 환상이 검증을 중시하지 않는 것과 마찬가지로"라는 프로이트의 〈환상의 미래〉가 떠올랐다. 진실의 의도적인 은폐와 은닉과 봉합의 삼박자 리듬을 탄 박근혜의 자서전은 한마디로 역사의 날조를 기술한 것에 불과하다. 환상조작이란 얼마나 쉬우며 그것에 속아 넘어가기는 또 얼마나 쉽던가!

책 말미의 야당 총재 이야기와 세계화 언급 단락은 최근 자료이기 때문에 신선하게 눈요기할 수 있다. 천막 당사 이야기는 자화자찬의 유분수고, 김영선과 전여옥을 여권신장의 대표 여성 정치인이라고 발언하는 대목은 박근혜의 안목 수준을 가늠하게 한다. 2005년 4월 30일 재보궐 선거에서 경북 영천 지역을 두고 "그래도 경북인데"라고 말했던 것은 뿌리 깊은 지역감정을 확인하는 대목이다. 지금도 대구 경북에서 박정희는 건재하다. 충칭 임시정부 청사의 김구 선생 흉상 앞에서 애국선열들과 광복운동을 상상하며 목구멍이 뜨거웠다는 대목도 재미있다. 독립투사들이 조국의 광복 앞에 핏물을 바칠 때 박정희는 만주군관학교에서 다카키 마사오라는 이름으로 일본군 소위가 되었다. 좀더 친일적인 냄새를 풍기기 위해 다카키 마사오를 버리고 오카모토 미노루로 두 번이나 자발적으로 창씨개명을 했다. 그의 딸은 군국주의자 콘돌리자 라이스, 도널드 럼스펠트와 돈독한 관계라고 강조하며 이 책을 맺는다.

그녀가 신주단지처럼 모시는 '애국심'을 고양하기 위해 대학생들과 활발한 소통을 진행 중임을 밝히는 대목마다 나는 아찔하다. 이 책을 국민에게 바치고 싶다는 소망과는 다르게 나는 그녀가 부디 국가적 소임을 하루빨리 버리고 개인의 삶으로 돌아가기를 빌 뿐이다.

왜냐하면 차기 대권주자로 차분하게 성장하는 그녀가 대통령이 되는 날 한국은 귀신이 다스리는 나라가 되기 때문이다. 죽은 자가 산 자를 통제하고 억압하는 세상이 올까 봐 두렵다. 자신은 역사적 사명감으로 태어난 애국자고 자신과 아버지에게 반대하는 사람은 매국노 취급하는 그녀의 자서전은 각하 찬양, 각하 가족 찬송가에 지나지 않는다. 순진한 추종자들로부터 받는 전폭적인 지지와 성원을 다양한 소재에 사용하면서 겨레의 지도자(책으로 발간), 조국의 등불(영화 촬영)이었던 박정희 '만'을 우상화한 자서전은 다 읽고 나면 뒤뜰에서 한 장씩 뜯어 불에 태우는 것이 좋다. 마음이 추울 때는 몸이라도 불을 쬐야 한다.

사진 보는 일도 이 자서전의 묘미다. 113쪽의 한백훈련원 방문 사진은 앙리 카르티에 브레송의 '결정적 순간'에 버금간다. 기름때에 전 작업복 차림으로 앉아있는 무표정한 남자 기계공과 대조적으로 샤넬 칼라 달린 흰 투피스를 차려입은 박근혜의 진지한 얼굴은 앳되다 못해 순진무구한 열의에 부푼 소왕국의 공주님, 그 자체다. 나는 사진 속 노동자의 더러운 작업복이야말로 독재의 유산이라는 생각이 들어 울적했다.

마르케스 문학의
총정리

1927년생인 마르케스의 자서전은 그의 전 생애에 걸친 인간적 욕망과 문학적 고백이 혼합된 이야기다. 마르케스도 이제 백발이 성성한 나이가 되었으니 머지않아 저녁노을 속으로 영영 떠날 것이다. 7백 쪽이 넘는 묵직한 이 책은 마르케스의 서른 살까지의 기록이므로 향후 두 번째 자서전이 출간될 것으로 보인다. 실화인가 뻥인가를 구분할 수 없이 현란했던 그의 소설들은 이 책 속에서 사실 확인을 할 수 있다. 그러므로 이 책은 '마술적 사실주의'의 증명서다.

"어머니가 집을 팔러 가는데 함께 가자고 했다"로 출발하는 이 자서전은 옛집을 찾아가는 길에서 기억의 그물을 건져 올린다. 그의 부

모님이 서로의 집 건너편에서 수화로 밀어를 나누며 연애를 하고 열
세 살의 마르케스가 암말 같은 육감적인 창녀에게 순결을 잃은 장면
은 《백년 동안의 고독》의 밑그림이다. '나는 창녀들 때문에 결혼할
시간이 없었다'는 아흔 살 노인의 《내 슬픈 창녀들의 추억》과 유나이
티드 프루트 컴퍼니가 휩쓸고 사라진 황폐한 마콘도에서 황금물고기
를 만든 대령의 후예들은 《백년 동안의 고독》에서 뚜벅뚜벅 돌아다
닌다. 《백년 동안의 고독》에 등장한 흙을 먹는 여동생 마르곳과 평생
처녀로 살다 죽기 2주 전에 자신의 수의를 짜서 입고 죽은 이모와 현
란한 방언을 구사한 집안의 그 많은 하녀들과 친척들의 이야기는 모
두 사실이다. 마르케스 자신도 "내 존재방식과 내 사고방식의 근간은
유년기에 나를 보살펴주던 외갓집 여자들과 여러 하녀들로부터 영향
받은 것 같다"(104쪽)라고 술회한다.

그러나 수다쟁이 마르케스의 자서전에서 독자가 가장 궁금해할 사
연은 글쓰기 이야기일 것이다. '무절제한 문학적 순례'라 일컬었던
'바랑키야 그룹'의 문학토론과 글쓰기는 촌뜨기 법대 중퇴생 마르케
스에게 작가로서의 자신감과 역량에 거름을 부어주었다.

"제 인생에 되고 싶은 건 작가밖에 없다고 아버지께 말씀해주세요.
전 그렇게 될 거에요."(33쪽)

이들은 카페에 앉아 새벽까지 글을 썼다. 단골 술집 안마당에서 불
을 지피고 밤을 새워 문학을 토론하고 문학기행을 다니면서 삶과 글
을 육화한 것이다. 마르케스는 바랑키야 문학 클럽을 만나면서 다양
하고 풍성한 글을 쓰기 시작하는데 그의 문학자본은 이런 것들이었
다. 젊은 날의 방탕한 섹스 편력, 열정적인 볼레로, 공원에서 잠을 잔

빈털터리 기자생활과 광고전단지 배포와 책 외판원까지 두루 섭렵한 가난, 닥치는 대로 읽은 책과 철권검열의 계엄령하에서도 멈추지 않고 쓴 신문사설, 그리고 가혹하게 문장법을 가르쳐준 카르타헤나의 '글 스승들'. 바랑키야의 여섯 명에 대비되는 카르타헤나의 스승들은 마음은 따뜻하지만 '손맛은 매운 스승'들로 맞춤법에 취약한 마르케스의 글을 황금문장으로 만들어준 인물들이다. 바랑키야의 친구들이 풍요로운 삶의 체험을 만들어줬다면 카르타헤나의 동료들은 그것을 문장으로 옮기는 방법을 알려줬다. 마르케스의 지칠 줄 모르는 뻥과 수다는 이 두 개의 만남을 자양분으로 삼은 것이다.

"그는 눈부시게 재치 있는 화술을 동원해가며 끝없이 얘기를 늘어놓는 천부적인 이야기꾼이자, 사실 같지 않은 현실을 창조해놓고 결국 자신도 믿어버리고 마는 상상의 모험가였다. 우리는 죽었거나 살아있는 다른 친구들에 관해, 절대로 쓸 수 없는 책들에 관해, 우리를 잊었지만 우리는 잊을 수 없는 여자들에 관해, 카리브적 낙원 같은 그의 고향 똘루의 목가적인 해변들에 관해, 실수를 모르는 아라까따까의 마법사들과 묵시록적 재난들에 관해 여러 시간 동안 얘기했다. 우리가 아직 다 못한 얘기들을 마저 다할 만큼 삶이 길지 않은 것이 두렵다는 듯, 물 한 모금 마시지 않고 숨도 제대로 쉬지 않은 채 줄담배를 피워가며, 지금까지 존재했던 모든 것들과 앞으로 존재해야 할 모든 것들에 관해 얘기했다."(470~471쪽)

마르케스의 끝없이 이어지는 수다의 태동이었던 문학 모임과 함께 뻥쟁이로서 풍성한 글쓰기 소재는 그의 전 생애에서 낚아 올린 경험의 산물이다. 침대에서 마르케스를 가르친 나이 먹은 프랑스 창녀 마

르티나와 그리스 고전을 모르면 훌륭한 작가가 될 수 없다고 일침을
준 부드럽지만 강철처럼 단단한 친구 구스타보, 보르헤스와 버지니
아 울프에 눈뜨게 해준 부잣집 아들 알바로, 그리고 법대를 때려치우
고 카르타헤나에서 만난 예술·문학·언론계 스승들과의 우정은 급
조용 단편 작가 마르케스를 노벨상의 재원으로 키웠다. 이 과정에서
마르케스는 스무 살을 갓 넘은 나이에 인간이 경험할 수 있는 온갖
세상 일을 맨발로 바닥까지 짚었으며 문학에 대한 열정의 부레를 최
고조로 부풀렸다. 사연 많은 인생은 자신의 이야기를 하고 싶어 피가
들끓었다. 수다는 그의 운명이었다.

마르케스와 오랜 친구이며 《세상 종말 전쟁》의 저자인 마리오 바
르가스 요사는 문학을 "혼란스럽고 이해 불가능한 현실에 대해 우리
가 취할 수 있는 유일한 항변"이라고 정의했다. 마르케스의 《백년 동
안의 고독》이 바로 그러한 문학이다. 자신의 외가 집안을 모델로 쓴
이 작품에서 그는 바나나공화국으로 전락한 라틴아메리카의 과거사
를 다룬다. 그의 글은 개인사이면서 동시에 콜롬비아 역사였다. 이
자서전에서도 마르케스는 콜롬비아가 한국전쟁에 참전했던 짧은 회
고를 들려준다. 콜롬비아가 겪은 전쟁과 식민지와 혁명은 한국의 과
거사와 놀랍도록 닮았다. 마르케스의 손끝에서 기록되는 소설 속의
디테일한 풍경이 한국 독자들에게 유독 어필한 까닭도 이런 공유감
때문이 아닐까 싶다. 나는 라틴아메리카의 문학이 대개 식민과 전쟁
을 근저로 삼고 있다는 점에서 마리오 바르가스 요사의 저 '항변'이
라는 말이 이해된다.

이건 여담인데 마르케스와 요사는 친구이자 연적관계였다. 30년
전에 요사의 아내에게 '불순한 의도'를 품었던 마르케스의 바람기 때
문에 이 두 친구는 주먹다짐을 했다. 눈탱이가 밤탱이가 된 마르케스

의 사진이 〈멍든 눈의 끔찍한 사연〉이라는 제목으로 공개되자 전 세계 기자들은 재빨리 기사를 타전하느라 바빴다. 창녀 별명을 신문의 카테고리로 삼았던 마르케스. 열다섯 살 때는 경찰관 부인과 놀다가 남편에게 들켜 러시안 룰렛까지 땀나게 경험한 그의 글쓰기 열정의 기원은 여자로부터 나온 것인가. 언젠가 나도 침대 위에서 뒹군 마르케스를 멋지게 한 편의 글로 구성하고 싶다.

"소설을 쓸 것인가 죽을 것인가." 이 책의 금박 띠지에 쓰여있는 말이다. 법과대학 졸업장을 과감하게 포기하고 작가의 길을 고집한 만연체의 거장 마르케스를 이처럼 잘 표현하는 말도 없다. "글을 쓰지 않고도 살 수 있을 거라 믿는다면 글을 쓰지 말라"라는 릴케의 말을 인생의 신념으로 삼았던 마르케스의 글이 허구임에도 불구하고 마르케스 자신의 육성으로 들리는 까닭은 오직 풍요로운 인생체험에서 기인한 것이다. 젊은 나이에 객사할 거라 확신하며 돈과 명예와 늙는다는 것도 중요하게 여기지 않던 방만한 책벌레는 오직 하나 글쓰기를 위해 살았다.

살아서는 패자,
죽어서는 승자

"아무튼 나는 먼 길을 떠나려 한다. 당신은 과거의 나 자신과 함께 뒤에 남을 것이다."

＿에르네스토 게바라의 여행일지, 1952년

나는 그가 죽은 뒤 42년이 지난 지금 6백여 장의 사진을 들여다보고 있다. 사진 속의 그는 살아있다. 1928년 6월에 태어나서 1967년 10월에 죽은 혁명가 체 게바라의 사진집을 넘기면서 그의 담배 냄새를 맡고 그의 카메라를 구경하고 그의 마테차 향기를 맡는다. 의사가 되려던 사람, 사진작가가 되려던 사람, 마지막에는 혁명의 불꽃을 태우다 죽은 사람. 요컨대 체는 우상화의 요소를 모두 지니고 있다. 반듯한 콧날과 강렬한 눈빛, 부드러운 입술선은 에로틱하기까지 하다. 그가 상의를 벗고 침대에 누워 마테차를 마시는 사진은 할리우드 영화 스틸 컷처럼 자극적이다. 무엇보다 그의 극적인 최후는 우상화의 완결판이다. 혁명가를 보고 사람들은 상상한다. 심지어 사진을 보고도 상상하는 일을 멈추지 않는다. 체는 이제까지 출간된 수십 종의 평전과 전기문에 힘입어 명실상부한 혁명의 아이콘이 되었다. 서른 아홉 살에 볼리비아의 산골 학교 마당에서 눈을 부릅뜨고 죽은 체의 사진을 보면서 나는 그가 남기고 간 세상을 떠올린다.

체는 모터사이클 다이어리와 라틴아메리카의 혁명전사 마크를 달고 새로 태어났다. 그런데 체의 부활은 자본이 인수했다. 쿠바에 가면 사람들은 제일 먼저 체를 만난다. 체는 아바나 공항매점에 진열된 티셔츠와 모자와 열쇠고리와 조가비 조각 속에서 외국인을 맞는다. 부에나비스타소셜 클럽 카페 벽의 대형 브로마이드 속에서 혁명가는 별이 달린 모자를 쓴 채 웃고 있다. 학교와 관공서와 집집마다 예수 대신 체의 사진을 걸어놓고 있는 쿠바는 체의 영지다. 그는 그곳에서 행복할까? 주류가 되는 것을 싫어해서 혁명 성공 후 다시 산골짜기로 들어간 남자를 자본은 세상 속으로 끌어냈다. 체는 기뻐할까? 나는 체 사진집을 앞에 두고 자본이 꿀꺽 삼킨 그의 색 바랜 프롤레타리아를 본다. 시신의 손목까지 잘라 그를 조롱했던 미국 자본이 쿠바에서 체에게 무슨 짓을 한 것일까? 체는 돈을 싫어했다. 혁명 성공 후 국립은행 총재를 맡았을 때 체는 말했다. "나는 여전히 은행총재보다는 게릴라가 훨씬 잘 어울리는 사람이다." 돈은 체에게 혐오와 추방의 대상이었다.

"그것은 마지막까지 살아남는 쓰레기 가운데 하나가 될 것이며, 화폐가 없어져 보수의 지불이 사라질 때 우리는 이상적인 단계에 도달하는 셈이다. 그것이 바로 공산주의다."(112쪽)

체는 은행에서 열여섯 시간씩 일했고 주말에는 사탕수수 농장에서 농부들과 일했다. 그러나 '자발적 노동'이야말로 자본의 병폐로부터 벗어나는 일이라고 여겼던 체가 바코드 찍힌 상품으로 환생했다.

A4 크기의 사진집인 이 책 속에서 체는 사탕수수 농장과 탄광과 섬유공장과 부두의 노동자로 나온다. 집단노동을 통해 그는 개인주의야말로 나태의 근원이고 부르주아의 습성이라고 말한다.

"개인주의는 반드시 사라져야 한다."(116쪽)

나는 좀 놀랐다. 억압과 착취로부터 민중을 구원하겠다는 혁명가 체의 개인주의 경멸은 어떻게 된 일일까. 내가 알고 있던 민중의 자유는 개인주의가 아니었던가. 그의 세계관 속에서 육체노동은 애국심을 향한 집단의 단결을 촉구하는 철학이었다고 저자는 말한다. 다 함께 일해서 균등하게 분배하는 집단지향 사고방식은, 공동으로 일구고 공동으로 분배하는 공산주의다. 상황이 지금하고 다르다곤 하지만 나는 체의 새로운 사회주의 건설 이상향이 좀 오버인 듯 싶다. 공산주의도 결국 독점의 문제를 극복하지 못했다. 모든 개인은 자신이 처한 상황을 변화시키기 위해 최선을 다해야 한다는 논리는 이해되지만 그것이 집단이나 조직으로 귀결되는 문제는 좀 생각해봐야 할 것 같다. 1960년에 쿠바는 거의 모든 산업을 국유화했다. 새로운 사회주의를 실현하기 위한 새로운 통제의 시작이었다.

"시간이 흐름에 따라 우리가 읽은 것과 우리가 이해한 것 사이에

차이가 생기는 경우가 있다. 패러다임도 살아남기 위해서는 시대에
적응해야 하기 때문이다."(205쪽)

피델의 트로츠키라 불리던 이 사내의 출생부터 죽음까지의 흑백사
진이 커다란 앨범 같은 이 책에 가득하다. 화약 냄새가 나는 산속 게
릴라 사진을 들여다보면서 그가 '라 포데로사Ⅱ'라고 불리던 500cc
오토바이를 타고 현대판 오디세이처럼 8개월 동안 5개국을 여행하
고 돌아와 쓴 일기 한 줄이 떠오른다.

"나는 민중의 편에 설 것이며, 교의의 해부자이자 교조의 정신분
석가인 나는 마치 미친 사람처럼 비명을 지르며 바리케이드와 참호
를 공격하고, 붉은 피로 내 무기를 적시리라는 것을 안다. (……) 나는
싸움을 준비하며 내 몸을 긴장시키고 내 존재를 성소로 준비함으로
써 승리의 노동계급과 무산자의 처절한 외침 속에 깃든 감동과 희망
을 찬양할 것이다."(39쪽)

최고의 혁명영웅이라는 타이틀을 버리고 철저하게 익명으로 돌아
가 죽음을 맞이한 체 게바라는 석랍이 끓고 있는 자본권력의 가마솥
으로 몸을 던진 순교자가 되었다. 한때 체 게바라는 잘생긴 의대생이
었으며 사진사였다. 한때 그는 대단히 위험하지만 매력적인 혁명가
였다. 그리고 신화가 된 체의 생애는 텍스트가 전해줄 수 없는 영상
적 미감을 충분히 발휘하면서 또 한 번 영원한 영웅이 된다. 체를 확
대과장하면서 신화적 존재로 해석하는 감이 없지 않지만 체 게바라
의 생애 통째를 사진으로 엮은 이 책은 '사진으로 보는 체 게바라 전
기문'으로 부담 없이 들출 수 있다.

길 위의 삶

사람에겐 자서전을 쓰고 싶어 하는 본능이 있다. 누구에겐가 자신의 이야기를 말하고 싶어 한다. 자신의 존재를 드러내는 일은 세상과 화해하거나 나를 알리는 한 방편이기도 하다. 그래서 대개 자서전은 좀 꾸민다. 털이 다 뽑힌 자신의 맨살을 보이고 싶어 하는 닭은 없으니까. 일반적인 자서전의 형식을 갖춘 책이라고 보기에 이 책은 부피나 내용 면에서 현저하게 차이가 난다. 일단 2백 쪽이 채 안 되는 두께에 무게도 문고판 정도의 경량이다. 가방에 넣고 다니면서 한 편씩 읽기에 부담 없다. 기존의 두껍고 지지부진한 자서전에 대한 고정관념을 깨고 스물일곱 개의 단편을 한 권의 아포리즘으로 엮은 이 책은 자서전이라기보다는 사적인 에세이로 읽힌다.

그런데 에릭 호퍼가 누구인가? 책날개에 그의 독특한 이력이 기재되어있다. 뉴욕에서 독일계 이주자의 아들로 태어난 에릭 호퍼는 일곱 살 때 사고로 어머니를 여의고 시력도 잃었다. 그후 8년간 실명상태로 지내다가 기적적으로 시력을 회복했다. 한창 청소년기에 시력을 잃은 바람에 그는 정규교육도 받지 못했다. 시력을 회복한 후 열여덟 살에 아버지마저 죽자 호퍼는 샌프란시스코로 건너가 금 시굴자, 접시닦이와 부두 노동자를 전전했다. 한 번도 학교에 다녀본 적은 없지만 책 읽고 글쓰기를 좋아했던 저자는 부두 노동자로 일하면서 첫 번째 책 《The True Believer》를 발표했다(그는 생애 통산 열한 권의 책을 저술했다). 그의 나이 마흔아홉 살 때다. 한국어로 '맹신자들'이라고 번역된 이 책의 정보를 검색해보니 지나치게 사회화된 좌파를 해부한 책이라고 한다. 부두 철학자로 불린 에릭 호퍼는 육체노동자 생활을 통해 얻은 사회적 경험과 사유를 글로 썼다. 《에릭 호퍼 자서전》의 부제가 '떠돌이 철학자의 삶에 관한 에피소드 27'이긴 하지만 저자의 남다른 인생경험은 단순한 흥밋거리가 아니다.

샌프란시스코에서 부두 노동자로 일하던 1951년에 작가가 되면서 미국사회로부터 관심과 주목을 받았지만 그의 노동자 생활은 변하지 않았다. 1967년 CBS TV에서 에릭 호퍼의 인터뷰 프로그램이 방영되면서 미국 전역에서 호퍼 붐이 일어났고, 이후 세계적으로 명성이 알려졌다. 그는 더 이상 고단한 떠돌이 노동자로서의 삶을 살지 않아도 될 것처럼 보였다. 그러나 대단한 명성에도 불구하고 그는 여전히 저지대의 싸구려 아파트와 부둣가에서 막일을 하는 삶에 머물렀다. 그는 왜 계속 그렇게 살았을까?

"나는 새로 시작한 경력을 이용해 아주 호화롭게 산다거나 새로운 재능을 화려하게 구사해볼 마음이 전혀 없었다. (……) 내 머릿속에 숨어있던 문장으로 그것을 끌어낼 수 있다는 것만으로도 나는 행복한 사람이라 할 수 있을 것 같았다. 그리고 인생이 아름답게 느껴졌다."(85쪽)

이 문장은 그가 엘센트로이 임시 거주지에서 보낸 4주간의 일을 회상하는 대목으로 글쓰기의 행복을 말한다. 엄청난 독서량과 글쓰기를 일생의 유일한 가치로 여겼던 저자는 "홀로 있을 때가 창조의 정점에 있는 것이라고 믿으며 나는 일생을 살아왔다"(79쪽)라고 고백한다.

스물일곱 개의 에피소드를 기록한 이 자서전은 저자가 중년까지 자신이 겪었던 사건과 그곳에서 만난 다양한 인종과 사유를 담담하게 적은 것이다. 밑바닥의 삶을 통해 얻은 그의 사유는 적게 갖고 적게 사용하며 작은 삶을 지향한다. "나는 언제나 배낭에 넣고 다닐 수 있는 것보다 많이 소유하지 않는 게 가장 중요하다고 생각했다"라고 한 에릭 호퍼는 흡사 나무 의자 세 개와 책 몇 권의 행복을 지향했던 월든 호숫가의 소로우를 연상하게 한다.

생계를 위해 과도한 노동을 하는 대신 자신의 삶에서 의미 있는 시간을 가지라는 그의 집은 수도원 독방처럼 질박했다. 독자들도 이 생경한 미국인 철학자가 누구인가를 알기에 앞서 책 읽는 사람이라면 자발적 가난을 선택한 저자의 서재를 엿보고 싶을 것이다.

"아파트는 방 하나와 입구 근처의 간이 부엌으로 이루어져 있다. 간이 부엌 너머로 한쪽 벽을 따라 단 하나의 서가가 있고, 그 위로 주로 참고서적들(백과사전 한 권, 비축쇄판 사전 한 권)과 호퍼 저작의 번역판(독일어, 이탈리아어, 일본어)들이 놓여있다. 서가 다음에는 꺾기식 조명 등과 낡은 의자가 딸린 큰 책상이 있다. 반대편 벽에는 좁은 싱글 침대가 있고, 그 발치에는 나이트 스탠드와 커피 테이블의 두 가지 역할을 하는 접이식 고물 재봉 바구니가 있다(아마 부인 릴리의 손이 간 것은 그것뿐일 것이다). 벽의 그림도, 안락의자도, 마루 램프도, 텔레비전도, 라디오도, 축음기도 없다. 간단히 말하자면 성가신 것은 하나도 없다. 성가시다고 할 수 있을 유일한 것은 그가 25년 동안 일한 부두가 내려다보이는 조그만 발코니의 풍경뿐이다."(178쪽)

내가 가진 책은 2003년에 나온 책이다. 2005년도에 표지를 바꿔 재출간되었으니 호기심 많은 독자들에게 일독을 권한다. 전혀 꾸미지 않은 에세이 형식의 자서전은 맹물처럼 밍밍한 듯 보이지만 오랫동안 잊히지 않을 구도자 가이드 같은 책이다.

파란여우가 좋아하는 국내작가

장정일

예전에 내 블로그에 '장정일은 나의 첫사랑'이라는 글을 한 편 쓴
적이 있다. 그런데 그 글을 오해한 어느 독자가 그와 내가 연애를 한
것이냐고 물어온 적이 있어서 잠시 웃었던 일이 있다. 그의 독서일기
를 내가 일방적으로 흠모하며 좋았으니 연애는 아닐지 몰라도 짝사
랑 정도는 되겠지 싶다. 내가 장정일이라는 이름을 처음 안 것은 그
유명한 시집《햄버거에 대한 명상》이 세간을 강타하고 내 친구 책꽂
이에 꽂혀있는 것을 봤을 때였다. 그때가 1987년이다. 시집 제목이
기발하다고 생각했지만 그는 내게 주목받지 못했다. 잊고 있던 그를
다시 만난 건 장정일 원작의 영화 〈너에게 나를 보낸다〉를 통해서였
다. 1994년도로 기억된다. 문성근과 정선경, 여균동이 나온 이 영화
는 표절시비에 휘말린 신춘문예 당선 작가와 그와 동거하는 '바지
입은 여자', 그리고 그들의 사생활을 잘 아는 은행원의 이야기다. 신
인 여배우 중에서 엉덩이가 가장 예쁘다는 평을 들었던 정선경은 이
영화로 인기배우가 된다. 영화 속에서도 그녀는 인기 여배우가 되고
별 볼일 없는 신인작가는 그녀의 가방모찌가 된다는 줄거리다.

나는 이 영화를 인천의 애관극장에서 봤는데 도대체 뭐가 야해서
가위질을 당했는지 알 수 없었다. 아마 야한 장면이 잘려나간 후 건
더기는 없고 국물만 남은 영화를 봐서 그런 것 같다. 하여튼 나는 그
잘린 필름조각을 상상하면서 '햄버거 따위'로 시를 쓰던 장정일을

다시 봤다. 그래도 장정일은 여전히 나와 먼 거리의 사람이었다.

그리고 그해 겨울 마침내 장정일은 기름방망이를 들고 찾아와 내 독서일기에 불을 붙였다. 그것이 독서일기 시리즈 첫 번째 책인 《장정일의 독서일기1》이다. 책 읽는 일보다 술 마시고 놀러 다니기 좋아하던 나의 삼십대에 장정일의 독서일기는 유일한 지적 허영이었다. 나는 그가 전해주는 책 제목과 작가 이름과 내용을 들으면서 흉흉한 삼십대를 넘었다.

장정일은 소년 같은 손으로 독서일기를 썼지만 '짐승 같은 눈'(가차 없이 솔직하다는 뜻)으로 하드 코어도 썼다. 그를 감옥에 처넣은 《내게 거짓말을 해봐》가 예술이냐 외설이냐라는 화두를 던지면서 한국사회는 소란스러워졌다. 69체위라거나 오럴 섹스, 심지어 항문에 엄지발가락을 넣는 가학 성교까지 이 소설은 섹스의 모든 방식을 노골적으로 묘사한다. 나는 이 책을 배다리 헌책방 아벨에서 한 시간 남짓 서서 읽었다. 다른 손님들이 내가 읽는 책과 내 얼굴을 번갈아가며 쳐다보기에 나중에는 밑에 다른 책을 겹쳐 들고 읽었다. 시간상 끝까지 읽을 수 없었지만 그 소설은 내게 포르노였다. 그것도 굉장히 리얼한 야동이었다. 그 스스로도 "자기모멸을 위하여 포르노의 양식을 빌려왔다"라고 《독서일기3》에서 밝힌다.

그렇지만 나는 그를 변론하고 싶다. 그는 음란작가인가? 음란작가의 기준은 무엇인가? 그러나 이보다 고상한 글쓰기는 정직한 글쓰기인가를 나는 먼저 묻고 싶다. 우리말 순화운동 공로상을 받을만한 언어를 사용하고 비단 같은 문장으로 두른 글은 좋은 글일까? 반면에 날 선 구어체로 적나라한 언어를 거침없이 내뱉는 글은 나쁜 글일까? 어떤 글이 사회에서 좋은 글로 일반화되는 것일까? 도대체 그 지표가 무엇인가?

"나는 이 세상이 100퍼센트 거짓말로 이루어져있다고 언제나 생각해왔고 그 가운데 10프로의 악의적인 거짓말이 살인을 일으키고 전쟁을 일으키며 아우슈비츠를 만든다고 생각해왔다. 나머지 90프로의 거짓말은 악의적인 거짓말과는 달리 무해하거나 도리어 그 거짓말 때문에 많은 문제들을 덮어주는 세상의 윤활유 같은 거짓말이라는 것이다. 그렇다면 소설은 그 악의 없는 거짓말의 가장 참다운 세계가 아닐는지. 소설가라면 깜짝 놀랄 거짓말을 해야 한다."
(《장정일 화두, 혹은 코드》, 153쪽)

　나는 그의 문학에서 핵심 주제가 된 거짓말을 사랑한다. 그의 거짓말은 그의 문학의 축대다. 소설은 뻥과 구라의 집합체라는 것을 상기할 때 소설의 성공은 거짓말의 기술에 있다. 그것도 되도록 구라를 '잘' 치는 소설일수록 성공한다. 그런데 소설의 거짓말이 가리키는 것을 보는 대신에 소설의 외피에 현혹된 독자들은 거짓말의 은폐를 파악하지 못한다. 그래서 그는 '점잖게 고상 떠는' 한국문단에서 음란작가가 될 수밖에 없었다. 문학이 직업이 되기를 바랐다는 그의 고백을 나는 지지한다. 문학으로 생계를 유지하고 문학으로 사회와 소통하길 바라는 그의 '일상의 문학'은 문학의 생활화다. 문학은 명예와 자기구원을 넘어선 현실 속의 밥 먹고 생존하는 지엄한 그 무엇이다. 그래서 우리는 종종 문학이 대체 무엇이냐고 질문을 던진다. 나는 프로로서 그의 문학정신을 기꺼이 동의한다. 동의는 하는데 그의 생생한 '실존체'는 뻣뻣하고 또 그 때문에 피곤하다. 특히 그의 독서일기 4권, 5권, 6권을 읽은 독자라면 지루하게 나열되는 장황한 설명을 참기 힘들 것이다. 그럼에도 장정일 역시 나만큼이나 할 말 많은 사람임을 부인할 수 없기에 나는 그의 일장연설을 또 기다리고 있는 것이다.

요컨대 잡담으로 풍성한 그의 논설문을 듣다 보면 뻣뻣도사 장정일만 떠오르고 시인이자 희곡작가 장정일을 잊기 쉽다. 나는 그가 문청시절에 마야코프스키를 읽고 러시아를 청춘의 고향으로 삼았었다는 말도 기억한다. 그가 자기부정과 긍정의 모순 속에 아직은 풋풋했던 시절의 그 시를 안다.

그랬으면 좋겠다 살다가 지친 사람들
가끔씩 사철나무 그늘 아래 쉴 때는
계절이 달아나지 않고 시간이 흐르지 않아
오랫동안 늙지 않고 배고픔과 실직 잠시라도 잊거나
그늘 아래 휴식할 만큼 일생이 아물어진다면
좋겠다 정말 그랬으면 좋겠다
(……)
바빌론 강가에 앉아
사철나무 그늘을 생각하며 우리는
눈물 흘렸지요
_〈사철나무 그늘 아래 쉴 때는〉, 《햄버거에 대한 명상》 중

나는 이 시를 읽을 때마다 당장 사철나무 아래로 달려가고 싶어진다. 온화한 햇살과 따듯한 바람이 나뭇잎을 간질이고 떠나는 그 나무 아래 가서 눕고 싶다. 전투에서 무참하게 깨진 패잔병이 되어 돌아온 고향 집 마당의 사철나무 아래서 상처가 덧나지 않도록 햇볕에 소독도 하고 심수봉의 〈사랑밖에 난 몰라〉도 불렀으면 좋겠다. 신경숙과 공지영과 박상우를, 문학적 자질은 부족하지만 대중을 요리하는 기

술은 뛰어난 작가로 치욕을 안겨줬던 독설가 장정일의 또 다른 서정적 감수성은 재즈 덕분이 아닐까 싶다. 그는 재즈광이다. 장서를 헌책방에 팔아넘기고 받은 돈을 들고 곧장 신촌 음반가게로 달려가는 위인이다. 대형 스피커에 대한 그의 열망은 거액의 탄노이를 들여놓을 만한 여력이 없다는 좌절감과 함께 커다란 JBL 스피커 속에서 잠을 자는 꿈까지 꿀 정도다. 나는 그가 말하는 '오디오 정신'의 재즈를 알지 못한다. 아내의 신체치수가 165센티미터 34-24-54에서 174센티미터의 33-24-34로 바뀌는 재즈의 마술도 알 길이 없다(《너희가 재즈를 믿느냐》). 내가 아는 재즈는 구석기 원조 루이 암스트롱과 빌리 할리데이에 머물러있다. 그래서 나는 그가 말하는 재즈 대신에 상상의 부레를 부풀린 텍스트를 더 좋아하는지도 모른다. 작가는 독자를 상상력의 세계로 초대함으로써 독자의 고단함 생애를 위로하는 존재다. 내 독서인생에서 장정일은 최초의 위로자였고 최초의 가이드였다. 나는 생기를 잃지 않는 그의 날카로운 독침을 좋아한다. 전통과 질서에 묻히지 않는 전복자로서의 장정일은 나의 독서인생에서 분명한 등불이 되어주었다.

"저의 소설은 종합잡지와 같은 '읽을거리'에 지나지 않습니다. 저는 저의 '서사부대'가 번번이 '정보부대'에게 패하고 마는 것을 느꼈습니다. 저의 '서사'를 지키기 위해서는 '서사' 속으로 마구잡이로 유입되어 들어오는 '정보'를 차단해야 하는데, 그것을 막아줄 '경험부대'와 '사유부대'는 애초에 전멸해버리고 말았습니다. '경험'과 '사유'의 전멸, 그것이 우리들 신세대 문학의 경박한 특징이고 약점이자 한계입니다."(《너에게 나를 보낸다》, 291쪽)

박경리

내 서재에는 나남출판사에서 나온 《토지》 스물한 권이 있다. 그러나 나는 《토지》를 읽지 못했다. 그럼에도 《토지》를 안다. 윤씨 부인이 김개주와의 사이에서 몰래 낳은 아들 김환이 형수인 별당아씨와 야반도주한 것도 알고 있고 귀녀가 김평산과 짜고 최치수에게 접근한 것과 김평산의 아들인 김거복이 서희와 길상에게 끝까지 복수를 감행한 일도 안다. 박경리 선생의 《토지》는 구한말부터 광복까지 평사리를 중심으로 조선의 격동기를 서술한 역사소설이면서 박경리 선생의 작가관과 세계관을 모두 풀어놓은 소설이다.

연해주로 독립운동을 떠나기 전에 최치수를 방문한 이동진의 입을 빌려 박경리 선생은 토지의 주제를 말한다. "백성이라 하기도 어렵고 군왕이라 하기도 어렵네. 굳이 말하라 한다면 이 산천을 위해서, 그렇게 말할까." 이것을 문학평론가 김윤식 선생은 한 기고문에서 "이 '산천'에 비하면 민족주의 · 사회주의나, 친일파 · 독립운동 또는 무슨 평화주의 따위란 얼마나 초라한가"라고 말한다. 보충하자면 토지의 총체성은 '자연'이라는 것이다. 그러고 보니 박경리 선생의 고추 농사가 떠오른다. 대한민국에서 고추 농사는 내가 박사(!)라던 선생의 자연관은 이런 것 아닐까? 삶이란 소소한 시리즈의 연작이고 조각이불처럼 한장 한장의 무늬가 합쳐져서 큰 이불을 만드는 것이라고. 박경리 선생은 인간은 전체의 한 부분이고 그러므로 큰 그림을 지향하는 방향으로 한 걸음씩 천천히 옮길 것을 말한다. 어쨌든 나는 박경리 선생의 토지도 완독하지 않은 채 선생의 사후 출간된 시집 《버리고 갈 것만 남아서 참 홀가분하다》를 읽었다.

"달빛이 스며드는 차가운 밤에는 이 세상의 끝의 끝으로 온 것 같이 무섭기도 했지만 책상 하나 원고지, 펜 하나가 나를 지탱해주었고 사마천을 생각하며 살았다." 사마천을 생각하며 외로움을 달랬던 선생의 글은 '몸의 글'이다. 몸으로 관통한 문학, 발끝으로 잔재주 부리지 않고 발바닥 전체로 땅을 딛는 육중한 진정성의 문학이 박경리 선생의 노동문학이다. 이런 점에서 박경리 문학은 몸의 고집으로 밀어쓴 현장 르포이며 그래서 그분의 토지는 전체를 포용하는 아우라가 빛나는 것 아닐까?

김훈

《강산무진》에서 김훈은 말한다.

"삶은 곧 기갈인 것인데, 그 배고픔과 목마름이 돌이킬 수 없는 생로병사의 길이라 하더라도 문학은 저 불가능들의 편이 아니라 기갈의 편이라야 마땅할 것입니다. 그리고 저의 졸작은, 그 성취는 고하 간에, 어쨌든 그 기갈의 편에 서는 글일 것입니다."

기갈과 결핍과 굴욕을 말하는 그는 최근 《공무도하》를 냈다. 강을 건너다 물살에 휩쓸려 죽은 남편 백수광부를 그리워하는 여옥麗玉이 부른 노래에서 모티브를 따온 이 소설은 김훈 최초의 온라인 소설이다.

원고지 칸에 연필로 꾹꾹 눌러 쓰는 그 연필공학자 김훈이 온라인 소설을 연재한다고 했을 때 나는 좀 놀랐다. 그리고 궁금했다. 정말 기계치 김훈이 그새 컴퓨터를 배운 것일까? 아니면 원고지로 넘겨받은 원고를 해당 사이트 담당자가 스캔 해서 올리는 것일까? 아직 보도기사에선 작업과정이 공개되지 않았다. 만약에 전자의 경우라면 군대 보급창고처럼 수북하게 준비되었던 그의 유명상표 연필은 어떻게 처리될까? 김훈의 팽팽한 문장을 읽는 일만큼이나 나는 그의 연필에 관심이 많다. 아직도 원고지에 글을 쓰는 몇 안 되는 작가 중 한 명일뿐만 아니라 김훈의 문체에는 컴퓨터 자판기의 속도로는 나올 수 없는 단말마의 긴장이 피처럼 스며있다. 연필은 그의 칼이다.

"횟집 주방장이 회를 뜰 때 지느러미, 뼈 다 걷어내고 살만 남겨두 잖아요. 연필을 쥐고 있으면 사시미 칼을 쥐고 있는 느낌이었습니다. 정수만 남겨놓는 것이죠. 많은 작가들이 스트레이트 문장은 실용문 이라고 생각하고 문학이 될 수 없다고 생각하지만, 나는 스트레이트 문장이 매우 고귀한 문장이라고 생각합니다. 앞으로 스트레이트 문 장으로만 이뤄진 장편소설도 쓸 생각입니다."
_《공무도하》 출간 인터뷰 중

김훈의 연필은 연장이자 전투의 무기다. 그는 《칼의 노래》에 나오 는 "一揮掃蕩血染山河(일휘소탕혈염산하)", 즉 한 번 휘둘러 쓸어버 리니 피가 강산을 물들인다는 무사도에 연필을 비유한다. 글을 쓰는 사람들에게 글쓰기는 전투다. 빡빡한 마감과 떠오르지 않는 문장과 주저앉는 체력 사이에서 글쓰기의 전열을 정비하지 않으면 버티기 어렵다. 이럴 때 김훈은 무엇을 할까? 나 같으면 백지를 바닥에 깔고 연필을 깎을 것이다. 도루코 연필 칼로 연필의 나무 속살을 한 점씩 벤다. 연하고 뽀얀 것이 꼭 생선의 속살 같다. 김훈도 그걸 연상한 것 일까? 그는 글 쓰는 무기로서의 연필을 통해 삶의 전투를 말한다.

언어의 운명은 전복에 있다면서도 육하원칙을 고수하는 그는 《남 한산성》에서 삶은 돌이킬 수 없고 죽음 또한 돌이킬 수 없으므로, 치 욕은 참을만하므로, 사는 길을 도모하라 말했다. 《공무도하》에서는 인간은 비루하고, 인간은 치사하고, 인간은 덧적스럽다고 말한다.

'던적스럽다'는 하는 짓이 치사하고 더럽다는 뜻이다. 그러나 김훈의 문장으로 말하는 소설이 매양 치욕과 견딤만을 가리키는 것은 아니다. 그는 《강산무진》에서 "혼자서 가야 할 가없는 세상과 시간의 풍경인 것처럼 보였다"라고 다소 허무적인 이별을 말하기도 한다. 원고지 10장을 쓰려면 50장을 버리는 그의 스트레이트 문장정신은 그가 손저울 위에 담아놓는 몽당연필과 함께 글쓰기의 무기가 아닐까? 그러나 그 무기의 날카로움 때문에 김훈에게 저널리스트가 더 어울리는지, 소설가가 더 어울리는지 나는 아직 판단을 유보 중이다.

공선옥

2001년도의 공선옥을 나는 기억한다. 공선옥은 동인문학상 수상 후보작으로 뽑힌 자신의 작품 《수수밭으로 오세요》의 수상을 거부했다.

"5천만 원이라는 거액을 걸고 작품 PR 한번 해보라는 얘기 아니냐. 작가로서 대단히 불쾌했다. 안티조선운동과는 다른 측면에서 작가로서의 자존심 문제다. 앞으로 내 생각, 입장이 다른 단체에서 주관하는 상은 거부할 생각이다. 이번에 이런 원칙을 세웠다."

공선옥의 수상 거부는 사실 조선일보에서 연재하는 '작가들은 말한다'에 대한 거부다. 동인문학상의 주관사인 조선일보에서는 수상 작가들에게 수상소감과 함께 자신의 작품을 직접 홍보할 기회를 제공한다. 황석영도 했고, 신경숙도 했고, 이문열은 조선일보 문화국장님이라고 불러야 할 정도였다. 그걸 공선옥은 거부했다. 더구나 5천만 원이라는 큰 상금을 자존심이 상해서 못 받겠다는 그녀를 독자 대부분은 지지했다. 나는 그때 공선옥의 행동을 두 개의 시선으로 봤다. 한편으로 문화권력을 향한 신선한 저항으로 이해되었지만 다른 한편으로 공선옥의 가계경제 수준이 넉넉하지 못하다고 알고 있었는데 아직 견딜만한가 하는 의아한 마음도 들었다. 하여튼 공선옥은 그 때문에 《오지리에 두고 온 서른 살》 속의 은이처럼 당당했다.

삶을 정면으로 돌파하는 공선옥의 배포는 밤마다 늦게 돌아오는 남편의, 최루탄에 전 옷을 세탁기가 없어 일일이 손으로 박박 빨며 흘린 눈물이 만들었다. 공선옥의 능동적 작가관은 자아주체성의 실존을 가난과 눈물이 꽉꽉 다져놓은 단단하고 찰진 바닥 위에 굳건히 세워진 것이었다.

"나는 내 스스로 살림을 하고 내 스스로 학비를 마련하고 내 스스로 밥을 지어 먹으며 학교를 다닌다. 나는 너처럼 감상에 젖을 한가할 틈이 없다는 것만으로도 나는 너보다 우월하고 나는 너보다 잘날 여지가 있다. 내 삶이 너보다 곤궁한 만큼 나는 너보다 튼튼한 의식을 지녔으므로."

박경리의 노동문학이 자신의 문학적 어머니가 되었다는 공선옥은 한때 박경리의 후계자가 될 것처럼 보였다. 《마흔에 길을 나서다》에서 그녀는 한물간 사람들과 풍경을 기록한다. 직선의 관통으로 폭주하는 도시화와 개발의 현장에서 비껴난 언저리의 이야기다. 그녀의 이야기에 얼개가 되는 것은 소외되고 약하고 병들고 아픈 곳이었다. 조선일보에서 주는 5천만 원과 내 작품 홍보는 맞바꾸지 않겠다던 당찬 공선옥을 나는 지켜봤다.

결국 세월이 변하는 것인지 사람이 변하는 것인지는 모르겠다. 2007년 공선옥은 《명랑한 밤길》을 내면서 조선일보 문화부 기자와 인터뷰를 했다. 대대적인 광고였다. 나는 공선옥이 '내쳤던' 조선일보와 왜 다시 손을 잡았는지는 별로 궁금하지 않다. 그녀도 실존의 문제를 견디기란 힘들었을 것이다. 그리고 2009년 가을에는 문화체육관광부와 조선일보가 공동주최하는 '책, 함께 읽자' 낭독회에서 그녀는 활발한 활동을 하고 있다. 공선옥의 소설 속 여자들은 지지리 궁상에 결핍으로 허덕였지만 이상하리만치 현실 속에서 꼿꼿했다. 나는 그것을 공선옥의 담대한 실존이라고 여겼다. 그것이 그녀가 문학의 허상과 맞짱뜨는 실존의 자긍심인 줄 알았다. 그러나 나는 조선일보 행사에 적극적으로 활동하는 요즈음의 공선옥이야말로 원래의 그녀 모습이 아닌가 싶다. 사람들은 공선옥의 지조가 무너졌다고도 말한다. 나 역시 공선옥의 최근 행보로 보건대 최소한 문화권력과 결탁하지 않겠다는 지조는 무너졌다고 본다. 그런데 나는 정말 궁금하다. 그녀의 문학적 척도란 무엇이었던가.

박상륭

"'어부왕漁夫王, Fisher King' 이라고 더 널리 알려진 안포-타즈Anfortas는, '성배聖杯, Graal, Saint Graal, Seynt Graal, Sangreal, Snak Ryal, Holy Graal'를 안치하고 있는 문잘배쉐Munsalvaesche 또는 'Corbenic' 성주城主였더니, 이 성배지기가 수업기사Knihft-errant 시절, 모험을 찾아 헤매던 중, (어떤) 상대방 기사(는 回敎徒였다는 설도 있으나, 傳說은 傳說이어서, 實史性을 반드시 띠는 것은 아니라고 한다면, 稗官은 굳이, 그는 다른 누구도 말고, 롱기누스Longginus였다고 우겨, 믿는 바이다)의 독창(은, 저 '聖杯의 城'에 비치되어있다는 얘기도 전한다)에 '치부'를 다친 뒤, 어떻게 치유가 되지 않는 그 상처 탓에, 살이 썩느라 역한 냄새를 풍기면서도, '죽지도 못해' 살며, 창 쥐었던 손에 낚싯대를 쥐어, 고기낚기로, 하루, 또 하루, 그리고도 다른 하루, 영겁을 치고 덤비는 시간의 아픈 물살, 그 독수리의 부리에……."(《소설법》 9쪽)

　앞에 옮겨 적은 문장을 쉬지 않고 단숨에 이해하면서 다 읽을 수 있는 독자라면 나는 그를 박상륭 문학의 스승으로 부르겠다. 박상륭의 이름을 처음 듣는 독자도 많을 터, 그는 도대체 왜 이 따위 난해한 문장을 써서 우리를 골 아프게 하는가. 2005년에 나는 이 책을 손에 넣었지만 읽었어도 읽었다고 말할 수 없다. 방대하고 섬세한 박상륭 소설을 가리키며 누군가 내게 "박상륭을 아시나요?" 이런 질문을 던지면 "알긴 개뿔, 글이 나가질 않아!" 하고 자탄했다.

　그러다가 2008년도에 또 《잡설품雜說品》을 덜컥 끌어당겼다. 개미 오줌만큼은 조금 쉽게 읽히지만 여전히 박상륭은 난공불락이다. 그가 자신의 문자의 성에 틀어박혀 견고해질수록 나는 그 성벽 앞에 나자빠져 히스테리만 부렸다. 패관문학의 독보적인 존재로 불리는 박상륭의 문체는 현란하다. 한글, 한자, 영어가 뒤섞이고 가끔 라틴어까지 가세한다. 괄호가 마음대로 들어가고 쉼표와 따옴표가 방만하다. 문단 나눔도 없다. 알아서들 읽으시란다.

　문장 길이를 따지면 '김수한무삼천갑자동방삭워리워리세브리칸바둑이와돌돌이……'조차도 명함을 못 내민다. 한마디로 박상륭은 웬만한 인내심 없으면 첫 장도 못 넘긴다. 네모사피엔스, 판켄드리야, 호모사피엔스, 석가모니, 연화존자, 탈리아 발퀴리 공주, 변강쇠와 공자, 헤르메스와 당나귀 등등 등장인물들 역시 예사인물이 아니다. 한마디로 박상륭 문학은 세상의 모든 신화를 박상륭 식으로 써낸 '박상륭 신전'의 판타지인데 주제는 남녀상열지사다.

　그러니 저 위의 성배聖杯는 성배性胚라는 말씀이다. 문학평론가 김윤식 선생은 박상륭의 문학을 '할방패관'이라고 부른다. 소설의 옛 이름이 '패관'이었으므로 박상륭의 걸걸하고 노골적인 입담이야말로 패관의 증조, 고조할아버지쯤이 아니겠느냐는 말이다. 박상륭의 《소설법》과 《잡설품》을 읽고 나면 김윤식 선생이 왜 그를 자라투스트라라고 부르는지 이해할 것이다. 박상륭은 서술이 가능한 모든 형태의 작법과 방대한 양의 서사를 종합해서 언어의 깊고 넓은 광활한 세계로 안내한다. 그는 실로 한국문학의 초인이다.

이병률

여행을 생각하면 난 이병률 시인이 떠오른다. 나는 그가 꽤 오랫동안 CJ의 사외보 잡지 《생활 속의 이야기》에 글과 사진을 기고했던 것을 읽어왔다. 파리의 카페와 이스탄불의 수공예 공방골목과 알렉산드리아 거리에서 라틴아메리카의 붉은 열정도 그의 글에선 이상하리만치 모두 온순해졌다. 이병률의 문장은 부드럽고 달콤하다. 새콤하면서도 시지 않다. 그의 언어는 가방을 꾸리고 여행지로 떠나는 은근한 설렘을 말한다. 그는 여행자다.

서너 달에 한번쯤 잠시 거처를 옮겼다가 되돌아오는 습관을 버거워하면 안 된다
_〈여전히 남아 있는 야생의 습관〉 중, 《바람의 사생활》

시인은 가방을 챙긴다. 여권을 손에 들고 달력에 빨간 펜으로 여행지를 적는다. 이번에는 루마니아를 가볼까. 프라하에서 유로철도를 이용하면 한 시간에 도착할 수 있는 거리일지도 모른다. 그가 떠나고 돌아오는 길에는 꽃도 피고 바람도 불고 먼지도 앉고 그리움도 인다.

여행자는 외롭다. 그 외로움을 시인은 스스로 위로하고 타이르고 다독인다. 떠남의 길에서 이병률이 가리키는 쪽을 바라보면 비둘기가 날거나 노란 땡땡이 머플러를 목에 두른 열아홉이나 스무 살짜리 우즈베키스탄 처녀이거나 호밀빵을 권하는 루마니아 노부부가 거기에 있다.

> 한번 스친 손끝 / 당신은 가지를 입에 물고 나는 새 / 햇빛의 경계를 허물더라도 / 나는 제자리에서만 당신 위를 가로질러 날아가는 하나의 무의미예요
> _〈고양이 감정의 쓸모〉 중, 《바람의 사생활》

> 어딘가로 향하는 기차 창밖으로 비둘기 수십 마리가 따른다 / 난 다시 태어날 거예요
> _〈황금포도 여인숙〉 중, 《바람의 사생활》

> 바르샤바로 가려면 이 칸에 있고 / 프라하로 가려면 앞 칸으로 가라고 차장은 말하는 것 같습니다 / 어디로든 가지 않아도 됩니다 / 어디든 지나가도 됩니다 / 혼자인 것에 기대고 있기에
> _〈동유럽 종단열차〉 중, 《바람의 사생활》

시인은 여행 중이다. 그는 지도 위를 걷거나 달린다. 그의 여행은 그의 시어로 다시 태어나지만 나는 왜 이병률이 여성 독자들에게 어필하는지 잘 모른다. 그 여성 독자들 중 한 명인 나는 그의 시보다 그의 산문을 더 좋아한다. 그의 시에서는 도시의 유리벽이 떠올라서 차갑다. 그의 산문은 우수에 젖어있지만 따뜻하다. 비온 날 난로 앞에

앉아 젖은 스웨터를 말리는 마음으로 나는 그의 산문을 흡수한다. 그는 산문 속에서도 늘 혼자 여행 중이다. 하지만 그는 혼자인 것을 받아들인다. 혼자인 그 슬픔이 그를 지켜준 덕분에 나는 축축한 내 마음에 온기를 쬘 수 있다.

"오랫동안 나를 붙들고 있는 건 슬픔의 색깔이었다. 슬픔으로 지금까지의 삶을 그나마 지탱해왔다면 이해가 좀더 쉬울까. 내 마음은 슬픔의 냄새와 슬픔의 색으로 가득 들어차 있어 뚱뚱하다. 아무리 생각해도 내 본성이 무엇인가를 생각해보면 슬픔이 맞다. 약 기운 같은 슬픔. 말갛고 탁한, 흰색에 가까운 액체를 뚝뚝 흘려 모으다가 어느 날 그것들을 치우고 그 자리를 말리는 일이 내가 사는 방식이었다면 이해가 쉬울까."
_〈슬픔이여, 슬픔 때문에, 조그만 더 내 옆에 있어 달라는〉,《생활 속의 이야기》
(139호)

그는 슬픔을 타고난 유전자라고 이 글과 연결된 글에서 말한다. 시인이 슬픔을 타고나야 하는 운명이라면 이병률은 타고난 시인이다. 나는 그가 낯선 서울을 떠돌고 낯익은 거리를 떠돌 때 시로 풀지 못한 말의 신열을 산문으로 푼다는 것을 안다. 그가 찾아가는 바다는 격랑의 바다가 아니라 유리잔 속의 맑은 술잔처럼 투명한 슬픔이다. 그는 많은 거리를 지나서 객실로 들어가 여행 가방을 풀면서 자신의 슬픔이 자신의 곁에 있음을 확인하는 것이다.

눈 내리는 풍경만 봐도 먼 길을 나서고 싶고, 바람이 나뭇잎만 흔들어도 가방을 바라보는 이병률, 그는 천생 시인이다. 그의 날 세우지 않은 둥근 문장은 너무 평범해서 오히려 시시하다. 그래서 그는 독자를 자신의 시 속으로 들어가도록 만든다. 그의 시보다 그의 산문을 더 좋아하는 나는 여행이 그의 언어에 지금보다는 약간 더 생동감을 제공해줬으면 싶다. 나는 가끔 그의 온화함과 달콤함이 가끔 너무 로맨틱해서 무료하다.

장을 무리 없이 읽을 수 있다. 이해가 빨라지면 당연히 책을 기억하는 일도 쉽다.

징을 이해하는데 도움이 된다. 이해가 빨라지면 당연히 그것도 왕창 딸려 온다.

를 다룬다면 고구마 줄기는 좀 더 수월하게 그것도 왕창 딸려 온다.

은 자기 스타일을 가능한 빨리 발견하는 것이다.

형 인간이라서 그런지 읽기를 대단히 중하게 여기는 편이다. 고구마 줄기를 끌어올리는 훈련을 통해서 나른 간신히 읽자구식을

ond discovery' 로서의 읽기다.

것이다.

한 번 눈에 익었던 것을 다시 손으로 옮겨 적는 과정에서 책은 내게 더 가깝게 다가온다. 영구보존이 가능하다.

오랫동안 저장되는 특혜를 제공한다. 공책을 분실하는 불행만 겪지 않는다면 컴퓨터 파일을 몽땅 날리는 바람에 기억을 더듬어

할 수도 있다. 소설가 장정일은 장정일의 독서일기에 수록할 400여 편의

아주었다니 복수는 통쾌했겠지만 속은 저절한 눈물을 삼켰을 것이다.

글을 저장하지 않기로 결심했다. 기계는 믿을 것이 못 되요!

서평공책의 의의가 없다. 추켜들고 다소 거만하게 읽는다.

책이지만 이 기호가 지닌 의미를 모두 기억할 수 있다는 것이다. 기록의 신은 위대하다.

첫 번째 줄기가 다 나왔다 싶으면 줄기 아래 몸을 숨겼던 고구마가 땅 속에서
걸어내면서 줄기를 당겨야 한다.
고구마 줄기를 끝까지 다 걸어내고 고구마를 다 캤다 싶지만 그래도 줄기에 대롱대롱 매달린
이 고구마들은 미처 땅 속에서 열매를 성숙하지 못한
그러니 고구마 줄기는 끝없이 고구마를 맺는 원천이다. 고구마 줄기 캐듯 책을 읽는 일은
고구마 줄기를 낫으로 휙휙 걸어내면서
특히 시간 때우기나 즉흥적인 여기로서의 독서를
이 방법은 장르별, 작가별, 주제별로 묶어서 연독(連讀)하는 것이다.
이를테면, 녹색경제를 통해 지구온난화를 해결하자는 토머스 프리드먼의
지구온난화는 환경주의자들의 조작이라고 주장하는 비외른 롬보르의 '회의적 환경
이 두 책은 같은 환경장르이지만 상반된 주장을 하므로 독자는 흥미

6

환경 · 생태 편

환경 · 생태 편에 소개되는 책

지구온난화와 돈가방
기후 커넥션 로이 W. 스펜서 지음, 이순희 옮김 | 비아북 | 2008년 8월

흩어진 퍼즐을 맞추기까지
녹색 시민 구보 씨의 하루 존 라이언, 앨런 테인 더닝 지음, 고문영 옮김 | 그물코 | 2002년 3월

문명의 언덕 너머 숲
숲의 생활사 차윤정 지음 | 웅진지식하우스 | 2004년 3월

위대한 전사 도토리
신갈나무 투쟁기 차윤정, 전승훈 지음 | 지성사 | 2009년 5월

화석이 된 금쌀
논 최수연 지음 | 마고북스 | 2008년 10월

녹색 GNP는 어디로 실종되었나
아픈 아이들의 세대 우석훈 지음 | 뿌리와이파리 | 2005년 2월

환경과 경제의 지속적인 조율에 관한 설계도
굿뉴스 데이비드 스즈키, 홀리 드레술 지음, 조응주 옮김 | 샨티 | 2006년 6월

순환형 사회를 향한 경제와 환경의 연대
세계의 환경도시를 가다 이노우에 토시히코 지음, 유영초 옮김 | 사계절출판사 | 2004년 3월

우리의 집은 어디인가
소로와 함께 강을 따라서 에드워드 애비 지음, 신소희 옮김 | 문예출판사 | 2004년 4월

지구온난화와
돈가방

　세계는 지금 기후 전쟁 중이다. 지구온난화가 지구를 파멸시킬 것이라는 설과 현재의 지구온난화는 위험하지 않다는 설로 대치 중이다. 이 때문에 기후 토론장은 뜨거운 진흙탕으로 엉망진창이 되었다. 가뜩이나 기후학의 혼란한 요동 때문에 갈피를 잡을 수 없는 상황에서 《Climate Confusion》이라는 이 책의 원제가 한국어판에서는 《기후 커넥션》으로 변한 이유가 무엇일까? 커넥션Connection은 관계, 연결, 접속을 뜻하지만 주로 정치적 거래의 은밀한 관계에서 자주 사용된다. 저자는 자신이 '검은 커넥션'이라 지목한 주인공들, 즉 환경운동가와 정책결정권자, 정치성향이 강한 과학자들이 지구온난화를 이용한 사회주의자들이거나 '기후바보'라고 일갈한다. 전문 기후과학자인 저자가 자신의 의견과 반대의 입장에 선 환경운동가들을 싸잡아서 좌파로 몰고 몇 개의 통계자료에 의존해서 지구온난화는 걱정 '뚝!'이라고 보는 관점이 과학자의 객관적 입장인가에 관한 물음은 일단 논외로 하자. 지구와 인간 중 인간중심주의로 나아가자는 저자의 논지는 지구와 인간을 각각 다른 세계의 별도 생물체로 다룬다. 지구온난화 문제가 아니더라도 지구와 인간을 별개의 대상으로 분리하는 저자의 자세는 경제와 환경의 적절한 조화를 주장하는 나 같은 중도주의자조차 공감하기 어렵다. 지구환경은 인간과 지구의 똑 떨어지는 분리가 가능하지 않은 한 그물 안의 코로 연결된 상태다. 나는 그물코 한 개가 뜯겨 나갔을 경우 그물 전체에 미치는 영향을 고려해야 한다고 본다.

　미국항공우주국NASA의 기후 전문가인 저자는 이 책에서 기후와 환경, 정치, 경제까지 세계문제를 아우르는 '기후통섭'을 통해 환경위기론에 정면대응한다. 단도직입적으로 지구온난화는 '조작된 공포'이며 세금창출과 여론영합, 과학자 양성 기금조성을 위한 거대 프로젝트로서 이로 인해 정치인과 과학자가 이득을 챙길 수 있다고 저자는 주장한다. 화석연료 배출로 인한 지구온난화는 인정하지만 위험 수위는 아니라는 것이다. 저자는 완벽한 복원력을 가진 자연의 마법이 인간을 지켜주므로 안심하라는 논리를 펴지만 현재 발생하고 있는 자연재난의 대다수가 인간의 무분별한 개발욕망에서 비롯된 것임은 책 마지막까지 언급하지 않는다. 자연의 '너그러운 복원력'을 맹신하는 저자의 지구온난화 안심 논리는 환경운동가와 정치인과 언론의 조작이 지구온난화를 창작했다는 결론에 이른다. 한마디로 환경위기론의 진실은 커넥션의 결과라는 것이다. 정말 '돈 가방(경제)'이 환경위기론을 만들었을까? 그렇다면 지구환경에서 그의 표현대로 '어머니 자연'을 떼어내고 '후레자식 인간'만 남아야 한다.

과학자는 검증된 자료 제시를 통해 진실을 증명하는 사람이다. 그러나 진실의 진짜는 자료 뒷장에 은닉되어있다는 평소 내 지론에 따르면 이 책 속의 도표나 수치 자료를 완전히 신뢰할 수 없다. 가령, 골짜기마다 대규모 축산단지가 요새처럼 숨어있는 지역의 토양과 대기, 곤충, 식물생태, 주민의 삶의 질, 부동산 평가문제와 더불어 골짜기 바깥을 바라보는 가치관과 병원에서 병명을 정할 수 없는 질병문제 같은 것은 일일이 과학적 설명으로 이해 가능한 것이 아니다. 예를 들면 대규모 축산단지 밀집 지역에서 나타난 파리의 생태변화는 충격적이다. 사람이 버린 쓰레기를 주로 섭생하던 비교적 순한 집파리를 대규모 축산 밀집지역으로 옮겨놓을 경우 집파리는 흡혈파리가 된다. 흡혈파리가 된 과거의 집파리는 개체 수가 급격히 증가하면서 소와 돼지를 공격할 뿐만 아니라 사람의 피까지 요구한다. 왜 집파리는 드라큘라 파리가 되었을까? 피맛이 음식물이나 동물의 배설물보다 더 맛있는 것이 이유이겠지만 더 큰 이유는 환경변화가 파리의 생존방식을 바꿔놓았기 때문이다. 여기서 집파리와 흡혈파리의 다른 유전자 배열구조를 따질 필요는 없다. 환경의 충격 때문에 파리가 모기보다 더 강력하게 피를 빨게 됐는데 인간이 과연 파리처럼 환경에 지배당하지 않고 지구에서 꿋꿋하게 살아남을 수 있을지는 모른다 (파리만도 못한 인간? 그럼 인간이 뭐 대단한 줄 알아!) 축산단지의 대단히 무덥고 습한 대기상태는 그렇지 않은 다른 마을과 비교해서 작물의 성장이 좋지 않고, 다양한 종種이 서식하지 못한다. 소 한 마리가 하루에 배출하는 메탄가스 양이 6백 리터라고 하니 오염에 강한 소나무가 말라죽는 것은 이상한 일도 아니다. 더럽지만 그런대로 온순했던 집파리가 공격적인 흡혈파리로 변신한 이야기와 대기오염으로 인한 식생의 파괴는 어디서 주워온 이야기가 아니다. 이것은 내가 사는 지역의 실제 환경현상이고 나는 그 무덥고 습한 뱀파이어 골짜기의 공포를 잊을 수 없다. 시골의 유순한 자연환경을 기대하고 내 집에 놀러오는 도시 사람들, 그것도 엘리트 의식에 사로잡힌 환경순결주의자들을 꼭 데리고 가고 싶은 곳이다. 한방 빨려봐!

그러면 축산단지를 폐기하면 환경문제가 해결될까? 그럴지도 모른다. 자연은 사람이 인위적으로 망가뜨려도 일정시간을 건드리지 않으면 놀라울 정도로 복원된다. 그렇게 하려면 먼저 그 터전에서 살던 주민들을 모두 다른 곳으로 이동시켜야 한다. 터전을 옮기는 일이 정부가 재개발이나 친환경정책으로 해결되는 간단한 문제라면 좋겠지만 사람도 생태의 한 구성원이라 변화된 환경 속에서 적응하는 일은 '망가진 그물'을 새로 짓는 일처럼 쉽지 않다. 더구나 오랫동안 생계유지 터전으로 삼았던 축산업을 하루아침에 폐기처분하고 다른 생계수단을 도모하기란 지원금 몇 푼으로 가능한 일이 아니다. '밀어붙여!' 식의 신자유주의 경제체제를 낙원건설로 치장하는 저자의 경제논리에는 동의하지 않지만 환경은 경제문제와 반드시 운명적 관계에 놓여있다는 대목은 환경순결주의자들이 눈여겨볼 필요가 있다.

"지구온난화의 위협이 실제로 사라졌다고 하자. 환경주의자들과 과학자들, 그리고 공무원들이 모두 안도의 한숨을 쉬면서 '인류에게는 너무나 기쁜 소식이다! 이제는 이 문제로 걱정할 필요가 없다!'고 말할 것 같은가? 그럴 리가 없다. 이제까지 지구온난화 위협에 크게 의존해온 그들의 경력과 과학적 명성은 가뭇없이 사라지게 될 것이다. 기후 연구 프로그램을 관리하는 공무원들은 자금 지원을 극대화하기 위해서 의회에 출석하여 지구온난화의 위협을 강조하는 발언을 한다. 다른 기관들도 자금을 따내기 위해서 똑같은 행동을 하기 때문에 이런 작태는 사라지지 않는다. 그들이 의회에서 써먹으려고 만들어낸 지구온난화의 무서운 시나리오는 미래에나 나타날 일이다. 그러나 연구 프로그램 전체가 온난화의 위협을 과장하는 데 집중되어 있다면, 틀림없이 그쪽으로 치우친 연구결과가 나올 것이다."(191~192쪽)

다시 말해서 저자가 말하는 지구온난화는 인간이 만든 것이 아니라 자연스러운 자연의 지각변동이며 생태활동이라는 것이다. 지구에 끼치는 영향도 매우 미미하므로 위기론자들의 위기 시나리오에 넘어가거나 영합해서 쓸데없는 돈 낭비를 하지 말고 그 돈으로 자유 시장을 더 튼실히 만들자는 논리다(《회의적 환경주의자》의 저자 비외른 롬보르가 자본주의 옹호자로 변신했다는 말은 두 번이나 한다). 이런 논리에는 언제나 가난과 질병이 동원되어야 논리적으로 구색이 맞춰지므로 저자 역시 아프리카의 처참한 보건현실을 잘 써먹고 있다. 저자는 레이첼 카슨의 DDT 사용 규제 때문에 아프리카 흑인들이 방역의 혜택을 못 보고 말라리아로 죽어간다는 논리를 제시하면서 지나친 환경규제가 오히려 인간의 삶을 위협한다고 주장한다. 그런데 이 현상을 제대로 보려면 아프리카 흑인들이 말라리아로 죽을 수밖에 없는 상황을 먼저 주목할 필요가 있다. 여기에는 아프리카에서 말라리아가 사라지지 않는 좀더 근본적인 원인을 물어야 한다. 말라리아가 아프리카 흑인들을 죽이는 가장 크고 위험한 이유는 DDT 사용 규제 압력이 아니라 아프리카를 북반구의 영원한 혈관으로 만들어놓으려는 서구 경제 권력의 마수 때문이다. 왜 아프리카 흑인들이 불결한 주거환경에 노출되어 꾸역꾸역 살다가 처방전 하나 제대로 받지 못하고 죽어야 하는지를 묻지 않는 것인가? 이게 단순히 DDT 규제 때문에 벌어지는 일인가? 그러니까 이건 앞에서 인용한 저자의 음모설과 밀착되어있다. 지구온난화는 인간들의 커넥션으로 만들어진 창작품이라고 주장하는 저자가 아프리카의 말라리아 공포가 방치되는 진실로부터는 시선을 거두었다.

지구복원력이 끄떡없으니까 환경염려증에 노심초사하지 말자는 이 책은 마구 빨아먹고 헤치고 밟아도 되는 머드축제 현장의 홍보물처럼 읽힌다. 한마디로 환경위기론자들이 고의적이고 불순한 의도로 야합해서 만든 환경위기 시나리오의 커넥션을 용기 있게 증언한 이 과학자는 지구의 미래 역시 뛰어난 자정능력에 기대어 가던 길 계속 가면서 자연을 빨아먹고 살아도 된다고 주장한다.

4대강 유역 개발로 국토를 파헤쳐 경제신화를 창조한 박정희와 다시 4대강 운하 건설로 신토건왕국 부흥을 꾀하는 이명박 정부의 경제정책이 과연 국토와 경제의 조화로운 상생인가에 관해서는 의문점이 많다. 무엇보다 이 정책 뒤에는 후광을 입는 토건기업이 진을 치고 있다. 풍족한 국민의 살림살이 구호 장막 뒤에 대기업의 돈 되는 장사가 바둑알을 놓고 있는, 환경문제는 늘 정책의 만만한 바지사장으로 전면에 배치된다. 한여름에 내리는 소낙비도 지구온난화 때문이고 지구온난화 때문에 에어컨을 사용하라고 권하는 기업과 친환경 마크를 달고 출시되는 하이엔드 같은 상품들은 지구온난화 커넥션의 생산물이다. 친환경제품을 사용하는 소비자는 석유를 태워 만든 상품포장과 유통과 석유 연소 가스가 지구를 융단처럼 덮은 광경까진 연상하지 않는 것이다. 정부와 기업의 친환경사업은 성공한다. 그 요인으로 '착한 소비자들'이 지불하는 비용은 기업의 보증수표라는 사실을 이 책을 읽는 독자는 건져야 한다. 이 책의 제목이기도 한 '커넥션'은 그것을 가리키고 있다. 착한 소비자들과 특히 맹목적인 환경순결주의자들에게 이 책을 권한다.

흩어진 퍼즐을
맞추기까지

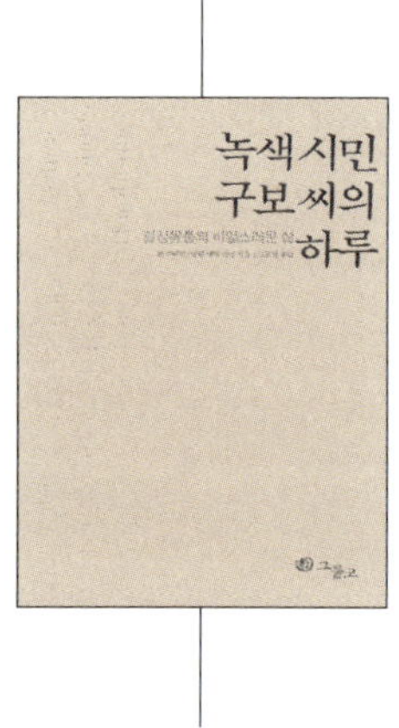

무심코 구겨버리는 종이 한 장과 커피 한 잔과 자동차와 에어컨과 컴퓨터와 원유 운송선까지 인간의 소비 진실을 고발한 책이다. 펴낸 곳이 환경도서 전문 출판사인 그물코다. 대개의 독자들은 '그물코' 출판사가 생소하겠지만, 《수달 타카의 일생》이나 《자발적 가난》을 들어본 독자라면 이 책 《녹색 시민 구보 씨의 하루》가 어떤 성향의 책인지 짐작할 것이다. 환경도서를 부담스럽게 여긴 독자라도 부록까지 합쳐 137쪽에 불과하므로 재미있게 읽을 수 있다. 그것도 일상과 친근한 환경과 소비행위를 푼 책이다.

책에 의하면 사람들이 아침에 가볍게 타 마시는 향기 좋은 커피 한 잔 때문에 95퍼센트의 새들이 멸종했다고 한다. 원두 알갱이 5백 그램에서 나온 1킬로그램의 겉껍질이 강에 버려져 물고기를 죽게 하기 때문이다. 벌목업자들의 회계장부를 살찌워 준 종이는 신문으로 화사하게 치장된다. 신문은 언제나 예상 독자수의 몇 배에 이르는 부수를 인쇄하고 내용의 80퍼센트는 인간에게 의미 없는 이야기만 들려준다. 잉여 신문은 사람들에게 읽히지도 않고 곧장 재활용 공장으로 직행한다. 신문을 인쇄하기 위해 사용된 에너지는 신문 구독자들이 부담한다. 그럼 종이와 에너지의 생명성을 무용지물로 만드는 신문을 읽지 않으면 이 문제가 해결될까? 컴퓨터는 어떤가? 하루라도 인터넷을 하지 않으면 손에 가시가 돋는 세상에서 컴퓨터를 해부한 대목을 보면 독자는 놀랄 것이다. 생각보다 많은 쓰레기가 배출된다. 컴퓨터는 7백여 가지에 이르는 다양한 원료와 화학물질로 생산되고 있다. 한 개의 컴퓨터에 8백 그램의 납과 1킬로그램의 구리가 포함되었다면 쓰레기는 얼마만큼일까? 25킬로그램의 컴퓨터가 생산되는 과정에서 63킬로그램의 쓰레기가 나온다. 당장 컴퓨터를 재활용센터로 보내고 다시 신문을 읽어야 할까?

그런데 커피와 신문과 컴퓨터는 자동차와 상대가 안 된다. 자동차는 에너지 집약사업이다. 자동차를 만들기 위해 철강을 만들고 석유를 캐고 돈을 지불한다. 그뿐인가. 자동차는 일산화탄소 배출원 1위다. 10킬로그램 주행 시 2000cc가량의 이산화탄소와 200cc가량의 일산화탄소를 대기 중에 배출한다. 대기오염으로 성에 차지 않아 합성고무제와 철강은 재활용되지 못한 엄청난 분량으로 땅속까지 고름이 고이게 만든다. 나는 나름대로 끝까지 고수하겠다는 환경철학이 있는데 그중 하나가 자동차 무소유다. 자동차는 과도한 에너지를 사용하고 오염원의 주범이면서 각종 보험금과 차량 유지비를 추가로 요구한다. 흔히 대기오염이 심각하다고 걱정하지만 사람들은 가까운 거리조차 자가용을 타고 다닌다. 대중교통을 이용할 수 있는 상황에서도 사람들이 자가용을 포기하지 못하는 이유는 불편함 때문이다. 불편함을 감수할 자신은 없으면서 대기오염을 걱정한다. 현실에서 실천 가능한 상황인데도 실천하지 않는 이런 소비 행위를 이 책에선 '무차별 소비'라고 부른다.

석유를 운송하는 운송선도 석유로 운행한다. 사람들은 자가용은 포기하지 못하면서 왜 이렇게 공기가 탁하느냐고 불평한다. 아파트 입구의 쓰레기 악취가 혐오스럽다고 하면서 마트에 갈 때마다 충동구매를 반복한다. 숲의 나무들을 벌목한다고 욕하면서 무심코 종이 한 장을 구겨버리는 일상 속의 무분별한 소비행위는 찾으려고 작정하면 널려있다. 기업의 광고유혹에 넘어가 필요하지 않은 물품을 구매하는 욕망의 기저에 소비의 광기가 있다고 지적하는 이 책은 불편한 책이다. 말이야 쉽지 실천으로 옮기는 일은 간단하지 않다.

지구가 병을 앓고 있으므로 살려야 한다는 구호는 이제 식상하다. 익숙해서 진부하고 구태의연하다. 공연한 메아리만 반복하는 것 말고 이 책은 이제부터 자신이 현재 실천 가능한 리스트를 작성하라고 주문한다. 나처럼 돈이 없는 사람은 자동차를 포기하는 일이 환경에도 좋고 마음도 편하다. 나처럼 종이 한 장에 미안한 사람은 일회용 종이컵을 자제할 수 있다. 어떤 이는 휴대폰을 포기하기도 한다. 나도 사용하지 않는다. 왜 소비를 절제해야 하는가라는 물음 역시 진부하다. 인간의 과도한 소비중독증은 지구를 피곤하게 한다. 뿐만 아니라 인간의 삶은 양적인 팽창 때문에 질적으로 추락한다. 소비만족을 위해 돈을 버는 경제동물로 전락한다면 인간은 '조지 오웰의 돼지'가 될 뿐이다.

그래서 이 책은 말한다. 이제 소비문제를 진지하게 논의할 때가 되지 않았느냐고. 소비문제는 단순히 개인의 절제문제가 아니라 환경문제라는 것을 가리키는 책이다.

문명의
언덕 너머 숲

숲은 인간이 찾아 헤맨 보물창고다. 안젤리나 졸리도 툼 레이더 여
전사로 분해 앙코르와트 숲 속의 보물찾기에 뛰어들었다. 숲이 거기
있다. 그러나 내셔널 지오그래픽 다큐로 보는 숲은 관념의 상자다.
이 책의 저자 서문에서도 그런 다큐를 '숲의 이미지즘', '표면적 평
화'라고 지적한다. 《신갈나무 투쟁기》와 《나무의 죽음》을 통해 '나무
의 진실'을 알린 저자가 이번엔 '숲의 진실'을 시즌별로 엮었다. 비로
소 숲 전체 조감도가 그려졌다. 그러나 왠지 미흡하다. 아쉽다. 조감
도에 뭐가 빠져있다. 그것이 무엇일까 싶었는데 지리산댐 건설 뉴스
를 듣는 순간 나는 무릎을 쳤다. 책의 목차에서 보듯 이 책은 숲의 생

태학이다. 사회학과의 결연은 누락되었으니 온전히 숲만 그린 것이다. 전문 산림학자로서 인간과 숲의 공동구역을 책 한 권에 담기에는 어려운 점이 많았을 것이다. 그러나 산림학자로서 저자는 최선을 다했다고 본다. 숲으로 당장 달려갈 수 없는 도시인들에게 저자는 책으로 만든 숲의 만화경을 선물했다.

"복잡한 숲 세계가 건재하는 이유는 서로가 서로를 견제하기 때문이다. 식물이 포식자를 견제하고 곤충이 곤충을 견제하고 새들이, 개구리가, 도마뱀이 곤충을 조절한다. 무엇보다 식물 스스로가 그 정도의 탐식에는 끄떡없다. 잎에 혹이 생기든, 구멍이 뚫리든, 가지가 말라비틀어지든, 다음 계절이면 다시 잎은 생산되고 가지는 수리된다. 나름대로 필요에 의한 선택이었을 것이다. 비록 성가시고 골치 아픈 문제를 발생시키지만 그것들이 없어서 생겨날 문제는 더욱 심각할 것이다. 오랜 역사 동안 이 지구가 별 탈 없이 이어져 온 것을 보면 말이다."(62쪽)

물론, 차윤정 교수의 시즌별 숲에는 문명의 칼이 자연을 찢는 날카로운 주제는 다뤄지지 않는다. 숲은 종種 간의 성장과 견제를 통해 스스로 가꾸며 치열하게 성장한다. 그렇지만 숲 그 자체의 존재만으로도 사람을 움직인다. 대부분의 사람들이 이 책을 읽고 숲의 외형적 아름다움만 경외하는 데 반해 나는 탄소고정과 태양 에너지의 숲에 시선을 던졌다. 결과적으로 이런 생태과학을 통해 숲은 경외의 대상이 된다.

식물의 탄소고정은 숲의 존재이유다. 숲의 기능 중에서 가장 큰 역할을 맡은 것이 탄소고정이다. 숲이 없다면, 나무가 없다면 지구는 이산화탄소로 폭발할 것이다. 식물만이 유일하게 기체상태의 이산화탄소를 고체 상태의 유기물질로 고정시킨다. 오래된 숲의 거대한 나무들이 자라는 숲에선 1헥타르에 수백억 톤의 탄소가 고정된다. 바닥에 떨어진 낙엽의 경우만 해도 1백 톤을 고정시킨다. 우리나라의 산림대인 온대 활엽수림은 180톤, 원시림을 그런대로 유지하고 있는 시베리아 북부 산림에선 220톤을 저장한다. 입이 다물어지지 않는 수치다. 더 놀라운 것은 나무에 고정되어 소멸될 줄만 알았던 탄소가 이파리와 가지, 꽃과 열매를 만든다는 사실이다. 이 중에서 빛에 강한 신갈나무와 소나무는 탄소고정의 독보적 기술자다. 숲은 거대한 탄소고정 창고이면서 숲 에너지 발전소인 것이다. 이런 숲을 무절제하게 정리하면서 저탄소정책을 실행한다는 정부의 발표를 나는 납득하기 어렵다.

탄소고정과 더불어 식물의 태양 에너지도 생명과학으로 경이롭다. 식물의 태양 에너지 이용효율은 2~3퍼센트로 낮지만 나무 1그램에 축적된 태양 에너지는 약 5천 칼로리다. 이쯤 되면 매일 아침부터 해가 지기 전까지 인간은 신의 완전한 선물인 태양 에너지를 무지의 쓰레기통으로 버리는 셈이다. 자연에서 이유 없이 존재하는 것이란 아무것도 없다. 1헥타르 숲 토양에 2톤의 박테리아도 숲의 토양을 가꿔서 생명을 보존한다. 1그램의 흙 속에 있는 2천만 마리의 미생물은 낙엽을 나무의 양분으로 환원시킨다. 미생물이 키워낸 꽃과 열매는 꿀벌이 완성한 자연의 작품이다. 벌은 식물의 생육은 물론 인간의 생존과도 밀접한 관계가 있다. 벌이 사라지면 나무와 꽃과 식물은 열매를 맺지 못하고 종 간의 혼란으로 인간의 생태기반조차 흔들린다. 꽃과 꿀벌의 역할이 인간의 삶에 지대한 영향을 끼친다고 생각하는 사람이라면 들꽃을 죽이고 꿀벌의 집을 부숴놓는 풀장 딸린 숲 속의 펜션은 가지 않을 것이다. 그것은 도시인의 쉼터일지는 모르겠지만 숲의 다양한 생명을 몰아내고 자리를 뺏은 괴물일 뿐이다. 이 책을 읽고 숲이 파괴되는 것을 안타깝게 여기는 독자라면 자신의 휴가를 어떤 방식으로 바꿔야 할지도 함께 고민해야 한다.

내 오두막 뒤로 산이라고 부르기에는 민망한 작은 숲이 조촐하다. 덕분에 나는 "식물은 인간이 꿈꾸는 연금술사"(82쪽)라고 저자가 경탄해마지 않는 이 문장을 사계절 내내 피부로 느낀다. 그런데 올봄 면사무소 가는 길의 아기자기했던 밤나무 숲이 인근 초등학교 체육관 공사로 그 운을 다했다. 여름날 고갯길을 넘다가 뜨거운 볕을 피할 수 있었던 작은 숲이 민둥산이 된 것이다. 밤나무를 부지런히 오르내리던 줄무늬 다람쥐를 구경하던 즐거움도 함께 사라졌다.

지못미 밤나무, 지못미 다람쥐.

위대한 전사
도토리

그것은 도토리였다. 내 키처럼 작은 신갈나무에 매달린 엄지손톱만한 꼬마 열매. 빵모자를 쓰고 있는 열매 두 개가 탱탱한 몸을 서로 기대고 있었다. 나는 엄지와 검지로 열매를 눌러봤다. 딱딱했다. 도토리. 야무지고 귀여운 이름이다. 떡갈나무, 신갈나무, 굴참나무. 모든 참나무과의 열매를 도토리라고 부른다. 도토리는 작다. 도토리는 단단하다. 도토리는 단순 원형圓形이다. 그러니까 도토리는 참나무 생태의 원형原形이다. 그것은 그냥 열매가 아니다. 아무리 키가 작아도, 아무리 열악한 지형이라도 주렁주렁 열매를 맺는다. 가장 흔한 나무라고 해서 눈길을 받지 못하는 도토리는 참나무과의 역사를 압축한 고밀도의 파일 칩이다. 그래서 나는 도토리를 도. 토. 리. 하고 한 자 한 자 띄어서 불러보았다.

　이 책은 숲의 순환에 시선을 고정해놓고 신갈나무 도토리가 숲에서 나고 살다가 토양이 되는 도토리의 일생을 추적한다. 어미로부터 떨어져 나온 도토리가 맞이하는 운명은 가혹하다. 경사진 곳으로 떨어져 바위틈에 뿌리를 내려야 하고 다람쥐나 청설모에게 먹혀서 최후를 마치기도 한다. 곤충이나 미생물의 공격에 제 몸을 낱낱이 분해하는 아픔도 겪고 빗물과 바람에 떠밀려가기도 한다. 가장 운이 나쁜 경우란 사람이 숲 전체를 민둥산으로 만들어버리는 상황이다. 이 경우 도토리는 그 숲에 깃들여 살던 다른 종과 함께 최후를 맞이한다. 거대한 한 그루의 나무라도 사람의 전기톱 앞에선 그저 무력한 제거 대상일 뿐이다. 그러나 제목에서 유추하는 것처럼 신갈나무의 생존경쟁은 인간뿐만 아니라 숲의 다른 포식자에 대해서도 치열하다. 심지어 새에게 묻어온 곰팡이균과 날카로운 꽃샘바람조차 신갈나무에게는 생존경쟁자들이다.

　"공간도 물도 빛도 양분도 어느 것 하나 양보할 수 없는 자원들이다. 동지의 의미는 여분의 공간이었던가. 하나가 파괴당하면 주변이 수월해진다. 너무 무자비하다. 식물사회에 애초부터 평화란 없었다. 그것은 사람들이 지어낸 허구이다. 아니, 몰상식이다. 자신이 살기 위해 다른 것을 파괴하고 심지어 종족을 해하는 일은 무릇 생명의 본성인가. 평화, 힘의 균형이란 허울에 불과하다. 자신들의 삶이 치열하면 할수록 평화에 집착하는지도 모른다. 사람들이 평화에 집착하고 숲을 평화로운 곳으로 이해하려는 것은 그만큼 그들의 삶이 치열하다는 반증인지도 모른다."(70쪽)

예전에 재미있게 읽은 마거릿 로우먼의 《나무 위 나의 인생》에서는 나무 위의 투쟁 외에 숲 바닥의 치열한 경쟁까지 서술했다. 로우먼이 '제비뽑기'라고 부른 숲 바닥의 경쟁률은 어마어마해서 우림 1헥타르 안에서 매년 약 15만 개의 싹이 나오지만 그중 1퍼센트도 안 되는 숫자만이 키 큰 나무로 성장한다고 한다. 이거야말로 나무의 로또 당첨으로 불러야 한다. 도토리가 싹이 되고 나무가 되고 늠름한 숲의 주인이 되기까지 태양의 더없는 축복을 받는다. 신갈나무가 유독 모든 힘을 줄기에 모아 수직상승의 본능에 맹위를 떨치는 것도 빛 때문이다. 숲에 가면 볕이 잘 드는 곳마다 신갈나무 넓은 잎이 너울대는 것을 볼 수 있다. 빛의 경쟁에서 선점하는 나무만이 숲의 주인이 된다. 《신갈나무 투쟁기》에서 가장 강렬하게 읽은 대목은 빛의 경쟁부분이다. 다른 나무들도 마찬가지겠지만 유독 두껍고 억센 신갈나무 잎은 식물의 체내에서 영양분의 공급을 원활하게 이동시켜주는 탄수화물을 생산한다. 탄수화물은 신갈나무의 생체활성화를 촉진하며 나무의 생장을 돕는다. 당연히 신갈나무에게 가장 중요한 것은 넓은 잎이고 충분한 햇빛이다. 그것이 도토리를 만들고 다음 세대를 기약하는 것이다. 신갈나무는 외친다. 햇빛은 나의 생명!

그러나 모든 생명은 소멸한다. 신갈나무가 도토리를 퍼뜨리고 마침내 토양으로 환원되고 그 토양을 먹고 자란 도토리는 다시 새싹을 틔운다. 죽음으로 새 삶을 만드는 것. 살아있는 세계는 죽어있는 세계를 토대로 세워진다. 신갈나무의 삶은 치열했지만 그렇다고 부족함을 거짓으로 채우진 않는다.

"나무는 일체의 몸을 정리하고 속을 정리한다. 버릴 것은 버리고 보강할 것은 보강하는 일, 나무에게 미련과 집착은 절대 금물이다."

(104쪽) 돌고 돌고 돌고. 나무의 죽음은 숲의 순환이자, 생명의 순환이며 지구의 순환이다. 끝과 시작점을 하나로 잇는 나무의 '버리고 돌아가기' 방식을 서술한 이 책은 비록 신갈나무라는 한 개체의 추적이었지만 동시에 나무의 전기문이고 신갈나무의 평전이다.

화석이 된
금쌀

높은 생산비와 노동력 부족과 생산량을 따라잡지 못하는 수요량 감소는 한국 쌀 농사의 고질병이다. 여기에 탁상행정식 정책과 FTA가 한국 농촌의 좌절감에 한 몫을 한다. 농촌은 이래저래 골병들어 내다 버려질, 고려장을 기다리는 노인이 되었다. 2008년에는 마침내 수면 위로 떠오른 직불금 병폐까지 가세했지만 개인적으로 단언하건대 직불금 제도가 농민을 위해 개선될 것이라는 희망 따위는 없다. 내가 이런 절망적인 결론을 내리는 이유는 스무 살 이상의 농지 (최소)3백 평 소유자는 양도소득세를 비롯해 각종 재산세를 면제 또는 감면 받을 수 있는 농지원부 제도가 버티고 있기 때문이다. 어떤 얼

빠진 인간은 그나마 이것마저 없다면 농토가 폐허가 된다는 말도 했다. 도시인들이 너도나도 위장전입의 불이익까지 감수하며 농지를 구입하고 농지원부를 만들려는 이 제도는 도시인의 부동산 투기수단일 뿐이다. 도시인이 주말에 트랙터를 몰고 와서 자신의 농토에 씨앗을 뿌리고 농사를 짓는 경우는 거의 없다. 이 문제는 다시 부재지주 문제를 양산한다.

"이제 아무도 만석꾼의 꿈을 꾸지 않는다. 부의 척도가 땅이 되었을지언정 볏섬이 아닌 지는 이미 오래되었다. 타작하는 들녘에는 꽹과리와 징이 울리고 열두 발 상모가 돌아가도 예전의 흥이 이는 것은 아니다. 더 이상 쌀이 귀한 세상이 아니다. 농민도 사라져가고 논도 사라져간다."(33쪽)

최근 10년 동안 사라진 논의 면적은 8만 헥타르로 실물규모로 따지면 서울 면적의 1.3배가 사라졌고 2006년과 2007년 사이 1년 동안에는 서울 면적의 1/4이 사라졌다. 이 기간 동안 유독 농경지 감소가 급증한 것은 정부가 추진하는 새만금간척사업의 승소판결과 이 여파로 각종 택지개발 지정이 늘어났기 때문이다. 낮에는 농부들과 막걸리를 나눠 마시고 밤에는 시바스 리갈을 마시다 죽은 박정희부터 시작해서 논은 역대 정권의 홍보화보 배경이었다. 지팡이를 짚고 다닌 김대중 대통령만 빼놓고는 작업복 바지를 종아리까지 걷어부치고 모내기 현장에서 김치~를 외쳤고 김영삼 대통령은 직접 이앙기를 모는 쇼맨십까지 연출했다. 최고 통치권자가 몸소 납시는 논농사인데 현실의 논은 절망한다. 농촌을 먹여 살리고 사람을 살찌우는 생존의 논이 아닌 경제발전을 위한 희생자로 인식했기 때문이다. 그들에겐 농촌에 대한 애정도 문제를 풀 해법도 없었다.

이렇듯 단호한 나의 평가는 천규석의 《쌀과 민주주의》에도 나오는 이야기다.

"현대사회는 농사를 '농업'이란 이름과 함께 다른 산업처럼 하나의 산업으로 위치 지워 놓고 모든 토착 농업을 세계시장에 끌고 나와 경쟁력의 이름으로 흔들어 농업의 지역분업화와 세계적 중앙 집중화를 획책한다."(150쪽)

천규석은 농사를 생태의 뿌리, 생명의 지축으로 인식하자고 주장한다. 현실은 대규모 영농법인을 부추기고 브랜드를 만들어 시장에 나온 쌀은 경쟁에서 뒤처지면 도태된다. 천규석은 소작농을 열등한 자본으로 인식하는 현재의 시장만능주의가 결국 인간을 자본의 노예로 만들었다고 주장한다. 도시 소비자들이 유명 브랜드 쌀을 선호할수록 소작농은 절멸한다. 작은 규모를 우습게 여기는 이런 경제풍토에서 47퍼센트의 한국 소작농은 사라져간다. 배곯던 시절 다랑논에서 만든 쌀은 금쌀로 불렸다. 그러나 좀 먹고 살게 되었다고 대규모 영농법인만이 농촌의 살 길이고 그래야 식량주권을 지킬 수 있다고 호도하는 발상부터 한국의 농촌정책은 현실성이 없다. 소작농이 줄어드는 한국의 식량자급률은 2007년 말 현재 25.7퍼센트에 불과하다. 식량안보를 거의 포기한 듯 보이는 이런 상황에서 매년 10만 명의 농민이 농촌을 떠난다. 우스갯소리로 쌀이 어디에서 만들어지냐는 물음에 마트에서 만들어진다고 대답한 초등학교 학생이 생각난다.

한반도에서 논이 지닌 풍부한 의미를 설명하되 위기에 처한 쌀과 사라져가는 쌀 문화에 관한 관념적 수사학을 최대한 배제한 이 책은 내용은 아담해 보여도 울림은 작지 않다. 도시가 어떤 생태지지 기반 위에 존재하는가 하는 물음에 관해 저자는 노골적인 설득 대신 담담한 시선으로 이야기를 푼다. 사유와 문맥 사이에서 조악한 형용사를 남발하지도 않고 사라져가는 논농사의 비참함을 비약하지도 않는 글을 다 읽고 나면 매일 먹는 밥에 관해 우리가 무언가를 놓치고 있는 실상이 보인다. 부제도 '밥 한 그릇의 시원始原'이다. 더불어 가을여행 길에 노랗게 익은 벼 낟알을 꼭 한번 만져보기를 권한다. 그것은 한국인을 먹여살린 금쌀이다.

녹색 GNP는
어디로 실종되었나

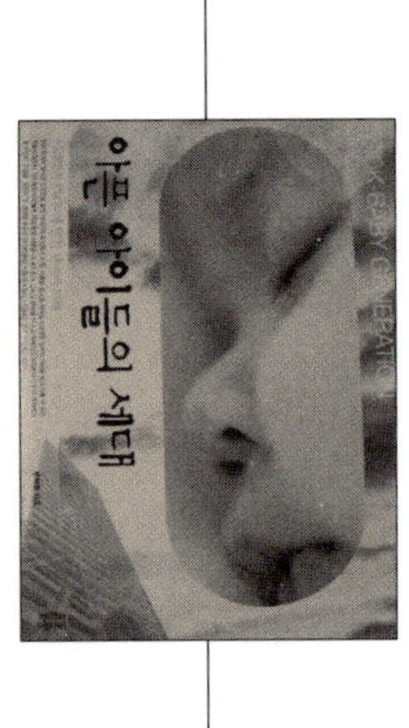

2007년 보건복지부 자료에 의하면 서울 아이들 10명 중 4명 이상이 아토피 피부염으로 고생하고 있다고 한다. 이 발표가 정확하다면 서울은 아토피 천국이다. 서울이 아토피의 주범이 되는 이유로, 우석훈은 인스턴트 식생활과 자동차와 인근 공업지대에서 배출되는 매연과 건설문제를 지목한다. 우석훈의 이 지적은 아토피가 개인의 질병이 아니라 사회 시스템이 양산한 질병이라는 의미다. 아토피를 단순하게 식생활과 개인 주거환경의 문제로만 알고 있던 독자는 이 책을 읽으면서 아토피의 사회 환경 메커니즘을 다시 봐야 한다. 부제인 '미세먼지 PM10에 덮인 한국의 미래'에서 알 수 있듯이 이 책은 아토피를 유발하는 미세먼지 PM10의 정체를 먼저 밝히고 그것이 미치는 전 방위적인 위험성을 서술한다. 책에 의하면, 10마이크로미터 미만의 미세입자들은 주로 자동차 배기가스와 공사장 주변에서 발생한다. 건설현장 중 재개발 공사장에서 80퍼센트가 발생한다는 대목에 이르면 저자가 왜 긴급하게 '서울을 탈출하라'고 경고하는지 알만하다.

서울시장 오세훈은 취임 후 2007년도의 구호를 '명품 서울'로 정했다. 서울을 명품도시로 만들겠다는 야심 찬 계획 아래 재개발지역은 더 넓은 면적으로 확대되었고 노점상들은 도심에서 밀려났다. 깨끗하고 쾌적한 서울의 꿈은 청계천 복원으로부터 승계된 것이다. 도심 한가운데에 시냇물이 흐르게 하고 나무를 심어 삭막한 도시에 생기를 불어넣었다는 청계천은 한 해 2백억 원의 돈을 삼키는 괴물이다. 청계천 복구 과정에서 영세 상인들이 사라진 자리에 미세먼지가 소용돌이쳤다. 청계천은 생태공원으로 거듭났고 터전을 잃은 사람들은 변두리로 떠났다. 도심 속의 쾌적한 공원시설을 즐기는 시민들은 미세먼지를 알지 못했다. 그것은 눈에 보이지 않는 대신에 호흡기를 통해 시민들의 몸속으로 잠입했다.

현재 서울에 1천 개의 재개발이 진행 중이라는 우석훈의 자료에 나는 놀라움과 절망을 금치 못했다. 통계에 잡히지 않은 전 국토의 개발건수까지 합치면 한국은 미세먼지 왕국이다. 건설부양책은 이명박 정부 들어서 4대강 재정비 사업과 그린벨트 해제로 탄력을 받아 성업 중이다. 아토피를 단순히 유해 과자의 문제로 알았다면 독자는 지금 이 순간부터 그 생각을 버려야 한다. 물론 아토피는 식품첨가물에 포함된 인공조미료 MSG나 타르계의 색소, 방부제로 쓰이는 황산나트륨계 화학물의 영향을 받는다. 아토피가 음식물과 연관성이 깊다는 문제는 이미 과학적으로 입증이 되었다. 이런 발표 때문에 사람들은 아토피를 음식의 문제로만 본다.

내가 아는 아이 중에도 아토피 환자가 있다. 그 아이의 부모는 생협에서 배달되는 유기농 식품을 아이에게 먹인다. 다행이 아토피는 개선되고 있고 이젠 거의 사라진 것처럼 보인다. 그래도 그 부모는 생협을 바로 탈퇴하지는 않았다. 비싼 가격을 지불하면서도 이 부부가 계속 생협 식품을 공급받는 것은 기업의 무분별한 상거래 행동에 휘둘리는 일이 싫고 무엇보다 내 아이에게 건강한 음식을 먹여야 한다는 부모의 절실한 심정이 작용했기 때문이다. 그러나 아이가 문밖에 나서는 순간부터 상황이 급변한다. 우석훈은 《도마 위에 오른 밥상》에서 아이는 부모가 키우는 것이 아니라 사회가 키운다고 말했다. 학교와 거리에서 접촉하는 음식이 생협의 유기농 식품으로 키운 아이를 다시 아토피 환자로 만들지 말라는 법은 없다. 여기에 또 하나를 잔인하게 추가하자면 건설현장에서 뿜어 나오는 미세먼지까지, 아토피 주범은 도시 전체를 사우론의 융단처럼 덮고 있는 셈이다. 엄마 뱃속에서부터 병을 달고 나오는 이 시대의 아이들을 가리켜 우석훈은 '아픈 아이들의 세대'라고 부른다.

초반부에서 재미있게 서술한 '반지의 제왕' 비유는 후반부로 이어져 아라곤의 등장을 기대하는 열망으로 책을 맺는다. 이론적으로는 환경정치가 가능하지만 정치인과 기업인에게 과도한 이윤추구의 거래가 끊이지 않는 한 현실정치는 권력의 장식에 지나지 않는다. 그러므로 서울이 명품도시를 포기하지 않는 한 아토피는 줄어들지 않겠지만 그렇다고 서울 시민들이 서울을 떠날 것이라는 기대는 갖지 않는다. 시민들은 서울을 떠남으로써 도시의 문화생활을 포기하고 가난을 감수할 용기가 없다. 서울이 삶의 터전인 사람에게 쉬운 결정이 아니다. 나의 냉소적인 자세를 예견이라도 했듯이 우석훈은 광야에서 헤매는 고독한 파이터 아라곤의 화려한 부활을 희망한다. 우석훈의 상상력으로 만들어진 아라곤의 지혜와 용기가 현실정치로 실현되기를 기다려보지만 경기부양책의 선발타자는 항상 건설이 맡는다. 다 알다시피 4대강 건설을 표본으로 삼은 이명박 정부의 1인당 GNP 급상승 정책에는 대규모의 건설경기가 선봉대 역할을 한다. 건설기업의 호황과 함께 부동산 경기 활성화라는 양적인 팽창에도 불구하고 아토피 환자는 증가할 것이다.

전 국토에서 건설의 망치 소리가 탕탕 울리도록 만드는 것이 정부의 경기부양책이라면 아토피 환자뿐만 아니라 나 같은 호흡기 환자도 안전하게 살 곳이 줄어든다. 이런 상황이 지속되고 있는 현재 도시생태는 이미 죽은 것으로 판명해야 한다. 우석훈은 그 대안으로 서울에 남아 도시빈민으로서 '노예의 삶'을 살아갈 필요가 없으므로 5천 달러 소득 미만자는 서울을 떠나라고 조언한다. 나는 이 대목에서 궁금하다. 현재 농촌의 경제현실은 서울의 5천 달러 소득을 농촌의 5천 달러 소득으로 보장해줄 수 있는 상황이 아니다. 350만 농업인구 중 매년 10만 명 이상의 농민이 실업자 대열에 합류한다. 그러므로 도시를 버리고 내려온 귀농자에게 농촌이 현재 제공할 수 있는 일이란 소비생활을 줄이고 소박하게 사는 '청빈의 미학' 외에는 없다.

전 국토의 서울화가 추진되는 현실 앞에서 도시의 아이들은 점점 더 아프다. 다소 산만하게 온갖 통계자료와 도표를 참조한 이 책의 결말에서는 '어머니의 힘'을 제시한다. 아라곤을 기다리는 동안 엄마들은 무엇을 하면 될까? 아픈 아이의 원인이 단순히 식품과 건축자재에 그치지 않고 생태 전반이 그물로 이어져있다는 인식이 필요하다. 아파트와 대형건물 건설 부양책까지 정치와 경제와 문화와 사고 방식까지 광범위한 네트워크의 실체를 보는 엄마의 밝은 눈이 아라곤의 눈이라고 우석훈은 말하고 싶은 것이 아닐까? 이런 책은 엄마들이 많이 읽고 유식한 척 폼을 재도 흉 될 것 없다. 미래의 아이들은 아프지 않아야 하니까.

환경과 경제의
지속적인 조율에 관한 설계도

환경적 관점을 비관하고 절망해온 독자라면 이 책을 읽으면서 아주 작은 희망의 불씨를 품을 수 있다. 2차 산업혁명, 병해충 종합 방제, 최고의 서식지 복원 방법 같은 책의 목차가 보는 이를 쫄게 하지만 화사한 책표지처럼 제목도 굿 뉴스다. 6백 페이지가 넘는 이 묵직한 책은 레이첼 카슨의 '침묵의 봄'을 위로하는 세계의 '꽃피는 봄' 이야기다. 그렇다고 나는 이 화사하고 훈훈한 책 속의 실화에 다 동의하진 않는다. 이를테면 좀벌레로부터 토착종인 서양가문비나무를 구제하기 위해 좀벌레의 숙주인 전나무를 산불로 제거하는 방식은 생각해볼 여지가 많다. 산불 대신에 천적을 이용하는 방법도 있다.

물론, 이 방법은 비용과 시간을 많이 요구한다. 산불이 인위적으로 억제되면서 토착종과 유입종의 혼란이 초래되었지만 산불의 위험성도 크다. 산불이 토착종을 지킬 수 있을지는 모르겠지만 토양의 황폐화와 다른 동식물의 멸종도 함께 고려해야 진짜 굿뉴스가 아닐까?

이 책에서 가장 빈번하게 사용한 단어는 '지속가능성sustainability'이다. 지속가능한 환경인식과, 지속가능한 기업의 환경생산과, 지속가능한 정부의 정책. 여기에는 정부의 정책을 감시하고 비판하는 환경단체 역할이 강조된다. 환경단체는 기업과 시민, 정부와 시민, 시민과 시민을 연결하는 하나의 다리다. 나는 이 책의 다양한 성공 사례를 읽으면서 환경단체의 역할로서, 총체적인 사안보다 디테일에 집중하면서 부분을 유지하는 일이 더 현실적으로 다가왔다. 어차피 인간이 자연을 빨아먹고 살 수밖에 없는 상황이라면 물리적 충격을 과도하게 시도하는 것을 자제하고 복원시간을 충분히 줘야 한다고 나는 생각한다. 저자 역시 경제와 환경의 조율방식으로, 꽃을 헤치지 않고 꿀을 모으는 꿀벌로부터 소생의 힌트를 얻자고 말한다. 그런데 이런 의견조차 환경보호자들은 환경파괴로 인식한다. 현대문명사회에서 모두 백악기시대의 로빈슨 크루소가 되자는 것일까? 환경순결주의자들의 맹점이 환경을 순수한 존재로 모셔만 두려고 하면서 가난을 감수한다는 것이다. 가난은 그들에게 소박한 구도자의 철학일지 모르겠지만 대부분의 가난은 삶의 피폐함은 물론이고 질병과 범죄 문제를 발생시킨다. 나아가 가난은 인간존엄성을 말살시킨다. 그런데 환경보호자들의 환경보호 시선이 가난에 닿는다고 해도 결국 환경의 희생으로 얻은 이윤을 챙기는 사람들은 따로 있다는 것이 문제다. 자연환경처럼 인간은 공동의 분배를 모르기 때문이다.

그렇다고 절망만 하고 남은 생을 마칠 수는 없다. 어쨌든 지구와 인간은 운명공동체다. 이 책의 많은 사례 중에서 필라델피아의 '화이트 독 카페'의 사업방식은 소규모 자영업자가 빈민가와 지역주민과 환경현장과 이윤을 동시에 포용할 수 있는 표본이다. 지역 농산물을 직거래 방식으로 식당에 공급하면서 지속적인 신뢰관계를 쌓는 이 방식은 프랜차이즈를 선호하는 한국 실정에 많은 것을 시사한다. 필라델피아에 있는 이 작은 식당의 사명은 소작농을 보호하고 식당에 안전한 음식재료를 공급하며 고객에겐 믿음을 심어주는 것이었다. 당연히 매출액도 증가했다. 이 식당에 재료를 납품하는 농부는 유기농 재배를 함으로써 환경도 살리고 식당 입장에선 잉여이윤으로 지역의 빈민가를 지원한다. 이와 비슷한 유형이 한국에도 있다. 한미 FTA가 체결되면서 미국산 수입 쇠고기 문제가 불거지자 축산지역마다 직거래 한우식당을 개설했다. 직거래 식당은 일반 매장보다 저렴한 가격으로 소비자에게 양질의 쇠고기를 공급한다. 한우 농가는 직거래 식당과 지속적인 거래를 함으로써 일정한 수입을 보장받을 수 있다. 좀더 양질의 사료를 먹이고 쾌적한 환경을 조성해서 소를 키운다. 한우 농가와 직거래 식당과 고객이 모두 만족하는 3단 쿠션이다. 대개 이런 시스템은 지역민들이 자발적으로 조직한 사업이다. 소규모이지만 환경에 끼치는 영향은 미미하다.

　이 책을 읽는 독자층은 환경과 경제가 양립하기를 바라는 중도주의자일 가능성이 크다. 환경순결주의자라면 환경과 인간의 조율이 성공한 이런 케이스보다는 실패한 경제정책을 읽으면서 환경의 중요성을 강조할 것이다(아님 말고). 환경과 경제의 균형을 무너뜨리지 않으려는 시도는 이 책에 나오는 삼림벌채의 경우가 좋은 예가 될 것이다. 벌목회사를 운영하는 미국인 벌목업자는 삼림의 재생 한도 내에서 벌채를 한다. 이윤중독에 빠진 미국 자본주의에서 이런 사업자도 있다니 놀랍다. 산길에 차를 세워두고 '밀어버려!'를 외치는 벌목업자만 있는 것은 아니다. 무리한 체중으로 자연을 짓밟지 않는 이런 자세를 유지한 사람들 덕분에 환경은 완전히 절망에 빠지지 않는다. 개인의 의식과 양심에 의존하는 것이 아니라 아예 법제도로 만들어 환경시스템을 조성하는 경우에는 기업과 소비자와 환경 모두가 유익한 결과를 얻는다. 그것은 결국 건강한 사회를 만드는 일이다. 수입 완제품까지 환경검증제도를 마련한 독일의 '바렌 테스트' 정신은 환경무결점주의다. 이 제도는 처음부터 상품의 유해성을 차단한 것이다. 독일에 상품을 팔아먹으려면 완벽해야 한다! 독일의 환경인증제도는 상품의 최종 사용자까지 염두에 둔다. 독일의 철저한 환경인증제도는 기업에 책임보험법을 적용해서 환경에 취약한 기업이라면 프랑크푸르트 경계 안으로 들어갈 수 없다. 정부가 신뢰할 수 있는 제도를 만들어서 시민의 안전성과 환경보호 두 가지를 다 실천할 수 있는 그것이 환경정책 아닐까?

"몬산토, 다우, 셸 등의 기업에게 화학 폐기물을 발생시킴으로서 사회에 전가시킨 비용에 비례하는 세금을 부과한다면, 이들은 이윤을 창출하기가 훨씬 더 어려워지면서 오염 물질 배출량을 줄일 동기가 생길 것이다. 막대한 정부 지원 없이는 이윤도 못 내고 지속 가능하지도 않은 산업을 억지로 지탱해주는 보조금을 철폐하는 정말로 건전한 경제학, 이것이야말로 갑절의 보상이라는 개념의 핵심이다. 어떤 산업이든 만약 정부가 주는 모든 보조금과 편파적인 지원책을 없애더라도 과연 수익성을 유지할 수 있는지 질문해보는 것도 그 산업의 생존 가능성을 확인하는 한 방법이다."(516쪽)

순환형 사회를 향한
경제와 환경의 연대

제목에 '환경도시'를 붙인 이 책은 내가 사는 도시의 심각한 대기오염과 쓰레기 소각문제와 더 나아가 실업자와 저소득층까지 연계하는 현안을 고민해보라고 주문한다. 유럽과 라틴아메리카, 일본의 도시를 취재해서 모았지만 도시 환경문제로 골머리를 앓는 우리에게도 요긴한 참고서가 된다. 도시 차원에서 성공한 환경대책을 취재한 이 책은 1999년 《닛케이 ECO 21》이라는 환경잡지에 연재되었던 내용이다. 전체 주제가 '순환형 도시사회 구조'를 목표로 삼고 있다. 인구, 산업, 자연, 역사, 복지를 아우르는 환경은 경제와 교차로에서 만난다. 생태ecology와 경제학economy이 공통으로 'eco'를 포함하고 있다는 것은 환경과 경제의 밀접한 관계를 말해주는 것이다. 환경을 살릴 것인가, 경제를 우선 취할 것인가를 두고 대립하는 경우도 있지만 궁극적으로는 양립과 조율 외에는 방법이 없다. 환경을 무시한 경제는 오염이라는 뒤탈을 감당해야 하고 경제를 외면한 환경보호는 가난이라는 치명적인 질병을 각오해야 한다. 내가 말하는 환경과 경제의 화해란 추상적인 것이 아니다. 문명을 거부하고 산속으로 들어가 로빈슨 크루소가 될 생각이 아니라면 현대인은 환경과 경제의 조율을 시도하는 방법을 고민할 수밖에 없다는 말이다. 선택의 여지가 없잖은가.

이런 의미에서 도시 환경정책은 전 지구적 도시화에 맞춰 시민과 시민단체, 기업과 행정당국의 종합적이고 체계적인 인프라를 필요로 한다. 도시에 효율적인 환경과 경제의 맞춤 서비스가 이젠 적극적으로 필요하지 않을까? 내가 여기에서 좀 우려하는 것은 정부당국의 개입 한계선이다. 어느 선까지 국가가 지원을 주도할 것이며, 어떤 방식으로 자생의 불씨를 지필 수 있을 것인가 하는 문제다. 행정당국의 역할이 어떤 방향인가에 따라 초반의 환경정책이 결정된다. 정책결정권자가 어떤 경제 마인드를 가졌느냐에 따라 푸른 도시계획의 실체가 만들어진다. 환경단체가 감시하는 것도 한계가 있으니까. 시민단체의 감시기능이 떨어지거나 정책결정권자의 마인드가 시민의 뜻과 상충되는 경우 녹색사업은 파행을 겪을 수밖에 없다. 가장 대표적인 경우가 제5공화국의 한강 살리기 사업과 이명박 서울시장의 청계천 복원이었다. 한강은 '보기만 좋은' 강으로 만들어져 한강 고유의 동식물이 사라졌다. 청계천은 도시 저소득층인 영세 상인의 추방과 함께 도심으로 이어지는 계층별 '소통의 길'이 차단되었다. 청계천이 복원된 후 그 주변에는 고급 아파트가 들어섰다. 청계천은 생태

공원으로 거듭났지만 원주민의 터전을 몰아내고 부자들이 사는 동네가 되었다.

환경정책은 바로 그 '경제적'인 것을 품고 있다. 청계천 복원이 계층 간의 통로를 차단한 것은 경제적 효율성에 문화적 차별화를 덤으로 얹었기 때문이다. 가난한 사람들은 도심에서 나가달라는 것이 한국의 도시재개발사업이다. 청계천 복원은 그 증거다. 그럼 일본은 어떤가. 폐광촌으로 신음하던 일본의 우그이스자와의 전자제품 재활용 산업은 환경과 경제, 두 마리 토끼를 다 잡은 경우다. 전자제품 재활용 사업을 실시하면서 실업자가 감소하고 폐기물에 대한 인식이 바뀌었다. 폐기물을 완전히 없앤다는 '제로 에미션'으로 성공한 지역은 기타큐슈다. 여기서 가장 주목할 것은 시민 참여 프로그램과, 재활용 제품이 안정적으로 시장화에 안착할 수 있도록 '출구'를 만들어준 행정당국의 전폭적인 지원이다. 행정당국과 시민을 잇는 중간 고리 역할을 시민단체가 맡음으로써 힘의 분배가 이루어졌다. 그 과정을 감시하고 비판하고 협의하면서 조율하는 성숙한 시민의식과 당국의 열린 자세가 지역주민과 경제와 환경을 모두 살렸다. 시민들이 원하는 것이 무엇인지 묻고 그에 따라 맞춤 행정 서비스를 제공하는 사회 시스템이 결국은 모두 윈윈하는 블루오션 아니겠나. '살기 좋은 도시를 만듭시다!' 같은 공염불 말고 현장성을 끌어온 다양한 의견의 연대 말이다.

사회적 합의가 가장 성공한 경우는 독일 슈투트가르트의 '바람길'과 브라질 쿠리치바의 '녹색교환'이다. 슈투트가르트는 극심한 대기오염으로 더운 도시였다. 자동차 매연이 심각하고 인근에 공장지역이 밀집해있다. 이 문제를 해결한 방식은 한국의 '밀어붙여' 재개발과는 정반대다. 청계천 복원처럼 화려한 생태쇼도 아니다. 도시외곽에 산림보전지구를 조성해서 숲의 신선한 바람을 도심으로 끌어왔던 것이다. 이 프로젝트는 인근의 숲과 도심부를 왕복하는 바람의 통로를 만든 사업이다. 골목길을 살리고 골목길을 통과한 바람은 중앙통로로 집결되어 도시 전체에 차갑고 신선한 공기가 퍼진다. 이 사업은 부동산 투기업자들과 개발업자들의 반대가 심했지만 도시는 살아났다. 개발이 금지된 숲은 시민들의 쉼터로도 활용된다. 서울도 뚝섬에 서울숲을 만들었다. 슈투트가르트의 숲처럼 다양하고 큰 규모의 숲은 아니지만 시민들이 쉽게 찾아갈 수 있도록 서울 내부에 조성한 것으로 보인다. 그래서 서울시민들이 좀더 쾌적하고 행복해졌는지는 모르겠다. 그런데 서울시의 지역개발사업은 정반대로 나아간다. 주변의 북한산과 남산과 관악산 일대의 그린벨트 지역을 해제하면서 도시외곽을 콘크리트 성벽으로 쌓고 있다. 서울 근방의 숲은 골프장과 맛있는 음식점과 분위기 좋은 카페 영업장소로 거듭나고 모텔사업도 번창한다. 그리고 때가 오면 대규모 아파트 단지에 자리를 내주고 사라진다.

도시 근교에 숲을 조성해서 도심의 대기오염 문제를 해결한 것은 쾌적한 도시 주거환경 개선이다. 슈투트가르트의 주거환경 개선은 토건기업 위주로 진행되는 한국의 실정과 비교하여 많은 것을 생각하게 한다. 한국의 도시재개발사업은 도시 빈민층을 도심으로부터 밀어내면서 외곽의 슬럼가를 양산한 반면, 브라질의 '녹색교환'은 슬럼가 주민들의 생계문제를 풀었다. 쿠리치바는 재활용품을 수거하는 슬럼가 주민들에게 생필품을 제공하고 그 수익금을 다시 슬럼가 학교에 지원한다. 주민들이 수거한 재활용품을 시 당국에서 사들이거나 생필품과 교환하는 녹색교환은 저소득층에게 일정한 생활을 보장한다. 그들은 더 이상 썩은 쇠고기나 감자를 얻기 위하여 쓰레기를 뒤지지 않는다. 남들이 입다 버린 옷을 입지도 않고 무엇보다 주스한 병을 마시기 위해 도둑질을 할 필요도 없다. 이동 푸드마켓 트럭이 매일 아침 슬럼가에 나타나서 전날 그들이 말끔하게 처리해놓은 재활용품을 수거하고 필요한 물품이나 현금과 교환하는 이 제도는 사람을 살리는 경제정책이다. 환경이나 경제를 살리자는 운동의 취지는 인간의 존엄성이 훼손되지 않도록 하자는 것이다. 그런데 이런 말은 진부하다. 누구나 다 아는 말이고 하는 말이다. 아는 것과 하는 것은 쉽지 않지만 환경영향평가 한번 제대로 하지 않고 후다닥 해치우는 한국의 정책 마인드가 못내 아쉽다.

코스타리카가 원시림을 지키면서도 관광수입으로 돈을 벌게 된 비결과 미나마타병으로 유명한 오염도시 미나마타가 생기를 되찾은 방법을 확인하면서 독자는 한국의 현실을 다시 돌아보게 될 것이다.

우리의 집은
어디인가

이 책의 제목을 보고 《월든》의 헨리 데이비드 소로우를 떠올리는
독자라면 빙고! 이 책의 저자인 에드워드 애비는 월든의 자연주의 사
상을 계승한 작가다. 철학 석사학위 소지자인 에드워드 애비는 한국
독자들에게 낯선 인물이다. 에드워드 애비로 도서검색을 하면 이 책
과 함께 《태양이 머무는 곳, 아치스》라는 책을 한 권 더 볼 수 있다.
그는 '반문명주의자', '자연주의자'로 불린다. "나는 내가 자연 애호
가임을 고백한다. 물론 나는 자연을 사랑한다. 바보가 아닌 다음에야
어찌 자연을 사랑하지 않을 수 있겠는가. 자연은 우리의 어머니요,
아버지요, 신부요, 아내이며 우리의 삶의 원천이기 때문이다. 우리의

행복을 지탱해주는 것도 자연이며, 우리가 마지막으로 뼈를 묻을 곳도 자연이다. 하지만 나는 자연 작가로 불린다거나 작가 이외의 그 무엇이 되기를 바란 적이 없고, 그저 작가가 된 것으로 만족한다. 나는 인생과 사회, 그리고 문명 등 모든 것을 내 글의 소재로 삼고 있다." 그렇다고 그를 자연작가가 아니라고 말할 수도 없다. 콜로라도 강과 그랜드캐니언과 유타 주 남부의 그린 강을 탐사하면서 쓴 이 책은 "1980년 11월 4일 우리는 유타 주 남동부의 그린 강에 있다"로 시작해 "우리는 다시 강에서 만날 것인가?"로 맺는다. 그는 죽어서 그의 바람대로 애리조나 사막에 묻혔다.

'강' 하면 나는 영화 〈흐르는 강물처럼〉과 리처드 브라우티건의 《미국의 송어낚시》와 반전운동 가수 존 바에즈의 포크송 〈리버 인 더 파인River in the Pine〉, 그리고 헨리 데이비드 소로우의 《월든》이 차례로 연상된다. 지금은 안젤리나 졸리에게 낚인 브레드 피트가 자유분방한 '폴' 역할을 맡았던 영화 〈흐르는 강물처럼〉에서 왼손낚시를 즐기던 폴이 왼손이 짓이겨진 채 죽은 장면이 잊히지 않는다. "아우는 강물 위에 서있지 않았다. 그는 낚싯대와 더불어 강과 함께 흐르고 있었다. 그가 보여주는 건 낚시가 아니라 차라리 예술이었다." 동생 폴을 잃은 형이 회상하는 장면에서 나오는 이 대사처럼 이 영화는 반짝이는 강물 속에 낚싯대를 던지는 장면이 인상적이다. 낚시 교본을 사려는 사람이 있다면 책 대신에 이 영화를 보라고 권하고 싶다. 아, 브레드 피트가 공중에서 낚시줄을 한 바퀴 돌려서 던지던 강물은 도도했고 섹시했다. 그리고 잔혹했다.

리처드 브라우티건의 생태소설 《미국의 송어낚시》는 낚시 교본이 아니라 사라진 송어를 찾으려고 떠난 이야기다. 송어는 폐기된 하천에서 시체로 떠오른다. 그 많던 송어는 다 어디로 갔을까? 물질문명을 맹신한 자연파괴로 인해 송어도 사라지고 인간의 꿈도 사라졌다는 이 소설은 읽고 나면 먹먹하다.

존 바에즈의 떨리는 음성으로 듣던 노래는 중학교 때부터 좋아했다. 나는 그때 〈리버 인 더 파인〉이 의미심장한 노래인지도 모르고 카세트테이프에 녹음해서 줄이 늘어질 때까지 들었다. 고등학교 때는 아예 태광 레코드사에서 조악하게 찍은 테이프를 리어카에서 오백 원 주고 샀다. 지금도 이 테이프는 건재하다.

그리고 마지막으로 《월든》이 있다. 오, 월든. 월든은 이 책의 저자인 에드워드 애비에게 성서 같은 책이지만 나에게도 한 권의 복음이었다. 《월든》은 적게 소유하는 것과 무정부 정신을 알려줬다. 무엇보다 《월든》은 나를 정부의 반항자로 만들었다는 점에서 반항의 성서다.

에드워드 애비는 철학 석사학위 소지자였지만 공원 경비원, 화재 감시인, 소방대원, 저널리스트, 스쿨버스 운전사 그리고 오지탐험 가이드까지 사회의 밑바닥을 두루 체험했다. 그는 환경운동가가 아닌 작가일 뿐이라고 말했지만 치열한 경험을 열정적인 글로 표현했다. 이 책은 그가 강 탐험대 가이드를 하면서 체험하고 느낀 바를 쓴 것이다. 강을 따라가면서 자연의 경이로움과 난개발로 잃어버린 풍경과 환경오염을 고발하는 이 책은 신랄한 유머로 가득 차있지만 읽고 나면 마음이 축축해진다. 강 한쪽을 차지했던 오래된 숲이 사라지고 연기를 뿜어대는 공장 굴뚝이 시야에 들어온 데는 불과 몇 년이 안 걸렸다. 건설기업과 거래를 통해 인디언거주지역을 한쪽으로 몰고 댐건설을 한 것도 한국의 난개발과 상당부분 유사하다. 대규모 발전소와 원전시설이 자연의 한복판을 턱하니 점령하면서 강줄기가 선회한다. 원래의 길을 잃은 강물은 수량이 줄어들고 물고기는 개체수가 감소한다. 곧 그들은 어딘가로 사라질 것이다. 에드워드 애비의 강 탐험을 읽다 보면 리처드 브라우티건이 송어를 찾아 나선 장면을 자연스럽게 떠올리게 된다. 문명은 인간에게 편의를 제공하면서 자연을 앗아갔다. 23년간 강 탐험을 한 저자의 경력에서 보듯 강의 철학은 명상과 사색으로부터 반정부로 나아간다. 강은 변했다. 인간의 지친 심신을 다독이던 평화의 강이 절망의 강물로 흐르는 것을 기록한 저자는 "절망에 대한 해독제로 이 책을 읽어달라"(13쪽)라고 주문한다.

아마 이 책을 읽지 않은 독자는 이 책을 《월든》의 아류 정도로만 생각할지도 모른다. 천만 만만의 말씀이시다. 에드워드 애비는 소로우를 찬양하고 추종하지만 소로우를 답습하진 않는다. 위스키와 카드놀이와 시가를 좋아하는 저자는 환경순결을 지향했던 소로우와 달리 문명의 유산을 즐기면서 환경과의 공존을 주장한다. 그는 마약과 알코올과 돈의 광기로 찌든 미국의 소비중독문화가 강을 망가뜨렸다고 말한다. 그러니까 한판에 배팅을 성공시키려는 인간의 무절제한 욕망이 결국 모든 것을 뒤죽박죽으로 만들었는지도 모른다. 원래의 작고 야무지던 소망들이 먼지처럼 공중으로 흩어지고 송어는 돌아오지 않는다.

"길이 포장되고 강의 반 정도가 통행 금지되고 사람들이 몰려오기 전, 한때는 사업이 아니라 모험에 넘치는 생업이었던 분야에서 살아남기 위해서, 선하고 정직한 뱃꾼이 회계사, 점원, 광고업자, 로비스트, 매니저, 행정가 되어야만 한다는 것은 보는 이를 매우 슬프게 한다."(273쪽)

우리에게도 이 책의 먹먹한 사연들은 낯설지 않다. 1960년대부터 진행된 전 국토의 개발사업은 한 국가의 지형을 바꾸어놓았다. 산을 깎고 강물을 막아 댐을 만들고 바다를 메웠다. 경제적 수치로 삶의 질을 논하는 개발업자들과 정부관료들, 거기에 동조하는 많은 사람들이 경제개발 업적에 일조했다. 최근에는 4대강 정비 사업을 통해 건설과 관광사업의 호황이 예약되어있다. 산업이 어느 정도로 발전해야 우리는 만족할 수 있는가? 배고픔을 면하자 고급문화를 찾아 주말이면 차를 몰고 교외로 나갔다. 교외로 나가기 위해 새 길을 닦았다. 좀더 편리하게 자연을 즐기기 위하여 자연을 훼손했다. 숲 속에 전기와 물을 끌어들여 풀장을 만들고 통나무 펜션도 지었다. 그것으로 만족할 수 없으므로 속도전은 가열된다. 직선의 도로는 시간을 절약한다. 물길을 강제로 끊거나 돌려서라도 인간의 길을 먼저 뚫었다. 그 결과 해마다 도로가 유실되고 홍수피해가 반복된다. 자연은 상품이 되었다. 하나의 패키지가 되어 관광 팸플릿에 여행경비와 나란히 찍힌다.

"미래주의자들이 꿈꾸는 크롬 도금된 세계가 실현된다면, 토머스 제퍼슨이나 웬델 베리가 말한 가족농장은 존재할 수 없을 것이며, 르네 뤼보가 그토록 찬양한 친근하고 인간적인 경관도 점점 줄어들 것이다. 예상하건대 그 세계는 아마도 지면과 수면 모두가 완전히 집약적 경제 개발에 종속된 행성일 것이다. 바다는 양식장이 되고, 사막은 관개되고, 산은 평평히 깎이고, 최후의 숲까지 펄프용 목재 생산지로 변할 것이다. 현재보다 훨씬 대규모의 인구가 품게 될, 과거만큼이나 절박하며 무한 증식하는 욕구를 채우기 위해서, 500년 후면 우리는 행정가와 기술자들이 종교적인 지배자로서 별들에 이르는 권력의 피라미드를 건설하려고 애쓰는 모습을 보게 되리라. 그리고 이 피라미드는 이집트의 그것처럼, 인간의 정복을 바탕으로 하고 있으리라."(182쪽)

가브리엘 마르케스

내 나이 마흔네 살, 처음으로 마르케스를 알았다. 1982년 노벨 문학상 수상작인 《백년 동안의 고독》을 읽은 것도 2007년도다. 내가 얼마나 책을 읽지 않고 살아온 인생인지 남들 이십대에 읽는 마르케스를 무려 20년이나 뒤늦게 만났다. 고백하건대 나는 풍부한 사회생활을 경험했지만 문학적으로 건조하기 짝이 없는 삶을 살았다. 그래도 나는 마흔네 살에 마르케스를 알았다는 것을 황태처럼 바짝 마른 내 감성에 향유를 뿌린 것 같은 축복으로 여긴다. "제 인생에 되고 싶은 건 작가밖에 없어요, 전 그렇게 될 거에요." 나는 그의 자서전 《이야기하기 위해 살다》를 읽고 마르케스 문학의 출발점은 유년기에 있음을 발견했다.

"내 존재방식과 내 사고방식의 근간은 유년기에 나를 보살펴주던 외갓집 여자들과 여러 하녀들로부터 영향 받은 것 같다."(104쪽)

"당시 내가 하녀들과 친하게 지낸 것이 현재 내가 여자들과 나눌 수 있다고 자신하는 비밀스러운 대화의 근원이 될 수 있었다고 생각하고, 지금까지 살아오는 동안 내가 남자들 사이에서보다는 여자들 사이에서 더 편안하고 안정된 느낌을 지니도록 만들어주었다고 생각한다. 또한, 세상을 떠받치는 축은 여자들이고, 반면에 우리 남자들

은 특유의 난폭성을 발휘해 세상을 무질서하게 만든다는 나의 확신
역시 바로 그런 믿음에서 나오는 것일 수 있다."(107쪽)

"특히 나를 키워준 외갓집에서 살았던 수많은 여자들의 성격에 영
향 받은 바가 크다. 외갓집에 있던 남자라고는 외할아버지와 나뿐이
었다."(125쪽)

마르케스의 문학은 여자들이 만들어준 축대 위에 세워졌다. 《꿈을
빌려드립니다》에서는 여자의 죽음과 실종이 나오고 《내 슬픈 창녀들
의 추억》은 홍등가에서의 연애담이다. 《백년 동안의 고독》에선 평생
결혼하지 않고 살다가 죽기 이틀 전 자신의 수의를 짜 입고 죽은 여
자와 남편이 죽은 후 방문을 닫아걸고 미라가 되어 죽은 여자가 나온
다. 또한 죽은 자와 대화를 나누는 외할머니와 이틀이 멀다 하고 자
신의 천막을 드나드는 남자를 바꾸는 여자와 날개를 달고 하늘로 사
라진 여자 등 여자천국이다. 결과적으로 외갓집의 여자 풍년이 '마
술적 리얼리즘'의 대가 마르케스를 만들었다. 그의 끝날 줄 모르는
풍부한 수다를 만연체로 이끄는 기저에 여자가 있다. 여자는 마르케
스 문학의 교주인 것이다.
　그의 화려한 여자편력이 만들어낸 삶은 '바랑키야 클럽'의 홍등가
마당 문학축제로 연결된다. 파리에 실비아 비치가 만든 셰익스피어
앤 컴퍼니가 있다면 콜롬비아의 바랑키야에는 가브리엘 마르케스를
문학적으로 성숙시킨 홍등가가 있다. 럼주를 마시며 맘보나 볼레로
를 추면서 코난 도일과 알렉상드르 뒤마와 버지니아 울프를 논쟁하
던 그곳에서 "내 몸이 어떤 자유의 바람 같은 것에 의해 정화되고 있
다"(497쪽)라는 대목을 읽으며 나는 문학의 열정으로 뜨겁던 그 밤을

한없이 부러워했다. 그래서 나도 한 가지 계획을 잡았다. 나는 낭만적인 홍등가를 차릴 만큼 지적이거나 우아하지 않지만 능력만 갖춰진다면 주말마다 내 집으로 사람들을 불러들이기로 했다. 나에겐 꿈이 있다. 내 집에 찾아온 남자들과 여자들과 아이들과 마르케스의 뺑을 말하고 김훈의 칼을 말하고 마루야마 겐지와 장 그르니에와 도스토예프스키를 말하겠다.

마르케스는 여자풍년이 만들어준 그의 풍요로운 문학적 자양분을 내게 알려줬고 나는 그가 만든 문학의 로열 젤리를 내 병에 옮겨 담는 기쁨을 누리고 싶다. 물론, 그중 누군가는 춤도 춰야 한다. 나는 혼자 있을 때 춤추는 것을 좋아한다. 동네에 지나가는 사람이 없을 때는 마당에서도 혼자 덩실덩실 춤을 춘다. 당신은 혼자 있을 때 뭘 하는가? 마르케스는 그 숨 막히는 청춘의 도가니를 관통하면서 여자와 술과 문학에 자신의 모든 분방함을 내맡겼다. 그래서 마르케스의 글은 벅차다. 숨이 차오르고 생생하고 펄펄 뛴다. 인간은 신의 제단 위에 자신의 존재를 빛나는 제물로 헌정할 때가 아니라 인생의 밑바닥까지 훑으며 향유하고 누릴 때 존재의 의의가 있다는 것을 나는 마르케스로부터 들었다. 고로, 마르케스는 내가 만난 최고의 이야기꾼이며 언어의 사기꾼이다.

조지 오웰

나에게 오웰은 인문사회 도서의 최초 안내자였고 《동물농장》은 최고의 입문서였다. 《동물농장》은 내가 스무 살 무렵에 교양과목 리포트 제출용으로 처음 읽었다. 삼성문화문고에서 출간된 《동물농장》과 다니엘 벨의 《이데올로기의 종언》 두 권을, 나는 함께 읽었다. 《이데올로기의 종언》은 내가 이해할 수 있는 한계를 넘어선 책이었다. 사회주의와 부르주아가 나오고 바쿠닌이 나오는 책은 해독불가였다. 그런데 《동물농장》은 달랐다. 나에게 《동물농장》은 풍자와 조롱과 경고의 3단 폭탄이었다. 동물농장에 쿠데타가 일어나고 인간보다 더 강력한 독재자 나폴레옹 돼지가 등장한 것은 1983년 군사독재로 암울한 한국의 정치현실을 비추는 거울이기도 했다. 학교는 툭하면 휴교령이 떨어졌고 도서관까지 쇠방망이를 든 백골단이 급습했다. 나는 이틀이 멀다 하고 최루탄 때문에 눈물을 흘리며 학교에서 도망쳐 나왔다. 무섭고 화가 났다. 광폭한 1980년대를 관통하는 동안 《동물농장》은 내 '첫경험'이자 '첫 번째 불온도서'가 되었다.

마흔여섯 살에 죽은 그의 몇 안 되는 책인 《코끼리를 쏘다》, 《1984》, 《카탈로니아 찬가》를 읽는 동안 나는 조지오웰의 '밑바닥 문학'이야말로 세계문학사에 기념비적인 존재라고 여겼다. 조지 오웰의 작품이 사변적이거나 구태의연하지 않은 것은 그가 다양한 인생 경험을 기저로 삼은 데 있다. 대영제국의 식민지였던 '버마'의 영국인 경찰 출신 작가는 파리에서 무일푼의 노숙인과 부랑자 생활부터 가정교사와 건물 관리인까지 사회 최하층을 골고루 경험한다. 그는 자발적 하류를 선택함으로써 자본주의의 독점과 공산주의의 독재가 불평등과 폭압의 얼굴을 가진 일란성 쌍둥이임을 목격한다. 그의 인생에는 두 번의 전환점이 있는데 한 번은 버마 경험이다. 버마 이전의 오웰은 자의식은 강했지만 평범함을 극복하지 못했다면 버마를 경험한 후 오웰은 자본주의와 식민지의 상관관계를 현장에서 확인한 것이다. 비로소 아프리카와 아시아를 흡혈해서 키운 유럽의 부富에 관한 고찰이 시작된 것이다. 버마의 경험이 첫 번째 전환이었다면 그의 냉정한 세계관을 성숙시킨 두 번째 고찰은 스페인 전쟁이다. 스페인 전쟁 전의 오웰과 스페인에서 돌아온 오웰은 전혀 다른 인간이었다. 물론 그는 스페인에서 돌아온 후 회의주의자가 된 듯하지만 세계를 지배하는 제국주의의 정체성을 응시하는 날카로운 시각은 더 견고해졌다.

조지 오웰은 1936년 겨울 스페인 전쟁 현장으로 날아갔다. 아내 아일린은 오웰이 먼저 떠난 후 두 달 뒤에 스페인으로 날아가 남편과 합류했다. 프랑코 시대의 서막을 알리는 카탈로니아 내전에서 오웰은 많은 것을 체험하고 배운다. 공산당, 사회주의, 민중, 개인의 가치와 인간의 실존적 물음의 도표를 그렸다. 전쟁은 많은 것을 앗아가지만 반면에 많은 것을 가르쳐준다. 스페인으로 출발하기 전 오웰은 파리로 가서(여기서 바르셀로나행 기차를 타야 하므로) 헨리 밀러를 만나 함께 스페인으로 가자고 제의한다. 《북회귀선》의 헨리 밀러는 스페인으로 출발하려는 오웰에게 자신은 스페인에 관해선 아무 관심이 없다고 말한다. 세상은 어차피 점점 더 나빠지므로 개인이 어떻게 해본다고 해서 세계에 평화가 도래하지는 않을 것이라고 충고한다. 오웰은 나중에 이런 밀러의 행태를 '(고래 뱃속에서)자신에게 알맞은 어둡고 폭신한 곳에서 현실과 담을 쌓고 사는 무책임한 모습'으로 비꼬았다.

헨리 밀러가 정말 폭신하고 어두컴컴한 고래 뱃속에서 기생하는 한 마리 황충처럼 여겨질지도 모른다. 그러나 밀러가 지닌 현실주의는 말 그대로 대단히 현실적이다. 인간은 누구나 정치적 동물이지만 정치집단의 한 구성원으로서 존재할 뿐이지, 사적인 가치관을 기준으로 놓고 볼 때 지극히 개인적인 영역으로부터 벗어나지 않는다. 밀러는 그것을 말했고 오웰은 그것을 눈치 챘다. 그리고 두 사람은 정치적 의견 차이가 있었지만 오웰은 획일화되는 사고를 지양하고 개인주의에 빠진 밀러의 현실을 기꺼이 인정했다. 두 사람의 문학이 다

른 이유는 정치적 시각 차이가 큰 작용을 하기도 했지만 근본적인 차
이는 '대영제국'의 식민지를 경험한 영국 경찰 출신의 오웰과 자유와
자본주의의 미국 출신 밀러가 지닌 이질적인 환경을 언급하지 않을
수 없다. 자본은 제국을 형성하고 언젠가는 파시즘을 잉태할 검은 기
운을 띠고 있다는 점에서 두 작가의 공유점을 찾으면 재미있을 듯하
다. 어쨌거나 나에게 오웰이 아나키스트냐 사회주의자냐 하는 문제
는 중요하지 않다. 나는 그가 담배를 사거나 연구논문을 사는 일보다
장미 울타리를 만드는 일을 더 중요하게 여기고 들판에서 연인과 섹
스를 즐길 줄 아는 낭만주의자, 개인의 가치를 중하게 여긴 인문주의
자가 아니었나 싶다.

슈테판 츠바이크

슈테판 츠바이크는 《광기와 우연의 역사》를 들고 찾아온 작가다.
오스만튀르크가 콘스탄티노플을 함락하는 '산 위로 간 배'를 그처럼
구수하고 신나게 묘사한 작가는 없었다. 물론 츠바이크의 생애는 구
수한 입담과는 별개로 참담하다. 츠바이크는 합스부르크 제국의 수
도 빈의 부유한 유대인 가문에서 태어났다. 유년기부터 문학을 좋아
하고 문학적 재능을 닦은 츠바이크는 잘츠부르크의 집에서 당대의
문학가와 음악가, 예술가들과 문화교류를 나눴다. '여름에 먹을 빵
한 조각 살 돈도 없는 배우와 음악가들을 궁지에서 건져내기 위해'
츠바이크는 자신의 재력을 제공한 것이다.

로맹 롤랑, 토마스 만, 제임스 조이스, 폴 발레리, 모리스 라벨, 리
하르트 슈트라우스, 브루노 발터, 벨라 바르토크, 아르트로 토스카니
니 등등 당시 유럽의 명망 있는 예술가들이 방문했던 츠바이크의 잘
츠부르크 저택은 유럽예술가총연맹 본부라고 불릴만한 곳이다. 그리

고 1933년 5월 히틀러가 대규모 분서焚書사업을 시작하면서 츠바이크의 삶은 균열이 가기 시작했다. 히틀러에게 얌전한 자세를 취함으로써 안위를 보장받은 리하르트 슈트라우스를 두고 츠바이크는 "독일 황제 밑에서는 악장으로서 군대 행진곡을 작곡했고, 오스트리아 황제 밑에서는 빈의 궁정악장이었으니 오스트리아와 독일 제국 하에서 똑같이 총아였다"라고 말한다. 츠바이크는 히틀러에 동조하지 않았기 때문에 비행기를 타고 히틀러의 영토로부터 탈출했다. 미국으로 망명하고 나중에는 브라질로 이주해서 살았다. 망명자로서의 츠바이크는 1941년 필리핀이 마침내 일본의 손에 떨어졌다는 신문기사를 읽은 후 아내와 권총 자살로 생을 마감한다. "자유의 세기, 세계시민이 찾아드는 시대로 믿고 꿈꾸던 이 세기에, 얼마나 많은 인간의 존엄이 상실되었는가를 감지하게 된 것이다."

츠바이크가 쓴 책은 주로 전기문이다. 《발자크 평전》과 《에라스무스 평전》, 《슈테판 츠바이크의 메리 스튜어트》, 《마리 앙투아네트 베르사유의 장미》, 《광기와 우연의 역사》, 《천재와 광기》 등은 모두 인물평전이다. 그러나 그가 직접 쓴 《체스, 아내의 불안》은 프로이트를 수학했던 츠바이크의 심리관찰 묘사가 세밀한 소설이므로 이 한 권의 책만 읽어도 츠바이크가 쓴 평전으로 유도되지 않을 수 없다. 그의 평전은 풍부한 비유법과 기발한 묘사로 문장의 바구니를 가득 채우고 있다.

쑤퉁

중국 현대문학의 '선봉파' 선두에 선 가장 주목받는 작가 중 한 명인 쑤퉁은 1963년생이다. 문화혁명기와 서구자본의 빠른 유입으로 인한 경제성장의 빛과 그림자를 관통한 세대다. 이 연령층의 중국 작가들은 중국전통과 서구문화의 흡수를 작품에 인용한다. 이들의 문학은 상업주의와 이념의 갈등을 표출하는 양상을 띠며 그 중심에는 역사, 향촌, 경제, 가치관의 혼동이 대중성을 결합하며 자리 잡고 있다. 우리에게는 다소 모호한 표현인 '신역사주의 소설'의 정체는 중국 대륙을 흔들어놓았던 20세기의 질풍노도와 세기를 잇는 경제, 이념, 문화적 충격의 결과물이기도 하다. 몇 년 전 우리나라 독자층에게 과도한 열기로 들끓었던 일본 현대문학에 식상한 독자라면 중국 문학의 변모를 주시하는 일도 흥미롭다. 현대 중국문학을 읽는 일은 중국의 현실을 서재에 들어앉아 확인하는 일이기도 하다. 쑤퉁은 그 견인차다.

만리장성 축조 설화인 '비누 설화'를 서사적으로 쓴 《눈물》은 봉건 왕조시대의 중국 민중사이며 일제침략기인 1940년대 중국 민중의 실상을 고발한 《쌀》은 잔혹하고 슬픈 소설이다. 두 작품 모두 권력에 착취당하는 민중의 처절한 삶을 묘사했다는 점에서 쑤퉁의 민중관을 엿보게 한다. 현재 중국은 정치적으로 공산국가이지만 경제는 자본주의에 빠른 속도로 잠식되고 있다. 쑤퉁은 이 두 작품을 통해 과거와 현재의 중국은 체제만 변했을 뿐 그 방식은 변한 것이 없다고 말하고 있는 것은 아닐까? 물론, 쑤퉁은 《나, 제왕의 생애》에서 인생의 허무를 노래하지만 그렇다고 그가 현실로부터 도망간 것은 아니다. 《이혼 지침서》에서 그는 헤겔을 읽던 대학 강사 라오진을 거리의 수박 장사꾼으로 변모시킨다.

"어느 날 헤겔씨가 나한테 그러더라고, 자기를 쓰레기더미에 버리라고 (……) 생존이 사상보다 더 중요하다고 (……) 사상이 대체 뭐야? 똥이고, 개소리고, 씹다 버린 수박 껍데기야."(180~190쪽)

쑤퉁의 현실지향적인 세계관은 자본주의와 결탁하면서 빠른 속도로 해체되는 집단 지향의 중국 전통사상을 개인주의의 승리로 잇는다. 그렇다고 쑤퉁을 적극적인 자유주의자라고 보기에는 2퍼센트 부족한 감을 떨쳐낼 수 없다. 그는 꾸준히 개인의 가치를 말하고 있지만 어딘가 모르게 그의 소설은 '뒷심'이 부족하다. 특히 영화로 히트 쳤던 《처첩성군》 같은 작품은 전근대적인 축첩제도를 고발하지만 급격하게 바뀌는 화면설정이 오히려 주제 몰입을 방해한다. 그럼에도 작가 스스로 기이한 상상력으로 가득한 자유로운 나그네라는 쑤퉁의 글쓰기가 어떻게 진행될지 나는 계속 확인하고 싶다. 그에게 루쉰을 계승할 것을 기대하긴 어렵지만 그가 개인의 가치를 논한다는 사실은 공산중국의 문학풍토에서 눈여겨볼 만한 일이라고 보기 때문이다.

알랭 드 보통

내가 프랑스아즈 사강을 처음 읽었던 것은 고등학교 2학년 때다. 아버지의 결혼을 방해하는 열일곱 살 소녀의 섬세한 심리묘사를 다룬 《슬픔이여 안녕》은 내 청춘의 환상이었다. 물론 나는 친부모 슬하의 정상적인 가정환경 속에서 성장했지만 늘 어딘가로 튀어나갈 기회만 엿보는 사춘기 소녀에게는 그 점이 따분했다. 사강은 나에게 또래친구의 이야기를 들려주면서 가보지 못한 발칙하고 싱싱한 시간의 공간으로 초대했다. 나에게 프랑스는 사강과 시몬느 드 보부아르와 에디트 피아프와 에펠 탑의 나라였다. 그 이후 알랭 드 보통이 내게 온 것은 마흔 무렵이다. 나는 다시 프랑스 작가에게 열광하기 시작했다. 알랭 드 보통의 문장은 무엇을 말하든 철학적 카테고리로 연결된다. 그 박식함의 영역도 광활했다. 그러니까 보통 씨는 내게 보통의 인물이 아니다. 사강 외에는 카뮈나 카프카나 장 그르니에나 밀란 쿤데라나 매력면에서 뒤지지 않는 작가들이다. 그런데 보통의 문장은 쉽고 기름졌다. 부르주아의 윤택함이 그의 문장을 향유처럼 흘러 덮었다. 그가 《여행의 기술》에서 들려주던 귀스타브 플로베르의 《기성관념사전》 속의 인용 글을 읽고, 나는 보통과 플로베르 두 명 모두에게 흠뻑 취했다.

건축가 : 모두 백치들. 집 안에 계단을 설치하는 것을 늘 잊는다.
압생트 : 매우 강력한 독약. 한 잔 마시면 시체가 된다. 기자들은 기사를 쓰면서 이것을 마신다. 이것이 베두인족보다 더 많은 병사를 죽였다.
오아시스 : 사막에 있는 여인숙
영국 여자 : 그들도 예쁜 자식을 낳을 수 있다는 사실이 놀랍다.
코란 : 마호메트가 쓴 책. 전부 여자 이야기다.

멋진 자기사전이지만 다음과 같은 단어풀이는 독자에게 실소를 머금게 하거나 화를 돋울 수 있다. 플로베르는 프랑스 우월주의자였나 보다.

프랑스인 : 세상에서 가장 위대한 민족
흑인여자 : 백인 여자들보다 뜨겁다. 브루넷과 블론드 참조
호텔 : 스위스에만 일류가 있다.

알랭 드 보통의 소개로 나는 '책세상문고'로 나온 플로베르의 《통상관념사전》을 구입했다. 친척은 모두 불쾌하고, 단두대에서 목을 베는 것보다 총살이 더 고상하다는 풀이와 사람들은 더 이상 춤추지

않고 걷는다고 춤을 정의한 플로베르는 내가 보통의 안내를 받지 않았다면 알지 못했을 작가다. 보통이 한국 독자에게 인기를 끈 시기는 2000년도 들어서면서부터다. 무라카미 하루키와 같은 감각적인 문체를 선호하는 독자층의 확산으로 발화된 것으로 본다. 이 무렵에 보통은 한국에서 가장 인기 있는 외국 작가가 되었다. 보통의 고정 독자층이 확보되면서 보통은 열심히 한국에 찾아왔다. 《왜 나는 너를 사랑하는가》와 《우리는 사랑일까》는 소설이다. 소설이지만 지도도 나오고 철학자에 관한 짧은 비평도 나오고 《우리는 사랑일까》에서는 귀스타브 플로베르와 보바리 부인도 나온다.

프랑스 작가의 문학적 토대는 철학에 뿌리를 내리고 있다는 점을 또 한 번 확인한 셈이지만 나는 보통의 소설이 지루하지 않았다. 그의 박람강기의 지적유희를 덩달아서 즐겼다. 그의 소설은 언제나 사랑이 주제다. 그러나 그가 말하는 사랑의 최종 목적지에 가는 동안 보통은 화려하고 변화무쌍한 통로를 지나간다. 그의 글은 평범한 일상을 좇지만 비범한 관찰로 묘사한다. 뿐만 아니라 일상을 분절해서 나누는 시각도 독특하다. 내 눈에 그는 소설 쓰는 재능보다 산문 쓰는 재능이 더 뛰어나 보인다. 《키스하기 전에 우리가 하는 말들》이나 《프루스트를 좋아하세요》, 《동물원에 가기》도 문학을 철학적으로 해석한 산문의 고농축 백미다. 무엇보다 보통의 미학적 감각을 가장 잘 드러낸 것은 《행복한 건축》이었는데 이건 마치 노련한 건축사가 은퇴 후 공간 예술사로 변신해서 쓴 책 같다. 심지어 이 책에는 건물 설계도까지 나온다! 그는 정말 언어의 설계사였던 것이다.

보통의 글에 열광하던 나는 세계 속에 산재한 '문학의 팜므파탈'을 더 많이 발견하게 되면서 잠시 그를 밀어놨다. 그럼에도 보통은 내게 여전히 매력적인 작가다. 그는 《드 보통의 삶의 철학 산책》을

통해 나에게 처음으로 자신의 존재를 알린 문학의 철학자였다. 그때
가 2002년도다. 막 책과 조우하던 무렵에 나는 그 책 속에서 몽테뉴
가 한 다음의 말을 노란 포스트잇에 써서 모니터 옆구리에 붙여놨다.
제도와의 불협화음으로 외롭고 힘들고 목말랐던 마흔의 나에게 보통
은 신선한 한 병의 생수였다.

"은퇴 이후로 독서가 나를 위로한다. 독서는 괴롭기 짝이 없는 게
으름의 짓누름으로부터 나를 해방시켜준다. 그리고 언제라도 지루한
사람들로부터 나를 지켜준다. 고통이 엄습할 때도 그 정도가 매우 심
하거나 극단적이지만 않다면 그 날카로운 예봉을 무디게 만든다. 침
울한 생각으로부터 해방되려면 그냥 책에 기대기만 하면 된다."
_《드 보통의 삶의 철학 산책》 중

7
문화·예술 편

문화 · 예술 편에 소개되는 책

나나미 여사의 영화는 로마로 통한다
나의 인생은 영화관에서 시작되었다 시오노 나나미 지음, 양억관 옮김 / 한길사 / 2002년 9월

한국 근현대사의 커피역사
고종 스타벅스에 가다 강준만. 오두진 지음 / 인물과사상사 / 2005년 8월

인류사와 미술사의 숨 고르기
지도로 보는 세계 미술사 바이잉 지음, 한혜성 옮김 / 시그마북스 / 2008년 11월

Starry, Starry Night
I, Van Gogh 이자벨 쿨 엮음, 권영진 옮김 / 예경 / 2007년 11월

그림을 통해 읽는 여자의 독서 역사
책 읽는 여자는 위험하다 슈테판 볼만 지음, 조이한, 김정근 옮김 / 웅진지식하우스 / 2006년 1월

메추리는 작고 대붕은 위대하다는 편견
오주석의 한국의 美 특강 오주석 지음 / 솔출판사 / 2005년 5월

작은 나무 의자 한 개의 소망
건축, 사유의 기호 승효상 지음 / 돌베개 / 2004년 8월

인간이 창조한 작은 우주
정원의 역사 자크 브누아 메샹 지음, 이봉재 옮김, 조경진 감수 / 르네상스 / 2005년 10월

영원한 쇼
쇼쇼쇼 이성욱 지음 / 생각의 나무 / 2004년 6월

나나미 여사의 영화는
로마로 통한다

시오노 나나미에게 성격파 배우는 영화를 엉망으로 만드는 주범이다. 교묘한 연기로 인간과 세상의 현실을 혼동하게 만드는 더스틴 호프만이나 잭 니콜슨, 로버트 드 니로 같은 개성 강한 배우들이 미국 영화를 엉망으로 만든 장본인이라고 그녀는 주장한다. 그녀는 영화에 열정적인 배우가 영화의 다양한 화면을 방해한다고 생각한다.

"주연 여배우가 싫어서 보러 가지 않은 영화를 들자면 메릴 스트립과 로버트 드 니로가 연기한 〈폴링 인 러브〉가 있다. 아마도 나는 열연형 여배우에 대해 알레르기를 가지고 있는 모양이다."(123쪽)

메릴 스트립은 미국 영화사에서 관록을 자랑하는 연기파다. 그러나 시오노 나나미는 메릴 스트립을 무거운 배우로 본다. "당신, 제발 인생의 고뇌를 한 몸에 끌어안은 듯한 그런 표정 좀 짓지 말아주세요." 메릴 스트립은 사랑이야기조차 심각하게 이끄는 캐릭터이긴 하다. 나는 그녀가 대자연을 배경으로 삼은 《아웃 오브 아프리카》에서조차 너무 진지해서 권태롭게 보였다.

영화의 본질은 화면 바깥으로 영향력을 행사해서 관객을 영화 속으로 끌어당기는 것이다. 등장인물의 배역이나 영화 배경과 음악과 의상까지 관객은 화면을 보면서 비교하고 분석하고 영화를 재편성한다. 그런데 그 감정이입은 지극히 개인적이고 주관적이다. 그러니까 메릴 스트립의 진지한 연기는 지루하고, 오드리 햅번의 영화는 우아하고 산뜻하지만 감정이입이 안 된다. 이런 주장은 영화의 주관적 영향력을 떠올리면 재미있는 문제다. 여배우로서의 오드리 햅번은 매력적이지만 그녀가 연기한 여자들은 나 역시 영화의 본질이 영향이라는 점을 상기할 때 아무것도 의미를 부여할 수가 없다. 가장 심했던 경우는 오드리 햅번이 창가에 앉아 직접 기타를 치며 부른 〈문 리버Moon River〉로 유명해진 영화 〈티파니에서 아침을〉이다. 나는 이 따분한 영화가 대체 왜 유명한 건지 지금도 이해할 수 없다. 바비인형처럼 완벽한 미모의 여배우 오드리 햅번은 단지 예쁘기만 했다. 오드리 햅번은 시오노 나나미에게도 나에게도 여배우보다는 예쁜 여자로서만 인정을 받았다.

배우의 연기와 스타 사이에 사실 작품성은 큰 상관이 없던 시대가 있었다. 시오노 나나미가 이 책에서 카이사르 다음으로 좋아한다고 고백한 게리 쿠퍼는 솔직히 연기파 배우는 아니다. 그는 그냥 잘생긴 귀족풍의 남자다. 그런 남자가 의협심이 강한 보안관 역을 맡은 〈하이눈〉을 본 나는 게리 쿠퍼는 안중에도 없었다. 그의 아내 역을 맡은 그레이스 켈리의 연기도 단순한 표정으로 일관되었다. 내가 그 영화를 보는 동안 오직 영향을 받은 것은 정오라는 시간적 임계점 하나였다. 말하자면 나는 정오를 기준으로 감정이입의 철로 위를 달렸던 것이다. 아무리 시오노 나나미가 게리 쿠퍼를 사± 위치로 끌어올리며 상찬한다고 해도 농부 쿠퍼는 아니었다. 〈우정 어린 설복〉에서 작업복을 입은 게리 쿠퍼는 잘 뻗은 몸매에 부르주아 얼굴을 하고 있었다. 이 책을 읽는 동안 나는 시오노 나나미가 '스타일 좋은' 남자를 선호한다는 인상을 받았다. 시오노 나나미에게 배역의 성격은 상관이 없다. 스타일리스트로서의 배우 이미지를 중시하는 그녀에게는 마약에 취한 암스트롱의 손가락 사이에 흐르는 담배연기조차 황홀하다. 〈한여름밤의 재즈〉에서는 "그가 내뿜는 담배연기가 바흐와 엉킨다"라며 암스트롱에 취한다.

인종차별은 하지 않는다는 시오노 나나미는 〈밤의 대수사선〉의 시드니 포이티어를 미국 전역에서 가장 양복이 잘 어울리는 남자라고 말한다. 그렇지만 지적이고 교양 있는 이 남자와는 긴장해서 저녁식사를 하지 못할 것 같고 날라리 에디 머피라면 스타일은 없어도 마음은 편할 것 같단다. 전쟁광조차 스타일로 평가하는 시오노 나나미의 새로운 시각도 흥미롭다. 하늘을 새까맣게 물들이며 날아온 헬리콥터 부대가 월남의 작은 마을을 잔혹하게 불태운 장면은 〈지옥의 묵시록〉의 전쟁 메시지였다. 그것은 한판의 화려한 학살쇼였다. 시오노 나나미는 그 죽음의 이벤트를 지휘했던 카우보이 대령 킬고어(로버트 듀발 분)를 관리능력이 뛰어난 인물로 평가한다. 부하들의 심리를 조종한 관리능력은 인정하지만 그 영화의 진실은 바그너의 〈발키레의 기행The Ride of the Valkyries〉을 틀어놓고 전쟁을 파티쯤으로 여기는 학살자들도 있다는 것이었다.

로마제국도 컸다. 제국은 큰 희생을 대가로 세워진다. 베트남전 역시 엄청난 핏물로 얼룩진 전쟁이었다. 전쟁영웅들이 뻐기는 영웅담이란 학살의 규모를 가리킨다. 설마 로마사를 집필하면서 시오노 나나미가 호방한 전쟁 매력을 흠모한 것은 아니겠지만 카이사르의 제왕적 풍모와 카우보이 대령의 대범한 행동이 중첩되는 것은 왜일까. 미국 영화 위주로 쓴 이 영화 에세이에서 시오노 나나미의 개인사가 언급된다. 유복한 중산층 가정에서 태어나 미국 영화를 자유롭게 보며 성장한 그녀는 당시에는 흔하지 않았던 이탈리아 유학을 갔다. 그녀의 미국 영화 취향과 로마에 올인한 생애는 남다른 성장환경의 토대 위에서 만들어졌다. 그 때문에 시오노 나나미의 모든 영화는 로마로 통한다.

한국 근현대사의
커피역사

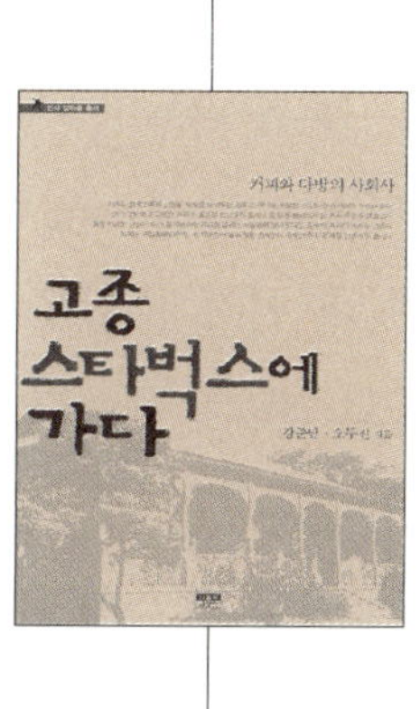

　조정래의 《한강》에는 "서울서넌 커피 맛을 알아야 문화인 축에 들고, 커피 맛을 알아야 인생을 아는 것으로 친담스로?" 하는 말이 나온다. 한국에 미친 커피의 전파력이 얼마나 대단한지를 알게 해주는 1960년대의 말이다. 수입식품인 커피는 1896년 고종이 처음으로 애용했다. 커피가 조선 땅에 상륙한 이래 커피의 역사를 서술한 이 책의 저자는 놀랍게도 강준만이다. 그가 이제까지 주로 써왔던 정치나 언론 분야가 아닌 커피 문화사를 다룬 것은 신선했다. 내용이야 누구나 유추할 수 있는 성질의 것이지만 강준만 특기인 방대한 주석을 따라갈 작가는 흔치 않아 보인다.

종로통에 지체 높은 고위층 관료나 개화된 지식인들이 주로 드나들던 일본 다방이 들어선 것이 다방의 효시였다. 대개 이들은 시대의 울분을 토로하기보다는 일본의 선진문화를 답습하려는 경향이 강했다. 지식인의 선진문물 견학으로 출발한 다방이었지만 사교의 장으로 확대되면서 커피는 대중 속으로 퍼졌다. 탕약처럼 시커먼 국물에 쓴맛을 내는 커피는 잠도 쫓고 기운도 낸다 하여 양탕국이라 불렸다. 양탕국은 특히 신지식인 계층에게 어필했는데 문화예술인들은 할 일 없이 다방에 죽치고 앉아 시론을 나누고 문학을 논쟁했다. 그러나 그들은 말만 모더니스트이지 커피 값조차 없어 외상을 달았다. 이들은 아침이면 다방으로 출근했다. 커피 한 잔을 시켜놓고 글을 쓰다가 조선 문단의 침체를 비판하고 거리를 돌아다니다가 다시 다방으로 돌아가 미완성의 원고를 쓴다. 박태원의 《소설가 구보 씨의 하루》는 당시 가난한 작가의 다방 출근을 그린 소설이다.

그래서 좀 산다 싶은 문화인들은 직접 다방을 차려서 가난한 동료들에게 커피를 제공했다. 다방에 모인 예술인들은 서양음악을 듣고 탐미주의적 예술관을 논했다. 일제강점기의 다방은 커피를 제공하면서 동시에 예술인들에게 관념적 지식의 허영기를 부풀려준 공간이었다. 일제강점기의 다방이 특정 계층의 문화공간으로서 제공되었다면 주한미군이 들여온 커피는 다방을 벗어나 집집마다 퍼졌다. 물론 미군주둔은 커피의 대중화에 지대한 공헌을 했지만 미국자본으로 운영되는 상품으로서 커피는 문화를 넘은 다른 이해를 요구한다. 한때 회충약으로, 만병통치약으로 과장되었던 커피의 진실을 담담하게 역사적으로 서술한 이 책에선 커피의 정치적 얼굴을 눈여겨봐야 한다.

전후 궁핍한 경제 혼란기를 맞이할 때마다 커피는 '금지' 대상이 되었다. 1백 퍼센트 수입산인 커피는 국산품 애용운동의 반역자였던 것이다. 경제난이 지속되면서 다방으로 출근하는 실업자가 증가했는데 국어학자 이희승은 하루 종일 다방에 죽치고 앉아 커피만 마시면서 시간을 때우는 부류를 '고등 룸펜'에 빗댔다. 고등 실업자들은 달리 갈 곳이 없어 커피를 마시며 음악을 듣고 아는 사람을 불러냈다. 다방은 실업자들이 정보를 교환하는 장소였다. 군사정권의 통제하에서 부정부패를 척결한다는 취지로 다시 커피금지령이 내려졌다. 사람들은 다방에 모여 커피 한 잔을 주문해놓고 모의를 했다. 불온한 사상가의 회합부터 사기꾼의 야합까지 커피는 이 모든 것을 현장에서 지켜봤다. 커피는 정치적 통제의 수단으로 이용되었다. 그러나 커피에 길들여진 사람들은 밀수를 하고 심지어 미군 트럭이나 열차까지 급습하면서 커피를 포기하지 않았다. 한국의 커피 역사를 요약하면 신문물의 흡수로 출발해서 가난한 예술인들을 위로하고 군사독재의 통제대상이 되었으며 나중에는 티켓다방으로 변질되면서 쾌락의 약물이 된 것이다.

고종이 커피 마니아로 출발한 한국의 커피는 백 년의 역사를 지나면서 완전히 뿌리를 내렸다. 대기업의 커피시장 진출은 커피의 르네상스를 이룩한 듯 보인다. 커피자판기와 캔커피의 등장은 커피의 혁명이었다. 사람들은 다방에 죽치고 앉아 커피를 마시는 대신에 걸어다니면서 마신다. 현대의 커피는 맛과 품질만 경쟁할 뿐 아니라 서비스 경쟁까지 치열하다. 스타벅스는 다양한 맛의 커피를 시간제약 없는 테이블 위에 공급한다. 눈치 보지 않는 커피는 대중에게 어필했다. 스타벅스 커피 값이 팔레스타인 어린이를 죽이는 총알이 되어도 고객은 스타벅스 가기를 주저하지 않는다. 그곳이 자유를 제공한다고 믿기 때문이다. 커피문화가 단순히 미각의 영역이었던 시절에 다방은 영업적 이익을 위해 고객의 시간을 제약했다. 한국 다방의 이런 불친절한 서비스를 간파한 스타벅스는 고객의 시간을 제약하지 않는 전략을 구사한 것이다. 스타벅스에 가는 여자를 된장녀라고 부르는 안티 스타벅스들은 시중에 폭발적으로 증가하는 스타벅스의 잠식력이 "제2의 식민문화로 나아갈. 것이다"라고 염려한다. 커피는 문화이자 경제이며 정치다. 한국 근현대사에서 커피가 맡은 역할을 서술한 이 책은 강준만이 그의 제자 오두진과 함께 엮어 지루하지 않게 읽힌다.

인류사와 미술사의
숨 고르기

중국 이야기를 안 할 수 없게 됐다. 책 제목은 《지도로 보는 세계 미술사》이지만 이 책은 중국 미술사를 피력하기 위해 '세계'를 들러리로 삼고 있다. 석기시대 미술사에서 "구석기 시대 후기의 씨족 부락이 황허 강, 창장 강 유역에 광범위하게 분포되었을 때 유럽 대륙은 여전히 원시인 무리의 활동에 머물러있었다"(18쪽)와 같은 중국 미술사의 긍지는 고대 미술사로 넘어와서도 여전하다. "유럽이 에게 해 문명이 싹을 틔우기 전, 고대 중국에서는 역사상 첫 번째 왕조인 하夏왕조가 이미 건립되어 독특한 예술적 표현형식과 양식적인 특징을 형성했다"(34쪽)에서 볼 수 있듯이 엮은이 바이잉은(중국인이다)

중국 미술사에 대한 자긍심을 책 전편에서 강조하는데 위진남북조와 춘추전국, 진을 거쳐 송과 당 시대에 절정에 이른 중국 미술의 자긍심은 19세기 말에 들어 확 꺾인다. 바이잉은 그 원인을 열강의 침입으로 인한 사회혼돈으로 정리한다.

"깊이 없는 풍경 묘사와 얕은 정취에도 만족했으며 작품 속에 민족정신과 웅대한 기백이 부족했다. 문인화는 서양 문화와 예술의 유입으로 날로 쇠퇴했다."(277쪽)

앞의 인용에서 '민족정신'과 '웅대한 기백'은 중국인이 자주 사용하는 호방한 대륙적 풍모를 상징하는 단어다.

중국인의 대륙문화적인 사고는 '중화中華'로 출발한다. 중국이 세계의 중심에 있다는 중화주의는 중국을 세계의 기준으로 삼고 있다. 그들에겐 무용한 것이 없다. 특히 오래 묵힌 것이라면 좋은 것이라고 믿는 중국인의 의식을 '장독문화'라고 부른다. 세계의 유구한 역사를 혼자 지닌 것처럼 자긍심이 대단했던 중국이 19세기 열강의 출입으로 문화가 쇠퇴하자 침울해졌다. 엮은이의 과도한 중국 자긍심은 시대별로 미술사 고증을 철저히 검토했는지조차 의심스럽게 한다. 그는 백인문화 탄생지인 유럽문명보다 중국왕조 미술이 훨씬 앞서 태어났다고 주장하지만 중국이 하나의 통일 국가로 형성된 시점은 진나라 때다. 그나마 진나라도 완전한 통일국가는 아니다. 진나라 이전의 중국은 각각의 부족과 이해집단으로 나뉘어 군웅할거의 패권다툼으로 소란스러운 대륙이었다. 그러니까 고대 중국 하 왕조의 탄생은 중국 대륙 한 부분의 사건일 뿐 중국 전체의 통일은 아니었다. 중화주의는 세계 문명의 시초를 중국이 갖고 있다는 시각이다. 이런 자궁심은 국제행사가 있을 때마다 수시로 등장한다. 2008년 베이징 올림픽 개막식에서도 공자의 3천 제자와 화약, 문자, 종이 매스게임을 통해 중국이 문명의 모국母國임을 천명했다. 이런 과장된 제스처를 통해서 중국 미술은 서양인에게 신비한 고고사적 의미로 평가된다.

중국의 편향적인 문명 시각은 이 책에서도 유감없이 공개되는데 가령, 칭기즈칸이 이슬람 문화권과 섞이면서 만들어낸 미술사를 지우고 한국을 철저히 배제한 가운데 일본 미술은 집중적으로 편집했다. 중세의 미술을 다룬 95쪽에서 아스카 미술을 이야기하면서도 백제 미술은 전혀 언급이 없다. "6세기 불교문화의 '갑작스런 유입'으로 아스카가 탄생했다"라는 이 짧은 문장은 일본 국보 1호인 목조미륵보살반가상이 어느 날 하늘에서 뚝 떨어졌다는 논리다. 내가 이제까지 아스카 미술을 잘못 알고 있었던 건가 싶어 자료를 찾아봤다. 놀랍게도 일본의 목조반가상은 우리나라 국보 83호인 금동미륵보살반가상과 완벽하게 닮았다. 한반도에서 일본에 문화를 전파한 사실을 고의적으로 누락한 바이잉은 아스카 미술사에서 백제를 전혀 언급하지 않는다. 그는 아스카 미술은 중국 삼국시대부터 당나라까지의 불교 미술을 반영하고 있으며 인도 굽타 양식으로부터도 영향을 받았다고 주장한다. 그 통로에서 전달자 역할을 했던 백제 미술의 영향을 배제한 것이다. 그의 관점에서 볼 때 한반도 미술은 그 정도로 미미한 것일까?

동아시아 미술사에서 한반도를 의도적으로 누락시킨 이 책은 세계 미술사를 대륙 간 횡단하면서 인문주의적 시대상을 투영한다. 3만 년 전의 선사시대부터 현대 미술사까지 인류가 취해온 미술행위를 입방면체로 편집했다. 다산과 주술적 개념으로 출발한 벽화와 렘브란트의 빛과 풍성한 에도 미술까지 미술사를 장르별 구분 없이 종횡무진 정리했다. 마오쩌둥의 인민화까지 꼼꼼하게 짚어준 이 책은 미술 역시 시대와 정치조류에 흔들리고 풍토에 따라 변화되었다고 말한다. 미술은 그것이 고미술이든 현대미술이든 관계없이 정치적 의도와 상업적 의도의 두 가지 주사를 맞을 수밖에 없어 보인다. 창작의 정신을 유지하기에는 자본의 권력이 너무 강해졌기 때문이다. 자유로운 인간 영혼의 발로였던 미술은 인류사에서 참으로 많은 부침을 겪었다.

솔직히 고백하건대 나는 이 책을 완독하지 않았다. 관심 가는 몇 챕터만 골라 읽었는데 그것이 이 책의 장점이다. 전체를 한번에 조망할 의욕과 계기가 있는 독자라면 눈요기의 즐거움을 만끽해도 되고 나처럼 부분취사하면서 구도를 완성하고 싶은 독자도 불편하지 않다. 그렇지 않아도 들어가는 말에서 옮긴이 한혜성은 풍성한 만찬이 차려진 식탁이라는 멋진 표현을 했는데 그의 말대로 미술사조의 연대, 대륙을 종횡단하면서 화려한 편집방식으로 꾸민 도판이 볼만하다. 특히 중국과 일본 미술사가 상세하게 편집되었으므로 그 분야에 관심 많은 독자에게는 일독을 권한다.

Starry, Starry Night

"타라스콩이나 루앙에 가려면 기차를 타야 하는 것처럼, 별까지 가기 위해서는 죽음을 맞이해야 한다. 죽으면 기차를 탈 수 없듯, 살아 있는 동안에는 별에 갈 수 없다. 증기선이나 합승마차, 철도 등이 지상의 운송수단이라면 콜레라, 결석, 결핵, 암 등은 천상의 운송수단인지도 모른다. 늙어서 평화롭게 죽는다는 건 별까지 걸어간다는 것이지."

__1888년 6월 테오에게 빈센트가

별을 그리다가 끝내는 별이 된 남자, 빈센트 반 고흐. 그의 별 그림

중에서 가장 인기 있는 그림은 〈아를의 포룸 광장에 있는 카페테라스, 밤〉이다. 강렬한 노란색 불빛의 카페 건물 위로 파란 하늘에 별이 총총하다. 건물 사이로 뜨문뜨문 보이는 별이 성에 차지 않으면 한밤중에 차를 몰고 교외로 나가도 좋다. 연인이 옆에 있다면 조지 오웰처럼 들판의 섹스도 오랫동안 특별한 추억이 될 수 있다. 들판에서 보는 별은 다르다. 어린왕자의 행성 B612에는 장미꽃을 키우는 여우도 살고 있다. 누구는 그 별을 보며 슬픔을 달래고 누구는 사랑을 노래한다. 고흐의 현란한 별밤은 탱고의 섬세함과 요염한 람바다로 요동치고 곧 마을로 쏟아져 쾅 박힐 것처럼 어지럽다. 파란색과 노란색의 심포니는 웅장하다. 〈별이 빛나는 밤〉의 그림 속 별은 유성우다. 이쯤 되면 하늘의 천사와 바다 밑의 악마들조차 떼어놓을 수 없었던 에드거 앨런 포의 〈애너벨 리〉를 불러야 한다. 죽음조차 갈라놓지 못한 사랑. 별빛이 돋아나면 불멸의 연인 애너벨 리를 만날 수 있으려나. 〈론 강 위로 별이 빛나는 밤〉은 연인의 별이 강을 물들이고 있다. 이거야말로 애너벨 리다. 밤은 짙은 코발트블루로 휘장을 드리우고 강가의 연인은 다정하다. 그들은 사랑을 이야기하고 사랑을 소망하고 사랑을 기약한다. 별밤 아래 맹세한 사랑은 부디 영원하거라.

내게는 꿈이 있었다. 꿈은 꿈으로 소멸되기도 하고 혜성처럼 새 꿈이 등장하기도 한다. 그림을 좋아했던 나는 유화를 거쳐 누드데생도 배우고 도예도 배웠다. 그러나 누드화는 취미를 잃었고 도예는 돈과 시간이 없었다. 결정적으로 그림을 고향으로 인식하는 고흐와 같은 열정이 내겐 부재했다. 꿈 실격자는 다 이유가 있다. 열정과 재능이 반 옥타브도 안 되던 나는 한 명의 감상자로 만족하고 사는 일이 훨씬 세상을 편하게 사는 방법이라는 것을 알았다. 꿈은 기꺼이 휴지통으로 던져졌다. 그즈음에 성공수기나 처세술, '사회적 성취감 이렇게 키워라'와 같은 자기계발 책을 몇 권 읽었다. 인내심 없는 결과는 참담해서 이루지 못할 꿈에 헛물만 켰다. 현실은 꿈을 딛고 있지만 한 끗 차이로 인해 꿈을 짓밟아버리기도 한다. 까딱하면 패가 바뀐다. 이즈음 삿된 인간으로 정착하는 데 성공한 나는 고흐도 잊고 윤광조의 분청사기도 잊고 술과 돈 생각만 했다. 그게 마흔 살 무렵까지의 이야기다. 그리고 나를 조직의 패배자로 만들어놓은 사회제도를 헌신짝처럼 차버렸다. 제도를 버린 대신에 영원히 벗어날 수 없는 가난을 선택한 내 단출한 밤에 장욱진은 말한다. 고흐도 말한다. "당신 인생에서 무엇을 그리고 있는가?"

설교기술이 부족하다는 이유로 개신교 목회자에서 면직된 후 고흐는 말한다.

"나에게 성직자의 신은 문에 박힌 대갈못처럼 이미 죽은 것이다. (……) 그 순간부터 모든 것이 달라져 보였다."(68쪽)

'고흐의 신'은 고흐를 버린 것이 아니라 수용불가였다.

"성당보다는 사람의 눈을 그리는 게 더 좋구나. 사람의 눈에는 그 아무리 장엄하고 인상적인 성당도 가질 수 없는 매력이 담겨있다. 나는 거지든 매춘부든 사람의 영혼이 더 흥미롭단다."(144쪽)

신이 무슨 권한으로 인간의 삶을 편집할 수 있단 말인가. 장엄한 교회건물 밖의 일용할 양식을 얻지 못한 비명을 황금궁전에 틀어박힌 신이 들을 리 없다. 인간의 곳간을 축내고만 있는 신을 버리기로 한 고흐는 신의 은총에서 배제된 사람들을 그렸다. 나는 그의 몽롱하면서 역동적인 별밤보다 촛불을 밝힌 채 저녁식사로 감자를 먹는 사람들의 검은 얼굴이 더 뭉클하다. 고흐는 빛을 그렸다가 곧장 어둠을 그리고, 환희의 붓질이 마르기도 전에 절망의 징표로 잘린 귀를 제시한다. 노란색이었다가 검정으로 직진하는 고흐는 정신분열증인가, 편집광인가. 그림 외에는 세계와의 연결을 지니지 않은 고흐. 그림의 편집광. 정식 미술 엘리트 집단인 미술 아카데미의 연줄로 이어진 화단에서 고흐는 인맥도 학맥도 기대할 것 없었다. 고흐는 〈까마귀가 나는 밀밭〉에서 제도와의 불화를 암시하는데 내 식대로 설명하자면 '평화로운 내 밭에서 상관없는 까마귀는 왜 이리 시끄러운 것인가'쯤 된다. 실은 이 그림을 보는 감상자는 샛노란 밀밭과 검은 까마귀의 대비색으로 아름답다기보다 분열증적인 구도를 느낀다. 우아한 로코코의 위선과 가식을 탈출해서 고흐는 시골농부의 고된 농사일과 도시외곽의 가난한 노동자를 그렸다. 테오에게 보낸 편지에서도 미술이 민중에게 봉사해야 한다고 말함으로써 예술의 대중성, 현실에의 접근성을 상기시킨다.

고흐는 평생 가난과 냉대와 질시와 질병 속에서 신음했다. 그가 죽자 마치 '천재를 알아보지 못했다'는 식의 뒤늦은 미안함과 죄책감을 활용한 상업적 마케팅 덕분에 이제 고흐는 지구에서 가장 비싼 화가 중 한 명이 되었다. 죽어서 명예의 전당에 이름을 올린 '부자 고흐'는 누구의 작품인가? 한 가난한 화가의 생전 부유하는 내면의 참모습을 통제하고 과장·왜곡하는 데 일조한 돈은 다중이 쥐어준 것이다. 그러므로 감상자가 동시에 시선을 던져야 할 곳은 고흐의 편집광적인 그림에의 순수한 열정뿐만 아니라 사업가들의 탁월한 사업수완일 것이다. 제도권으로부터 떨어져 나온 아웃사이더는 외롭다. 고독이라는 불치병에 걸린 고흐에게 도덕적, 정신적, 그리고 재정적인 지원자였던 동생 테오. 죽음을 맞이하는 최후까지 미술계의 편파적인 냉대 속에 고흐가 겪은 가난과 고통이 빛이 될 수 있었던 때는 인생의 동반자 테오와 함께한 20년이다. 말로는 다 할 수 없는 세월을 함께 견뎌내며, 영혼을 나눈 고흐 형제의 편지글과 함께 250×330mm의 이 화첩은 바람 불고 비 오는 밤에 시간의 궤적을 더듬거리게 만든다.

"나는 내 안에 끌어내야 할 힘, 도저히 끌 수 없어 활활 타오르게 해야 할 큰 불길을 느끼지만, 그것이 어떤 결말에 도달할지는 알 수 없구나. 그러나 그 결말이 설사 암울한 것이라 해도 나는 별로 놀라지 않을 거야."

_1882년 11월 테오에게 빈센트가

그림을 통해 읽는 여자의
독서 역사

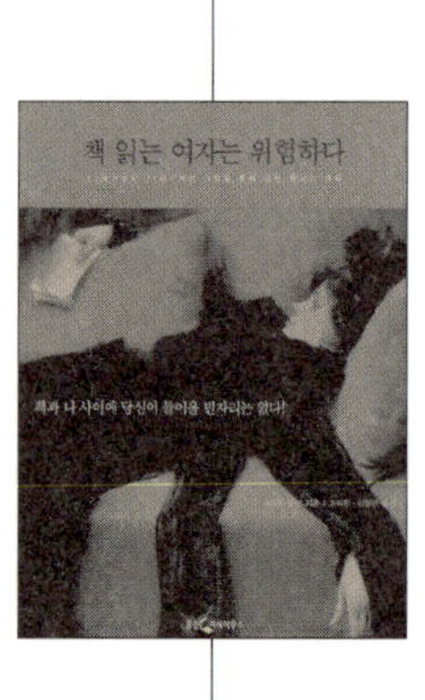

이 책 속의 여자들은 독서 삼매경에 빠져있다. 왕의 총애를 받는 애첩도 침실에서 책을 읽고, 나무에 매달아놓은 그물침대에서 책을 읽으며 오후를 보내는 여자도 있다. 주인마님이 외출한 틈을 타 걸레를 옆에 밀어놓고 책 읽는 하녀도 있다. 어떤 여자는 청혼하는 남자는 관심 없고 책에만 눈길을 준다. 여행지의 호텔방에서 침대 위에 뒹굴며 읽는 책도 달콤하다. 심지어 숨겨놓은 연인과 함께 책을 읽다가 지옥으로 떨어지기까지 하는 여자도 있다.

"언어의 그물에서 우리는 필요한 것을 발견하고 기꺼이 그 그물에

걸려든다."(255쪽)

"여자가 읽는 것을 배웠을 때, 여자의 문제가 세상 밖으로 나오게
되었다."(260쪽)

"일반적으로 남자는 책 읽는 여자를 좋아하지 않는다."(266쪽)

"남자는 생각하는 여자를 사랑하지 않는다."(269쪽)

지금은 원하면 어느 곳에서든 여자들이 자유롭게 책을 읽을 수 있
다. 더 이상 책을 읽으며 눈치를 안 봐도 된다. 침대나 안락의자나 변
기 위에서나 지하철, 해변에서도 여자의 책읽기는 자유롭다. 마초들
사이에서 떠도는 우스갯소리로 "똑똑한 여자는 피곤해!"가 여전히
통용되는 세상이긴 하지만 여자의 책읽기는 성해방만큼이나 해방되
었다. 여자에게 읽고 쓰는 글자를 알려준 것은 실수라는 더 험악한
말도 있지만 여자는 글을 읽게 되면서 평등한 세상으로 나왔다. 문맹
은 반드시 야만은 아니지만 어둡다. 어두운 책상에 등불을 밝히고 세
계를 들여다보는 여자들. 그들은 문맹이 어둡다고 말한다. 이래서 책
읽는 여자는 위험하다. 누구에게? 여자를 동반자가 아닌 경쟁상대로
인식하는 남자들은 책 읽는 여자를 불편해한다. 이런 남자를 여자들
은 찌질하다고 말한다. 슬프지만 여자의 책읽기가 자유로워졌음에도
불구하고 아직도 세상의 어떤 남자들 또는 어떤 여자들은 책 읽는 여
자를 싫어한다. 중세도 아니고 여자 대통령이 나오고 여자 파일럿이
전투기를 모는 세상에 말이다.
　이 책에 의하면 여자에게 책읽기가 처음 허용된 것은 중세다. 중세

에 여자가 읽을 수 있는 글은 성서나 기도서였다. 순결의 지상화가 강요되었던 중세에 여자에게 읽기를 허용한 것은 여자의 지성에 대한 배려가 아니라 성서를 통해 하느님의 충실한 마리아를 각인시키려는 훈련으로 보인다. 너희도 이들처럼 종교에 복종하고 순결하거라. 중세에 여자가 간신히 뭔가를 읽기 시작했을 때 어떤 남자들은 긴장했다. 여자에게 가사와 육아 중심의 삶 외에 책읽기가 추가된 것이다. 책은 가사와 육아와 남편에게 예속된 중세 여자의 삶에 빛을 비췄다. 파이를 굽다가 화덕 앞에 앉아 글을 읽었고, 아이를 재우면서 한 손에는 책을 들었다. 약혼자가 보낸 편지를 현관 앞 흔들의자에 앉아 읽고 또 읽었다. 중세의 여자들을 종교탄압과 굴종의 암흑으로부터 지켜준 것은 책이었다. 그것이 비록 성서나 기도서였다고 해도 무언가를 읽으면서 여자들의 역사는 이어졌다.

중세를 지나 계몽주의로 접어들었던 때에도 여자의 책읽기는 크게 나아지지 않는다. 남자들은 여자를 계몽 대상으로 인식했지만 그렇다고 여자들에게 교육의 기회를 제공하진 않았다. 여자들은 계속 침실에서 성서나 읽고 있어야 했다. 그래도 여자들은 읽는 일을 포기하지 않았다. 모서리가 낡은 기도서를 반복해서 읽으며 때를 기다렸다. 그러던 중 산업혁명이 출판시장의 규모를 확대했다. 필사본이 아닌 인쇄소에서 대량생산하는 책은 여자에게 책의 문을 활짝 열어줬다. 책은 더 이상 숨어서 몰래 읽는 금기가 아니었다. 인쇄기술에 탄력을 받게 되자 책은 목걸이나 꽃양산처럼 지갑을 열어 언제든 가게에서 살 수 있는 일상용품이 된 것이다. 더 이상 "독서가 남자에게만 허용된 '특별한' 일이 아니었다"(184쪽).

책 읽는 여자는 글자의 문을 열었다. 그것은 신세계의 발견이었다. 침실에서 나오고 부엌에서 나오고 정원에서 나온 여자들은 책의 대

양에 범선을 띄우고 항해했다. 그리고 남자들은 여자의 변화에 당황
했다. 당황한 것만이 아니라 싫어했다. 여자를 세계와 격리시키기 위
해 책을 차단했지만 오랜 세월 동안 여자는 읽기를 계승했다. 아버지
의 서재에서, 남편의 서재에서, 아들의 서재에서, 도서관과 대여점과
친구네 서재에서 여자들은 책을 꺼냈다. 책 읽는 여자들은 남자들이
장악하고 누려온 세계에 질문을 던지기 시작했다. 때로는 격렬하게,
때로는 타협했지만 여자들은 책 속에서 평등과 공존을 핀셋으로 끄
집어냈다.

21세기의 여자들은 더 이상 남자가 쥐어준 책만 읽지는 않는다. 여
자들은 책의 범람을 즐겨 환영하지만 남자들과 전쟁을 하거나 세계
를 정복하려는 의도로 책을 읽는 것이 아니다. 내면으로 가는 길을
찾고 세계와 소통하기 위해서 책을 읽는 여자들에게 위기의식을 갖
지 마라. 여자들은 다만 책이 좋아서 읽고 좀더 나은 세상을 희망하
며 읽는 것뿐이다.

"보아라, 이들은 더 이상 어떤 보상도 필요하지 않아. 이곳 천국에
서는 그들에게 어떤 것도 줄 수 없어. 그들은 책 읽는 것을 아주 좋아
했지."(275쪽)

메추리는 작고 대붕은
위대하다는 편견

오주석 선생은 2005년 2월에 돌아가셨다. 아까운 분이다. 이 책을
서재에서 볼 때마다 더 아까운 분이라는 생각을 되풀이한다. 옛 그림
을 이렇게 쉽고 재미있게 풀이해주시는 분을 잃었다는 일이 아깝고,
무엇보다 김홍도 평론가 중 독보적인 존재였다는 사실이 아깝다. 슬
라이드 필름 강의를 보는 것처럼 느껴지는 이 책을 통해서도 그는 한
국의 그림과 글과 도자기를 깊게 들여다보라고 권한다. 깊게 들여다
보기란 디테일을 놓치지 않고 구석구석 탐색하면서 해부하고 해체하
고 다시 조립하면서 보는 방식이다. 그의 '깊게 들여다보기'는 세밀
하고 정교하다. 세밀하고 정교한 것이 모여 풍성한 표정을 만드는 그

의 글은 옛사람의 눈으로 보고 옛사람의 마음으로 느끼도록 감상을 유도한다. 그는 뛰어난 큐레이터였을 뿐 아니라 마음의 풍기風氣를 정돈하는 방법도 알려준 선생이었다.

"그것은 머리로만 아는 것도 아니고 가슴으로 느끼는 것만도 아닙니다. 온몸으로 즐기는 것입니다. 온몸이 즐긴다고 할 때 기실은 우리의 영혼이 깊이 감동 받고 즐거워하는 것입니다. 그것이 바로 예술입니다. 옛 글에도 '아는 것은 좋아하는 것만 못하고, 좋아하는 것은 즐기는 것만 못하다'고 하였습니다."(18쪽)

이 책을 읽다 보면 독자는 저절로 즐거워지는 자신을 정말(!) 발견한다. 쉽고 재미있고 리듬을 타는 그의 글을 통해 글쟁이 오주석을 다시 한 번 발견할 수 있다. "나는 명필은 고사하고 글 자체도 여물지 않아 화제는커녕 작품 설명에도 힘이 부쳤다"라고 겸손해하지만 나는 그의 글맛을 가까이 느껴보려고 일부러 이 책을 소리 내어 읽었다. 그의 글은 오래된 장맛처럼 입안에서 달게 느껴졌다. 글과 그림이 마치 움직이는 영화 스크린처럼 책장마다 출렁거리는 독특한 체험을 했다. 간명하면서도 현학적이지 않은 강의로 김홍도의 〈주상관매도〉, 〈씨름〉, 〈채제공〉, 〈강세황〉, 〈이순신〉과 김은호의 〈춘향도〉와 신윤복의 〈미인도〉가 내 입과 눈과 마음을 들락거렸다. 단언하건대 이 책을 읽는 독자라면 감성지수가 물 오른 봄버들처럼 쭉쭉 뻗어 올라갈 것이다.

"우리 조상들은 하다못해 민화民畵를 그려도 이 정도는 그렸어요. 민화라는 것은 일자무식의 환쟁이의 그림입니다. 그림을 제대로 배워본 적이 없는 환쟁이가 그렸으니, 해부학적으로는 물론 엉망진창입니다. 하지만 그 느낌이 아주 정답고, 줄무늬는 활기차게 굽이치며 반복적으로 그려졌습니다. 율동감 넘치고 활달한 느낌, 참 좋지요? 마치 고구려 무용총 벽화의 출렁이는 산세 표현을 닮았습니다. 참, 묘합니다. 개체 발생은 계통 발생을 모방한다는 말처럼, 우리 역사의 유년기인 고대 그림에 보이는 순수하고 발랄한 기운을, 저 혼자 배운 환쟁이들의 민화 속에서도 맛볼 수 있습니다. 그림을 감상하는 기준으로 벌써 1500년 전부터 전해 오는 여섯 가지 원칙이 있는데, 그중에 가장 중요한 게 바로 기운생동氣韻生動입니다."(130쪽)

오주석의 글이 '움직이는 강의'였던 이유는 저 '기운생동'에 있다. 미술전문용어를 나열하는 것으로 그치지 않고 감상자를 화면 속으로 이끈다. 이런 힘이 어디서 나오는가. "대상을 사랑하고 생태를 알고 찬찬히 눈여겨보는 것이 더 중요해요."(148쪽) 보는 힘, 느끼는 힘은 마침내 감상자를 화면 바깥에서 화면 안으로 끌어들인다. 그는 옛 그림을 보는 방법에 대하여 천천히, 세밀하게, 거리를 조절하고 오른쪽 위에서 왼쪽 아래로 음미하라고 안내한다. 위치와 각도와 거리를 조절하면서 입방면체 큐브처럼 감상자의 시각을 조절하라고 하지만 무엇보다 그가 강조하는 것은 애정이다. 사랑하면 알게 되고 그때 보이는 것은 전과 같지 않으리라.

조금 다른 얘긴데, "우리 것이 좋은 것이여!"라는 말이 있다. 신토불이의 의미를 지닌 이 말은 원래는 의식주문화로 시작해서 사회 전체로 확장되었다. 한때 이 말이 유행이었고 효과도 있었지만 지금 이 말은 국수주의의 부정적 뜻이 더 강한 말이 되고 말았다. 여전히 아무데나 신토불이를 남용하는 사람들도 있지만 이들이 말하는 신토불이가 무엇을 지향하는지는 확인할 수 없다. 다만, 이 책에서 간간이 저자가 주장하는 문화고유성이 자칫 신토불이의 부정적 맥락으로 이해되는 것은 아닐까 조심스런 생각을 한번 해봤다. 오주석은 이 책에서 여러 번 문화사대주의와 한국문화에 대한 열등의식을 지적한다. 고유성의 존중과 자긍심의 긍정적 측면을 말하고 있지만 신토불이라는 낙후된 표어 아래 오주석의 문화 지향점이 낙찰될까 봐 소심한 나는 좀 걱정된다.

"지금 우리 국민들이 한편으론 우리 문화재 상황을 잘 모르고 한편으론 또 그저 맹목적인 애국심에 불타 가지고 옛날 우리 물건이라면 무조건 소중하고 훌륭하다. 이렇게 치켜 올리는 얘기들도 많이 하는데, 실제로 썩 좋지 않은 작품을 가지고 지나치게 과대평가하는 경향까지 있습니다. (……) 더군다나 혹간 형편없는 가짜 물건을 가지고서 좋다고 법석을 떠는 일까지 없지 않은데, 심지어는 학자들이 쓴 책 중에서도 엉터리 같은 가짜 작품이 수십 점씩 실려있기도 합니다. 이런 행위는 결국 조상들의 문화를 빛내는 것이 아니라, 오히려 욕을 보이는 결과밖에 안 됩니다. 결국 문화라는 것은 그것을 향유하는 국민 전체의 눈높이가 높아져야지, 몇 사람의 노력으로만 창조되는 것은 아닙니다."(156~157쪽)

'제대로 보기'를 통해서 눈높이 한국의 미를 인지하게 만든 오주석의 글은 편하고 쉽다. 깊고 넓은 그의 광활한 지식과 온전하게 보기의 애정은 자유롭고 힘차게 흐른다. 책 전편에서 활기차고 다정한 기운을 맛볼 수 있지만 그의 특기인 김홍도 부록 편은 특히 애정의 절정판이다. 김홍도와 같은 기운생동하던 한국의 미가 개화기 이후

바비인형처럼 예쁘기만 하고 멍청한 한국 미술로 변질되었다는 것도 한국 미술의 슬픈 역사다. 아직도 우리는 겉치장은 화려하지만 박제 그림을 그린 김은호의 춘향이와 신사임당을 보고 산다.

"문화, 그것은 우리가 살아가는 보람, 특히 지금 이 땅에 사는 이유, 그리고 우리가 우리인 까닭, 바로 정체성의 문제입니다. 한 나라의 문화는 빼어난 사람들을 중심으로 만들어지는 게 아닙니다. 문화인, 예술가들이 아무리 피나는 노력을 해도 한 나라의 문화 수준이란 결국 그것의 터전을 낳고 함께 즐기는 전체 국민의 눈높이만큼만 올라설 수 있습니다."(〈책을 펴내며〉 중)

작은 나무 의자 한 개의 소망

　모두 열여섯 개의 건축물을 대상으로 한 승효상의 건축 사유는 이 시대의 건축은 어떤 것인가로 물음을 던지면서 끝을 맺는다. 루이스 칸이 설계한 방글라데시의 국회의사당을 제외하고는 서구 건축물 위주였던 점이 아쉽지만 전문용어를 가급적 배제하고 인문주의적 시각으로 잘 풀었다. 건물의 외피를 보면서 내면을 정리하는 방식으로 서술한 승효상은 집이란 세우는 것이 아니라 '짓는 것'이라고 말한다. 우리는 이 말에 익숙하다. 그래서 그는 집을 세운다는 뜻의 '건축建築' 한 단어만으로는 건물이 포함하는 형이상학적 환경까지 설명할 수 없단다. 건물을 짓는 것은 주변부를 고려한다는 의미이지만 건물을 세우는 것은 오직 건물 자체의 독점행위다. 예컨대 요새 우리 주변의 건물이나 산을 깎아내고 만든 대규모 아파트나 대형건물은 자연의 동선을 고려하지 않고 터를 넓힌다. 도시의 빌딩 숲에선 경쟁하듯 층수를 높인다. 화합과 공존의 공간성이 아닌 우월한 위치를 선점하는 건물이 현대의 건물이다.

작고 조촐한 공간을 공유하는 건물은 영 사라진 것일까? 물론 승효상은 소박한 건물을 짓는 작가가 아니다. 그는 파주평야의 거대한 출판문화단지 프로젝트를 지휘했다. 또한 그는 《빈자의 미학》에서 조화로운 환경과 세팅된 건물을 말한다. 건축은 삶을 짓는 것이라고 말하는 승효상의 건축은 인본주의 건축이다.

"나의 집은 자궁子宮입니다. 내 집은 자궁이고 자궁의 집은 어머니이며 어머니의 집은 가옥이며 집의 집은 환경입니다. 집을 주택으로만 생각하는 것은 잘못입니다. 환경입니다. 환경이 철학적으로는 공간이 되겠는데, 공간은 집의 집의 집입니다……."
(김수근 타계 20주년 기념전시 인터뷰 중)

인본에 뿌리를 둔 건축공학자 승효상은 부족한 공간을 주변부로 끌어내서 공유하고 불편한 것을 조촐한 조화로 변환하면서 자연과 협의하고 화해하는 건축을 말한다.

그의 인문주의적 건물관은 정복의 정신이 아닌 조화와 상생의 정신이다. 서구 건축물은 그 반대로 정복의 정신으로 세워졌다고 그는 주장한다.

"자연은 정복해야 하는 대상이며 나를 위해서 봉사해야 하는 종속

418

물이라는 생각, 이 개념이 바로 주거의 차원을 넘어 결국 오늘날까지 서양문화사의 핵심을 이루는 정신이 아닐까."(81쪽)

그래서 서구에선 공간의 통로가 중심공간으로 연결된다. 주인은 중앙에 있다. 이런 건물형태는 대형건물에서 중앙 홀 중심으로 구도가 잡힌 상황을 떠올리면 이해가 쉽다. 자연을 지배한다는 것은 주변을 압도하면서 자신을 중심에 세워두는 사고다. 서구 사상의 기저에 깔린 이런 풍토가 광장을 낳았는지는 모르겠지만 그 대신 주변부를 소외시켰다. 승효상은 주변부의 조화를 거론하는 한편, 그의 중앙통로, 또는 마당을 '공유'의 개념으로 더 각인시킨다. 베를린 필하모니 홀 중심부는 음악을 통한 인간과 공간의 유대관계를 보여주는 곳이다. 그런데 그가 말한 유대관계를 파고들어 읽은 방글라데시 국회의사당은 좀 다른 느낌을 준다.

미국의 건축가 루이스 칸이 설계한 방글라데시 국회의사당은 승효상의 표현대로 동양의 시어詩語와 영감에 찬 건물이다. 넓은 잔디밭이 융단처럼 덮여있고 원형의 건물을 뚫고 들어가는 절제된 빛이 신비롭다. 무엇보다 이 건물의 독특한 매력은 주거지역에서 떨어진 농경지 위에 인공적으로 만든 호수를 끼고 물과 평원과 건물의 환상적인 풍경을 만들었다는 점이다. 저자는 루이스 칸이 인도 미학의 관점에서 이 건물을 지었다고 말한다. 도대체 인도 미학이란 것이 무엇인가? 신령스러운 것인가? 서구의 시각에서 모호한 신비인가? 나는 승효상의 저 인도 미학 발언을 이해하려고 노력했지만 보충설명이 없어 그의 인도 미학 관점을 알 수가 없다. 다만, 방글라데시 국회의사당의 웅장함을 보고 내가 느낀 점은 배고픈 벵갈인들에게는 먼 왕국의 궁전으로 보이지 않을까 하는 슬픈 추측뿐이다. 승효상은 이 건물의 중앙 홀로 회랑이 돌고 그 공간으로 빛이 들어오는 모습이 황홀하다고 관념적 논평을 추가했다. "정적이고 관조적이다. 가난하고 어두운 민족에게 희망을 주듯이 건물 내부에 스며드는 무수한 빛의 편린들……." 그러나 세계에서 가장 가난한 나라의 국회의사당을 황홀하게 하는 빛은 정작 고통받는 벵갈인들의 부침 많은 삶을 비추진 않는다. 그 건물을 짓기 위해서 방글라데시 국민들은 복지를 포기했다.

나는 방글라데시 국회의사당 사진을 보면서 폐쇄적이고 위압적이라는 시각을 거둘 수 없다. 인간에 대한 따뜻한 애정과 존경에서 비롯된 루이스 칸의 건축 본질이 현실에서 어떤 조화와 상생의 역할을 맡고 있는 것일까? 방글라데시 국회의사당을 이상세계의 건축물이라고 말하는 승효상은 이 건물이 지닌 본질을 다음과 같이 짧게 언급한다.

"이 건축은 앞으로 수없이 많은 세월 동안 벵갈의 평원 위에 버티고 서서, 벵갈인들에게 벵갈의 빛과 침묵으로 루이스 칸과 함께 기록되고 기억될 것이다."(195쪽)

국회의사당 호수 건너 천막촌의 벵갈인들도 과연 이 거대한 침묵의 건물을 보고 상생과 유대를 생각할지는 알 수 없다.

건물의 외형이 아닌 그 속에 담긴 정신을 주목해야 한다는 저자의 논리는 삶과 관계하는 살아있는 건물을 말한다. 여백을 남겨두어 공존하는 장소로서의 건물을 저자는 '비어있는 공간의 조화'라고 부르는데 이 책에서 비어있는 공간은 자연과의 조화이자 이웃과의 상생이다. 정복정신을 통해 영웅주의를 만든 서구문화사에서 문화의 중심축은 건물이었다. 파리의 개선문은 보나파르트의 권력이었으며 베르사유는 루이 14세가 자신을 태양왕으로 천명하기 위해 만든 장소다. 정복과 탈취와 과시의 건물은 화려하고 웅장하다.

이 책의 결미에 다다라 저자가 '미래에의 전망'으로 부른 파리의 라 그랑 아르세는 외계적 풍모를 풍긴다. 나는 이 건물을 텔레비전에서 처음 봤을 때 '프랑스인의 오브제' 창의성에 경탄했다. 어떻게 건물 한가운데를 빈 공간으로 남겨놓을 수 있었는지를 이해하려면 가운데 달린 텐트의 정체를 알아야 한다. 설명에 의하면 그것은 '구름'이다. 높이가 110미터나 되는 거대한 건물 한가운데에 걸린 구름은 자유롭다. 물론 이 구름텐트는 단단한 밧줄로 고정되었지만 구름은 자유로운 흐름을 상징한다. 구름은 비어있고 자유롭게 흐르고 통한다. 형체가 고정되지 않은 구름을 오브제로 띄운 이 건물을 정말 비어있음의 정신으로 볼지 공간의 낭비로 볼지는 독자의 몫이다. 놀랍지만 이 건물의 설계자는 프랑스인이 아니고 덴마크 사람이다. 더 놀라운 것은 이 건물의 공식 명칭은 '국제교류회관'이다.

저자는 책의 마지막까지 건물의 본질은 여백의 공간을 통한 소통과 조화라고 주장한다. 저자가 '경건한 영역'이라 부른 스웨덴 우드랜드 공동묘지의 적막한 조감도는 차라리 성스러울 지경이다. 조용한 여배우 그레타 가르보가 묻혀있는 이 묘지는 넉넉한 거리를 유지한 무덤과 무덤을 둘러싼 숲이 죽은 자에게 '평온한 안식'을 주기에 부족함이 없다. 한 폭의 수묵화처럼 여백을 펼친 우드랜드 묘지 사진을 보며 나는 바글바글 끓는 한국의 묘지가 떠올랐다. 죽어서도 한국 사람은 고요의 평화를 누릴 수 없다. 경제에 올인한 시점부터 한국은 공간을 돈으로 계산했다. 화강암으로 성벽을 쌓은 공공기관은 무지막지한 군사 주둔지처럼 보인다. 공간도 영혼도 여백이 사라졌다. 쉼이 사라진 시대에 사람들은 쉼터를 잃었다. 승효상은 사회와 건축의 관계, 삶과 건축의 관계를 상실한 한국 현대사를 비감하게 그린다.

"신문에 부동산 면은 있어도 건축 칼럼 하나 없고, 새로운 건축을 소개할 때 시공회사는 내세워도 건축가의 이름은 아무리 눈뜨고 찾아봐도 보이지 않는 초라한 우리의 처지를 비추어보면 더욱 그러하다."(245쪽)

인간이 창조한
작은 우주

제2차세계대전 중 독일군의 포로가 되어 수용소에서 자신의 미니 정원을 만든 저자의 이력이 이채롭다. 정원을 가꿀 도구가 없어 손톱깎이 가위로 나무를 다듬었다는 저자의 정원은 '지상낙원'이다. 저자는 인간이 정원을 지상낙원으로 인식하는 기저는 행복을 향한 희망 때문이라고 말한다.

"어떤 문명에서든 위대한 정원 예술은 추상적이지 않으며, 자연 그 자체의 요소를 사용하여 행복의 개념을 나타내 보이고자 하는 희망을 나타낸다."(25쪽)

행복해지고 싶은 열망이야 다양한 방법으로 동원되지만 무상으로 제공된 자연의 공간에 인간은 자신의 작품을 추가하면서 천국을 만들고 싶었던 것이다. 자신이 창조자가 되고 신화의 주인공이 될 수 있다는 문학적 상상력과 공학적 계산의 결합으로 완벽하게 다듬어진 영지까지 정원은 크기와 관계없이 행복해지고 싶은 인간의 꿈이었다.

정원을 향한 인간의 열망을 풍부한 자료와 일화로 들려주는 이 책의 가장 큰 매력은 유럽 정원을 통째로 관람할 수 있다는 점이다. 베르사유부터 알람브라까지 유럽과 아랍의 정원은 기대감과 설렘의 정원으로 독자를 안내한다. 정밀하게 계산된 궁전에 딸린 유럽 정원과 아라베스크로 치장한 이슬람의 정원까지 읽으면서 나는 알람브라의 추억을 듣는다.

알람브라가 다분히 로맨틱하고 사랑스러웠다면 상업제국을 일군 피렌체의 로렌초 메디치의 빌라는 사유재산 가운데 세계최고 규모의 정원이다. 은매화와 월계수로 된 가로수길 양쪽에 서있는 비너스, 헤라클레스, 아폴론의 조각상을 감상하는 로렌초의 산책길은 야외 미술관이다. 인간이 도달할 수 있는 '완전한' 낙원을 건설하려는 로렌초의 정원에선 주기적으로 사교모임이 열렸다. 정치가와 사업가와 예술가를 초대해서 덩굴장미가 올라간 연단 높은 곳에 맛있는 음식을 차리고 수준 높은 음악 연주로 정원의 완성도를 높였다. 그러나 이 정원은 이데아의 완결을 향해 공사를 계속했고 1492년 로렌초의 죽음으로 공사가 중단된다. 피렌체의 문화가 하락한 것도 이 시점으로, 메디치의 정원은 두 번 다시 재건되지 않았다. 흥미롭게도 1529년 교황 클레멘스 7세가 군대로부터 공격받게 되었을 때 피렌체 공화국의 방어진지 건설 책임자였던 미켈란젤로에 의해 로렌초의 정원이 파괴되었다. 미켈란젤로는 로렌초의 집에서 거주하며 메디치가의 후원을 받아 자신의 재능을 키운 인물이다. 이런 그가 메디치를 지키는 것보다는 교황을 지키는 것이 더 중요했던 모양이다. 예술과 정치의 오랜 밀월관계가 한 가문의 영광과 열망의 상징이었던 정원을 폐허로 만들었다.

정원이 인간의 행복을 향한 증표라면 지옥의 정원으로 불린 보마르초 정원은 인간의 절망을 보여준 곳이다. 이탈리아의 비테르보에 있는 이 기괴한 정원의 입구에는 입을 벌린 지옥의 가면 조형물이 계단 위에서 내려다본다. 좀더 들어가면 지옥문을 지킨다는 세 개의 목을 가진 개 케르베로스가 음습한 그늘에서 기다리고 있다. 하반신의 한쪽은 사람의 다리이지만 한쪽 다리는 뱀이나 물고기의 꼬리 형상을 한 기이한 조각이 엉킨 정원의 건물은 비스듬히 세워졌다. 나무뿌리와 이끼로 덮인 조각들은 입을 크게 벌린 괴물이거나 지독한 추녀들이다. 병사를 포박하여 가슴을 짓누르는 코끼리 조각도 있다. 심지어 자연의 바위를 혓바닥으로 다듬어 관람객의 벤치로 만들었다. 팀 버튼의 음침한 정원이 연상되는 보마르초의 정원은 으스스하다. 난잡하고 산만하고 기괴한 이 정원의 목적은 '삶에 대한 공포를 표현한 것'이라고 저자는 주장한다.

"때로는 사람들을 사로잡는 감각이나 어떤 종류의 정신착란, 패닉이라는 언어가 참으로 잘 어울리는 이 착란을 만일 구체적으로 표현하려 한다면 어떻게 하는 것이 좋을까."(197쪽)

한마디로 보마르초 지옥의 정원은 자연을 고양하면서 인간의 행복을 누리려는 욕망과는 대치되는 논리로 만들었다. 싸움과 공포의 격렬한 긴장감을 인간에게 각인시킨 보마르초 정원에서 나는 인간의 솔직한 절망을 본다. 절망은 죽음에 이르는 병이라는 키에르케고르의 말을 상기하면 보마르초 정원의 괴물은 죽음의 로고스다.

보마르초의 스릴 넘치는 정원과 함께, 동양의 정원을 명상과 수양의 시각으로 본 챕터도 흥미롭다. 저자는 건물의 전면에 정원을 가꾸지 않고 건물의 배경에 정원을 조성한 중국의 정원은 관료주의로부터의 도피성향 때문이라고 본다. 한 번에 펼쳐진 평면형의 정원이 아닌 건물을 둘러싼 골목정원을 만든 중국인은 다양한 재료와 조경방법을 사용해서 오히려 산만한 느낌을 준다. 저자는 숨어있다가 나타나는 누각과 몇 개의 돌계단과 꽃과 나무가 뒤섞여 핀 중국 정원을 징정함묵澄淨含默의 고요한 수묵정원으로 묘사하면서 '천상의 나라'라는 극찬을 서슴지 않는다. 또한 일본의 원근고저 정원을 압축과 절제의 비장미를 갖춘 정원으로 보는데, 저자의 이런 시각은 명상과 산책의 개념이 강한 동양 정원의 특징을 잘 이해한 것으로 보인다. 중국 정원은 인간을 구속에서 해방시키고 일본 정원은 인간을 구속하는 데 목적을 두고 있기 때문에 긴장감을 유발한다는 지적은 날카롭다. 그러나 저자의 동양 정원 관점은 중국과 일본에 꽂히고 그 중간에 있는 문화전파자로서의 한국은 삭제되었다. 만약에 저자가 한국의 소쇄원이나 창덕궁을 방문했다면 자연을 거스르지 않으면서 인공미를 조성한 한국 정원의 특징을 어떻게 평가할까? 서구인의 시각에서 중국과 일본 문화가 동양 문화의 선발투수인 것처럼 인식되는 원인은 국력과 관계 있다. 한중일 3국의 문화 인프라에서 서구인들은 오랜 세월 동안 한국 문화를 중국이나 일본의 아류 정도로 여겨왔다. 이래서 문화강국이라는 말이 얼마나 중요한지 또 한 번 실감한다.

마지막으로 저자가 가장 공들인 베르사유는 태양왕 루이 14세의 왕국이었다. 꿈의 궁전, 태양의 궁전으로 불린 베르사유는 권력의 파라다이스다. 영원한 제국을 꿈꿨던 베르사유는 완벽한 대칭 구도다. 채소밭부터 시작하여 바둑판 정원은 단정하고 기계적인 반복으로 조성되었다. 이 숨 막히는 정원은 각각의 화단과 길목에 바닥으로 삼는 흙색까지 일정하게 통일하면서 색의 완벽성을 지향했다. 철저한 원근법으로 만들어진 정원은 방사형으로 쭉 뻗었다. 그것은 세계로 나아가는 길이었고 절대군주는 세계의 중심에 있었다. 저자는 조국의 베르사유를 '위대한 세기의 정원', '자연을 상대로 한 인간의 승리', '지상의 올림포스', '거장의 손으로 그려진 한 폭의 완벽한 그림'이라 부르며 프랑스 문화의 자긍심을 감추지 않는다. 저자의 프랑스 문화 중심 사관은 유럽 대륙의 심장부에 프랑스를 그려 넣고 그 심장부의 정가운데에 베르사유를 박아 넣음으로써 베르사유를 세계 정원의 황제로 만들고 있다.

그러나 군주의 취향이나 정치권력을 만족시키기 위하여 민중은 고혈을 짜 바쳤다. 이 책에서는 정원의 역사를 다루면서 막대한 세금부담과 노역을 제공한 민중의 역사는 배제했다. 그러니까 저자가 지상 낙원의 이상향으로 부른 인간의 정원에서 이들은 낙원을 공유할 수 없는 정원 바깥의 사람들이다. 신의 하사품이라 부르는 정원이 인간의 행복과 꿈을 잉태해줄 수 있었다고 해도 공들여 조각한 정원은 특별한 사람들만의 장소였다. 군주나 영주의 정원이 되기 이전의 그 장소는 민중의 생계터전이었다는 점을 까칠한 독자인 나는 아름다운 정원을 실컷 구경하고 공책에 적어둔다.

영원한 쇼

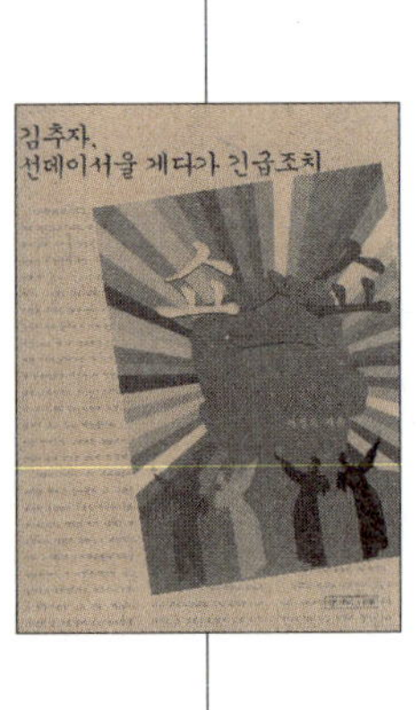

2002년 마흔두 살에 죽은 문화비평가 이성욱의 이 책은 유고집이다. 이 책을 통해 나는 이성욱을 처음 만났다. 지금 내 서재엔 2004년에 나온 평론집 《비평의 길》이 있지만 이건 《쇼쇼쇼》를 읽고 한참 지나 구입한 책이다. 요컨대 《쇼쇼쇼》는 나와 이성욱의 첫 미팅이다. 이성욱은 문학평론가인 동시에 문화평론가다. 제목에서 드러나듯 이 책은 한국 대중문화의 흐름을 시대별로 연결해서 풀었다. 영화와 음악과 만화와 스포츠를 통해서 본 '한국 대중문화 1백 년의 계보학'이다. 이제는 흘러간 옛이야기들이 영화 포스터와 음반과 신문에서 살아난다. 이 책을 읽는 독자가 사십대 이후라면 희미한 옛사랑의 그림자를 만난 것처럼 감회가 새로울 것이다. 《소년중앙》 부록으로 나왔던 권투만화 〈허리케인〉을 기억하는 독자라면 김추자가 한국 가요사에 어떤 획을 그은 여가수였는지도 안다.

"우리나라 가요사에서 김추자 이전에 가수가 없고 김추자 이후에 가수가 없다."(45쪽) 이 말의 주인공 김추자는 1951년생이다. 한국 나이로 올해 쉰아홉이다.

후라이 보이 곽규석이 아직 성성한 MC로 텔레비전 인기스타였을 때 김추자는 몸에 꽉 끼는 스키니진을 입고 나와 노래를 불렀다. 김추자는 농익은 토마토처럼 빵빵한 몸매에 열정적인 노래로 초등학생이던 나를 단박에 쓰러뜨렸다. 나는 김추자의 〈월남에서 돌아온 새까만 김상사〉와 〈님은 먼 곳에〉를 따라 불렀다. 흑백텔레비전 속의 김추자는 내게 노래와 춤을 가르쳤다. 어린 나이에 성인문화에 과도하게 도취한 나를 염려한 어머니는 김추자가 술집 나가는 여자 같다고 텔레비전 시청 금지령을 내렸다. 어머니의 냉정한 검열에 걸린 김추자는 더 이상 나에게 춤과 노래의 비법을 전수하지 못하고 우리는 이별했다. 김추자의 무엇이 김추자 신드롬을 만들었을까? 이성욱은 그 이유를 무대 장악력으로 꼽는다. 비음이 섞인 음색과 섹시한 제스처, 열정적인 춤과 셔츠의 단추를 다 풀고 아랫단만 묶은 발랄한 의상은 김추자의 트레이드마크다. 아, 김추자. 보고 싶은 김추자. 나는 이 글을 쓰는 동안 김추자를 향한 그리움을 견디지 못해 급기야 글쓰기를 중단하고 김추자 노래를 검색했다. "꽃잎이 피고 질 때면 그날이 또다시 생각나 못 견디겠네. 서로가 말도 하지 않고……." 떨리는 음성으로 나는 김추자를 부른다. 이성욱은 김추자를 마음의 요람이라고 한다. 김추자는 내 유년의 성배聖杯였다.

저자가 이 책에서 키워드로 삼은 듯한 '그리운 것들'은 지나간 것들이다. 테크놀로지 이전의 아날로그적 여유와 온화한 감성은 '사람'을 중시했다. 사람을 중심으로 사람이 문화를 주도하고 생산했다. 디지털 기술의 속도가 빨라진 1970년대 이후 대중문화의 구도는 확 달라졌다. 기계가 작곡을 하고 기계가 영화필름 편집을 챙겼다. 심지어 사람의 목소리를 그대로 복사한 로봇이 노래를 부른다. 고우영의 서너 칸짜리 만화 대신에 등장한 애니메이션이란 새 이름의 만화는 리얼하다. 컴퓨터 그래픽으로 치장한 영화는 스펙터클하다. 대중문화 혁명의 주동자는 기술이다. 더 이상 대중문화는 사람이 주도하는 것이 아니고 사람이 생산하지 않는다. 다만 대중은 소비할 뿐이다. 이성욱은 대중문화의 주체가 사람에서 기계로 옮겨갔지만 주 소비층인 청년층의 결정에 의해 향후 대중문화의 운명이 결정될 것이라고 말한다.

"대중문화는 문화산업의 운명에서 벗어날 수 없다. 그 운명은 때에 따라 기성문화와 야합하는 이윤의 논리를 좇기도 한다. 청년문화가 곧 대중문화는 아니지만 그럼에도 청년문화는 대중문화의 그런 야합에 대항하는 일종의 항체 같은 것이기도 하고 대중문화의 신생을 사고하게 하는 세계관 같은 것이기도 하다. 21세기 대중문화 역시 이 청년문화 세계관의 존재여부에 따라 그 성질이 가늠될 것이다."(182쪽)

이 책은 옛날 포스터와 음반 사진 등 화려한 도판이 눈요기로도 볼 만하다. 요즘 유행하는 가수들의 영어이름 짓기하고는 상반되는 한글이름 짓기나 김추자의 제스처가 간첩신호로 몰린 황당한 잡담이 풍성한 책이다. 민족주의 정신강화 훈련의 일환으로 홍수환과 유제두 등 복싱이 활성화되었던 시기도 그 무렵이다. 군사정권하에서 1970년대 대중예술인들은 예술적 취향과 정치적 취향으로 종종 시험대에 올랐고 수난을 당했다. 가수들은 대마초사건에 연루되었고 여배우는 《선데이 서울》의 단골 스캔들 주인공이었다. 한국의 대중문화는 일정부분 이들의 희생을 담보로 성장했다. 나는 이 책을 덮으면서 문화평론가 이성욱이 아닌 동시대를 공유한 이웃으로서 경의를 표했다. 소설가 김영현이 말했듯이 이성욱처럼 '학삐리'와 '논다니'의 모습을 두루 갖춘 리베로 평론가를 다시 만나기란 쉽지 않다. 우리에게 뽕짝과 고전음악과 남진과 나훈아부터 서태지까지, 잡음이 정겨운 LP판부터 디지털 영상 음악, 카바레에서 나이트까지 대중문화의 총집합을 보여줬다는 점에서 이성욱은 대한민국 유일한 대중문화박사이며, 이 책은 박물관에 영구 소장해야 할 독보적인 불간지서 不刊之書다.

여담으로 이성욱의 개인사는 너무 잔인하다. 일본으로 유학을 떠나기 직전 그는 어머니를 간암으로 잃었다. 그가 일본에 도착하고 한 달여 만에 아버지도 같은 병으로 사망한다. 그리고 이듬해 부모님에 이어 형도 간암이 발병되었다. 자신도 간암말기 판정을 받는다. 이성욱이 2002년 11월 마흔두 살의 미혼으로 세상을 떠나고 난 후 그의 형도 반년 후에 사망한다. 온 식구가 암으로 죽은 비통한 사연이 묻은 이성욱의 유고집을 책상 위에 올려놓고 독자는 추모기도를 올려야 한다. 한국 대중문화사를 한 권으로 통섭했다는 점에서 이 책은 충분히 그런 대우를 받을만하다.

파란여우와 헌책방 아벨

인천 배다리 형제당 금은방 건너 창영동 책골목길 초입에 아벨이 있다. 지금은 아벨이 지하도 계단을 올라가 구멍가게를 끼고 돌면 왼쪽에 있지만 예전에는 길 건너 오른쪽에 있었다. 내가 아벨에서 구입한 첫 책은 민중서관에서 나온 2천 원짜리 일한사전이다. 그때가 고등학교 1학년 때다. 중고 사전을 한 권 사놓고 나는 그 후로 더 이상 아벨을 찾지 않았다. 표지에 말 타는 나폴레옹이 박힌 참고서 《완전정복》이나 양장본으로 만든 《수학의 정석》을 동인천 대한서림에서 모두 새책으로 샀지만 공부보다는 놀기를 더 좋아하던 나에게 헌책방 아벨은 잊힌 장소였다. '새삥' 책도 안 보는데 굳이 헌책을 보러 갈 이유가 없었던 것이다. 그러다가 스무 살 언저리에서 머리통이 굵어진 나는 다시 아벨을 찾아갔다. 이번에는 중고 사전 대신에 시집을 샀다.

시인이 되겠다는 꿈이나 시에 재능이 있던 것은 아니지만 나는 아벨에서 한 권에 5백 원씩 주고 시집을 사들였다. 정진규, 고정희, 강은교, 김종삼, 황동규, 그리고 박정만 시에 나는 내 가난한 스무 살과 스물한 살과 스물두 살을 위로받았다. 세상은 화려했고 나의 스무 살은 초라했다. 나는 등록금을 벌기 위해 화원에서 수천 개의 화분에 물을 주고 꽃을 피웠다. 내가 준 물을 단물처럼 받아 마신 꽃들은 형형색색 잎을 열었지만 나의 스무 살은 너무 추웠다. 그럴 때마다 나는 천 원 한 장을 주머니에 찔러 넣고 아벨로 갔다. 한 시간이고 두 시간이고 그곳은 내가 현실의 비루함을 잊을 수 있었던 엄마의 포근한 자궁이었다. 아벨은 춥고 남루해서 볼품없던 내 스무 살 언저리의 위안소이자 도피처였다. 아벨에서 나는 고은 시인을 만났고 김동인을 만났고 밀란 쿤데라를 만났다. 시오노 나나미의 책과 보르헤스의 《불한당》도 만났다. 유명한 화가들의 화첩과 신인 도예가의 전시회 팸플릿도 원 없이 구경했다. 아벨은 내 청춘의 고향이다.

나는 지금도 고향에 갈 때마다 아무리 바빠도 아벨에 간다. 아벨 아주머니는 책방 매출에 별로 기여한 공로도 없는 나를 웃으며 기억해주신다. 헌책방 꾸리신 지 30년이 넘으셨고 내가 아벨을 드나든 것도 20년이 넘었다. 아주머니는 사장님이라는 호칭을 사양하시고 맨얼굴에 항상 책 정리를 하시느라 내가 일부러 부르지 않으면 얼굴을 내밀지 않으신다. 오직 책이 좋아 헌책방을 여신 아주머니 살림살이가 별로 나아진 것 같아 보이진 않는데 아벨 전시관까지 여셨다. 돈이 아닌 마음으로 연 이 전시관을 나는 아직 구경하지 못했다. 이제는 시간에 쫓기면서 고향을 찾아가는 처지가 되다 보니 개관 일정을 맞출 수 없었다. 삶이 어찌 이리 빡빡한 거냐. 황망한 바람자락을 날리는 나는 고향의 객客이 된 것이다.

배다리는 변했다. 인천시의 지역개발정비사업에 따라 헌책방 거리는 곧 철거된다. 철거된 자리에 '헌책방 거리 공원'을 조성할 예정이다. 정보도서관과 야외 카페테리아가 도시 중심지에 세워진다. 쾌적한 도심문화와 독서인구의 저변확대라는 명분은 그럴듯하게 보인다. 겉으로는 세련된 외피를 두른 문화공간으로 거듭날 것이다. 그러나 도시개발이 도시축제가 될 수 없는 이면을 나는 또 들여다보지 않을 수 없다. 헌책방에 현재 상주하고 있는 주민들은 대개 영세 사업주로서 몇 푼의 보상금을 받고 떠나야 한다. 헌책방 거리가 정비된 후 다시 복귀를 원하지만 프리미엄이 아이스크림 토핑처럼 높이 부풀려진 부동산 비용을 감당할 수 없을 것이다. 개발 대신에 개선이라는 차선책은 전혀 고려하지 않는 인천시의 개발정책은 토건기업을 키우고 도시 소비감각에 젖은 계층을 만족시켜줄 것으로 보인다. 아벨을 포함해 배다리 헌책방에는 현재 여섯 곳의 헌책방이 간신히 버티고 있거나 떠날 채비를 한다.

그렇지 않아도 헌책방은 대형서점의 확대와 인터넷 서점의 활성화로 점점 도태되고 있다. 사람들이 헌책방을 외면하고 대형서점을 선호하는 이유는 정돈이 잘 되어있고 쾌적하기 때문이다. 여름에는 시원한 에어컨이 돌아가고 겨울이면 훈훈한 공기가 돌며 조명이 밝고 검색이 빠른 것이 대형서점의 장점이다. 인천버스터미널 지하의 영풍문고를 가보면 책을 사는 사람보다는 약속을 앞두고 시간을 때우는 나 같은 독자부터 신간을 확인하려는 독자까지 다양하다. 백화점과 연계되어 있으므로 백화점 쇼핑 겸 들른 독자도 있다. 대형서점은 소비자에게 편리함과 안락한 서비스를 제공하면서 헌책방과 동네 책방으로부터 소비자를 끌어 모으는 데 성공했다. 신간 위주의 도서취급이 매출액과 어떤 관계인지 모르지만 확실히 우리나라 독자들은 신간을 좋아한다. 입소문에 약하고 주관적인 독서관 형성이 미약하기 때문이다. 또한 출판사의 홍보 전략이 탁월한 때문인지도 모른다. 게다가 남의 손때가 묻은 물건을 꺼림칙하게 여기는 정서도 작용한다. 이런저런 이유로 대형서점이 소비자에게 어필하면서 책 한 권 사기 위해 먼 길을 기꺼이(!) 찾아가도록 강요하고야 말았다.

그러나 이런 우려를 예상하고 집까지 책을 배달해주는 인터넷 서점이 생긴 것은 운명적이다. 내가 인터넷 서점의 탄생을 운명이라고 부르는 것은 촌구석에서 한 마리 바퀴벌레처럼 콕 박혀 사는 나와 같은 독자들을 겨냥한 말이다. 당장 필요한 책 한 권을 사보려면 버스

를 타고 읍내로 나가야 하고 읍내 서점에 보나마나 없을 것 같은 책
은 별 수 없이 온라인 구매 단추를 누를 수밖에 없다. 게다가 기본 할
인율도 10퍼센트다. 대형서점이든 동네 책방이든 지척에 없는 상황
에서 인터넷 서점은 대단히 편리하고 유혹적이다. 마우스 한번 누르
면 책 사는 일을 더 이상 고민하지 않아도 된다. 인터넷 서점 이용자
중에서 나처럼 문화 인프라가 빈약한 지역의 독자는 선택의 여지가
없다. 그러나 나처럼 촌구석의 독자층이 엷은 것은 말할 것도 없고
대다수 도시 독자들조차 인터넷 서점의 단골 이용자다. 인터넷 서점
은 택배 서비스와 할인율과 다양한 도서정보를 도시 독자들에게 제
공하면서 대형서점까지 찾아가는 수고를 줄이고 마침내 헌책방을 털
썩 주저앉게 만들었다. 디지털 세상에서 헌책방은 치워버려도 될 유
물이 된 것이다.

　그러나 모든 책의 마지막 통로는 헌책방이다. 그 책이 내 집의 뒤
뜰에서 화형당하지 않는 한 세상의 모든 책은 도서관으로 가거나 헌
책방으로 간다. 《모든 책은 헌책이다》의 작가 최종규는 헌책은 사람
들 손길과 흔적이 남아있는 역사이며 책이 흘러흘러 맨 마지막에 당
도한 곳에 헌책방이 있다고 말한다. 요컨대 그에게 헌책방은 책의 마
지막을 품는 곳이다. "책 문화에서 하수구 구실을 하는 곳이 헌책방
입니다. 책이라는 흐름에서 맨 위에 윗물인 새 책방이 있다면 흘러흘
러 맨 아래에는 아랫물인 헌책방이 있어요. 이곳에서 바다라는 새로
운 세상으로 나아갈 수 있도록 책을 갈무리합니다. 그리고 값어치를
매기며 새롭게 빛을 보도록 이끌어요. 빛을 본 어떤 책은 새 책으로
되살아나기도 합니다. 그러니까 하늘에서 내린 빗물이 말라서 하늘
로 올라가 다시 빗물로 내려오는 흐름고리라고도 말할 수 있는 책이
헌책방 책입니다."

배다리 아벨서점 맞은편 옛 아벨이 있던 건물 삼층에는 이 글을 쓴 최종규가 산다. 1년에 한 번씩 아벨에 갈 때마다 나는 고향을 지나치는 무정한 나그네의 눈으로 불 켜진 그의 삼층집을 올려다보고 온다. 그가 아벨 아주머니와 내 청춘의 고향에서 오래오래 당산나무로 살 수 있기를 바란다.

8
역사·기행 편

역사 · 기행 편에 소개되는 책

당신은 섬을 아세요
섬을 걷다 강제윤 지음 | 홍익출판사 | 2009년 1월

티베트의 거울
부처가 있어도 부처가 오지 않는 나라 강제윤 글, 사진 | 조화로운삶 | 2007년 11월

답사기에 대한 소박한 항거
한국의 美 산책 최선호 글, 사진 | 해냄 | 2007년 11월

문명의 동맥을 통통 튀게
실크로드 문명기행 정수일 지음 | 한겨레출판 | 2006년 11월

화려한 비극 다시보기
아프가니스탄, 잃어버린 문명 이주형 지음 | 사회평론 | 2004년 7월

운명은 우연의 '뒷문'을 열고 들어온다
광기와 우연의 역사 슈테판 츠바이크 지음, 안인희 옮김 | 휴머니스트 | 2004년 3월

당신은 섬을 아세요

　청량산 위에서 바다를 봤다. 바다는 고만고만한 조막손 같은 들판을 지나 땅이 끝나는 곳에서 찰랑였다. 바다 너머 수묵담채 붓질로 점점 섬이 있었다. 섬들은 앉거나 누워있었다. 그 섬들 중에서 어머니의 고향인 영흥도와 여섯째 이모가 살았던 선재도가 있었다. 나는 그 섬들을 손가락으로 대번에 찾아냈다. 섬은 내게 유년기의 여름방학이었고 민들레 꽃씨처럼 떠나버린 추억의 시간이다. 지금은 인천 시내에서 안산 시화공단을 거쳐 대부도와 연결한 영흥대교를 건너면 곧장 섬으로 갈 수 있다. 대부도와 선재도를 지나 영흥도까지 한달음에 갈 수 있는 편한 세상이 된 것이다. 연안부두에서 풍랑주의보에 몸 묶일 일 없이 갈 수 있는 섬길. 하지만 고향길을 편하게 다녀오게 해줄 다리를 못 본 채 어머니는 돌아가셨고 여름방학이면 나를 건사해주던 구름물 이모도 돌아가신 지 삼 년이 지났다. 섬은 내게 흑백사진이 되었다.

초등학교 때 나는 선재도를 몇 번 갔었다. 여름방학이 되면 어머니는 어린 나를 선재도 구름물 이모 집에 맡겨놓고 다시 집으로 돌아가셨다. 이모 집에는 나와 동갑내기인 이모의 큰 외손자가 방학을 맞아 서울에서 내려와 있었다. 우리는 동갑내기 5촌 아줌마와 조카 사이였지만 함께 갯벌에 나가 조개를 줍고 밀물 때는 벌거벗고 수영도 했다. 부끄러움이 뭔지 몰랐다. 동네 아이들 몇 명이 있었지만 도시에서 내려온 허여멀건 아이하고 친해질 생각이 없었는지 수영도 저희끼리만 하고 조개잡이도 무리지어 했다. 하지만 나에게는 재미있게 놀아주는 5촌 조카가 있었고 빨간 딸기가 그려진 비닐 튜브도 있었다. 구름물 이모는 갯벌에서 진창 노느라고 엉망이 된 내 몸을 저녁마다 홀딱 벗기고 안마당에서 북북 씻겼다. 한차례 요란한 저녁 목욕 재계가 끝나면 대청마루에서 저녁을 먹고 네모난 모기장 안으로 들어갔다. 마루 처마 끝에 매달린 제비집을 쳐다보다가 열어놓은 안방에서 들려오는 이모부와 이모의 두런두런 이야기 소리를 들으며 꿈나라로 갔던, 이제 섬은 시간을 추억할 뿐이다.

"굴은 달이 차고 기우는 데 따라 여물기도 하고 야위기도 한다. 섬사람들도 굴처럼 살이 올랐다 야위었다 한다. 섬사람들은 달의 자손이다. 달이 바닷물을 밀었다 당겼다 하며 바다 것들을 키우면 사람들은 바다에 나가 물고기를 잡고, 고동과 소라와 굴들을 얻어다 산다." (98쪽)

그러나 섬은 늙었다. 섬사람도 늙고 섬나무도 늙고 당집은 허물어졌다. 더 이상 순정을 다 바쳐서 총각선생님을 연모할 섬처녀는 없다. 섬처녀가 없으니 섬총각도 없고 섬아기도 없다. 섬은 텅 빈 꽈리열매처럼 노부모의 마지막 온기만 흐릿하다. 그 마지막 훈증을 쐬려고 떠난 섬길 걷기는 시종일관 아프다. 배를 타고 섬으로 들어가는 마지막 세대의 기록인 이 책은 우리나라 섬의 박물학이다. 섬 '로드에세이'지만 섬의 생태, 생물, 자원, 환경, 생활풍습과 역사, 바다경제까지 몸으로 밀어 썼다. 아파트와 대형마트와 자동차가 근접할 수 없는 지형학적 조건의 섬을 통해 협의와 화해를 잊은 우리 내면의 섬을 응시한다. 내면의 섬을 찾아 떠나는 길, 바다 위에 부표처럼 떠있는 섬을 향해 떠나는 길. 아무래도 섬 이야기를 하자면 우선 길부터 썰을 풀어야겠다.

"길이란 통로인 동시에 사유의 길이고, 사유를 통해 자신과 소통하고 자연과 소통하고 나아가 세계와 소통하는 길이란 의미로 이해했다. 하지만 도시의 길들은 자동차와 온갖 장애물의 위협으로 인해 더 이상 생각에 몰두하며 걸을 수 있는 길이 아니다. 그 길들은 오로지 통로로만 가능할 뿐이다."(20쪽)

자동차의 방해 없이 걸음에 온몸을 맡기고 온전히 걷고 싶어서 걷기 여행을 시작했다는 저자 강제윤은 몸을 움직여 내면의 섬을 찾아간다. 그 길 위에서 우리는 지도 속의 섬을 만나고 이별한다. 섬길은 우리의 마음과 몸의 거리를 측정하는 시간이기도 했다. 도시로 나간 아들네 아파트에서 못 살고 섬으로 돌아와 빈집을 지키며 사는 할머니는 몸은 고달파도 마음은 매임이 없다. 겨울철 일거리가 없는 노인들이 섬을 떠나 도시의 자식들 집에서 겨울을 나고 봄배를 타고 섬으로 돌아오는 회향의 바다를 본다. 섬은 도대체 무엇일까? 섬은 고향이다. 그곳에는 나무와 돌과 흙과 물, 바람과 햇볕으로 빚은 집이 있다. 구름물 이모는 서울의 번듯한 아들네 아파트를 마다하고 바닷가 섬집에서 생을 다했다. 생명이란 이토록 뿌리 깊다.

이제 섬은 '생명의 문'을 닫고 있다. 토건공화국의 광풍은 섬도 비껴가지 않는다. 섬은 개발업자들의 전자계산기에 흡수되고 그곳의 바다는 나날이 비어간다. 땅 주인이 바뀐 소매물도 주민들은 섬을 떠나야 하고 어청도에서는 새만금 공사 피해 여파가 크다. 바다는 더 이상 생계도 생존도 생명도 아닌 국가개발의 먹잇감이 되었을 뿐이다. 종일 쪼그리고 앉아 성게알 1킬로그램을 까도 5만 원 벌이조차 안 되는 가파도 팔순 할머니는 관절염 약을 달고 산다. 대전에 나가 막노동을 하는 아들 대신 중학생 손녀딸을 데리고 해초를 말려 먹고 사는 비진도 할머니는 아직 살아계실까? 그녀는 부지런히 몸을 놀린 삶을 후회한다. 가난은 끝까지 할머니의 삶을 농락했다. 국가는 노동 찬송가를 부르고 그 수고의 대가는 외면했다. 이 땅의 섬 노인들은 국가개발위원회로부터 잊혔다. 섬 노인들에게는 병원 가는 길도 멀고 쌀 사먹는 길도 멀다. 섬 노인들은 바다와 함께 태어났고 바다와 함께 살았지만 결국 쇠락하는 바다와 함께 늙었다.

모래 채취와 낚시꾼들의 방부제 밑밥과 정부의 토건정책에 침몰되는 바다는 섬을 삼킨다. 섬과 바다는 본래 한 몸이었던 까닭이다. 폐선이 늘고 폐닻이 늘고 물고기들은 민박집의 손님밥상에나 오르는 흉어의 시대. 전 국토의 리조트화를 향해 폭주하는 토건국가는 산속의 풀장 갖춘 펜션도 모자라 해변까지 그 흉측한 머리를 들이밀었다. 섬의 한복판을 꾹 누르고 있는 오층짜리 콘도와 펜션, 모텔과 횟집은 인간의 욕망을 배설하는 곳이다. 섬은 도시인들의 쓰레기 투기장이 되었다. 이 책에서 저자는 우리들의 최초이자 최후의 희망봉이었던 바다의 죽음을 담담하게 들려준다. 바다가 수만 년을 공들여 키우고 살려낸 갯벌을 한순간 황야로 만들어놓는 욕망. 그곳에는 농발게도 뿔고둥도 알록달록 조개도 잘생긴 광어도 우럭도 놀래미도 문어도 낙지도 없다. 2006년 2월에 나는 마라도에서 태평양을 봤다. 바다는 깊고 차가웠지만 일렬로 늘어선 횟집은 호객행위로 뜨거웠다. 국토 최남단 섬까지 와서 인간의 폭주하는 욕망을 보며 나는 당황했다. 어찌나 충격이었는지, 회 접시에 딸려 나오는 초고추장 양념값까지 따로 받아 챙기는 '자본주의 만세!'를 부를 뻔했다.

저자는 섬 사람들의 삶은 "하나의 법문法文이었다"라고 고백한다. 몸이 마음을 만나는 길을 순례하는 시인은 불립문자의 현장을 목격하면서 내내 아팠다. 그가 전해주는 이야기에 독자도 아프다. 의도적인 아픔이다. 그러나 아픈 마음은 지향하는 마음이다. 무엇을 지향하는가? 그것은 온전한 몸을 향하고 온전한 정체성을 향하고 온전한 마음을 쌓는다. 아프지 않으면 모두 이룰 수 없는 일이고 나아갈 수 없는 일이다. 그래서 시인 강제윤은 떠돌이가 되었고 유랑자가 되었다. 집 없는 자, 거처 없는 자의 자유로운 영혼을 말하지만 나는 추운 잠을 자는 그의 등을 보며 또 쑥쑥 가슴이 저민다. 잠을 방해하는 것은 추위가 아니라 생각이라고 말하는 저자의 쓸쓸한 가족사에 따듯한 목화솜 이불을 덮어주고 싶다. 그가 풍어의 꿈을 꾸기를 빈다. 연민이 아니다. 섬을 잃은, 고향을 잃은 우리 마음과 몸에 대한 일말의 자위다. 그냥 책장을 덮는 것이 섭섭해서 그럴 뿐이다.

"우리는 모두가 슬픔의 후예다. 우리는 모두가 고난의 후예다. 슬품과 고난을 견디고 살아남은 자들의 후예다. 그 모진 세월을 견디고 살아남기란 진실로 희귀한 일이다. 살아남은 자들의 후예로 살아있다는 것은 마침내 기적 같은 일이다. 살아있는 것이 기적인 삶이여! 기적 아닌 삶이란 세상 어디에도 없다."(199쪽)

이 책은 사진과 문장이 아름다워서 슬프다. 폐허가 된 섬의 몰락을 목격해서 슬프다. 그뿐 아니라 국가와 자본의 주먹질 앞에 무너지는 섬사람들의 초췌한 그림자가 슬프다. 하지만 이 책의 가치는 슬픔과 고통과 아픔과 상처와 죽음을 은폐하지 않았다는 것이다.

티베트의 거울

티베트에 대해 '선禪'적인 환상을 아직 버리지 못한 독자라면 이 책은 슬프다. 저자도 "티베트는 마치 죽음의 도매시장 같다"라고 고백한다. '티베트'의 고유명사는 몇 개의 대명사로 분절된다. 그동안 티베트는 다람살라의 달라이 라마와 무욕의 성지처럼 인식되어왔다. 오해하기는 참 쉽죠 잉~. 티베트의 우울한 역사에도 불구하고 티베트는 정신 수양의 순례지가 되었다. 종교를 갖고 있는 사람부터 없는 사람까지 한 번씩은 다 간다. 라싸에 가면 잃어버린 영혼의 순수를 찾을 수 있을 것 같은 기대를 안고 관광객은 두 손을 모은다. 물질적 현세와 정신적 내세의 가치를 가늠하는 일은 쉽지 않다. 개똥밭에 굴러도 이승에서의 쾌락을 추구하는 나에게 내세는 불가능한 경계 저너머 유령의 골짜기일 뿐이다. 물질은 천박하고 정신은 고결하다는 근거는 무엇으로부터 기인한 것인가? 육체를 하위의 존재로 영혼을 상위의 자리에 배치한 것은 누구의 만행인가?

케케묵은 육체와 정신의 이분법적 해석을 버리기 위해서 티베트는 가볼만한 곳이다. 티베트에서 이 두 개의 욕망을 확인한 저자는 "정신의 욕망이야말로 무서운 것"(41쪽)이라고 답을 말한다. 티베트는 정말 순수한 과거의 형상을 유지하고 있을까? 오체투지를 한 번씩 할 때마다 돈을 받아 허리춤에 챙기는 수행자. 카메라 셔터를 한 번씩 누를 때마다 돈을 요구하는 부처의 나라 민중들. 어린아이부터 노인과 라마승까지 돈 냄새를 맡고 달려오는 그들에게 부처는 있는가? 오, 형제여 어디로 가시나이까! 저자는 티베트를 망친 것은 중국의 정복욕 때문이지만 궁극적으로는 라마교에 면죄부를 줄 수 없다고 말한다. 쉬운 말로 티베트에 균열을 조장한 것은 종교권력이다. 1949년 10월 중국이 무력침공하기 전부터 티베트의 불교는 절대 권력자로 존속해왔다. 라마승들의 경제적 기반은 중세 유럽의 농노처럼 사찰의 예속 농노가 담당했다. 심지어 민중을 상대로 고리대금업까지 자행한 티베트 불교의 운명은 정해져있었다고 봐야 한다. 지배자로서의 라마승들이 저지른 악질적인 폐단은 가난하고 헐벗은 민중을 세뇌시킬 정신적 장치를 필요로 했다. 그것이 '내세'다. 현세의 고통을 달래고 내세의 행복을 보장하는 보증수표로 만들어주는 데 종교만한 이념은 없다. 내세의 낙원에 전입신고를 하기 위해서 오늘의 고통을 감내하는 정치는 성공했다. 그 결과가 '가난한 평화'다. 14대 달라이 라마의 단골 레퍼토리이기도 한 '가난한 평화'가 티베트에 가난만 주고 평화는 주지 못한 것을 티베트를 방문하는 관광객이라면 다 안다. 티베트는 중국의 속국이 되었다.

달라이 라마는 영적, 세속적 권력을 지배하는 사실상의 국가 통치자다. 1959년 달라이 라마는 7만 5천 명의 난민을 이끌고 히말라야를 넘었다. 그를 살아있는 부처로 신격화하는 추종자들의 입김은 오히려 달라이 라마를 부담스럽게 만든다. 14대 달라이 라마는 스스로 한 인간에 불과하다고 누차 강조하고 있다. 달라이 라마가 티베트의 복귀를 위해 자신의 삶을 전부 바쳤다고는 하지만 그에게도 종교권력자로서의 그늘이 있다. 그가 방 40개짜리의 호화로운 여름궁전 노블링카를 지은 1954년에서 1956년은 티베트의 주권이 상실된 상태였다. 10만 명 이상의 민중이 중국의 무력 앞에 살육된 후 미처 10년이 지나지 않은 상태에서 여름궁전을 지었다. 스무 살짜리 청년에게 과도하게 집중된 권력의 힘은 민중의 고혈을 짰다. 이것은 종교적 헌신을 지불한 희생이었다. 사원과 라마승에게 예속된 티베트 민중은 그 대가로 중국식 자본주의에 예속되었다. 어느 곳을 가나 소매를 붙들고 돈을 요구하는 그곳의 종교는 평화의 말씀인가. 《부처가 있어도 부처가 오지 않는 나라》의 저자 강제윤은 천 개의 방에 금과 다이아몬드와 진주와 산호로 장식한 포탈라 궁에서 평화의 메시지는 무엇인가 묻는다. 티베트 사람들이 성지로 받드는 포탈라 궁은 가난한 티베트의 모든 부와 사치가 집중된 곳이다.

"야크 젖을 짜고, 버터를 만들고, 양을 길러 어렵게 모은 지폐다발을 참배하는 불상마다 풀어놓는 노인들. 법당 한편에는 순례자들에게 잔돈을 바꿔주는 라마승의 손놀림이 바쁘다. 어떤 순례자는 불상 앞 제단의 지폐더미 속에서 스스로 환전을 해 가기도 한다. 순례자들이 법당을 돌며 복을 비는 동안, 라마승들은 2층 방에 앉아 뒤섞인

지폐들을 분류한다. 돈다발을 묶느라 경황이 없는 라마승들은 통통하게 살이 올라 기름지다. 깡마르고 거친 얼굴의 순례자들은 기도에 심취해있다. 저 돈들이 예전에는 달라이 라마의 여름 궁전을 짓거나, 불상을 조성하거나, 사원을 건설하거나, 종교의식을 집전하거나, 살찐 라마승들의 안정된 생활을 위해 사용됐었다. 지금 저 많은 돈들은 다 어디로 흘러 들어가는 것일까?"(89쪽)

앞에서 티베트 종교권력의 고질적인 구조 때문에 중국의 침공이 예견되었다고 말했지만 중국이 티베트를 접수한 이유는 종교 때문만은 아니다. 당연히 제국주의적 욕망 때문이다. 티베트의 내세는 티베트 종교권력자와 민중의 눈을 가렸고 그 때문에 주변을 살피지 못했다. 중국의 살육은 그 어떤 변명으로든 정당화될 수 없지만 라마승들이 권력 패싸움으로 바쁜 동안 신자들이 올린 구원의 내세를 향한 기도는 무의미하다. '여기'의 문제를 떠나 '저기'의 일에 마음을 이동시킨 티베트의 불교는 중국에게 손쉬운 먹잇감이 되었다. '흰 양의 땅' 라싸는 모두 베이징 이름으로 불린다. 해발 4천 미터의 하늘호수 남초 입구에는 손을 내미는 거지들이 진을 치고 있다. 중국은 티베트에 중국의 문화와 제도만 이식한 것이 아니라 자본주의 정신까지 강제 삽입했다. 티베트의 가난한 평화는 수명이 다 된 것처럼 보인다. 강제윤은 티베트의 진정한 부처는 민중을 먹여 살리는 야크라고 말한다. 내세를 기원하는 노년층과는 다르게 티베트의 신세대는 현세에 전부를 건다. 어쨌거나 현세를 살고 봐야 하지 않겠나. 사라져가는 티베트는 인민학교 6학년 아이 입에서도 확인할 수 있다.

너는 어디 사람이니?

중국 사람이에요.

티베트 사람 아니고?

예, 하지만 엄마 아빠는 티베트 사람이에요. (191쪽)

답사기에 대한
소박한 항거

　　지난해 시월 먼 길을 달려 병산서원을 찾은 무렵은 저녁 다섯시경
이었다. 짧아지는 저녁 해가 뉘엿뉘엿 사라지고 있을 무렵의 만대루
는 스산했다. 유홍준의 《나의 문화유산 답사기》에서 '우리나라 서원
건축의 백미'라고 칭송한 병산서원. 정면 7칸, 측면 2칸의 누마루에
서서 앞산 자락을 감고 도는 강물을 봤다. 유학의 엘리트들이 너나
할 것 없이 공자를 논하고 청운의 꿈을 품었던 곳. 조선의 학문은 정
치로 나가는 관문이었다. 성리학의 조선에서 서원이 맡은 역할은 붕
당이라는 참극을 빚어내며 몰락했지만 나무 기둥만은 살아남았다.
인간은 유한하고 한 점 꽃잎처럼 스러질 인간이 만든 것은 몇백 년을 견디고 있다. 병산서원 앞뜰의 배롱나무는 허허로운 만대루를 평온하게 감싸준다. 만대루 위에서 바라본 강물은 저녁 노을빛을 받아 은어비늘처럼 반짝였고 우뚝 솟은 산등성이는 늠름했다. 고산준봉은 아니지만 조선의 청년들은 만대루 위에서 자신의 입신을 높이는 꿈을 키웠다. 저 산봉우리를 넘어 입신양명하리라. 꽃은 한 계절 피지만 나무는 강건하다. 나는 꿋꿋한 나무가 되리라.

그러면 보길도의 신선 윤선도의 〈어부사시사〉는 어찌 된 것이냐. 물론, 조선 최고 시가문학의 존재를 부정할 수는 없다. 완벽한 음률의 탄생지는 지금도 성성하게 보존되고 있다. 윤선도는 사륜거에 풍악을 대동하고 못 가운데 배를 띄워 기희妓嬉들과 춤을 추며 놀았다. 지국총 지국총 어사와 여흥에 노곤해진 몸으로 첩들을 끌어들여 밤을 희롱했다. 〈어부사시사〉는 유배지의 아픔을 위로하며 탄생했지만 그의 행적을 보면 신선인가 한량인가 헷갈린다. 삭탈관직하고 조정에서 내쳐진 상심을 위락으로 승화시킨 천재거나 고매한 선비의 옷을 입고 주색잡기에 능한 한량, 윤선도는 둘 중 하나다. 입신양명에 실패한 자는 〈어부사시사〉를 부르며 다시는 정치판에 뛰어들지 않으리라 자족했을까? 자족이라면 정치에 뜻을 두지 않았던 양산보의 소쇄원이나 초의선사의 일지암처럼 맑은 곳도 좋다. 그러나 자족이라면 굳이 누각을 새로 짓는 일보다 유람의 즐거움을 만끽하는 것도 부족함이 없다. 사과꽃 향기가 온 산을 몽롱하게 물들일 때 부석사 무량수전 앞뜰에서 노을을 보는 맛도 좋다. 그게 어려우면 붉은 사과 열매가 루비처럼 매달린 가을철에 삶의 부스러기를 떼어내도 좋다.

이 책은 금관과 화강암의 통일신라부터 백제의 너른 여유와 고려의 팔만대장경, 조선의 유교까지 두루 훑는다. 2005년 6월부터 한국경제신문사의 월간지 《머니》에 연재했던 〈한국의 미를 찾아서〉를 한 권의 단행본으로 엮었다. 그 때문인지 지형학적 공간이동이 산만하고 계절별로도 통일이 안 됐다. 문장이 아주 거친 것도 아닌데 그렇다고 오도독한 맛을 띠는 것도 아니다. 아쉬움이 많이 남는 답사기였지만 슬라이드용 필름 카메라를 사용한 유순하고 부드러운 사진을 보는 맛은 괜찮다. 이런 면에서 이 책은 답사기보다는 사진 에세이에 가깝다. 대형 도판이 파노라마로 펼쳐져서 눈맛이 시원하다. 벚꽃은 두 페이지에 걸쳐 화려하게 낙화하고 옛 절집의 띠살문에 손가락 감촉이 닿을듯하다. 게다가 저자의 쉽고 다정한 글이 아늑하게 포진되었다. 그 몽롱함에 취하다가 공주 마곡사에 이르러 눈이 깼다.

마곡사의 대웅보전을 설명하면서 저자는 "대적광전 뒤 대웅보전"(180쪽)이라고 적었다. 마곡사는 독특한 가람배치로 유명한 곳인데 라마풍의 오층석탑이 대광보전 앞뜰에 있고 대광보전 뒤에 대웅보전이 자리 잡고 있다. 대적광전은 모시는 주불전이 비로자나불이다. 대적광전은 대광명전이나 대적전 등으로도 불리지만 모시는 분은 비로자나불로 통일된다. 저자는 마곡사의 대광보전을 대적광전으로 바꿔 불렀다. 그러므로 앞서 지적한 '대적광전 뒤'는 '대광보전 뒤'로 바꿔야 한다. 마곡사에는 '대적광전'이 없다(나는 마곡사 사이버 홈페이지에 들어가 보고 직접 마곡사 종무소에 전화로 확인절차를 마쳤다. 나중엔 별짓을 다 한다). 이 오류는 185쪽에서 두 번이나 더 만난다. 또 하나 추가하면 334쪽에서 운주사의 운주雲住는 구름이 머무는 곳이라는 절집 이름이다. 그러나 내가 아는 운주사의 운주는 다른 여러 개의 뜻이 있다. 運舟寺, 運柱寺, 雲柱寺, 雲住寺 등으로 쓰인다. 동일 이름의 다양한 표현은 풍수지리사상에 입각한 행주론行舟論에 의거한다. 한반도를 배 형국으로 보고 운세가 일본으로 떠내려가는 것을 막고자 하는 염원으로 행주론이 대두되었다. 운주사 전문 연구학자인 명지대 이태호 교수의 《운주사》에 이 내용이 자세히 나온다. 운주사 창건설화의 주인공이 풍수도사 도선임을 상기한다면 운주雲住, 이 하나로 불리는 듯한 발언은 재고해야 한다.

이 책의 저자는 아쉽게도 운주사를 비롯하여 성리학이 낳은 고아한 품격은 논하면서 조선 성리학의 한계는 외면했다. 그러니까 답사는 어느 하나만 보면 미진하다. 한 번 보고 두 번 보는 것은 당연히 다르다. 하물며 공개된 지면에 발표하는 글이라면 '답사의 눈'은 더 세밀하고 정직하고 날카로워야 한다. 광풍각, 제월당, 독락당, 소쇄원, 만대루…… 부르는 이름도 좋고 뜻도 좋은데 현판 하나 당호 하나 짓는 일에도 중국 문장가의 글을 빌릴 수밖에 없었던 조선 성리학의 대명사대大明事大 같은 폐단도 슬쩍 꼬집어줄 수는 없었을까? 앞마당을 화강암으로 깔아놓은 고찰 화엄사는 중국 무협영화 세트장을 방불케 한다. 온화한 표정의 대웅전 앞마당이 사납게 변했다. 이런 참담함을 각황전의 위용으로 무마할 수 있을까? 이 책은 한국의 미 30선을 다루면서 관조와 조화의 아름다움을 말한다. 그러나 마음이 닿은 곳의 보기 좋은 풍광만 골라서 볼 뿐 이면의 그림자는 투영하지 않았다. 이 때문에 이 책은 그 아름다움에도 불구하고 생기가 없다.

문명의 동맥을
통통 튀게

　12, 13세기의 세계사 축을 뒤흔든 칭기즈칸과 몽골을 모르고서는 실크로드를 얘기할 수 없다. 칭기즈칸은 실크로드 문명 융합의 주도자로서 전무후무한 존재다. 칭기즈칸은 유럽의 종교개혁과 르네상스에 불을 붙였다. 칭기즈칸이 몰고 다닌 다양한 문명은 몽골 평원을 출발해 유라시아 대륙을 건너 유럽으로 흘렀다. 문명의 강물이 유럽으로 흘러들어 가면서 중앙아시아는 문화의 삼각주가 되었다. 갑자기 전쟁광 칭기즈칸의 칭송자가 된 듯한 이런 느낌은 정수일의 이슬람 책을 연속적으로 읽으면서 생긴 병증이다. 칭기즈칸의 정복은 피의 길이기도 했지만 핏자국이 문명의 수혈자였음도 부인할 수 없다.

소멸과 생성이라는 두 개의 얼굴을 지닌 전쟁의 아이러니 앞에서 살육자 칭기즈칸은 증오스럽지만 문명 교류자로서의 칭기즈칸은 위대해 보인다.

서문에서 정수일은 실크로드를 '문명의 동맥'이라고 단언한다. 그 중심에 칭기즈칸과 이슬람을 배치했다. 전쟁과 다툼, 화해와 눈물로 얼룩진 길을 정수일은 '거룩한 길'이라고 부른다. 쉰세 개의 챕터를 다 읽고 나면 '거룩한 길'에 관한 동경을 품지 않을 수 없다. 죽음의 사막 타클라마칸과 텐샨의 눈 녹은 물을 만나고 다섯 번이나 출정해서 이슬람과 전투를 벌인 고선지의 파미르 고원에서 세월의 무상한 잡풀을 만나기도 한다. 중국과 중앙아시아를 거치면서 불교와 이슬람의 대립과 융합은 좀더 뜨겁다. 이 두 개의 상반된 문명은 이란의 탈라스 전투에서 결정되었다. 당나라 고선지가 번개보다 더 빠른 무적의 한혈마를 타고 이슬람과 벌인 다섯 번째 전투에서 패배한 후 중앙아시아는 이슬람이 접수했다. 지금은 무슬림이 통치하지만 이란은 고선지의 패배 이전에 불교를 믿었던 국가였다. 이슬람이 중흥의 기반을 다지던 12, 13세기에 칭기즈칸은 중앙아시아에 자신들의 깃발을 꽂음으로써 문명을 혼합하는 데 기여했다. 이는 중앙아시아에서 불교가 후퇴하는 결정적인 계기가 되었고 불교는 중국으로 영역이 축소되었다.

몽골군이 마구잡이로 섞어놓은 실크로드를 우즈베키스탄의 절름발이 왕 티무르는 막대한 재정과 인력을 동원해 도시를 정비하고 길을 연결했다. 제2의 이슬람 부흥을 꾀한 그는 30년간의 정복전쟁으로 북인도와 카프카즈와 킵차크칸국까지 통합한다. 티무르의 정복사업에서 화룡점정은 1402년 오스만튀르크와 치른 앙카라 전투다. 이 전쟁에서 승리한 티무르는 이슬람 문명을 확실하게 끌어왔다. 그의 정복욕은 일흔 살 노구에 명나라 원정을 강행했다가 객지에서 급사하는 것으로 종지부를 찍는다. 표지에 나오는 청백색의 모자이크 타일이 섬세한 부하라의 미르 아랍 마드라사는 티무르가 세운 이슬람 건축 양식의 백미다. 그러나 이 건물은 피와 눈물로 지어졌다. 3천 명 이상의 페르시아 노예를 팔아 지은 우즈베키스탄 부하라는 다시 봐야 할 도시다. 우즈베키스탄은 티무르가 건설한 이슬람제국이지만 망국의 설움을 견디는 고려인들이 가장 많이 사는 곳이기도 하다. 일제강점기에 조국을 떠나 연명하던 동포들이 스탈린의 강제이주정책으로 중앙아시아로 흩어졌다. 카레이스키로 불리는 고려인들은 중앙아시아에만 36만 명이 산다. 실크로드 문명은 칭기즈칸의 후예를 퍼뜨렸지만 그곳에는 고려인들의 망국비사 또한 남아있다.

텔레비전에서 특집극으로 만든 중앙아시아의 고려인 취재 프로그램을 보면 그들은 김치를 먹고 설날에는 떡국을 먹는다. 아직 1세들이 생존해있는 가정에선 한복도 입는다. 생의 종착지에 다다른 그들이 고향의 산천을 가늠할 수도 없이 많은 세월이 흘렀다. 실크로드는 결국 사람의 길이다. 사람이 섞이고 문화가 섞이고 문명을 다듬으며 만든 길이 실크로드다. 그들의 고향은 모두 다르지만 실크로드가 하나의 세계문명 축이 될 수 있었던 것은 문명의 융합이 성공한 것으로 해석해도 될 것 같다. 극동아시아와 중국과 몽골과 이슬람이 벌인 문명의 행진이 마침내 아나톨리아에 닿아서 동서문명은 완벽하게 섞였다. 저자가 아나톨리아 문명을 해석하는 기준은 기독교와 이슬람, 이슬람과 불교의 혼합뿐만 아니라 이집트와 에게문명까지 포함한다. 원래 아나톨리아는 헬레니즘 중심지였다. 그리스와 로마 문화를 이미 수용한 상태에서 인도가 진출해 동양문화의 영향까지 받았다. 헬레니즘은 유리그릇과 그리스 부조물과 금속주화를 소장하고 있다.

뿐만 아니라 기독교 관련 유물을 남기고 오스만튀르크에 의해 전파된 이슬람 예술을 수용하고 조화시켰다. 아라베스크는 유럽으로 퍼졌고 기독교 성서가 중앙아시아를 통해 중국으로 흘러들었다.

실크로드 문명의 길을 뱀꼬리 따라가듯 쫓다 보면 대개 어느 곳이 최초의 융합장소인지 분간할 수 없다. 저자는 유럽의 관문이면서 아시아의 종점인 그리스 아나톨리아의 혼합문명을 실크로드 문명의 결정체로 본다. 물론, 실크로드 문명은 각 지역마다 고유한 개성을 창조했다. 개별적인 문명을 일구면서 마침내 아나톨리아에 당도한 실크로드는 동양과 서양 문명의 융합을 이뤘다. 아나톨리아는 '황금손'으로 알려진 미다스의 전설로 유명한 곳이기도 하다. 손에 닿는 것은 모두 황금으로 변했던 미다스 왕의 전설은 아나톨리아의 화려한 문명의 탄생 같은 이야기다. 미다스 왕이 손을 씻었던 강바닥의 모래가 황금으로 변했으니 아나톨리아는 황금의 땅이다. 그렇지만 아나톨리아의 황금모래보다 나는 실크로드의 문명을 도둑질한 서구의 약탈역사가 더 흥미롭다.

문명의 교류는 문명의 흥망성쇠와 이어진다. 실크로드 문명통로에서 유럽은 문명 열등감을 만회하려는 의도로 야만적인 도둑질을 자행했다. 탐험가와 역사학자라는 이름의 서양 도굴꾼들은 실크로드 전 지역을 먹다 버린 파이 조각처럼 흩트려놓았다. 굴속의 벽화를 뜯었고 장식품을 가방에 넣었다. 심지어 건물 기둥까지 잘라갔고 정교한 타일조각을 해체했다. 사원과 왕궁을 털었으니 에메랄드가 박힌 한 자루의 칼을 가져가기 위해 왕의 무덤을 도굴하는 것은 일도 아니었다. 약탈하거나 헐값에 가져간 실크로드 문명의 증거품은 '대영박물관'이나 '루브르 박물관'을 채웠다. 실크로드를 훔쳐간 유럽은 빈약한 그들의 박물관을 살찌우면서 모방을 통한 창조를 이룩했다.

나는 아직도 유럽이 스스로 만든 것이 도대체 무엇인지가 의문스럽다. 농담으로 나누는 말들 중에서 토마토와 감자는 남아메리카에서, 후추는 아랍에서, 종이와 약초는 아시아에서, 보석은 아프리카에서 가져간 유럽은 제1, 2차세계대전 외에는 만든 것이 없다는 말이 있다. 신라 고승 혜초의 《왕오천축국전》은 프랑스의 동양학자 펠리오에 의해 둔황 석굴에서 파리 국립도서관으로 옮겨졌다. 그는 둔황과 신라 역사를 통째로 가져갔다. 영국 작가 피터 홉커크는 이들을 두고 《실크로드의 악마들》이라 부른다. 흥미롭게도 피터 홉커크의 책은 한국도 실크로드 유물을 가지고 있다고 밝히고 있다. 일본의 오타니 탐험대가 가져온 유물 중 일부가 한국으로 흘러들어 왔다는 것이다. 이 유물들은 현재 국립중앙박물관 소장품이다.

2005년 7월 17일부터 8월 25일까지 약 40일간의 한겨레답사단의 결과물인 이 책은 '오아시스로' 편이다. 즉 육로 편만 답사했다. 아프가니스탄과 이라크는 전쟁 중인 국가임을 고려해서 제외되었다. 연작으로 해로와 초원로 편이 기획되어있다고 한다. 그러나 설레는 기다림에 앞서 정수일 교수의 문체는 한마디 안 할 수 없다. 그의 이슬람 편애주의는 개인취향으로 인정한다. 민족애와 세계 속의 한국 같은 민족주의적 태도 역시 개인적이고 주관적인 작가의 성향이니까 존중한다. 하지만 경주를 실크로드의 출발지로 다시 선정해야 한다는 기발한 취지에도 불구하고 그의 실크로드는 졸렸다. 그래서 이제부터 정수일의 문체를 '졸린체'로 부르기로 했다! 이 여행길이 어떤 길인가. 실크로드다. 새 문명을 만든 인간의 길이다. 툭하면 사용하는 '겨레붙이'라는 말을 이해하려면 그가 연변 출신임을 상기해야 한다. 다음번에 출간되는 정수일의 실크로드는 좀더 오도독한 입담으로 재미있는 여행길이 되기를, 그를 존경하는 독자로서 학수고대한다.

458

화려한 비극
다시보기

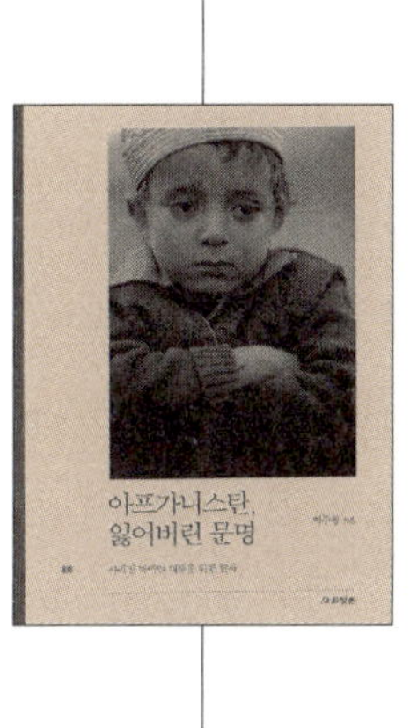

2001년 3월 2일 바미안 대불은 천년이 넘는 생명을 버렸다. 바미안이라는 고유지명과 대불의 존재는 아이러니하게도 대불의 죽음을 통해 전 세계로 타전되었다. 화려한 헬레니즘과 결합한 간다라 미술의 거인이 역사의 지평선 너머로 영원히 사라진 후, 그 빈 공간을 통해 문화유산의 의미를 제공한 셈이다. 부제로 '사라진 바미안 대불을 위한 헌사'라고 적힌 이 책은 아프가니스탄의 고대사부터 출발하지만 대불의 죽음을 향해 나아간 책이다. 실크로드 이후의 육로여행이 더 이상 현대인에게 중요한 의미를 갖지 못하는 시대에 아프가니스탄은 '두메 산악국가'로 전락했다. 최소한 1979년 12월 27일 소련의 침공으로 전 세계의 주목을 받기 전까지는.

유라시아 대륙의 교통로, 라운더바우트roundabout(원형의 교차로, 로터리)에 위치한 아프가니스탄에 대해 사람들이 알고 있는 사실은 빈약하다. 2007년 7월 19일 23명의 한국인 인질이 카불을 떠나 칸다하르로 향하는 가즈니에서 탈레반 무장집단에게 납치되었다는 이야기는 그래서 더욱 난감한 소식으로 다가왔다. 먼 이슬람의 땅에 한국인이 잡혔다. 내전의 핏자국으로 얼룩진 땅, 회담이 결렬되면 곧장 칼을 휘두르고, 지하드(성전)를 재촉하는 무슬림의 땅. 뉴욕의 한복판에 폭격을 가한 알카에다와 엉터리 코란이 읊어지는 땅. 아프가니스탄은 부정적 이미지 속에 갇힌 어둠의 땅이었다. 아프가니스탄을 두메산골의 음침하고 위험한 국가로 인식하는 것은 전적으로 서구인들의 반이슬람 시각 때문이다. 서구인들이 만들어준 보고서를 아무 의심 없이 읽어온 독자들은 이 책을 보며 아프가니스탄의 화려한 문명사에 숙연해지지 않을 수 없다. 늦은 고백이지만 나는 이 책을 읽는 동안 아프가니스탄을 제대로 알지 못했던 나의 무지가 부끄러웠고 아프가니스탄 사람들이 위대해 보였다. 그곳은 위대한 문명의 땅이었다. 서구인들이 그 땅을 꼬챙이로 들쑤셔놓기 전까지는.

역사학자 토인비의 "유라시아 대륙의 서반부를 지나는 길은 모두 바그람에서 만난다"라는 말처럼 아프가니스탄은 실크로드의 교차로였다. 방사형의 길은 인류문명을 잇고 혼합했다. 교통의 좌표로서 아프가니스탄은 화려했고 아름다웠다. 그 길로 정복자 알렉산더와 칭기즈칸이 통과했으며 당나라 승려 현장과 신라의 혜초가 바미안의 분지에서 붓다를 만났다. 그리스가 전파한 헬레니즘은 왕궁의 코린트식 석주를 유행시켰다. 아리스토텔레스학파의 철학문헌은 파피루스에 적힌 채로 철학자의 여행 가방 안에 넣어졌다. 이집트의 유리그릇과 인도산 상아 조각, 지중해의 대리석은 이 문명의 중앙을 찾아왔다. 문명의 대로Highway of Civilizations에는 정복자와 낙타를 타고 온 대상과 각국의 외교관이 머물렀다. 철학자와 순례자들은 예술가들과 만나고 교류하고 흩어졌다. 그들은 다양한 문화카드를 들고 와서 교환하고 전파하며 새로운 것을 들고 갔다.

이 책의 1부는 놀라울 정도로 다양한 문화를 창조해낸 아프가니스탄의 찬란한 고대사를 다루고 있다. 이란으로부터 이슬람이 유입되기 전인 불교시대의 흥성기에는 바미안이 출현했다. 거대한 붓다 바미안의 출현이 북쪽 지역에서 이뤄졌다면 간다라와 헬레니즘은 인도와 그리스로부터 건너와 남쪽의 문화 인프라를 구축했다. 동양과 서양의 만남이 충돌 없이 한 곳의 대륙에서 만나 융합한 경우다. 마치 실크로드의 완결지점인 아나톨리아처럼 아프가니스탄은 문명의 집결지 역할을 다한 것이다. '달의 여인'이라 불리는 아이 하눔의 헬레니즘 양식은 박트리아(지금의 발흐)에 후손을 남기고 간 알렉산더 문화의 보루다. 아이 하눔에 아크로폴리스를 짓고 북부 도시 엠시테페에는 틸라테페(황금의 언덕)라 불릴 정도의 황금문명을 일궈내기도 했다. 금화와 정교한 유물을 발에 치일 정도로 생산해낸 시대는 기원전 4세기경부터 기원후 5세기까지의 일이다. 이쯤하면 독자는 아프가니스탄의 황폐한 흙먼지 속에 묻힌 과거의 황금국가 아프가니스탄이 경이롭게 보일 것이다.

풍성했던 황금국가 아프가니스탄이 균열되기 시작한 것은 11세기 이후다. 이슬람의 유입이 본격적으로 개시되면서 아프가니스탄은 각 왕조별로 문명이 통합되고 불교 탄압이 자행되었다. 새 이념은 새 국가 건설의 모토다. 새 통치자는 중앙집권화에 몰두하고 종교국가일수록 이런 현상은 가혹한 파괴로 나타난다. 탈레반이 완전히 폭파한 바미안 대불은 그 이전부터 훼손되기 시작했다. 요컨대 이슬람 국가에서 불교 상징은 핍박 대상이 될 수밖에 없다. 종교는 세상에서 가장 무서운 이념으로 그것이 정치와 결탁할 경우는 전지전능한 괴력을 과시한다. 바미안 대불은 크기만으로도 탄압의 대상이 된다. 동대불 38미터, 서대불 55미터의 높이가 시각적으로도 위협적이다. 더욱이 바미안 분지는 상인들과 순례자들이 빈번히 통과하는 길목에 있다. 대불의 존재성은 핍박받는 자와 소외된 자, 적으로 간주되는 이교도에게 정신적 구심점의 역할을 했다. 바미안 대불은 우상숭배 금지라는 명분 아래 파괴되었다. 독재자는 자신과 비교되는 다른 존재를 허락하지 않는다.

근대의 아프가니스탄은 독재자의 등장과 함께 혼란한 내전을 이용한 유럽의 유물발굴 경쟁이 박진감 넘치게 서술된다. 텅 빈 카불 박물관의 조각난 유물은 열강의 각축장에서 붕괴된 아프가니스탄의 잔혹사를 증명해주고 있다.

"많은 영국인과 그 식솔들이 주둔하면서 식료품 값이 폭등했다. 아프간인들에게 방자하게 굴거나 공공장소에서 거리낌 없이 술을 마시는 병사들도 있었다. 영국 병사와 아프간 여인들 간에 '친밀한 관계'가 잦아진 것도 민심을 악화시켰다."(203쪽)

외세에 의존해 무리하게 서구화를 진행하면서 무슬림의 봉기와 암살로 나라가 파열되기 시작할 때 문명의 역사는 사라졌다. 박물관 창문은 도둑에게 뜯겨 파손되었고 벽에는 총알이 날아와 박혔다. 내전의 화염 속에서 유적지는 영국과 프랑스 고고학자들에 의해 유린되었는데 결정적으로 열강의 각축장이 돼버린 아프가니스탄을 한입에

삼킨 것은 소련의 브레즈네프다. 1979년 섣달 그믐밤에 소련제 탱크를 앞세워 두메산골 국가를 점령한 소련군은 열강에 의해 찢긴 아프가니스탄 국토와 국민을 다시 한 번 짓밟았다. 그러나 소련군이 아프가니스탄에 남긴 돌이킬 수 없이 큰 폐해는 무력숭배자 탈레반을 낳았다는 사실이다.

실크로드 문명의 교차로에 있던 황금국가 아프가니스탄의 역사를 서술한 이 책은 고고학적 관점으로 쓰였다. 그러나 나는 이 책을 다 읽고 나서도 한동안 먹먹한 가슴을 손으로 눌러야 했다. 국제 암거래 시장에서 함부로 굴려질 위대한 문명의 파편이나 열강의 박물관에서 슬픈 얼굴을 하고 있을 아프가니스탄의 유물들은 쓸쓸하다. 이제 황금문명은 한 장의 지폐와 거래되는 '물건'이 되었다.

어려서는 예의를 배우라
젊어서는 스스로를 절제하라
중년이 되어서는 공평하라
노년에는 좋은 조언을 주라
그리고 후회 없이 죽으라

이 고상한 금언은 아이 하눔의 왕 키네아스 묘비에 새겨진 말이다. 아리스토텔레스의 책을 읽고 시를 짓고 연극을 보던 아이 하눔 사람들의 짧은 번성기가 아프가니스탄의 잃어버린 황금문명을 떠올리게 한다.

운명은 우연의 '뒷문'을
열고 들어온다

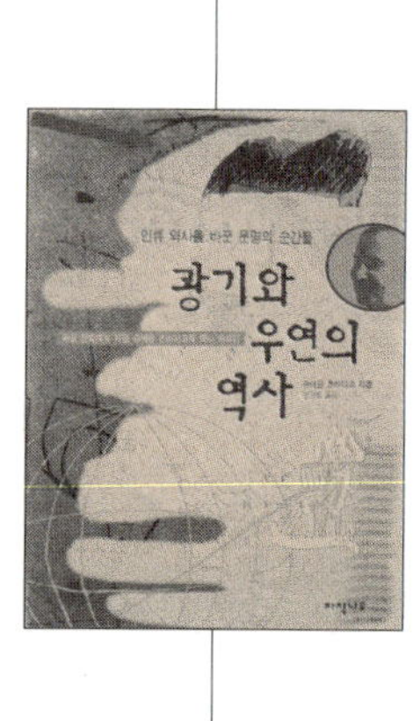

풍부한 문학적 감성으로 전기 작가의 새로운 문을 연 슈테판 츠바이크의 《광기와 우연의 역사》는 감칠맛 나는 책이다. 슈테판 츠바이크 고유의 유려한 문장에 안인희 번역인 이 책을 나는 헌책방에서 보자마자 망설임 없이 집어들었다. 도대체 누가 이 책을 헌책방으로 보낸 것일까? 슈테판 츠바이크와 안인희가 공동작업한 책의 안목을 몰라보는 사람이었거나 피치 못할 사정이 있어서 그랬을 것이다. 나는 그 누군가의 사랑을 끝까지 받지 못하고 거리로 나온 슈테판 츠바이크를 품에 안고 크리스마스 선물을 받은 어린아이마냥 들떠서 돌아왔다. 슈테판 츠바이크의 재기발랄한 문장을 구애됨 없이 번역한 안인희는 슈테판 츠바이크를 완벽하게 한국 독자에게 소개하는 거의 유일한 번역가가 아닐까 싶다. 이 두 사람의 합작품을 읽어본 독자는 번역책임을 미처 떠올리지 못하고 슈테판 츠바이크의 구수한 입담에 넘어간다. 그만큼 번역의 이질감을 전혀 느낄 수 없다. 나는 안인희 교수의 번역이라면 원작가가 누구인지 들쳐보지도 않고 맹목적으로 신뢰하는 버릇이 있다. 그녀는 슈테판 츠바이크 전문 번역가이기 때문에 달리 원작가를 확인할 필요가 없다.

광기는 한 방향으로만 주파수를 고정시켜놓은 일종의 '독毒'이다. 독은 때로 상처를 소독하고 거죽의 피를 응고시키는 치료제로 사용되지만 대개는 치명적인 결과를 불러온다. 성공 아니면 실패. 명예롭게 죽음을 맞이하든가 죽음 앞에서 굴욕을 보여야 한다. 양자택일의 결정권을 쥔 정체의 이름을 '운명'이라 부른다면 운명은 우연과 사촌지간이다. 우연이 운명의 뒷문을 열어젖힌 바람에 콘스탄티노플이 함락되었다면 면전에서 인간을 유혹한 운명도 있다. 황금열병에 걸린 인간에게 황금의 땅으로 안내하는 기차는 항상 대만원이다. 그렇게 많은 인간들이 같은 병에 걸리다니! 츠바이크가 들려주는 발보아의 황금 아메리카 대륙과 수터의 황금 땅에서 얻은 교훈은 "황금 보기를 돌같이 여기라!"라는 말이다. 황금을 쫓는 것이 왜 잘못이란 말인가? 황금의 장소에 남보다 먼저 도착한 수터는 황금을 얻었다. 캘리포니아 새크라멘토는 황금에 미친 사람들이 떼로 몰려들었고 수터는 떼거리에게 사기를 당한다. 그후 그는 20년간 소송을 걸었고 거지가 되어 의회 건물 계단에서 죽었다. 황금을 쫓는 자, 황금으로 망할지라. 슈테판 츠바이크는 이 진부한 격언이 '후세 사람들에게 생각하는 권리를' 주었다고 말한다.

열두 편의 단편으로 구성된 이 책은 태평양을 처음 발견한 건달 발보아부터 오스만튀르크의 잔혹한 정복자 마흐메트 2세(메메드 2세)와 스위스 구두 수선공집 삼층에 세 들어 숨어 살던 레닌까지 열정과 광기의 인물을 조명한 책이다. 대개 사건과 시간을 염두에 두고 쓰는 전기문의 원칙을 따랐지만 슈테판 츠바이크만의 유려한 문체로 비유법과 과장법이 재미있게 동원된다. 몇 가지 예를 들어보자.

그는 콘스탄티노플을 함락한 마흐메트 2세를 "피를 물처럼 쏟아붓는 잔인한 야만인"으로 부른다. 워털루 코앞에서 프로이센 퇴로를 추격하는 바람에 워털루 전투를 패배로 이끈 그루쉬를 두고 "주체성 없는 인간은 언제나 명령에만 복종할 뿐 운명의 부름에는 절대로 따르지 못하는 법"이라고 한 것은 빈정대는 표현에도 불구하고 웃음을 유발한다. 대서양 해저 케이블 설치는 세계사에서 기념비적인 사건이다. "기적 같은 일이 이루어지려면 이 기적을 믿는 한 사람이 있어야 한다"와 같은 몇 개 안되는 단어로 슈테판 츠바이크는 완벽한 문장을 완성한다. 그러나 레닌이 스위스를 탈출할 때 탔던 무정차 기차를 두고 한 말은 까무러칠 정도로 멋지다. "현대사의 그 어떤 탄환도 이 기차만큼 멀리 나가고 운명적인 것은 없었다."

어떤 독자는 이 책 속의 톨스토이 노동예찬론을 눈여겨볼 것이다. 누군가는 일흔네 살 때 열아홉 살 소녀를 사랑한 괴테를 주책없는 늙은이로 여길 것이다. 어떤 챕터를 읽든 슈테판 츠바이크의 막힘 없는 수다와 기발한 문장의 매력을 대면하게 된다. 책 한 권을 읽고 나서 독자에게 최종적으로 남는 것은 그 책의 등장인물이 아니라 대사다. 이런 점에서 주인공보다 더 멋있는 대사를 읊는 슈테판 츠바이크는 등장인물을 무색하게 만드는 작가다. 감히 단언하건대 어떤 인물을 다룬 책이든 슈테판 츠바이크가 쓴 책은 그가 주인공이 되는 격이니 그의 책을 한번 읽은 독자는 슈테판 츠바이크에 중독되고 만다.

9 — 만화 · 아동 편

'유쾌한 오락'으로서의
에로틱을 나는 욕망한다

표지가 야하다. 브래지어를 젖히고 가슴을 드러낸 여자애가 짧은 치마를 입은 채 바지를 무릎까지 내린 남자애 다리 위에 앉아있다. 남녀가 뭔가를 하고 있는 상황에서 정확히 여자애의 벗겨진 가슴 바로 아래에 부제가 쓰여있다. '에로틱에 관한 발랄한 상상, 은밀한 유혹 열다섯 편'. 그러나 내용은 '따먹는' 높은 수위가 아니다. '19세 미만 구독불가'의 비닐을 벗겨내면서 어느 정도의 에로틱일까 두근댄 독자에겐 실망을 주는 귀여운 에로틱이라는 게 이 책의 전체 감상평이다. 귀엽거나 애틋하거나 재미있는 에로틱이다. 프랑스 사상가 조르주 바타이유는 "에로틱은 죽음까지 파고든 삶"이라고 했다. 그러나 이 책은 죽음은커녕 생의 충천한 의욕으로 발기하는 에로틱을 다룬다. 그러면 에로틱과 포르노를 구별하는 기준은 뭘까? 헤어hair 가 등장하면 포르노고, 아무리 상상력을 자극하는 포즈라 해도 헤어 가 숨겨져있다면 에로틱이 될까? 마음만 먹으면 생생한 야동을 무제 한 다운받는 세상에서 포르노와 에로틱의 구분은 더욱 모호하다. 더 욱 강해진 하드 코어에 단련되다 보면 에로틱은 사전 속으로 잠수할 지도 모른다.

전혀 야하지 않은 에로틱 열다섯 편은 상상력과 현실 사이를 왕복 한다. 정물화를 성욕에 대입하는 작품 석정현의 〈안 꼴리냐?〉는 에 로틱의 전 영역을 말하고 "선생님의 그곳에 미치도록 넣고 싶어요!" 라는 한마디 대사로 책 전체를 흔든 이유정의 〈선생님〉은 사춘기 남 학생들의 성본능을 현실화했다는 점에서 눈여겨볼 만하다. 남학생들 의 성욕에 관한 논의가 금기시된 한국사회의 폐쇄성에 비추볼 때 이 작품은 위험한 논란거리다. 자칫하면 학교 내 부적절한 성관계를 연 상시킨다는 이유로 징계를 받을지도 모른다. 남학교에서 젊고 예쁜 여선생님은 성적 동경의 대상이다. 만질 수도 없고 만져서도 안 되는 대상이지만 동경은 할 수 있다. 동경한다고 해서 모두 성폭력범이 되 는 것은 아니다. 그러나 성담론을 천기누설처럼 여기는 닫힌 사회 분 위기에서 남학생들은 각자 알아서 성욕을 해결하는 수밖에 없다. 남 학생의 성욕을 솔직하게 노출했다는 점에서 이 작품은 논의의 가치 가 있지만 순정만화풍으로 인물을 그린 바람에 메시지 전달이 충분 하지 못했다.

입시전쟁터인 학교에서 솔직히 청소년들은 사춘기 성문제를 해소 할 방법이 없다. 전문 담당 선생님의 부재와 교육청의 지리멸렬한 도 덕 교과서식 방침이 한국 교육의 현주소다. 미혼모가 된 여학생은 퇴

학처분을 받는데 상대 남학생은 무사히 졸업장을 받는 불평등한 상황도 개선되지 않고 있다. 빨간책의 추억을 갖고 있는 기성세대조차 자신의 아들이 야동을 보는 것은 허락하지 않는다.

에로틱이라는 도발적인 명제를 품은 이 만화책은 청년과 중년의 성으로 나뉜다. 청강문화산업대학 만화과 학생들과 산학협동을 통해 제작한 '견습용'으로, 전하려는 메시지에 비해 전달력이 부족했다. 동성애문제를 다룬 나예리의 <Nameless>는 가늘고 세밀한 선 때문에 산만하다. 섹스를 음식조리법에 비유한 박무직의 〈숟가락님이 보고 계셔〉는 신선한 재료와 좋은 맛이라는 음식과 섹스의 공통점을 샌드위치 에로틱으로 응용한 점이 흥미로웠지만 얌전한 전개가 아쉬웠다. 대체로 이 책의 에로틱 만화 특징은 치고 들어가는 힘이 부족하다. 하지만 아내와의 섹스가 여의치 않은 슬픈 현실을 코믹하게 그린 김병수의 〈한 번도 못해 본 남자〉는 무기력한 일상과 그것을 극복하려는 가상한 노력을 눈물 나게 그린다. 개인적으로 내가 이 책에서 가장 리얼하게 읽은 작품이다.

어떤 식으로 성욕을 해소할 것인가를 두고 로마의 칼리굴라부터 애마부인까지 '인간의 뽕나무' 밭 관리는 도덕과 종교와 경전과 《즐거운 사라》까지 꽤 고심해왔다. 말도 많고 탈도 많지만 감출 수 없고, 감춘다고 해결되는 것도 아닌 문제의 본질을 노출시켰다는 것이 이 책의 의의다. 상상력 결핍증으로 밀려난 현대의 에로틱을 재미있게 구성했지만 그럼에도 이 책은 중년의 내가 본 관점에서 기꺼이 19금 해제다.

안녕, 꼬마병정들아. 우리 또 만나자

"어린 시절 내가 살던 집에는 '작은 책방'이라는 방이 있었다. 사실 그 집에 있던 방은 모두 책방이라고 할 수 있었다. 2층의 아이들 방에도, 아래층의 아버지 서재에도 책이 가득 차있었다. 책들은 식당 벽에도 줄지어 꽂혀있고, 어머니의 거실에도 넘쳐났으며, 2층 침실까지도 기어 올라와 있었다. 책 없이 사는 것보다 옷 없이 사는 것이 더 자연스러웠다. 책을 읽지 않는 것을 밥을 먹지 않는 것만큼이나 이상하게 생각하던 시절이었다.

그중에서도 작은 책방은, 꽃과 잡초가 뒤섞여 자라난 뜰처럼 많은 책들로 가득 차있었다. 그곳에는 따로 골라놓은 책도 없었고, 책을 정돈해놓은 흔적도 없었다. 식당이나 서재, 놀이방에는 그 방에 어울리는 책들이 순서대로 가지런히 꽂혀있었다. 하지만 작은 책방에는 다른 방의 번듯한 책꽂이에서 쫓겨난 온갖 책들이 길 잃은 아이나 떠돌이처럼 모여있고, 아버지가 경매에서 싼값으로 사 온 책꾸러미들도 들어차 있었다. (……)

작은 책방의 창문은 한 번도 열린 적이 없었다. 여름이면 먼지가 뿌옇게 앉은 유리창으로 햇살이 들이비치고, 그 한줌 햇살 속에서 금빛 먼지가 어른어른 춤을 추었다. 작은 책방은 나에게 마법의 창문을 열어주었고, 나는 그 창을 통해 내가 살고 있는 곳과 다른 세계, 다른 시대를 보았다. 그것은 시와 산문, 사실과 환상의 세계였다. 거기에는 옛 희곡과 역사극, 기사들의 모험담이 있고, 미신, 전설, 그리고 '문학의 골동품'으로 평가되는 작품들도 있었다. 나는 《피렌체의 밤들》이라는 책에 흠뻑 빠져들기도 하고, 《호프만 이야기》를 읽고 두려움에 떨기도 했다. 《호박 마녀》라는 책도 있었는데, 거기에는 내가 즐겨 읽던 옛날이야기 속의 마녀와는 딴판인 마녀가 나왔다."
(〈작가의 말〉 중)

소설가 아버지와 연극배우 어머니 사이에서 태어난 엘리너 파전은 영국의 동화작가다. 어렸을 때부터 많은 책을 읽은 그녀는 일곱 살 때 아버지의 타자기로 글을 썼고 열여섯 살 때는 오페라 대본을 썼다. 책읽기를 글쓰기로 승화시킨 엘리너 파전의 독서인생엔 작은 책방이 있다. 이 책의 제목이기도 한 작은 책방에서 그녀는 문학의 꿀을 받아 마셨다. 금빛 먼지가 춤을 추는 2층 작은 책방에서 소녀는 상상의 날개를 단다. 지붕 위를 날고 골목을 지나 들판과 산과 강을 날았다. 아마 어떤 날은 궁전 지붕에까지 날아갔을 것이다. 스무 편의 동화를 엮은 이 책의 키워드는 그녀에게 문학적 영감을 키워준 '금빛' 이다.

　달을 갖고 싶은 공주님은 달빛처럼 반짝이는 은쟁반을 얻고 행복했다. 호기심 많은 금붕어는 그물에 걸려서 소망을 이룬다. 가난한 나무꾼 소년은 강아지가 만들어준 인연으로 공주님과 결혼을 한다. 나무꾼은 더 이상 나무를 베지 않아도 배불리 먹을 수 있다. 마음씨 착한 재봉사 아가씨는 아름다운 드레스를 만들면서 행복하게 살게 되었다. 모두가 해피엔딩이다. 궁전 밖으로 나간 일곱 번째 공주는 금빛 구두를 신고 있다. 금빛 햇살이 눈부시고 금빛 고양이가 나오고 금빛 머리 공주님이 까르르 웃는다. 금빛처럼 빛나는 건초더미를 발견하는 기쁨은 이 책의 절정이다. 루비처럼 붉은 눈동자와 금빛 발굽을 가지고 꼬리에 장미꽃을 달고 있는 눈처럼 새하얀 코네마라 당나귀는 사람들의 기쁨이다.

　동화를 읽으면 정신이 맑아진다는 말은 상상의 힘 때문이다. 상상력은 어린이들의 세계다. 금빛으로 반짝이는 마법으로 못 할 것이 없는 동화 속의 이야기를 통해 저자는 무엇을 말하고 싶었던 것일까? 현실에서 상상은 거짓이다. 어른의 세계는 무채색이라는 말이 떠오르는데 상상력 결핍으로 진입하기 전까지 어린이는 유채색으로 꿈을 키운다. 그러니까 상상력은 꿈이다. 상상력은 꿈이기도 하지만 현실을 지탱하는 힘이기도 하다. 로또를 손에 들고 일주일치의 희망에 설레는 어른들에게 로또는 금빛 꿈이다.

　나는 이 책의 서문에서 말한 작은 책방을 읽으며 잠깐 나의 유년기를 떠올렸다. 나에게도 책으로 가득 찬 작은 책방이 있었다. 초등학교 5학년 때 주황색 하드커버에 펜삽화가 멋졌던 세계소년소녀명작시리즈 50권이 생겼다. 3단짜리 책꽂이를 가득 채우고 그것도 모자라 책상 위에 한 줄로 더 나열한 주황색 전집 병정들. 50권의 동화전집은 어린 내게 꼬마병정이었다. 밤에 자려고 불을 끄고 이불 속으로 들어가면 꼬마병정 50명이 나를 지켜주는 것처럼 든든했다. 나는 늘 입가에 미소를 띠고 꿈나라로 갔다. 지금은 출판사 이름도 잊었지만 꼬마병정들이 들려주는 이야기는 여전히 기억한다. 내가 반복해서 읽은 책은 마크 트웨인의 《왕자와 거지》였다. 거지와 신분이 바뀐 왕자님이 궁궐로 돌아가 신분확인을 받는 마지막 장면은 조마조마했다. 《허클베리핀의 모험》을 읽고 미시시피 강을 따라 모험하는 꿈을 꾸기도 했다. 《빨강머리 앤》이 사는 넓은 마당과 초록지붕을 부러워했다. 허리춤에 날렵한 칼을 찬 늠름한 왕자님과 사람의 무릎뼈로 과자를 만들어 먹는 못된 마녀도 만났다. 여자 형제가 없어 외로웠던 나의 고적한 유년기를 지켜준 것은 책꽂이의 주황색 병정들이다. 나는 그들이 매일 들려주는 슬픔과 기쁨과 행복과 고통과 눈물과 사랑의 이야기를 통해 나만의 왕국을 만들었다.

다시, 그때로 돌아가 잊었던 주황색 병정들이 생각났다. 사라진 주황색 병정, 사라진 유년의 꿈, 사라진 책방……. 책을 읽는 동안 주황색 병정이 다시 찾아왔다. 유년기의 상상은 사라졌지만 나는 50권의 주황색 명작동화를 잊지 않는다. 그것은 내 유년의 '금빛'이었다.

소금과 후추를
톡톡 뿌리고

"여우 아저씨는 책을 좋아했어요. 좋아해도 아주 많이 좋아했어요. 그래서 책을 끝까지 다 읽고 나면, 소금 한 줌 툭툭 후추 조금 톡톡 뿌려 꿀꺽 먹어치웠지요. 이렇게 여우 아저씨는 책에서 지식도 얻고 허기도 채울 수 있었어요. 하지만 여우 아저씨는 워낙 식성이 좋아서 먹어도 먹어도 여전히 배가 고팠어요."

책을 좋아해서 책을 다 읽고 나면 소금과 후추를 뿌려 통째로 책을 먹는 여우가 있다. 한국의 토종 여우라면 참기름으로 미각을 돋울지도 모른다. 집에 있는 책을 다 먹는 바람에 가산을 탕진한 여우는 도서관에서 몰래 책을 뜯어 먹는다. 그러다가 들통이 나서 도서관에서 쫓겨나고 동네 책방에서 책을 훔쳐 먹다가 걸려 감옥에 간다. 감옥 안에서조차 여우의 책 식탐은 멈추지 않는다.

《책 먹는 여우》는 책에 미친 여우 이야기다. 자신이 읽은 책은 모두 먹어치우는 여우를 통해 저자는 자기 것으로 만드는 독서를 말하고 있다. 동화로 만든 이 책은 '소금과 후추의 연금술'로 독서의 의미를 아우른다. 역설적이지만 독서의 자기화를 강조하기 위해 여우를 도둑으로 만들었다. 그러나 책 도둑이 된 여우를 아이들은 미워하지 않는다. 작가가 되어서 좋은 글을 쓰는 여우에게 전과자 면죄부를 주는 이런 우화에서 독자가 건질 것은 독서의 의의다. 책을 쾌락으로 읽거나 의도적인 목적으로 읽거나 취미로 읽거나 관계없이 책의 본질은 읽히는 것이고 어떤 식으로든 기억되는 것이다. 그렇지 않을 때 책은 그저 종이뭉치에 불과하다. 그래서 책 속의 그 많은 글자를 먹고 여우는 작가가 되었다. 책은 그에게 일용할 양식이자 삶의 원천이다.

로브스터+라면의
맛을 아시나요

나에게 만화를 보는 것이 아닌 읽는 것으로 느끼게 해준 책은 최규석의 《공룡둘리에 대한 슬픈 오마주》였다. 그때가 2004년인데 최규석은 막 대학을 졸업하고 이런저런 신인상을 수상한 상태였다. 아기공룡 둘리의 행복한 유년을 기억하는 독자에게 프레스에 눌려 손가락 잘린 어른 둘리는 충격이었다. 단편을 엮어 만든 그 책은 비정규직 노동자를 비롯해서 재개발사업의 진실과 사이비 종교까지 사회의 어두운 이면을 다뤘다. 신인치고는 무거운 주제를 다룬 그 책을 읽으면서 나는 아직 기성세대의 안일함에 물들지 않은 팔팔한 최규석의 감성을 봤다. 어둡고 습하고 일그러진 곳을 응시하는 힘은 젊다는 증

거다. 분노하고 저항하고 양심의 소리를 줄이지 않는 '젊은' 그를 나
는 다시 기다렸다.

그리고 예상은 적중했다. 만화를 그리는 친구 다섯 명의 자취풍경
을 그린 자전적 성격이 짙은 이 책은 전작인 《공룡둘리에 대한 슬픈
오마주》에 비하여 한결 부드러워진 선과 선명한 색채가 명랑하다. 명
랑한 화면이지만 이 만화는 일상 속의 갈등을 그린다. 가난한 현실과
부자를 동경하는 욕망 사이에서 청춘은 갈등한다. 생계를 위해 노래
방 도우미를 하는 엄마와 아버지 약값을 벌기 위해 낮엔 유치원 선생
님이지만 밤엔 단란주점 아가씨가 되는 체험 삶의 현장은 지리멸렬하
다. 그러나 현실적으로 그들을 거둘 방법이 딱히 없다.

"그 슬픔이 나에게 조금이라도 전해질까 봐 무서웠어."(77쪽)

그래서 그들은 타인의 슬픔을 외면하고 달아난다. 최규석은 개인적
갈등이 사회적 갈등이며 이것은 타인의 고통이고 내 고통이라는 말을
하고 싶었던 걸까?
사회제도에서 배제된 사람들이 사회제도에 의해 피해자가 되어야
하는 현실은 고의적이다. 그렇지만 그 사람들을 사회 공동체로 끌어
올리지 못하는 대중의 무관심은 의도적 방관이다.

"성공하고 나면 다른 사람의 고통 따위는 보이지 않게 될 거라
고……."(78쪽)

내가 지닌 이상과 상황이 나아 보이지 않는 현실과의 접점을 기대
할 수 없어 좌절할 때가 있다. 사람마다 다르겠지만 이런 경우 자괴

감에 빠진다. 자괴감에 빠져 한때를 괴로워하지만 최규석은 자신의 지갑 상태와 관계없이 하고 싶은 작업을 계속하고 싶다고 서문에서 피력한다.

"많이 가질수록 고통은 커지게 마련! 적게 가지는 행복을 니가 알어?!"(188쪽)

자전거 한 대를 들여놓고 소유의 행복보다 도난의 불안을 거두지 못하는 소시민의 꿈은 그래도 푸르다. 푸르지만 그들은 돈의 풍요 앞에 소심하다.

이 책의 핵심주제인 부의 욕망과 가난한 현실의 혼합을 가장 잘 표현한 부분은 로브스터 끓이기다. 동네 뽑기에 뽑혀 들고 온 로브스터를 앞에 두고 요리법을 고민하다가 결국 이들은 라면국물에 로브스터를 끓인다. 로브스터는 비싼 몸을 라면 국물에 담그면서 부를 버렸다. 라면은 가난한 현실이었지만 부자들이 먹는 로브스터와 섞이면서 가난의 냄새를 떨어냈다. 꿈과 현실의 혼합이 개인의 고통과 사회의 부조리를 해결하지는 못하지만 최소한 고통의 파장을 줄일 수는 있다. 게다가 그들은 아직 젊다. 그러니 앞으로 지갑 걱정 없이 마음껏 로브스터를 먹을 수 있을 정도로 부자가 될 수도 있다. 부자가 되는 것은 좋은 일이지만 돈을 밝히는 일은 속물이다. 그런데 속물이 되지 않고는 부자가 되기도 어렵다. 돈을 속물이라고 비웃지만 돈은 좋은 것이다. 속물로 전락되지만 않는다면.